禁じられたベストセラー

To Harry Pitt,
tutor and friend

革命前の
フランス人は
何を読んでいたか

禁じられたベストセラー

ロバート・ダーントン
近藤朱蔵 訳

新曜社

禁じられたベストセラー＊目次

装幀／虎尾隆

序論

歴史学の大問題はしばしば扱いにくいもののように思われる。何が革命を引き起こすのか？　なぜ価値体系は変化するのか？　どのようにして世論が事件に影響するのか？　本書もそうした問題に取り組むが、解答の出そうな別の問いから考え始めていく。その問いとは、フランス人は十八世紀に何を読んでいたか、である。

この小さな問いがどのようにして大問題を明るみに出すのかは、この研究のなかではっきりしてくるはずである。今のところは、この問いを提起し、そこにもまた歴史があるのだということを指摘するにとどめたい。この問いは八三年前にダニエル・モルネ〔一八七八―一九五四年。ソルボンヌ大学教授〕によって最初に提起された。モルネはそれを、フランス革命の知的起源への広大な探求の出発点としたのだった。彼が論じるところでは、十八世紀にフランス人が読んでいたものは何であれ、われわれが通常十八世紀フランス文学として考えているものではなかった。われわれはそれぞれの世紀の文学を古典という核のまわりに寄せ集められた作品の集大成《コーパス》として思い描く。そしてこの古典という観念を得るのはわれわれの教授たちからであるが、その教授たちも自分たちが教えを受けた教授たちからその観念を受け取り、その教授たちはさらにその前の教授たちから受け取るといったぐあいにその流れをたどっていくと、十九世紀初頭で消えてしまうのである。文学史というのは一つの手管《てくだ》であって、何世代にもわたってつなぎ合わされ、こちらで端折られるかと思うとあちらでは引き延ばされ、擦り切れて薄くなったところがあればつぎが当てられたところもあったりで、いたるところに時代錯誤の糸が通されている。それは過去における実際の文学体験とはほとんど関係がない。

モルネはアンシャン・レジーム〔フランス革命以前の旧体制。〕下で読まれていたものを明らかにすることで、「生きられた文学」(la littérature vécue) というあの経験を把握しようと試みた。モルネは大量の本を数え上げることから始めた。全部で二万冊あったが、それは十八世紀の個人の蔵書の競売カタログから集めてきたものだった。目録のカードを山と積み上げた後で、ルソーの『社会契約論』を何冊掘り出せるか調べることにした。答えは一冊だった。二万冊もの大量の作品のなかからたったの一冊！　この世紀の最大の政治論文にしてフランス革命のバイブルたるものが、一七八九年以前には読まれていないように思えた。啓蒙と革命をつなぐ環が消えてしまいそうだった。人民の主権や一般意志についての議論を熟考するどころか、フランス人はリッコボーニ夫人〔一七一四―九二年〕の感傷的な小説やテミズール・ド・サン゠チアサントの冒険小説を楽しんでいたらしいのだ。革命は「ルソーのせい」(la faute à Rousseau) ではなかったし、たぶん「ヴォルテールのせい」(la faute à Voltaire) でもなかったのだろう[1]。

それは一九一〇年のことだった。いまではモルネが誤った道に進みかけたということがわかっている。モルネは一七八〇年までで調査をやめたのだが、その年にこそ『社会契約論』を含むルソーの諸作が数多く発行され始めたのだ。モルネは『社会契約論』のさまざまの普及版を考慮せず、特にルソーの『エミール』第五編所収のものを無視したが、同書は間違いなく革命前のベストセラーだった。そのうえモルネの資料には欠点があった。公開の競売にかけられるほどの大量の蔵書を見ても、読書については言うまでもなく、一般にどのような種類の書物が所有されていたかもほとんどわからないのだ。それにそうした競売用の印刷されたカタログは検閲を通らねばならなかった。したがって、モルネがイデオロギー的要素を発見したいと思っていたまさにその資料からはそういった要素が除外されていたのだ。

その解答の妥当性がどうであれ、モルネの問いは依然有効である。それは、これまで四分の三世紀以上にわたって立てられてきた数々の研究計画において、アンシャン・レジーム下でフランス人が実際に読んでいた文学を確定しようという一連の試みを生みだしてきた。それぞれの試みにはそれなりの長所と短所がある。それぞれがわれわれの知識を増やしてくれた。しかしすべてを積み上げてみれば、お互いに相殺しあうか矛盾が多すぎて、一般的な傾向が確認できないということになりがちだ。モルネの問いは以前同様期待をかきたてながらも、文学史にまとわりつづけている。

それは「出し方のまずい問い」(question mal posée)になりやすい。というのは見かけよりはるかにやっかいだからだ。扱いやすい規模に縮小するため、私はモルネが調査対象から除外した要素、すなわち非合法文学に限定したい。それが膨大な量のものを省くことになるのはわかっている。十八世紀のフランス文学をすべて見て回ることなどとてもできるものではないが、私は禁止区域をはっきり描くことはできると考えているし、またその区域は広大なものだったのだ。実際、それはほとんど啓蒙の全体と、モルネがのちにフランス革命の知的起源であると考えるようになったもののすべてを含んでいる。十八世紀のフランスの読者にとって、非合法文学こそ実際上の現代文学だった。発禁処分の任に当たっていた官吏、C・G・ド・ラモワニョン・ド・マルゼルブ〔一七二一―一七九四年。出版監督局長官を務め『百科全書』の発刊を庇護した〕はその仕事が不可能だとわかり、実際に発禁処分をしようとしなかった。彼は「最初から政府の正式の承認つきで発行された本しか読まない人は、ほとんど一世紀、同時代人から遅れることになるだろう」と述べている[2]。

法律外で出版されたものすべてを押収しようとするかわりに、マルゼルブは統治に抜け道をつくった。そのおかげで非公認であっても無害な作品が、国家によって法的な承認を得なくても流通する余地が生まれた。こういった慣行は十七世紀にまで遡る。当時、国家はルイ十四世の絶対主義の典型ともいえる機関に任せて印刷物を管理しようとしていた。その機関とは検閲（Direction de la librairie すなわち出版監督局に所属する王室検閲官〔censeurs royaux〕）、警察（パリ警視総監下の専門の出版監督官〔inspecteurs de la librairie〕）、そして独占的ギルド（各地方組合、特にパリの書籍商と印刷業者の組合〔Communauté des libraires et des imprimeurs de Paris〕はほとんどの書籍の特権をもち、国内の出荷を検査することでそれを強化した）である。合法的に出版されるためには、書籍はこの制度内のあらゆるハードルを越えて、王室特権を与えられた旨をきちんと印刷して発行されねばならなかった。現代の著作権同様、それは特権の所有者にテクストを複製する独占権を与えるものだった。しかしそれは承認したという王室の検印ともなった。それはテクストの正統性とともにその優秀性をも保証した。検閲官の承認も同様な保証となり、本の最初か最後に添えられていた。完全に合法的であろうとすると、書物は国家によって設定された入念な基準に従わねばならなかったのである。

そういった基準から逸脱したものは何であれ、たいていフランス国外で印刷され、この王国内に密輸入された。フランスの国境周辺一帯に何十という出版社が出現した。何百という代理人《エージェント》が地下組織を運営し、書籍を読者にもたらした。しかしこの巨大産業は国内に非正統的思想を数多く普及させる一方、王国から多大な富を奪った。みずから誕生を助けた競争相手をつぶす力がないとわかって、フランス政府は、王室特権は与えられないが、教会、国家、慣習的道徳を攻撃しない、書籍の取引を許可するための部門を考案した。一七五〇年までには、書籍監督官は広範囲にわたる合法性の微妙な差異に等級をつけて区別するようになっていた。それは特認（privilèges）から黙許（permissions tacites）、単純許可（permissions simples）、警察の出版許可（permission de police）単なる見逃し（simples tolérances）にわたるものであった。合法性は徐々に非合法性へと溶けこんでいき、ほとんど分別できないくらいであった。しかし一方では、リベルタン〔「宗教上の自由思想の」を意味していたが、やがて「放蕩の」という意味合いを強める〕文学の成長がアンシャン・レジームの正統的な価値観全体を弱体化させていた。そこで体制側は新たな弾圧で応えることにした。今回は分布範囲の極北、法律からははるかに外れた、受け容れることのできない、完全な非合法性の部門に属する書物に対するものであった。それこそが私が本書で研究しようと考えている書物である。

言うは易く行なうは難し。十八世紀文学の救いがたく非合法的な要素は二十世紀のわれわれから見ると目立たないのだ。書物の扉にその禁じられた性格を誇示しているものもある。下品な言葉——「イリスの尻」（Le Cul d'Iris）〔イリスはギリシア神話の虹の女神〕——や、「フィラデルフィアにて印刷」とか「自由の看板の下で」とか「バスチーユから一〇〇リーグにて」〔一リーグは約四・八キロメートル〕といった挑発的な偽の所在地によってである。しかし多くの本は無害なように見える。少なくとも政府によって黙認された半合法的作品と比べてはっきりそうとわかるほど非合法的ではない。どのようにしたら警察当局のように、ほんとうの「悪書」（mauvais livres）を見分けることができるだろうか。警察も少しはリストを保存していた。国務会議は個々に有罪宣告を発した。司教たちは説教壇から激しく非難した。そして公けの絞首刑執行人がパリ高等法院前の大階段の昇り口で、実に仰々しく禁書を引き裂いて焼いた。しかしこういった活動のどれも、禁じられた文学の全体像を研究するに足るだけの十分な記録を産み出しはしなかった。

「悪書」の全体を探求する唯一の方法は、地下の書籍取引のルートを通じてその跡を追っていくことであり、そのルートに接近できるのはそれを利用したプロの書類を通じての他はない。しかし今日にまで残る書類の出所はただ一つである。それはヌーシャテル印刷協会（ＳＴＮ）という大手の出版社兼卸売り業者で、フランス語圏スイスに位置するヌーシャテル公国からフランス市場に本を供給していた。その古記録は、フランスでのすべての取引を推定するのに十分な材料――五万通の手紙と棚数個分の会計帳簿――を含んでいる。しかしそれにも限界があるので、書籍取引に対する管理と取締りに関する莫大なパリの古記録調査によって補足しなければならない。私はこの資料をすべて調べ上げたので、ここでその結果を報告したい。

ただ主題が大きすぎて一巻のうちに収めきることができない。本書は（姉妹篇とともに『地下文学集成』〔*The Corpus of Clandestine Literature*〕）三部作となる予定のものの第二部である。第一部はディドロの『百科全書』（*Encyclopédie*）の出版史であったが、第三部は出版と書籍販売一般の研いる。

究になる予定である。(3) 本書は書物そのもの——その身元確認、流布、テクスト——に向けられている。

私はこの調査に興味を覚え、二五年間根気よく続けてきたわけだが、読者のなかには純然たる好古趣味と思われる向きもあるということには気がついている。なぜわざわざ二〇〇年ものあいだ忘れられてきたような文学の全体像を見極めようとするのか、と問われるかもしれない。しばしば現代のベストセラーが実にくだらないように思えるのに、なぜ十八世紀のベストセラーの中身を詳しく調査するのか? この研究全体に何がかかっているのか?

まず答えたいのは、「人文科学」の新しい学問分野として書物の歴史を考えることで、文学と文化史一般についてより広い認識が得られるということだ。社会全体にわたって読者にどんな書物が届いていたのか、そして(少なくともある程度まで)読者がどのようにそれを理解したのか、を明らかにすることで、文学を文化システムの一部として研究することができる。そのためには、有名作家による名著というものに関する先入観を棄て去らねばならない。しかしそれは文学が社会学に吸収されるべきだということではない。逆に、忘れられたベストセラーの多くは今日でもなお素晴らしい読み物となる。そのうちのいくつかを詳細に分析することで、テクストの研究がいかに専門分野としての書物の歴史の核心に位置するものかを示したいと思う。革命前のフランスにおける禁書の資料全体の書誌を作成し、その地理的分布と個々の書物ごとの相対的な需要度に関する情報を付け加えることで、今後の調査への基本的なガイドを提供したい。

なすべきことはまだたくさん残っている。というのは、この文学の大半が一度も調査されたことがないからだ。そのうちのいくらかでも英語圏の読者の手に届くものとするため、最重要な三つの作品の抄訳からなる短いアンソロジーを入れておいた〔本訳書では省略した〕。その見本を手がかりに、読者は非合法文学の世界について自分自身の感想をもつことができるだろう。それは意外で、衝撃的で、淫らで、滑稽なものと思えるかもしれないが、偉人たちの名作からなる文学史でおなじみの世界とは確かに異なった姿が見えてくるだろう。

第二に私が示したいのは、書物の歴史がどのようにコミュニケーション史というより広大な分野に通じているか、ということである。文学そのものをコミュニケーションのシステムとして理解することができる。そしてそのシステムは、著者と出版者から発し印刷業者と書籍商を通じて読者へと達するものだ。それはまた広く文化にも属している。その文化のなかではあらゆる種類のメディア――印刷、手書き、口頭、視覚――が交差し、互いに通じあっている。十八世紀のフランスでは、書物はテレビやラジオと競合することはなかったが、ゴシップ、噂話、冗談、歌、落書き、ポスター、落首、ブロードサイド〔片面刷りの印刷物〕、手紙、新聞《ジュルナル》などで溢れ返った社会のなかを流通していたのだ。書物がこういった媒体に影響を与えたのとちょうど同じように、その媒体の多くが書物そのもののなかに痕跡を残している。伝播と増幅の過程によってフランスには言葉とイメージが溢れた。しかしどのようにしてそれは作用し、アンシャン・レジームの安定性を脅かしたのか。

その疑問が、私が調査したいと願っている第三の分野に関わってくる。イデオロギーと世論《パブリック・オピニオン》の形成とのつながりである。これは推測を要する領域である。というのは、実際一つの公衆《パブリック》について語ることができるとしても、公衆とは何だったのかについて、さらに十八世紀に公衆がどのように意見を形成していったのかについて、われわれには漠然とした観念しかないからである。しかし禁書は「世論」として言及されることがらについて豊富な情報を含んでいるので、私は推測する誘惑に抵抗しなかった。

その推測が第四の分野に通じる。よりなじみ深い具体的な領域、すなわち政治史とフランス革命の起源である。ここでは今後の調査によって肉付けしたいと思っている主張の素描しかできないが、それは禁書についての論考のなかに位置を占めるに値する、と私は信じる。というのはそういった本には政治的なねらいと政治一般についての見解が含まれていたからだ。確かにそうした見解はヴェルサイユにおける黒幕政治の実態と一致しているわけではなかった。逆に政治的現実とほとんど関係がないからこそ、それは私が「フォークロア」と呼んだものを表わしているのである。しかしまた、そんなことをしながら、禁書は現実そのものに形を与え、出来事の成りゆきを決定する助けとなったのである。

しかしながら、私は果たせる以上の約束をしているのかもしれない。そこで出発点である、一七八九年以前にフランス人はどういう本を読んでいたか、というモルネの問いに戻ったほうがいいだろう。それは導きの問いであって、歴史学上の最も巧妙な問いの一つである。というのは、それを探求するうちに未知の領域深く入り込むことになるからである。本書はその領域を探査する。本書のねらいは、古い問いを追いかけていくなかで新しい問いを明るみに出し、一つの研究分野に広がる諸連関を示唆することである。そしてその研究分野は改めて認知してもらう必要はないが、期待どおりの成果をあげることを証明して見せねばならない。それは歴史における一つの影響力としての印刷物の研究である。

多年にわたる研究の成果を出版するに際して、一九六四年に研究に取りかかるのを助けて下さった、ハーヴァード大学特別研究員協会、ならびに最後の段階で研究の継続を助けて下さった、マッカッサー財団から受けた恩恵を記しておかねばならない。私はベルリンのヴィッセンシャフツコレーク〔さまざまな研究者を招待してベルリン関係の研究を促進させる目的の学術団体〕という恵まれた環境のなかで原稿を完成した。そしてその間ずっと、多くの友人や同僚からの批評に大いに助けられた。特にお名前を挙げると、レイモンド・バーン、ピーター・ブラウン、ロジェ・シャルチエ、スティーヴン・フォーマン、カルロス・フォーメント、アンソニー・グラフトン、クリスティアン・ジュオー、ジェフリー・メリック、ピエール・レタ、フランソワ・リゴロ、デイル・ヴァン・クレイである。シンシア・ゲッセルは統計処理に、マージョリー・アズベリーは書誌をタイプで打つ際に、スーザン・ダーントンはフランス語原文を翻訳する際に貴重な援助をしてくれた。書誌はロバート・ドーソンの専門的な意見とヴィヴィエンヌ・ミルンにも恩恵を蒙っている。彼女の死は十八世紀研究者たちから素晴らしい同僚を奪ってしまうことになった。

第一部　禁じられた文学と文学市場

第一章　マントの下の哲学

公人である絞首刑執行人がパリ裁判所の中庭で禁書を引き裂いて焼いたとき、その男は活字の力に賛辞を呈していたことになる。しかししばしば処分されたのは偽物であって、裁判官が原本を保管していた――そして、一般に信じられているほど「異端者の火刑」がひんぱんに行なわれたわけではない。立派な焚火ほど販売を促進するものはないと知っていたので、裁判官はできるだけ騒ぎ立てずに本を押収し、本屋を投獄することの方を好んだ。ある概算によれば、当局が一七七〇年代と一七八〇年代を通じて違犯であるとした本とパンフレットは年平均で四・五冊にすぎず、そのうち公然と焼き払われたのは、合計でも一九冊であった(1)。

しかしながら、そういった作品が焼失する一方、そのほかの何千という作品が地下の書籍取引のルートを通じて密かに流通した。それが王国中の飢えた読者に非合法文学という基本食を提供することになった。にもかかわらず誰もその実態を知らないのである。

この広大な文学の規模と形態はどのようなものだったのだろうか。いたるところで行商人が「マントの下で」(sous le manteau) 売っていた普通の種類の文学とはどのようなものだったのだろうか。

それは体制側にもわからなかった。警察の書誌学的努力にもかかわらず、公式に違法だと認められたことがなくても非合法だと考えられる可能性があった書物すべてについて記録が残されていたわけではなかった。[2] 文学における合法性という観念そのものが曖昧なままだった。というのは書籍取引を監督する当局が、絶えずその場しのぎで合法と非合法を分かつ線を引いていたからである。合法の側には、さまざまな特権や許可を与えていただけでなく、思いつきで認可してもいたが、それは名前なしですまされていたり、「よく知られた人びとにのみ許可される」といった回りくどい表現とともに記録簿に載っていた。[3] 非合法として押収されたのは、合法的な書籍の海賊版（contrefaçons）や、公認の書籍商を通さずに個人が輸入した合法的な書籍や、不快感は与えないがいかなる種類の許可も受けていない書籍（しばしば他国で認可された本を輸入したもの）や、王令と検閲官の報告によって特定された三つの基準、すなわち王、教会、慣習的道徳律の権威を密かに攻撃することによって、違犯とされた書物であった。

この最後の部門に入る（警察の呼び方では）「悪書」のなかでは、不正の度合を決定することすらできなかったのである——そしてそういった区別は重要だった。というのは、押収されても書籍商に戻される本もあれば、書籍商をバスチーユ送りにする根拠となる本もあったからである。一七七一年から八九年のあいだに、パリの書籍商組合の職員は一連の目録にパリ市税関で押収された書籍すべての書名を書き込んでいった。まず書名は三つの項目に分類される。それは禁書（押収されるか破棄されるべきもの）、許可されない書物（場合によって送り手に返却されることもある）、海賊本（本来の特権を所有する書籍商の利益のために売られるべきもの）の三つである。しかし登録事項が増えてくると区別は崩れて、重なり合い、辻褄の合わない用語の混乱になってしまった。そしてついに、分類システムは崩壊して三五四四の項目からなるなんの区別もない塊になってしまった。その唯一の共通の特徴はみななんとなく違法性の臭いがする、ということだけだった。(4)

微妙な区別ということになると職員は自分の嗅覚が信用できなかった。というのも、誰が印刷機から溢れ出してくる文学についていけただろう。誰に半合法的書物と控え目な非合法的書物の区別ができただろうか。運送業者にはそれができると考えられていた。というのは、非合法文学を発送した廉《かど》で罰金を科されることがありえたからだ。しかしポンタルリエ〔ブザンソンの南東方、スイス国境付近にある町〕の業者、ジャン＝フランソワ・ピオンは自分には禁書を見分ける力はないと認めていた。そしてスイス国境の税関事務所の職員に問い合わせたとき、ピオンは次のような返事を受け取った。

私はピオン氏にどの本が禁書であるかをはっきりお教えできません。一般に宗教、国家、道徳に反するものは輸入できません。剽窃されたフランス史や『百科全書』のような、ある種の書物には特定の禁令があります。しかし本の質は税関事務所にはたいした関わりがありません。それは書籍商組合の問題なのです。(5)

もちろん、販売業者のほうがよく知っていた。販売業者が出荷を指示すると、組合の理事が原則的に出版監督官とともに荷物を検査した。しかしほとんどの書籍商は、どんな本が実際に流通しているか、特に地下を流れている本について、おおよそのことしかわかっていなかった。文芸雑誌は検閲を受けていて、そういった作品を批評しないことになっていた。もっとも時には取り上げることもあったのだが。題名で本を判断することさえできなかった。もちろん扉のページには多くの鍵があった。「王からの同意と特権を得た」という決まり文句が下に印刷してあれば、海賊版かもしれないが、ともかく合法らしいと思われた。紛れもない偽りの住所――「ヴァチカンの経費で印刷された」とか「プリアポスの印刷屋で」〔プリアポスはギリシア神話の生殖の神〕とか「ウィリアム・テルのところで」など――が印刷されていれば、ほとんど法律を尊重するふりさえしていないことになる。しかしそういった両極端のあいだにはおおいに混乱の余地があった。書籍商はカタログや同業者の口コミで耳にした噂をたよりに注文を出すことさえあったし、題名を勘違いすることもよくあった。ほとんど綴りを知らない者もいたのである。ヴェルサイユのポワンソが『計略の毛布の消息』(*Nouvelles des couvertes des ruse*)を二五部注文したとき、スイスの送り手のほうは『ロシア人の新発見』(*Nouvelles découvertes des russes*)という旅行書を求めているのだ、ということに気がついた。スイス側はまた、「ラ・ベ・レナル」(la bes Raynalle)について問い合わせられてレナル神父〔l'abbé Raynal 一七一三―一七九六年。フランスの哲学者、歴史家〕の『両インドにおけるヨーロッパ人の植民および通商の哲学的・政治的歴史』[6](*Histoire philosophique et politique des établissements et du commerce des européens dans les deux Indes*)〔一七七〇年刊の反植民地主義的かつ反教権主義的著作〕のことだと、正しく読みとった。しかしスイス側はリヨンのヴーヴ・バリテルからの注文にはひどいしくじりをしてしまった。その注文はいかにも罪のない「シャルトル会修道士の人物描写《ポルトレ》」(Portraits des Chartreux)に関するもののようだったが、実は教権反対主義のポルノ『シャルトル会受付係修道士B…師の物語』[7](*Histoire de dom B..., portier des Chartreux*)のことだったのだ。

そういった失敗が重大な結果を招くこともありえた。店に『B…師の物語』を置いていて捕まった書籍商は、投獄されたり、営業資格を剝奪されるかもしれなかった。それを運んでいた荷馬車の御者は罰金を取られて、馬車に乗せていたものをすべて引き渡さねばならなくなるかもしれなかった。それを売っていた行商人はGAL（galérien すなわちガレー船の囚人を表わす）の焼印を押されて、鎖につながれてガレー船漕ぎへと遣られていたかもしれなかった。そういう罰は実際に行なわれた(8)。アンシャン・レジームも末期となると、歴史家が想像するような、陽気で、寛容で、放任主義の世界ではなくなっていた。そしてバスチーユはけっして三星ホテルではなかった。革命前の宣伝家のでっち上げた拷問の家と混同してはならないが、それは文学に携わる人びとの多くの生命を奪ったのである――彼らは著者というよりむしろ出版者や書籍商といったプロで、文学を創造したわけではないが、文学を起こさせた人びとであった。そういう人たちはふだんの仕事のなかで、毎日合法と非合法の本を区別しなければならなかった。十八世紀においてそういった困難を処理した方法を研究することが、二世紀後の歴史家を悩ました問題――革命前夜のフランスで実際に流通していた文学のなかの危険な要素を見極めること――の解決のきっかけになる。この方法が時代錯誤という危険を避ける道を与えてくれる。アンシャン・レジームの正統性を脅かしたのは何かというような近代的観念から始めずに、十八世紀の本屋の実際の活動――業界の専門用語で語り、同業者どうしで交換し、販売し、注文し、荷造りし、発送し、本を入手するための巨大組織を通じて法律の枠外で読者に売った方法――を検証することが、禁書の正体を突き止める可能性を与えてくれるのである。

取引の専門用語

禁じられた文学の境界を画定するという問題は、最初は言葉の問題のように見える。警察がバスチーユの囚人の一人である、ユベール・カザンという書籍商を尋問したことがあった。カザンはランスの自分の店にあらゆる種類の禁書や危険な新聞を置いていて捕まったのだが、警察は手紙のなかにしばしば出てくる「哲学用品」という、わけのわからない用語を説明するように求めた。カザンはそれを「書籍業界の慣習的な表現で、禁止されているものなら何でもそう言っているのです[9]」と説明した。警察は他にも、「秘密の本」、「薬」、「災い」などについて訊いた。既に言ったように、警察には「悪書」という自前のお気に入りの表現があった。印刷屋は同業者間の隠語として別の表現を使っていた。「栗」（marron 禁書）とか、「栗する」（marronner 秘密の仕事に取り組む[10]）である〔『ロベール仏和大辞典』によれば「栗」という意味の marron と「地下出版物」という意味の marron は語源が異なる〕。しかし書籍商と出版社は livres philosophiques、すなわち「哲学書」というより高尚な言葉のほうを好んだ。それは商用の暗号のなかで、厄介なことを引き起こす恐れのある本、注意して扱わねばならない本を指す合図として役立っていた。

業者の用語法はヌーシャテル印刷協会（以下STNと略記）の書類で最もよく研究できる。それはスイスとフランスに挟まれたヌーシャテル公国にある大手の出版社兼卸売り業者であった。多くの似たような会社同様、ＳＴＮは、需要と供給をいかに釣り合わせるかという日々の問題に直面していたが、それには意志の疎通という面倒な問題の処理が伴っていた。傷みやすい、綴じていない印刷物の入った重い木箱を未発達の道を通って、正しい相手に正しい場所で適切な時に届けるという困難以前に、まず出版社は受け取った手紙を理解する必要があった。そして顧客は、注文書を送るときは内容をごまかさずに伝えねばならなかった。STNの重役は、見知らぬ土地の知らない書籍商から聞いたことのない本を求める手紙を受け取る。書名はしばしば不正確だったり、綴りが誤っていたり、読めなかったりした。そしてその本はしばしば危険なものだった。間違った作品を間違ったルートで送ることが災いを招くことになった。しかし、大海のような未製本のフランス文学と日々の郵便の混乱のなかで、いったいどうやって正しいものを見分けられようか。

出版社は暗号を信頼していた。「哲学」（Phirosophy）は危険信号だった。STNの幹部が最初に仕事を始めたとき、禁書の在庫はあまりなく、取引の専門用語には賛成ではなかった。「ときどきまったく不適切に哲学的と呼ばれる新作が出ます」と書籍商に書き送っている。「在庫はありませんが、どこにあるかわかっていますし、要望があれば手配できます」(11)。しかしやがて、「哲学的」という用語が多くの顧客にとっての主要な取引部門を指しているのだ、ということに気がつくことになる。リヨンのP＝J・デュプランは「特に哲学的なジャンルで取引したいと熱望している」と伝えてきた。「今世紀、特に好まれているもののようですから」と。マヌーリはカーンからこう書いている。「注意。哲学的なものはお持ちでしょうか。それが当方の専門です」。王国内の津々浦々からの手紙には同じ主題について、「哲学的商品」（ベルフォールのル・リエーヴル）、「哲学的作品」（レンヌのブルエ）、「哲学の本」（リュネヴィルのオデアール）、「あらゆる種類の哲学的書物」（トゥールのビヨー）などいろいろな表現が見られる。[12]

業界の誰もが暗号を共有していたから、バール＝シュル＝オーブのパトラスの場合のように「最新の哲学的著作をすべて三部ずつ」求める白紙の注文書を出したとき、書籍商の方は供給側が何の話かわかってくれるだろう、と考えていたのだ。依頼する方にも同じ見込みから情報を求めることもあった。たとえばラングルのルイエはこう書いている。「何かいいもの、新しいもの、珍しいもの、興味を惹くもの、何かいい哲学の本があれば、お知らせ下さい」。そしてリヨンの若い方のルニョーはこう書いている。「私の専門は哲学なので、それ以外のものはなにも欲しくありません」。供給する側はその部門にどんな本が属するのか知っていることを期待されていたし、とにかく注文書を見れば要点が明らかになることがよくあった。一八点の書籍に対する注文のなかで、ルニョーは「哲学の」本にはすべて×印をつけて、木箱のなかに用心して隠すべきだと説明した。それは『マチューの大将』（*Le Compère Matthieu*）、『シャルトル会受付係修道士B…師の物語』、『娼婦』（*La Fille de joie*）、『淑女学院』（*L'Académie des dames*）、『精神論』（*De l'Esprit*）、『紀元二四四〇年』（*L'An 2440*）の六点であった——これは典型的な選択で、ポルノから今日われわれの知っているような哲学にまで及んでいた。[13]

交換

「哲学の本」は、合法的な作品や、やや非合法な作品——単なる海賊版だとか、検閲には引っかかるが押収という大きな危険を冒すほど有害ではないような類のもの――とでさえ同じやり方で扱うことはできなかった。ＳＴＮは危険な作品を、みずから印刷するかわりに、地下出版の専門業者との交換という手段によって入手する方を好んだ。それらの業者は喜んで危険を冒すちっぽけな請負人で、ジュネーヴのジャン＝サミュエル・カイエ、ローザンヌのガブリエル・デコンバ、地元ヌーシャテルのサミュエル・フォーシュなどがいた。交換は十八世紀のあらゆる種類の出版に共通していた。発行者は自分が印刷した作品を他社の在庫の寄せ集めと交換することで自分の版を急速に流布させ、そうすることで海賊版や対抗海賊版の危険を減らし、一方、みずからのリストの品目を増やしていた。発行人は交換する本のページが、紙何枚《シート》分か計算することで、交換による清算(comptes de changes)を行なった。例外的な判型や絵入りの版を除けば、ある本の一枚《シート》は別の本の一枚と等価とみなされた。しかし「哲学書」は普通の本以上の価値があった。それは市場でより高い値がついたし、生産コストがより高く、また少なくともより大きな危険が伴った。というのは、比較的自由なスイスの町でさえも、カルヴァン派の牧師につつかれた地方当局がときには印刷物を押収したり、罰金を科したりしたからだ。したがって、禁書を含む交換は特別な比率を要した。普通の海賊版三枚に対し「哲学書」二枚になるか、二枚対一枚になるか、四枚対三枚になるかは、双方の値切り方次第だった。

ＳＴＮは最高の条件と最も大胆な本をジュネーヴから得た。ジュネーヴではクラメやド・トゥルヌのような大手の影響下に群小出版社が成長していた。一七七七年四月、ＳＴＮの重役の二人はジュネーヴへの出張中に本社から次のような催促状を受け取った。「今までジュネーヴは哲学書の主な入手先だった。哲学書は今世紀の趣味と一致しており、われわれの在庫の主力となっている。カイエ、G・グラセ、ガレイはわれわれの三枚に対し二枚の割で交換することで哲学書を供給してきた。彼らと何が取り決められるか、調べてみるように」。古記録からでは、その売買交渉での詳細はよくわからない。しかし商談の全般的性格は、STNとジュネーヴのいちばん重要な供給元、ジャック＝バンジャマン・テロンとガブリエル・グラセとの通信文で明らかである。

テロンは数学を教えたり、本を売ったり、「読書クラブ」（cabinet littéraire）を経営したり、二束三文の知的な半端仕事をやりながらなんとか暮らしていた。一七七三年と七九年の破産の間に、テロンは小さな出版社を設立した。最も需要が見込めそうな禁書を二、三選び、友人に融通してもらった資金で地元の印刷工を雇って地下出版物を刷らせた。テロンはその本を現金払いで闇で売り、自分の本屋で正々堂々と売りに出せる合法的作品と交換した。もっともその店は本屋とはいっても、ジュネーヴのグランリュのとある家の三階の一室にすぎなかったが。STNは、もしかすると重要な供給元になるかもしれないと感じて、一七七六年四月テロンにこう書き送っている。「私どももよく「哲学的」と呼ばれる類の書籍を求められます。そういった書籍を提供できるかどうかお知らせ下さい。よろこんで貴社からの供給を受けますし、私どもとの取引はきっと損にはなりますまい」。テロンは折返しこう返事している。「貴社の在庫より私が選ぶ本の四枚ごとにお望みの哲学書を三枚提供いたしましょう」。気前のよい条件だが、STNは貴重な顧客なので、テロンはその好意を得ておく必要があったのだ。というのも、テロンは以前の投機のためいくつかの手形が未払いになっていたからだ。三週間後、最初の注文品が発送された。『イエス・キリストの批判的歴史』

(*Histoire critique de Jésus-Christ*) 八部、『ボリングブルック書簡集』(*Lettres de Bolingbroke*) 六部、『三人のペテン師を論ず』(*Traité des trois imposteurs*) 三部〔三人のぺてん師とはモーゼ、キリスト、マホメットのこと〕、『袖珍版神学書』(*Théologie portative*) 六部、『洗礼志願者』(*Catéchumène*) 一二部、『有益で快いもの』(*Choses utiles et agréables*) 二部、『聖パウロ』(*Saul*) 六部——全体で五三三・五枚、もしくは三対四という合意された比率で七一一枚が交換による決算方式でテロンの貸しとなった。テロンはヴォルテールの作品をある程度専門的に扱っていた。彼は、フェルネー〔スイスとの国境近くの村。ジュネーヴ近郊〕からやってくる文学に商売の道を求めていた。そこは、ヴォルテールが頑迷固陋派(*l'infâme* 本来はカトリック教会)に対する運動を指導していたところだったからである。しかしまたテロンは、奇妙なポルノや政治パンフレットも仕入れていた。後者には『モープー氏によって遂行されたフランスの君主制における革命の歴史的記録』(*Journal historique de la révolution opérée dans la constitution de la monarchie française par M. de Maupeou, chancelier de France*) などがあった。その代わりにSTNは比較的罪のない自社印刷の製品を送った。「私には非常に多くの小説、旅行書、歴史作品が特に必要なのです」とテロンは説明した。こうして消長がありながら、テロンが倒産するまで五年にわたって取引は続いた。[15]

ガブリエル・グラセは自分の印刷・書籍販売業を創設する前に、クラメの印刷屋を数年間監督していた。ヴォルテールが密かに引き立ててくれていたにもかかわらず、商売はけっして大したものにはならなかった。というのは、グラセは実業家というより印刷屋だったからだ。二つの印刷所を経営し、一人で請求書作成と通信文をすべて扱い、つけを集め、絶えず先へ先へと支払いを滞らせていた。一七七〇年四月には事態があまりに悪化したので、STNに設備を売り払ってそこの職長として働くことを申し出た。しかし禁書を印刷してマントの下で売ることでなんとか苦境をしのいだ。

グラセのSTNとの取引は一七七二年に一枚対二枚という優利な比率で始まった。それより低くては絶対ダメだ、とグラセが強く主張したからである。「他の書籍商はみな哲学的なもの一枚につき二枚ですので、貴社とも同じ交換を提案いたしたいと存じます」。グラセはSTNのカタログから作品を選び、STNはグラセが送った、在庫として持っている本のリストから必要なものを選んだ。やがてSTNは自社版の聖書を『有神論者の信仰告白』と『三人のペテン師を論ず』と交換した。STNはそのほかにもこのやり方で地下出版の古典――『哲学者テレーズ』、『マチューの大将』、『紀元二四四〇年』――をたくさん獲得した。そして本が行ったり来たりしている間に、STNはもっと有利な条件を引き出そうとした。一七七四年四月には、STNはグラセの二枚に対してSTN四枚ではなく三枚という条件を呑ませようとした。しかしグラセは譲歩しなかった。「二枚に対し三枚で交換したいという貴社のご提案は、われわれの以前の取決めに明らかに反しております。哲学部門の経費と危険が一対二以上の比率を正当化してくれる、という点はきっと同意していただけることでしょう。貴社との取引を継続するためには、価格が同封のリストに記されている哲学作品のすべてを［一対二の比率で］交換したいと思います」。グラセは交換比率は保持したが、警戒を怠った。一七八〇年一月ジュネーヴの市会は猥褻なまた反宗教的な作品を印刷した廉《かど》で、グラセに罰金を科し、投獄した。出所したら、グラセは印刷所を売り払わねばならなくなったが、秘密の在庫本にしがみついた。一七八〇年八月に『イエス・キリストの批判的歴史』一〇〇部の交換を持ちかけている。そして一七八二年二月の死に至るまでマントの下の取引を続けていたようである。[16]

市場での売買と値段付け

手紙のなかに同封されたリストについてグラセが言及したことから、哲学書が受けたもう一つの特別扱いが明らかになる。それは別の秘密のカタログに載せられていたもので、グラセは「哲学書目録」（"Note de Livres Philosophiques"）という表題のある小さい一枚の紙にそれを印刷した。それはアルファベット順に並んだ七五の書名を含み、入手先は示されていなかった。発行者は他に累を及ぼしかねない情報はこういったカタログから常に省いていたが、対照的に合法作品のカタログには名前と住所を載せ、公然と流通させていた。たとえば一七八〇年にJ＝L・シャピュイとJ＝E・ディディエというジュネーヴの二つの出版業者が合併したとき、合併を知らせる印刷されたチラシには二枚の印刷されたカタログがついていた。一枚目のカタログには在庫の大半が収められていた。普通のテーマ——歴史、旅行、法律、宗教、文芸——に関する一〇六点の書名があり、そのすべてが「在庫量が豊富で」完全に合法的だった。二番目のカタログは「別目録」と題されていて、『淑女学院』から『修道院のヴィーナス』（*Vénus dans le cloître*）にいたるまでのすべてできわめて非合法的な二五の作品を含み、その間にはヴォルテール、ドルバック、そして政治的中傷文がた

くさん挟まっていた。(17)

こういった種類のカタログは地下出版物の取引のいたるところで流通していたようだが、近代の書誌学者の眼を逃れてきたのである。STNの書類には、ジュネーヴとローザンヌの供給側からのカタログ五つと、みずから作成した二つのカタログが含まれている。そのうちの一つは、おそらく一七七五年以来の「哲学書」と題された手書きのリストで一一〇の作品からなっていた。印刷されたリストの方は「別目録」という表題の下に一六の書名があり、一七八一年と記してあった。カタログは二つの目的に役立った。発行者と卸売業者にとっては、交換物を選べる在庫を示しており、小売商にとっては、秘密のルートを通じてどんな作品が入手できるか、を示していた。しかしそれ自身危険なので、カタログもまたマントの下で流通していた。一七七三年三月、警察がストラスブールのストックドルフ未亡人の本屋を手入れしたとき、押収された書類のなかでいちばん危ない有罪の証拠の一つは、印刷された「フランス語書籍のカタログ／一七七二年ベルン」であった。それには一八二の書名が含まれていて、スイスの供給側の在庫とフランスの顧客との取引をはっきりと警察に示していた。ジェレミー・ヴィッテルというスイスの出版者が一七八一年パリに商用で旅行中、「印刷された悪書のカタログ」を配ったというだけで逮捕された。書籍商はそういうカタログをフランス国内で交換するときは、ある程度秘密にした。暗号で手紙を書き、名前と住所を省き、「私のカタログについては沈黙せよ」といった呪いの言葉が書いてあった。警察はこういった策略をすべて知っていた。STNは出版監督局（Direction de la librairie）の重要な役人に取り入ろうとして、最大の顧客の一人であるヴェルサイユのポワンソに合法的なカタログを持たせて送り、事件を弁じさせた。「彼〔役人〕は満足しています」とポワンソは報告した。「しかし、「悪書用の別のカタログもあるだろう」と言われました」(18)。

カタログは危険ではあっても売買には欠かせないものなので、出版者は通常の郵便で送っていた。一七七六年八月、ＳＴＮはヨーロッパ中に散在する一五六の販売業者にチラシを送り、新たな顧客を開拓しようとした。信書控え帳に名前を記録するとき、ある店員はある名前の後には「哲本あり」、またある名前の後には「哲本なし」と書いた。前者は、メスのブシャール、ナンシーのババン、アヴィニョンのシャンボーのような信頼できるヴェテランで、非合法文学に興味を持ち、秘密のカタログを預けてもいいと思ったのである。後者は、ヴァレンシア〔スペイン東部の港町〕のモラン、バルセロナのブアルデルとシモン、リスボンのボレル、ナポリのエルミルなどで、カトリック国で危険のなかで暮らしており、そういったことは手紙から省くのがいちばんだった(19)。

フランスの書籍商は危険な手紙をほとんど恐れていないように見えた。時折り暗号を使ったり、警察の秘密室で手紙が開封されることについて知っていたにもかかわらず、哲学書を求めることを控えなかった。ＳＴＮが普通の合法的なカタログを送ってきたとき、ボーヴェのレスネーは普通のものは欲しくないと抗議した。欲しかったものは、「カタログには載っていませんが、それでも貴社の倉庫にあると私が信ずる哲学的作品を数点」だった。ムランのプレヴォも同様の苦情を申し入れている。「カタログには普通の本しか含まれていません」。ムランの顧客は「別の種類のもの、哲学書」を望んでいて、ＳＴＮが秘密のカタログを送ってきたことでやっとそれを手に入れた。ナントのマラシからは同じメッセージが大声ではっきりと届いた。「できるだけ早く――つまり折返し便で――貴社の哲学書すべてのカタログを送って下さい。そうすれば貴社の代わりに私が大量に売って上げましょう」。禁書を商う書籍商はみな、供給側が特別な在庫を持ち、特別なカタログを作成しているのを当然と思っていた。そして組織を動かすために「哲学書」という標準的な合図を送った。[20]

売買と価格の決定についての連絡を加えて、同じ合図が供給側から出された。時には先に述べたように、STNは郵便作戦を実施することもあった。しかしSTNは毎日顧客に手紙を送り、在庫の最新の書名についての注をわざと付け加えた。ボルドーのベルジュレへの書簡には典型的なわき科白《せりふ》が見られる。「哲学書は当方では印刷しておりませんが、入手先は存じております。ここにありますのは当方の哲学書のカタログからの小リストです」。ベルジュレの返信には『哲学者テレーズ』や『袖珍版神学』といった作品でいっぱいの注文が入っていた。しかし重要な秘密作戦に着手する前に、STNはこの分野の価格について警告を送っておいた方が賢明だと考えた。

ご注文いただいた作品のなかに、「哲学的」と呼ばれるジャンルのものが非常にたくさんあるのに気がつきました。そういったものの在庫はありませんが、付合いのある他社を通じてお渡しすることができます。しかしながら、そういった本は容易に想像できる理由によって他のものより高くつく、ということをご注意申し上げておかねばなりません。カタログの他のものと同じ価格では供給できないのです。と申しますのは、私どももより高い価格で仕入れているからです。それでも貴社のため、できるかぎり最良の条件で入手するよう努力いたします。この

種の本はいまや私どものまわり中に急増しております。(21)

哲学書の価格は他の本とは違う反応を示した。比較的高い価格で始まり――比較するのに適当な海賊版作品のたいていニ倍――、それから乱高下した。有罪宣告（この商売のためにはいつでもよいことだった）、警察の手入れ（読者の需要にはいい刺激になったが、顧客である販売業者にとっては抑止力になった）、気まぐれな供給（こっそりとライヴァル社が同時につくった版が半ダースも市場に溢れかえることもありえた）に左右された。概してSTNは普通の本の卸値を一枚一スー、禁書を一枚二スーに決めていた。そしてしばしば、合法的作品の二枚を哲学書の一枚と交換した。しかしテロンやグラセとの交換の場合のように、交換率は商談でどちらが優位に立っているかで変化した。また、最新作が市場で十分にスキャンダラスで新鮮であれば、誰もがその価格が急上昇するものと期待した。(22)

価格の変化のしやすさは秘密のカタログにその痕跡を残している――文字どおりに、というのは供給側が最新価格を手書きで付け加えることがあったからだ。ガブリエル・グラセは「哲学書目録」を価格抜きで印刷した。一対二の比率で自分の作品をSTNの作品と交換することに同意した後で、それぞれの本の枚数に応じて価格を書き入れた。STNが一枚一スーを請求したので、グラセは二スーを請求した。このようにして二〇枚の本である『袖珍版神学書』の価格は二リーヴル（四〇スー）に決めた。しかしグラセは、自分のリストの七五点〔書名の異なる〕の本のうち三三点だけをその価格で交換しようとし、残りのものからはもっとたくさん得ようともくろんだ。というのは、そのなかに『娼婦』とか『中国のスパイ』（*L'Espion chinois*）のような古典が含まれており、価格表示なしでリストに入っていたからである。グラセはまた最新作については特別の価格をつけることを要求した。それはフェルネーにあるヴォルテールの悪魔のような流れ作業態勢から生み出されたばかりの『白い雄牛』（*Le Taureau blanc*）と『ペガソスと老人の対話』（*Dialogue de Pégase et du vieillard*）であった。「『白い雄牛』と『ペガソス』はというと、〔通常の率では〕六枚なのですが、ジュネーヴのどの本屋にでも現金一リーヴル〔すなわち二〇スー〕で売れます。というのは、どちらも薄青く染めた紙に印刷されているからです。しかし貴社とは取引を継続したい考えておりますので、一八スーという特別価格を提案することにしました[23]」。

新しさ、悪名高さ、特別な紙、挿絵、改訂増補版などの多くの要因のため、禁書の価格は気まぐれに変動した。同じ作品が違った形態で、別のカタログに違った価格で現われることはよくあった。『淑女学院』は一六八〇年に初めて市場に現われて以来何度か変遷を重ねてきたポルノのベストセラーだが、秘密のカタログのうちの三つに載っていた。一七七二年にベルン印刷協会は、二四リーヴルで書誌学的詳細を交じえずにそれをリストに入れていた。一七七六年にはローザンヌのガブリエル・デコンバは、その「訂正され、改良され、増補された一七七五年版の二巻本の挿絵入り八折判を一二リーヴルで」提供した。そして一七八〇年にはジュネーヴのシャピュイとディディエが、二つのかなり異なった版を提案した。すなわち「三七枚の挿絵で飾られた大きな八折判の、オランダからのみごとな版を一三リーヴルで」、そして「四六判の挿絵入り二巻本を三リーヴルで[24]」。

一冊二、三フランということになると、禁書は数多くのフランス人読者の購買力の範囲内に収まった。熟練工は一日にそれと同じかそれ以上稼いだ。しかしカタログに載っているのは卸値であって、本は読者のもとにたどりつくまでに多くの人の手を経た――密輸業者、運送会社、荷馬車の御者、小売商など。流通の複雑さが価格の違いを増大させた。そのため消費者は製造元が請求する二倍から一〇倍払うこともあった。競争が小売の段階である程度均一化をもたらしたが、行商人しか通わないような遠隔の地ではそうもいかなかった。行商人はどんな値段であろうと、呼び売り本と一緒に「哲学書」を売った。ルーダンの秘密の倉庫から大勢の行商人に本を供給していたポール・マレルブは、こう記している。「行商人はこの手の本を手に入れたいと熱望しています。ほかのものよりこれで儲けているのです。というのは、多くの人が欲しがっているため、どんな値段をつけても売れてしまうからです(25)」。

売買の技術はそういった見通しの立ちにくい市場では特に冒険的なものだった。突然の変化を知り、需要をつかんでおくために、出版者はたいてい商業通信文に頼った。あるいはまた特別の代理人を商用の旅に出し、地下取引の現状について詳細な報告をさせたりした。一七七六年、STNは信頼厚い社員ジャン＝フランソワ・ファヴァルジェをスイス、サヴォワ、リヨネ〔リヨンを中心とする旧州。現在のローヌ県とロアール県にあたる〕、ブルゴーニュ、フランシュ＝コンテを経由する急ぎの旅へと派遣した。ファヴァルジェは馬に内容見本、扉のページ、二種類のカタログを積んで、町ごとに、本屋ごとに、取引の報告をした。たとえばグルノーブルのブレットの店を訪ねたあとにはこう書いた。「ローザンヌ印刷協会が行くところ行くところで私の先回りをしていたのですが、そことつながりがあるのに、ブレットは必要なスイス版のものは何でもわれわれに注文したがっています。哲学書のカタログを渡しましたが、そこに載っているものは既にほとんどすべて持っている、と言っていました」。そしてディジョンのカペルとの商談の後では、「カペル氏は第一級です。少なくとも店には在庫がよく揃っています。哲学書をたくさん扱っています。［哲学書の］リストと新刊書の内容見本付きカタログを渡しておきました。われわれに発注するよう取りはからってくれるでしょう。彼は出版監督官なのです。［密輸業者を使って］ジューニュ〔ポンタルリエ南方のスイスとの国境近くの町〕経由で発送した木箱は、すべてカペルの手を通っていきます。そういったことに節操のある人物ではありません」。流通のあらゆる段階で、生産、貯蔵、価格の決定、市場での売買の過程のすべての点でと同様、哲学書には特別な扱いが必要とされ、またそうされているのは明らかだ[26]。

注文と発送

流通の反対側でも、すなわち非合法書籍を注文し、発送する方法にも同じ傾向が目につく。注文書を書く際に、書籍商は合法的、非合法的、半合法的なあらゆる種類の作品を、ごちゃまぜにすることがときどきあった。しかし危険を感じたときは用心して哲学書を別にした。無害な部分のリストを手紙の本体に書き、禁書の書名をそっと中に入れた紙切れに書くことが時折りあった。紙切れには署名がなく、手紙が着いた後では捨てられることになっていた。もっともＳＴＮの書類のなかに見つかったものが今でも数枚ある[27]。より一般的には書籍商は、注文書のなかのいちばん危険な書名を目立たせるためさまざまな工夫をした。カーンのマヌーリは危険な書名をリストの一部門に固めておいた。ラ・ロシェルのデボルドは終わりの方に置いた。ナントのマラシは分かれた欄に配列した。リヨンのバリテルは×印をつけた。トゥールのビヨー、ブザンソンのシャルメ、シャロン＝シュル＝マルヌのソンベールは最初に合法的作品を並べ、それから線を引いて、禁じられた作品のリストを置いた(28)。

こういった工夫はすべて同じ目的のためだった。木箱が検査されても拘留を免れるよう、特別の扱いを要する本に供給する側の注意を喚起するためである。ボルドーのベルジュレは欲しい作品を六〇点挙げた後で、一一点の筋金入りの哲学書に×印をつけて区別し、「×のついた本を残りの本と結婚させて下さい」と付記した。本を「結婚させる」とは、一方の本の紙をもう一方の本の紙のなかに挟み込むことである。本はたいてい綴じずに発送されたので、かなり単純な方法である。書籍商はこのやり方を「ラーディング」とも呼んでいた〔英語 lard には「(風味を増すため料理する前に赤身の肉に) 豚肉やベーコンを差し込む」という意味がある。フランス語では larder がこれにあたる〕。ブザンソンのシャルメは猥褻で反宗教的な『アラスの蝋燭』(*La Chandelle d'Arras*) 六部を、リッコボーニ夫人の無害だが海賊版の作品三部とともに注文した。「運送業者が発行する受取証には別の書名を書いて、この作品『アラスの蝋燭』をリッコボーニの本のなかにラードして下さい」と指示している。「私は若干の木箱を開けられないように、受取証を監督官室で見せます。そういうわけで、哲学作品を他の名前にしておくことが必須なのです」。STNの店員は、そういった指示をおそらくは真面目くさった顔をして注文控帳に写していったのだろう。もっとも、以下のようなものを記帳するときに失笑しなかったとは思えない。

『娘の学校』
『宗教の残酷さ』
『リベルタン詩集』
　　　　　　　　　は『フランスのプロテスタントの典礼』のなかに

『娼婦』は『新約聖書』のなかに(29)

STNは『ファニー・ヒル』を「福音書」と結婚させるよう指示されていたわけである〔『娼婦』はイギリス人ジョン・クレランドの小説『ファニー・ヒル』をフランス語に訳したもの。表2・6の注参照〕。

とにかく本の注文の出し方はその荷造り、発送とじかに関係した。若い方のルニョーはリヨンの監督官をやりすごすために、×印をつけたものはなんでも木箱の底に隠しておいてもらいたがった。ディジョンのニュブラは非合法本はすべて束にしていちばん上に置いてもらいたがった。自分の組合の建物のなかで木箱が検査される前に、こっそり持ち出すためにである。リヨンのジャクノは哲学書用のいんちきな受取証とともに、木箱の底を好んだ。そしてパリのバロワは包装紙（maculature）に包んでもらうことを望んだ。手法は際限なく変化したが、すべては比較的安全な本と押収されそうな本の間にははっきりした線を引くことにかかっていた(30)。

書籍商が危険を完全に避けようとするときは、非合法作品を合法的なルートを通してこっそり持っていこうとはしなかった。密輸業者、または業界内で知られていたように「保険屋」（assureurs）を雇ったのである。しばしば荷送り人がそのための手はずを整えたが、顧客はたいてい荷物を受け取り次第支払った。保険屋が雇った運搬人夫のチームは、国境の税関と王国内の検査所をやりすごす秘密の道を通って本を運んだ。もし捕まれば、人足はガレー船送りになり、本は押収され、保険屋は損失を返済しなければならなかった。この方式は厄介で高くついた（ジュネーヴ近くの国境越えは一七七三年で商品の価格の一六パーセントかかった）。しかしそれは、書籍商がいちばん求めているもの、すなわち安全を提供してくれた。レンヌでの書籍取引の中心人物ブルエは、安全にしかも費用を取り戻せる価格で売れるとわかっているときにだけ、禁書を注文した。「組合の集会所も通らず、どんな検査も受けずに王国内に積荷を送り込むよう保険屋と取り決められた、とお手紙には書いてありましたが」とブルエはSTNに書き送っている。「私の哲学書のためには、このルートを使うのが貴社にとって最良だと思います。リヨン経由では押収されずにすまないでしょうから。その他の作品は通常のリヨンのルートで送っていただいて結構です……。経費はすべて払う用意がありますが、押収の危険は冒したくありません」(31)。

ブルエのような書籍商にとっては、おとなしめの非合法本とまったくの「哲学書」の区別は経費の計算、危険、ルートに関係していた。密輸業者にとって、それは事実上死活問題だった。一七七三年四月には、フランシュ＝コンテの保険屋ギヨン兄が報告するところでは、人足のうち二人が捕まったが、メルシエの『紀元二四四〇年』とヴォルテールの『百科全書に関する疑問』の積荷が一緒だった。ガレー船送りになるのは確実なようだった。というのは、サン＝クロードの司教が事件に関心を抱いていたからだ。結局二人は釈放されたが、他の人足は仕事をやめてしまった。人足を仕事に戻らせるために、ギヨンは最も危険な本を別の木箱に詰めるよう、STNを説得しようとした。そうすれば税関から急派された巡視隊と出くわしても、箱を捨てて逃げることができたからである。STNは、あなたに輸送を任せるものはなんであろうと間違いなくは法律に全く反しており、保険制度を使うのはそのためなのだから、と返事をした。一方、それほど非合法的でない本は、荷造りの際のごまかしや巧妙な手口によって取引の正常なルートで広まっていった。(32)

ほとぼりが冷めると人足は仕事に戻った。しかし利害の衝突のため雇主との対立は続いた。そしてその対立は、書籍取引における単に不都合な要素からほんとうに「悪い」要素を分かつ線をめぐるものだった。八〇ポンドの木箱を背負って苦しい山道を越えていく男に、文学に対する鑑識眼があるとは期待されようがなかった。フランス=スイス国境の人足の大半が密輸稼業に手を染めたのはインド更紗を運ぶためだったが、それにはフランスの絹を保護しようとする税関の壁を突破しなければならなかった。彼らはどんなまがいものでも背中に縛りつける用意はちゃんとできていた。といっても、非合法的なものを運んだためガレー船の奴隷になって苦悶の死の危険にさらされるといった可能性の前では尻込みした。それでSTNの別の代理人が次のように忠告する。彼はヌーシャテルからポンタルリエへのルートに「保険」を組織した人物だった。

あなたのお仕事は特に慎重を要するものです。というのは、人足たちは捕まったら、宗教を攻撃したり、ある種の有名人を中傷した作品に対して責任を問われるのでは、と恐れているからです。単に関税を払いたくないためだけに商品を密輸する場合には、そういった危険はありません。内容にまるで問題がない本［すなわち合法的作品の海賊版］を密輸したいとお考えのときは、人足の方が、中身に問題はないと保証してくれ、と要求してくるでしょう。そのときは、ポンタルリエまで一〇〇ポンド一二リーヴルであなたのために運んでくれる人足が、私どもの地域で見つけられるでしょう(33)。

密輸の慣行が仕入れ、交換、価格決定、広告、販売、発注、梱包、発送、さらには禁書についての論じ方をさえ裏づける。生産と流布の過程のあらゆる段階で、非合法文学と合法文学を分かつ曖昧な領域で働いていた者たちは、ある種の本はそれなりのやり方で扱われなければならない、ということを知っていた。やり方を間違えると破局を招くからである。

破局は一七八九年に全政治システムを襲った。出版産業の「哲学的」部門がもたらしたイデオロギー的な侵食が、全体的崩壊のための必要条件だったのだろうか？　この問題に取り組む前に、禁書の全体像を把握し、その内容を吟味し、その受容を調べてみる必要がある。しかし研究の現段階でも、地下の書籍取引のルートを通じて流通している「哲学」は、通常、啓蒙と結びつけて考えられる一連の観念とかなり異なっているのは明らかだと思われる。実際、一七六九年から八九年にかけての二〇年間、仕事に精を出してきたプロの商売人たちを調べてみると、十八世紀の標準的な歴史のなかで確立されたと考えられる連想の多くに疑いが兆しはじめる。

啓蒙は革命にどのような影響を与えたか、という古典的な問題は出し方のまずい問題のように見えてくる。というのは、そんなふうに提出すると、問題をねじ曲げることになるからである。まず、十八世紀文化の他のすべてから切り離すことが可能であるかのように啓蒙を具象化してしまうことによって、次いで、血液中にある物質を観察するように一七八九年から一八〇〇年の出来事のなかで追跡できるかのごとく、啓蒙を革命の分析のなかに差し挟むことによって、問題を歪めてしまうからである。

十八世紀のフランスの印刷物の世界は複雑すぎて、「啓蒙的」とか「革命的」といったカテゴリーに分類することはできない。しかし一七八九年以前に一般読者層に文学を送り届けていた人たちは、自分たちが扱っている本のほんとうに危険な要素を区別するための使いものになるカテゴリーを考案していた。その経験を真面目にとるなら、文学史の基本的な区別――危険や文学そのものの観念を含めて――を考え直すべきである。われわれは『社会契約論』は政治理論であり、『B…師の物語』はポルノ、それもおそらく文学として扱えないくらい未熟なものだと考える。しかし十八世紀の本屋はどちらも「哲学書」として同じ扱いをしていた。素材を個々に見ようとすれば、ポルノと哲学のうわべの区別は崩れはじめる。われわれは『哲学者テレーズ』から『閨房哲学』〔サド侯爵の小説。一七九五年〕にいたる好色文学のなかに哲学的要素を読み取り、哲学者たちの好色な作品――モンテスキューの『ペルシャ人の手紙』、ヴォルテールの『オルレアンの乙女』、ディドロの『おしゃべりな宝石』――を再検討するつもりである。一七八九年の精神を体現したミラボーが革命に先立つ一〇年間で最も下品なポルノと最も大胆な政治的パンフレットを書いた、などということはもはやそれほど当惑するようなことではないと思われる。自由《リバティ》と放蕩《リベルティニズム》は関連があるし、地下出版カタログのあらゆるベストセラーの間には類縁関係を見いだすことができる。というのも、いったんマントの下に哲学を探すことを覚えたら、すべてが可能なように思われるからである。フランス革命についてもそうである。

第二章　ベストセラー

　このように十八世紀の出版界の習俗《フォークウェイズ》を訪ねてみると、予備的結論にたどり着く。すなわち、非合法文学は独自の世界であって、書籍取引の特別な一部門であり、定着した慣行によって区分され、「哲学的」という実用的な観念のまわりに組織されている、ということである。その点まで達したからには、今やより野心的な研究を始めることができる。どういう本が地下取引のルートを流れていたのかを正確に決定しようという試みである。出版者と書籍商の日々の仕事を追っていくことで、その取引のなかの「哲学的」な要素を確認することができる。彼らは需要と供給の仲立ちをすることを仕事にしていた。したがって、その仕事を分析することで、どのようにしてタブーに対する好みが本に反映し、そういった本が実際に読者に届いたのかがわかる。そして最後には、革命前の二〇年間にフランスで最もよく求められた本についてのベストセラーのリストをつくることができるだろう。

　それは大それた主張であり、読者が次のような疑いに悩まされるのももっともだ。どのようにして二世紀も前の書籍取引の隠れた分野での文学需要を計ることができるのだろうか、死や税金も含めてほとんど何についても信頼できるデータが存在する以前のことなのに、と。[1] いくつかの事例研究について述べる間、しばしこの不信を保留していただくようお願いする。事例研究が秘密の書籍取引の基本的性格を描き出してくれるだろうから。その研究がもとづくのはヌーシャテル印刷協会（STN）の古記録、十八世紀から今日に伝わった出版社兼卸売業者の書類の唯一完全な一揃いである。STNはフランスから国境をちょうど越えたところにあり、非合法なフランス語の本を生産し、ローヌ川やライン川を下って、あるいはジュラ山脈越しにそれらの本を送るには理想的な位置だった。その在庫には、自身の出版物に加えてあらゆる種類の現代文学の膨大な寄せ集めを含んでいた。そして顧客はほとんどが小売りの書籍商で、フランスの大都市すべてとかなり大きな町のほとんどから来ていた——サンクト・ペテルブルクからナポリ、ブダペストからダブリンにいたる、他のヨーロッパのいたるところでフランス語の本を売る販売業者も含んでいた。

　STNの事務所には毎日本屋からの注文が届いたが、多くの場合、市場の情勢や密輸の指示についての言づてが付いていた。フランスの小売商からの典型的な注文には一ダースくらいの書名が載っていて、「哲学的」部門の商いをしている場合は禁書が混ざっていた。しかしたいてい一つの書名に対して二、三冊だけの注文だった。商慣行上、売れ残った本は返品が許されていなかったからである。そのため小売商が発注するのは顧客の注文か、売れると確信できる本にかぎっていたが、STNがパン屋の一ダース〔一ダースにつき一冊サーヴィスすること〕のチャンスを与えてくれたときは無料の一三冊目を得るために無理をした。もちろん、書籍商のなかには他の者より大きな危険を冒してでも大量に発注したり、取引の非合法部門へあえて参入しようとする者もあった。しかし返品の規定がない——今日では出版社の夢であるが——ということは、注文はすべて小売商の需要の認識と非常に近い、ということを意味していたわけである。

いったんヌーシャテルに注文が着くと、事務員が「受注帳」(livre de comission) と呼ばれていた会計帳簿の左の欄にそれを写す。そして発送の後、表の右の欄に書名ごとの対応する部数を記入した。したがって収支計算書のなかで需要と供給が一目でわかった。たいていその二つは一致していた。というのは、STNは在庫にないものはなんでも交換によって、提携している出版社兼卸売業者から入手したからである。そのため、STNの書類——内容は書籍商の通信文で「受注帳」や他の会計帳簿(「当座帳」{brouillons} や「取引日記帳」{journaux} と呼ばれた毎日の台帳)がその補足となる——は、文学需要の流れを書名ごとに追っていって、本の供給をフランス中のいたるところにある地方市場へたどっていく例外的な機会を与えてくれる。これらの書類のおかげで禁書かどうかも識別できるようになる。というのは前章でも説明したように、「哲学的」な商品はシステムのあらゆる段階で特別な扱いをされるように選び出されていたからである。「哲学的」という信号をすべてたどっていけば、一七六九年から八九年にかけてフランスで流通していた禁じられた文学全体の書誌を作成できる。すなわち、特認や許可がなくても安全に売ることのできた本に対して、ほんとうに危険だと考えられていた本の書誌である。そして、十分な注文のサンプルからデータをまとめることでどの本がいちばん売れたかがわかる。[2]

しかし数字がそれだけで語りだすことはないだろう。数字を理解するためには、書籍商がどのように商売をし、その商売がどのようにまわりの社会に適合していたか、を理解する必要がある。事例研究は質と量の分析を混ぜ合わせる最良の方法を提供してくれる。ヌーシャテルとパリの資料が無尽蔵に豊富なおかげで、研究は際限なく伸びていく。私は四つの事例に制限することにした。まずＳＴＮの時折りの顧客としては典型的な二人の書籍商であり、次いで定客の二人である。最初のペアからうかがえる取引のパターンは、時折りあちらこちらで機会が生じるたびに行なわれた小商いからまとめられたものである。二番目のペアをみれば、ヌーシャテルから在庫の大半を得ていた大きな取引の輪郭がすっかり明らかになる。

市場のスナップショット

ナンシーのマチューはロレーヌの荒っぽい書籍取引の典型である。マチューは一七五四年に行商を始めたが、それはこの地方がフランスに併合される一七六六年以前のことで、スタニスラス・レスチンスキー〔ルイ十五世の妃マリア・レチンスカの父〕の暢気な政権のおかげで、事実上誰でも禁書に投機することができた。警察の報告書によると、取引は一七六七年になってもなおもブームだった。

ナンシーでは誰でも自由に書籍の販売と輸入ができる。中古の家具商人が個人の蔵書を買い上げて、自宅か広場で売っている。子供などからも買い上げている。行商人はこの地方中にはびこっていて、何でも好きなものを持ち込んでいる。彼らはあらゆる田舎町の市やプロンビエールやバン＝レ＝バンの温泉の集まりにも現われる。完全な自由と印刷業者から与えられた有利な条件のために、これらの行商人がいちばん危険だ。[3]

一七六四年までにマチューは屑物商売でナンシーに店を出せるくらいため込んでいた。しかし警察によれば、それはまあまあの商売で、在庫は二〇〇冊以下で、マチューはアルザス、ロレーヌ中を行商しつづけていた。その売店が見かけられたのは年に二度のストラスブールやコルマールの市、プロンビエールで鉱泉水を飲む社交界の人士の群れのなか、「リュネヴィルの館の大広間で」だった。[4]

マチューのSTNへの手紙——少なくともそのうち六九カ所フランス語の綴りが誤っていた——や県内の他の書籍商の手紙は、マチューが手ごわい相手であることを示唆している。[5] 値切り方はひどいし、商売敵は押し退けるし、めったに危ない橋は渡らなかった。しかしロレーヌの他の小売商とは違って、勘定はいつもきちんと支払った。多くの小売商が無理がたたって倒産したなかで、彼は一七七〇年代を通して繁盛していたようだ。一七七九年には、ナンシーの比較的堅実な一七の書籍商の一人であるババンの商売の権利を買い取った。そして、どんな種類の書籍や新聞でも提供できると謳った、目立つカタログを発行した。[6]

そのカタログに含まれていたのは完璧に合法的な作品だけで、ほとんどが宗教作品だった。しかしマチューのSTNへの手紙を読めば、「哲学」書への盛んな食欲は明らかである。「哲学」書はストラスブール経由で輸入していたが、そのルートがあまりに危険になると、安全な商売へと撤退した。マチューがほとんど最初から求めていたのは、「ヴォルテール氏のものか、他の並みではないものです。私の言いたいことはおわかりですね」[7]。彼の真意は注文が重なるにつれてより明らかになっていった。最初ヴォルテールの『百科全書に関する疑問』とドルバックの『自然の体系』(*Système de la nature*)を取り寄せた。それからメルシエの『紀元二四四〇年』の注文を受けるとすぐに急いで五〇部追加注文した。それにつづいて『鎧を着けた新聞屋』(*Le Gazetier cuirassé*)のような政治的中傷文(libelles有名人についての中傷的なパンフレット)とポルノを少し求めている。表2-1を見ればその傾向がはっきりわかる。この表はマチューの注文から禁書をすべてリストにしたもので——他の大半の書籍商のようにたいてい合法作品と非合法作品を混ぜて求めていたが、ここでは厳密な意味での非合法作品だけを載せている——、一七七〇年から八〇年にかけて発注がどう変化したかを示してある。

数字を見ると、マチューの取引のなかで『自然の体系』と『紀元二四四〇年』という二つの作品が目立っている。どちらの場合も最初の注文が異常に大きな数で、顧客がさらに求め続けたので数年間以上にわたって注文を続けた。注文の回数が注文部数の重要性を裏づけ、需要の継続する強さを示している。その結果マチューの取引ではこの二つの本がベストセラーであり、たぶんナンシー中、いやロレーヌ中でもベストセラーだった、と結論づけるべきだろうか。

まったくそのようなことはない。第一に、強い結論を支えるには統計の基盤が小さすぎるし、第二に、マチューは仕入れ品のわずかな部分しかSTNから得ていなかったからである。マチューの手紙を見れば、値段がもっと安ければ、他の出版社へ向かったのがわかる。たとえば、『アメリカ人に関する哲学的探求』(*Recherches philosophiques sur les Américains*)〔コルネリウス・ド・ポー の作。一七六八—六九年〕は一七六八年から七七年の間に少なくとも一四版を重ねた疑いようもないベストセラーなのに、そのSTN版は注文しない、と一七七三年に書いている。他の出版社からもっと安い版を買ってあったからである。そして一七七九年には明らかに同じ理由から、ヴォルテールの作品集はローザンヌから購入する方がよい、と言っている。どちらの書名もマチューのSTNとの取引のパターンには現われないが、おそらくどちらもかなりの部数を売ったはずである。

それでも表2-1はマチューの取引の全体像を描くうえで有効である。ヴォルテールの作品全集についての言及はないが、ヴォルテールの最重要な二作、『百科全書に関する疑問』と『哲学辞典』(*Dictionnaire philosophique*)とさらに『書簡・風刺・短編』(*Epîtres, satires, contes*)を含んでいる。そしてヴォルテールへの傾倒はマチューの手紙の文句から裏づけられる。手紙では繰り返し「ヴォルテールの何かいい新作」を求めている。(8) 手紙はルイ=セバスチャン・メルシエのような人気作家や偽の『ルイ十五世回想録』(*Mémoire de Louis XV*)のようなスキャンダラスな政治パンフレットにも強い関心を示している。質と量の証拠がお互いに強めあって、たとえ情報が個々の書籍に対する需要を計算できるほど完全なものでないとしても、同じ一般的なパターンを示している。

似たようなパターンは、もう一人のSTNの時折りの客であるランスのアルフォンス・プティの注文にも現われる。マチューと違って、プティはある程度学があり、警句をひねることもできたし、スイス人にどの本を増刷すべきかについてためらいなく進言もできた。「印刷を考えておいでのビュフォンはいつでも良い商品になります……。しかし動物の習性と特長を含んでいることが必須です。もし簡略にしすぎると単なる抜粋になり、もはや愛書家を満足させられないでしょう」。ロレ

表2-1 ナンシーのマチューの取引

年	1770	1771			1772					1773	1774	1775			1777		1778	合計*
月/日	15/11	6/欠	7/19	9/27	2[1]/24	4/7	9/6	9/25	10/28	12/31	8/7	5/29	11/18	12/6	3/4	6/欠	2/20	
『百科全書に関する疑問』 ヴォルテール	7						6											13(2)
『自然の体系』 ドルバック		12	24		6					2	3	3	4	4		2		60(9)
『紀元2440年』 メルシエ				50		6				2	4			2	2			66(6)
『哲学的打ち明け話』ヴェルヌ					4													4(1)
『鎧を着た新聞屋』 モランド[2]					6													6(1)
『著作集』 ルソー								1	2	1								4(3)[3]
『書簡・風刺・短編』 ヴォルテール								4										4(1)
『コント』 ラ・フォンテーヌ										1								1(1)
『社会組織』 ドルバック										6			4	4				14(3)
『著作集』 ディドロ										3								3(1)
『良識』 ドルバック													4					4(1)
『赤い卵』メロベール[4]													2	2				4(2)
『ルイ15世回想録』 作者不詳														4				4(1)
『著作集』 ラ・メトリ														1				1(1)
『哲学辞典』 ヴォルテール														2				2(1)
『娼婦』 クレランド														2				2(1)
『帰依,あるいは女性フリーメーソン』 サン=ヴィクトール?														2				2(1)
『高位フリーメーソンの暴かれた最深奥の秘密』 ケッペン[5]														2				2(1)
『F.M.〔フリーメーソン〕の一般的義務,地位,もしくは規約』 作者不詳														2				2(1)
『暴かれたキリスト教』 ドルバック															1			1(1)
『淑女学院』 ニコラ[6]																2		2(1)
『シュヴァリエ・デオンの閑仕事』 デオン[7]																	1	1(1)

＊合計欄の最初の数字は注文された合計部数，括弧のなかの数字は注文点数の合計を表わしている。マチューが発注した合法的作品は省かれている。

〔1〕原著では「1771年2月24日」となっているが，位置からして「1772年2月24日」だと思われる。

〔2〕1748-1803年頃。パンフレット作者，ジャーナリスト。

〔3〕原著では「3(3)」となっている。

〔4〕1707-1779年。文学者。

〔5〕表2-6の原注参照。

〔6〕ニコラ・コリエNichlas Chorierによる翻訳である。

〔7〕1728-1810年。ルイ15世のスパイ。ロシア，イギリスで女装してスパイ活動を行なった。表2-2 ランスのプチの取引

ーヌと同様、シャンパーニュは本にはいい国で、プティはその中心地において特に一七七六年以降は強い勢力を持っていた。というのは、その年に主な競争相手だったマルタン＝ユベール・カザンの店が警察の手入れを受けて、カザンがバスチーユ送りになっている間に六〇〇〇ポンドの禁じられた作品が押収されたからである。(9) この手入れは州全体に取引に冷や水を浴びせかける結果になった。そして、プティはいかなる場合にも用心深くなったようである。手紙でプティは絶えずSTNに危険を避けるようしつこく勧めていたし、いつも発注を売れると確信した部数に、あるいはもっとよくあるのは既に売った部数に制限していた。一七八一年二月三日付の典型的な注文書では、STNの最新カタログから一六点を選び出し、他の出版社から代わりに入手してもらいたい作品を数点付け加え、それから線を引いて特別な扱いを要する「哲学」書を八点リストアップしている――それはルソーの作品から『デュ・バリー伯爵夫人に関する逸話集』(*Anecdotes sur Mme la comtesse du Barry*) にいたる典型的な選択である。

表2‐2が示すように、プティの注文(一七七九年から八四年に一四回)は一七八〇年代の最新の本を含んでいるという点で、マチューの注文(一七七〇年から七八年に一七回の注文)とは異なっている。しかしルイ十五世の治世の末期の政治的危機に関する本の数は彼の方が多い。そして無神論、フリーメーソン主義、覗き味趣味のポルノにも同じく魅力を感じていることがわかる。プティの手紙は統計から受けた印象を裏づけている。プティはアンシャン・レジームの多くの面を批判していたメルシエの『タブロー・ド・パリ』の増補版を求める顧客に「ひどく困らされて」いる。同時にルソーの注文した本が着くずっと前に全部売れてしまった、と一七八三年には書いている。

表2-2 ランスのプティの取引

年	1779	1780	1781		1782			1783					1784		合計
月/日	10/欠	5/31	2/3	8/27	2/16	4/24	12/16	1/20	3/10	5/10	6/29	8/31	3/30	8/31	
『庶出の娘』 レチフ・ド・ラ・ブルトンヌ	2	3													5(2)
『哲学的歴史』 レナル	2			13										4	19(3)
『紀元2440年』 メルシエ		2			2			4		4					12(4)
『著作集』 ルソー		12													12(1)
『乙女』 ヴォルテール			2												2(1)
『良識』 ドルバック			1												1(1)
『自然の体系』 ドルバック			1												1(1)
『著作集』 ラ・メトリ			1												1(1)
『著作集』 フレレ[1]			1												1(1)
『哲学者テレーズ』 ダルジャン[2]			2												2(1)
『B…師の物語』 ジェルヴェーズ・ド・ラトゥーシュ[3]			2												2(2)
『デュ・バリー伯爵夫人に関する逸話集』 メロベール?			1											2	3(2)
『J=J・ルソー遺作集』				13		13	2								28(3)
『タブロー・ド・パリ』 メルシエ				13			13							6	32(3)
『イギリス人スパイ』 メロベール?					6					4			2		12(3)
『鎧を着けた新聞屋』 モランド					1										1(1)
『宗教的隷属の起源の探究』ポメルル[4]							6								6(1)
『バスチーユ回想』 ランゲ[5]									25	24				3	52(3)
『ネッケル氏への賛否両論全集』										13			6		19(2)
『刑法理論』ブリソ[6]										2					2(1)
『FMの一般的義務,地位,もしくは規約』作者不詳													2		2(1)
『ルイ15世の私生活』 ムッフル・ダンジェルヴィル[7]													4		4(1)
『エロチカ・ビブリオン』 ミラボー														2	2(1)

〔1〕1688-1749年。年代学，地理学，東洋学，文献学，哲学など多方面にわたる学者。
〔2〕1704-1771年。小説家。
〔3〕1715頃-1782年。小説家。
〔4〕1745-1823年。文学者。軍隊を離れてから知事などを歴任した。
〔5〕1763-1794年。『政治文学新聞』を創刊するが発禁となる。1780年バスチーユに投獄された。
〔6〕1753-1793年。ジャーナリスト，政治家。ロベスピエールと対立しギロチンにかけられた。
〔7〕1794年没。文学者。

作品集の新刊を求める客にも「しつこく悩まされて」いる。S＝N＝H・ランゲの『バスチーユ回想』のことを耳にするとすぐ、プティはベストセラーになると見抜いて大急ぎで二五部もの異常に多い注文を出し、二カ月後にはさらに二四冊の注文を追加して出した。ネッケルの内閣に関する論争的なパンフレットのアンソロジーも大きな注文を引き出した。実際、追加注文の際、プティは「批判的作品」、すなわち政治的中傷文の新作すべてを二部ずつ一括して求めている。明らかにランスでは政治の本がよく売れた(10)。

シャンパーニュでは政治文学が非合法の書籍取引において支配的だった、ということになるのだろうか。もちろんそうではない。マチューや他のSTNの時折りの顧客同様、プティは仕入れ品の大半を他のところから得ていた。マーストリヒト、ルーアン、リヨンからの積荷についての言及がある。おそらく低地地方〔北海沿岸の低地帯。現在のベルギー、ルクセンブルク、オランダ〕、ライン地方〔ドイツのライン川西岸の地域〕の数社の供給元と取引があった。それらの本がSTNの本と大きく異なっていれば、ヌーシャテルとの取引はほとんどなにも証明しない。しかしどうもそうではないようだ。というのはプティは、増刷のしすぎのため同じ作品がどこでも手に入り、商売敵がよく安売りをしている、と不平をこぼしているからである。出版社や卸売商の間での交換はかなりの程度まで進んでいたので、STN自身の版をSTNそのものよりリヨンからより安く入手できたほどだった(11)。そういった理由やなにやかやで――特に当地の書籍監督官が厳しいので危険を冒すのを嫌がったので(12)――プティとヌーシャテルの取引はけっして大した分量にはならなかった。プティの注文のパターンはぼんやりしたスナップショットのようだ。全体的な印象は与えてくれるが、明確で詳細な写真ではない。

商売の素描

書籍取引をもっと深く調査するためには、STNと常客との関係を詳しく調べねばならない。常客たちは定期的に注文し、仕入れのかなりの部分をヌーシャテルから得ていた。ブザンソンの最大手の書籍商、ジャン゠フェリックス・シャルメの場合を考えてみよう。一七八〇年代には人口三万二〇〇〇人だった州都にあって、シャルメはおもに王に仕える官吏、士官、地方の素封家、法律家などからなる顧客を持っていた。ブザンソンには製造業がなかったが、顧客を本屋へ送り込んでくれる機関はあった。高等法院、地方長官府、軍隊の基地、不思議にたくさんの会計事務所に法律事務所、大学とアカデミーと劇場が一つずつ、フリーメーソンの支部が三つ――大聖堂と一〇ほどの男女それぞれの修道院はいうまでもなく[13]。『書籍商年鑑』(*Almanach de la librairie* 王国内のすべての書籍商と印刷業者を載せたと称する年鑑)は一七八一年には一二の書籍商と四軒の印刷業兼書籍商を載せていた。しかしシャルメは、そのうちさかんに商売をしているのは四人だけだ、とSTNに語っている。その四人のなかでは自分がいちばん活発で、いちばんの心配の種はドミニック・レパニェで、この元気いっぱいの若者が『百科全書』市場のもっともうま味のある部分を大半取ってしまう、というのだった[14]。

シャルメの注文と、一七八二年にシャルメが亡くなってから仕事を引き継いだその妻の注文は[15]、一七七一年十二月から八五年三月までの間、三、四カ月ごとにヌーシャテルに着いた。全部で五五通の注文には、広い範囲の合法的文学同様、禁書が九七点含まれている。注文書からまとめた統計は長くなりすぎて、マチューやプティの場合のように一枚の表には収めきれない。それで私はそのすべてをSTNの顧客による注文の全般的統計の抽出見本に組み入れておいた。それについては以下で論じることになるが、シャルメの一九点のベストセラーを表2-3に載せておこう。

この表は需要を二つの方法で明らかにしている。禁書それぞれについて、シャルメの出した注文部数の合計と注文回数の合計を示している。右端の欄の括弧のなかの数字は注文回数で、注文部数に対する補足または適正化の役に立っている。というのは、それは需要の継続を示すことになるからである。すなわち、その数字はシャルメの最初の注文が不適当であったり、シャルメの顧客の要求が続いたとき、同じ本に対して追加注文を申し入れたりした場合を示しているからである。

ベストセラーのリストは一般的解釈を許すほど確かな統計的基礎にもとづいているが、文字どおりに読むことはできない。というのは、リストはそれぞれの本に対する正確な需要を示してはいないからである。たとえばリストの一番目の『V＊＊＊の哲学書簡』(*Lettre philosophique de V****)——作者不明の不信心で猥褻な物語集で、ヴォルテールの『哲学書簡』(*Lettres philosophiques*)と混同してはならない——は、シャルメがさらに二度補充したのも、例外的にあえて大量に注文したことを表わしているのかもしれない。

そしてリストの最後の本、『ルイ十五世の回想録』は見かけより人気があったかもしれない。というのは、シャルメは他の供給元から追加の部数を入手していたかもしれないからである。そのうえ書名が厳密に比較可能な単位を表わしているわけでもない。『V＊＊＊の哲学書簡』は出版者の

表２－３　ブザンソンのシャルメの取引＊

1	『V＊＊＊の哲学書簡』　作者不詳	150 (3)
2	『アレティーノ』　デュ・ロラン	137 (4)
3	『デュ・バリー伯爵夫人に関する逸話集』 ピダンサ・ド・メロベール？	107 (5)
4	『あけすけなリラ』　作者不詳	105 (3)
5	『ルイ15世の私生活』 ムッフル・ダンジェルヴィル？　またはラフレイ？	104 (4)
6	『修道生活についての哲学論』　ランゲ	93 (5)
7	『オルレアンの乙女』　ヴォルテール	75 (3)
8	『身ぐるみ剝がれたスパイ』　ボードアン・ド・ゲマドゥク	60 (1)
9	『哲学的歴史』　レナル	59 (7)
10	『紀元2440年』　メルシエ	57 (6)
11	『告白』　ルソー	54 (2)
12	『ボッカッチョの物語』　ボッカッチョからの翻訳	49 (3)
13	『フランスからうまく逃れた作品集』　作者不詳	45 (2)
14	『封印状』　ミラボー伯爵	44 (3)
15	『タブロー・ド・パリ』　メルシエ	42 (3)
16	『わが改宗』　ミラボー伯爵	32 (2)
17	『さすらいの娼婦』　アレティーノまたはフランコ・ニッコロ	31 (2)
18	『モープー氏によって遂行された…歴史的記録』 ピダンサ・ド・メロベールとムッフル・ダンジェルヴィル	31 (2)
19	『ルイ15世の回想録』　作者不詳	28 (1)

＊シャルメは1771年12月から1785年３月までの間に55回の注文を出した。それには97点の非合法作品が含まれているが，そのうち以下の19点が最も需要が多かった（右端の欄の最初の数字は注文部数の合計を表わし，括弧のなかの数字は注文回数の合計を表わしている）。

言葉では「印刷上の贅沢なしで」、印刷された使い古しの編集物で、その価格も一七スーから一リーヴル五スーへと変化し、レナル師の壮麗な『哲学的歴史』ほどはぱっとしなかった。『哲学的歴史』は六巻から一〇巻本で、たいてい堂々たる八折判で挿絵と凝った折込みページの表で飾り立てられていた。『哲学的歴史』の価格は補巻として入手できる地図は入れずに、一〇リーヴル一〇スーから二〇リーヴルの間だった。費用がかかるのでシャルメはあえて多くを発注しようとしなかったが、リストの他のどの本よりも仕入れ回数は多い。したがって、『哲学的歴史』に対する需要はベストセラー・リストの上から九番目という位置が示すよりたぶん多かっただろう。

こういったことを考え合わせると、ベストセラー・リストは用心して扱わねばならない、という一つの戒めになる。[16] リストは文学需要を近似的に描けるだけで、そこに載っているそれぞれの本の精確な重要度を計るためには使えない。しかし他の資料と照らし合わせて研究すれば、取引の主要な傾向を明らかにすることはできる。シャルメの取引が特に重要なのは、彼が非常に多くをSTNから仕入れていて、手紙のなかでたいへん率直に自分の商売について語っているからである。その書簡は一七九通にも及ぶ膨大なもので、店頭からシャルメが見た需要についてのそのときどきの解説を与えてくれる。店がヌーシャテルからジュラ山脈を越えてほんの五〇マイルのところにあったので、シャルメは時折りSTNの本部を訪れた。それで単に顧客であるだけでなくSTNの幹部のちょっとした友人にもなった。そのため、幹部への手紙としては珍しいほどの率直さで個人的な観察と職業上の観察を披露している。

シャルメの手紙の調子は一七七四年十月の訪問の後、特に友情のこもったものになった。その訪問でSTNとの密輸の取決めが行なわれたのである。シャルメは国境から障害を取り除こうとして、税関を買収し、文学に対していい趣味をもつ啓蒙行政官であった、ブルジョワ・ド・ボワンという監督官と積極的に交わった。監督官はシャルメの積荷には特別の通行許可証を出してくれた。その代わりにシャルメは、「形のある挨拶」を——お金ではなく「哲学」書を——提供した。一七七五年、フランブールの国境検問所でのしくじりのため、STNの木箱三つが押収されたとき、シャルメは監督官の書庫に、金打ちをしたモロッコ革で装丁した極上のレナルの『哲学的歴史』を二部提供した。「うすのろどもを宥《なだ》めるため監督局の中庭で焚火が行なわれるでしょう」とシャルメは書いている。しかし木箱ごと押収された『哲学者テレーズ』のようなベストセラーの代わりに、シャルル・クリスタンの『サン＝クロード論考』のような売れない本を焼くようにシャルメは取り計ったのであろう(18)。

ＳＴＮの方はというと、単にヌーシャテルで歓待しただけではなかった。新しい版を売り出す際には、ＳＴＮはシャルメの主な競争相手だったブザンソンのレパニェよりシャルメを贔屓にした。そうすると今度は、レパニェがヌーシャテルのサミュエル・フォーシュなどの、ＳＴＮの競争相手に発注した。年を経るにつれて、相互の利害の絆はお互いの尊敬へ、尊敬はほとんど友情に成長していった。一七七七年の三月にヌーシャテルを通りすぎた後で、シャルメは商用でパリに来ていたＳＴＮの幹部たちに、手紙であなた方の妻子は元気だと書き送った。「私は彼らの愛情と礼儀正しさと善意の現われに感動しました(19)」。一七七九年に取引が減少したときも、シャルメはヌーシャテル側にこう保証している。「貴社は……私が最も尊敬する会社です。私の取引する他のどこより愛着があります(20)」。この当時シャルメはブザンソンの新しい書籍商組合の理事であったが、その地位を利用して非合法作品の出荷すべての監督責任者になった――それはまた、非合法文学用の地下鉄道を通っていくＳＴＮの木箱を急がせるには理想的な地位だった(21)。シャルメはスイスの供給者をあれやこれやで手助けしたが、王室出版監督官が検査中肩ごしに油断なく見張っていた。そのためシャルメは極度に神経を使わねばならなかった。地方に根をおろした書籍商の多くと同様、シャルメはけっして大きな危険を冒そうとしなかったし、STNはパリへの積荷用にブザンソンを通過していく北西路を開拓する希望をもっていたのだが、その経路は容易に見つけられなかった。

商売が伸びていく一方、シャルメの身体は弱っていった。書簡に最初にその兆候が現われたのは一七八一年九月に妻が書いた手紙だった。そこには、床を離れられないくらい具合いが悪い、とあった。何の兆候だったのだろう。癌か結核か。シャルメ夫人には夫を襲ったものを言い表わす知識も語彙もなかった。そして歴史家は、死が書類を侵食していくのを手をこまねいて見ていることしかできない。シャルメは一七八二年の旅の途中で再び病いに倒れる。留守中は妻が店番をしていたのだが、九月にはこう伝えている。「夫は不運に打ち克とうとしたのですが、打ち負かされました。用心しなかったのと効果の上がらない治療が病気をしつこく頑強なものにしたのです。しかし夫は切り抜けてくれるだろうと思います[22]」。一カ月後、妻はまだまだ楽観的だったが、十一月の初めには、夫はベッドから出られなくなった、と書いているし、十一月十五日までには署名さえできなくなっていた。STNの幹部はただ同情の気持を書き送っただけではなかった。地方の代理人に、シャルメの手形のうち一つの取立てを延ばすよう指示した。妻によれば、その例外的な措置に「あなた方のものすべてに対して夫は感謝の涙を流しました[23]」。六週間後シャルメは亡くなった。

シャルメ夫人が商売を続けた。その手紙は単にきちんと書けているだけでなく――文法的に正しいフランス語を書けなかった多くの未亡人の本屋と違って、接続法半過去を使うことさえためらわなかった――、商売についての理解を大いに示したものでもあった。夫人は、STNがミラボーの『封印状』をローザンヌの商売敵ほど早く供給できない、と不平をこぼし、ポルノ的小冊子『やんごとなきリベルタン』(*Le Libertin de qualité*) の注文にはもっと素早い対応を期待する、と注文をつけている。[24] ランゲの『バスチーユ回想』〔一七八三年刊〕のことを聞いたとき、夫人はベストセラーの臭いをかぎつけた。「ここにランゲによって書かれたと言われている、バスチーユの歴史について多くの噂が流れています。私はジュネーヴから、この本はローザンヌでも持っているかもしれない、と聞いています。何部か早急に入手していただけますか。確かによく売れるでしょうし、早く送って下されば感謝いたします[25]」。そしてテュルゴー〔一七二八—八一年。政治家、経済学者。ルイ十六世によって財務総監に登用された〕の『遺作集』(*Œuvres posthumes*) のある版に思惑買いをする。というのは、本文を調べた夫人は、自分の顧客に受けるだろうと確信したからだ。「この本は力強く書かれています[26]」。

本を注文するとき、シャルメ夫人は夫のやり方に忠実だった。「夫は多品目少部数の方針をとっていました[27]」。シャルメはまた大量に仕入れる前にはその本を読もうと努力していた。とりわけ顧客と前売りを取り決めて、本ごとの注文を最少部数に制限しようと努めていた。手元に売れ残りが出るより、客の求めが続いて同じ作品に対する注文を数回繰り返す方を好んだ。冒険をするどころか需要にできるだけ従おうとしていた。「私は気が弱くてびくびくしています。売上高が私の羅針盤です。それからそれると必ず危険に身をさらすことになります。そういうわけでどんな危険も冒したくないのです[28]」。

シャルメの手紙から、仕入れの大部分をＳＴＮから得ていたこともはっきりする。手紙には他の供給元、特にローザンヌとジュネーヴのことも書かれている。しかしシャルメ夫妻は可能なかぎりＳＴＮを贔屓にしていた。「取引はすべてあなた方のところとしたいのです。感謝と尊敬という絆で結ばれているのですから」[29]。たとえば一七八一年には、『ルイ十五世の私生活』という、卸で普通一〇リーヴルの四巻本を他のスイスの会社から買う機会を退けて、STNに二六部という異常に大きな注文を出した。しかし需要が大きすぎて、スイスの出版社間の交換網を緊張させてしまった。STNはその本の出版元であるジュネーヴのジャン＝アブラム・ヌフェと交換して、二〇〇部を揃えようとした。しかしながらヌフェは借金の重荷に喘いでいた。債権者をなだめる好機を捉えて、ヌフェはSTNの分を出し渋り、その版の大半を他の卸売業者に現金で売り払った。こうしてSTNが自分の分を市場に出すずっと前に、他の卸売業者がフランスの小売商に供給したのである。そのため、積荷を受け取る二カ月も前に、客が商売敵の店頭でその本を見た、とシャルメがこぼすことになった。それでもシャルメはさらに三回追加注文し、合計一〇四部売ったが、みずからいうところの「小さな小売商」にとっては目立った成功だった[30]。『ルイ十五世の私生活』はベストセラー・リストの五位だが、市場の内幕話が示唆しているのは、リストから判断されるよりその需要はずっと大きなものだった、ということである[31]。

実際シャルメの通信文を詳しく読んでみると、リストの主要な傾向は中傷的政治文学にあるが、その傾向は強調されすぎているわけではなく、むしろ控え目に現われているように思われる。確かにベストセラーにはあらゆる非合法なジャンルが——有名な哲学者の大冊の隣にポルノや反宗教的作品が——少しずつ含まれていた。しかしシャルメは、一七八一年までに大衆は抽象的な論文には興味をなくした、と書いている[32]。そのかわりに顧客が望んでいるのは、ミラボーの『封印状と監獄[33]』(*Des Lettres de cachet et des prisons d'Etat*) のような論争的パンフレット、『ルイ十五世の私生活』のような中傷文、『モープー氏によって遂行されたフランスの君主制における革命の歴史的記録』のようなスキャンダル情報（chroniques scandaleuses 同時代の出来事についての噂話）だった。この『歴史的記録』のことを耳にするとシャルメは、現物を見ずに二五部、そして調べてみて「出来がいい」と思ったら一〇〇部もらいたい、と言った。[34] また『ルイ十五世の回想録』も一〇〇部は売れると思っていたのだが、どんな大きな注文の場合もそうだが、まず読むことを望んだ。「作品が良くて売れそうであれば一〇〇部いただきましょう。しかしそれが『デュ・バリー夫人概要』（*Précis de Mme du Barry*）と同じスタイルだったら、一ダースで十分です[35]」。

実際、シャルメの手紙は市場にはこの種の文学が溢れ返っていたことを暗示している。STNにネッケルの内閣についての論争的作品集を増刷する計画について意見を求められたとき、シャルメは当地の市場ではこれ以上消化できない、と返事した。しかし、こう付け加えてもいる。

四巻本の『イギリス人スパイ』（*L'Espion anglais*）は増刷してもまだ少しは売れそうです。一時の勢いはなくなっていますが良い作品ですから。ただ私には二五部でちょうどいいくらいです。こちらでは既に一〇〇部も売れましたので。『イギリス人観察者』（*L'Observateur anglais*）、『秘録』（*Mémoires secrets*）、『フランス人スパイ』（*L'Espion français*）と前述のもの〔『イギリス人スパイ』〕――で同じ主題について非常に多くの本が出回り、大衆は既に満腹しています。[36]

そうはいっても一〇カ月後、さらにまた別の「スキャンダル情報」の印刷が仕上がったと聞くとすぐに、『身ぐるみ剝がれたスパイ』を五〇部注文しており、チャンスに飛びつかなかったわけではない。[37]

シャルメの手紙は、統計の背後にある人間的な要素を明らかにしてくれる。ヌーシャテルに近接していること、STNの幹部との交友関係、需要を算定し発注する慎重なやり方――これらのすべてが、シャルメの書類を、ベストセラー・リストを読むだけでは生じるかもしれない誤解を正す理想的な資料としている。実際、リストでは一九点のうち五点が中傷文またはスキャンダル情報に分類できるのだが、政治的作品の市場はそこに示されているよりずっと強力だったということが読み取れる。二種類の証拠を総合すると、大衆は猥褻で中傷的な扇動的文学を渇望していた、ということがわかる。

町中の商売

ブザンソンは王国の北東部にある高等法院のある都市で識字率が高かったから、そこの人びとはフランスの他の地域とはかなり違っていたかもしれない。[38] 最後の事例研究としてSTNのモンペリエでの取引を考察してみよう。モンペリエはかなり南部の都市で、友好的な訪問をしたりヌーシャテル人と個人的な連帯感をもてる範囲からはるかにはずれていた。

モンペリエの人口は約三万一〇〇〇人で豪華な文化施設がずらりとそろっていた。一七六八年にある誇り高い市民が、すばらしく詳細で独断的な『モンペリエ市の現状と案内』(*Etat et descrip-*

tion de la ville de Montpellier）のなかでその目録を作成した。大聖堂が一つと参事会教会が四つ、修道院が一六、キリスト教学校修道会〔一六八〇年にジャン・バチスト・ド・ラ・サールによって創設された教育修道会〕によって運営されていた大きな小学校が二校、家庭教師もする教師が指導するもっと小さな学校が数校、王立のコレージュすなわち中等学校一校、大学一校（有名な医学部だけに、七人の教授がいて、その教授には二〇〇〇リーヴルの俸給とイタチの皮で裏打ちをしたボンネット付きの赤いダマスクのガウンを着る権利があった）、高名な王立科学アカデミー、音楽アカデミー、市立劇場、フリーメーソンの支部が一二であった。高等法院はなかったが、モンペリエは司法、行政の中心地だった――ラングドックの地方三部会の中心地、地方長官府、二つの重要な経済機関（会計検査院と貢租院）、下級の簡易上告裁判所（présidial）、より下級の行政および司法機関が多数。町には重要な繊維産業（毛布、キャラコ、靴下、ハンカチ、ボンネット）があり、すばらしく多様な小売り商人と職人がいた――指物師や靴の修繕屋だけでなく、plumassiers〔羽細工職人〕や pangustiers〔この語不明〕のように辞書からその商売が消えてしまった職人もいた。そしてこの職人たちは、社会的により上層の者たちの意見では、あまりにも多くの子供たちを学校へやりすぎだった。「これらの学校は既に述べたように、一般大衆のくずどもが送ってきた子供たちでいっぱいだ。この子供たちは読み書きの仕方を習うかわりに土を耕したり、他の重労働のやり方を習っているべきだろう」[39]。

　プロテスタントの人口の多さと兵士たちの駐屯地がルイ十四世の時代からの宗教的紛争を思い出させたが、宗派的熱情は死に絶えていた。『現状と案内』によれば、「誰ももはやカルヴァン主義やモリーナ主義〔十六世紀スペインのイエズス会神学者モリーナの説〕やジャンセニスム〔オランダの神学者ヤンセンに始まる宗教運動でイエズス会と激しく対立した〕について争わない。

そういったことすべてに哲学書を読むことがとって代わった。いまや哲学書は特に若者の間で非常に流行しているので、かつて誰も目にしたことがなかったほど多くの理神論者がいる」。時代遅れのブルジョワが町を支配していて、たぶん本屋の顧客の大半を占めていたのだろう。というのは、モンペリエはよく本の売れる地域だったからだ。「書籍取引はこのような都市にしては非常に大規模なものである」と『現状と案内』は説明している。「書庫を持つという趣味が住民の間に広まって以来、書籍商はそれにふさわしい在庫を持っている」[40]。

フランスの書籍販売業者と印刷業者のすべてを網羅したと称する年鑑『著述家と書籍商の便覧』(*Manuel de l'auteur et du libraire*) によれば、一七七七年のモンペリエには九人の書籍商がいた[41]。

印刷業兼書籍商　A＝F・ロシャール
　　　　　　　　ジャン・マルテル
書籍商　　　　　イザーク＝ピエール・リゴー
　　　　　　　　J・B・フォール
　　　　　　　　アルベール・ポンス
　　　　　　　　トゥルネル
　　　　　　　　バスコン
　　　　　　　　セザリー
　　　　　　　　フォンタネル

しかし詳しく調べてみると、この土地はそれほど書籍商が密集しているように見えない。一七七八年、ＳＴＮの巡回販売員はモンペリエから次のような報告書を本社に送った。

私はこの町いちばんのポンス社のリゴー氏を訪問しました。ポンス社はリッコボーニ夫人の作品を求めつづけています。注文は同封してあります。セザリーにも会いました。リゴーほど裕福ではありませんが、立派な紳士だと見なされています。セザリーの注文も同封してあります。ジャン・マルテルとピコは本の販売はしない二軒の印刷業者です。Ｊ・Ｂ・フォールは現在は未亡人ゴンチエの代になっています。実に善良な女性ですが、商売をする気はありません。バスコンとトゥルネルはなんの値打もないので会いませんでした。アブラム・フォンタネルはたいしたものにはならないでしょう。最初に会ったとき、われわれの在庫から数点入り用だと言っていましたが。(42)

要するに、リゴーの合併したポンス商店が当地の取引を押さえていた。二軒のより小さな商店、セザリーとフォールは商業の位階では中間的な地位にいた。そして他の三軒はごく細々とした商売をしていた。こういった合法的な書籍商とは別に、毎年秋の収穫が終わるとさまざまな行商人がドフィネの山岳地方からモンペリエに降りてきた。地方のろくでなしどもがやるように、行商人はマントの下であらゆる種類の非合法文学を売った。「モンペリエには認可を受けずにあらゆる種類の本を相当に商っている人物が数人います。そのためまともな書籍商が損害を受けています」と合法的な小売商は不平を述べている。「……カプチン会修道士の手先、マルセラン師、トゥルネルと呼ばれている男〔製本屋〕、「学生の母」として知られている未亡人アルノーが、そのなかにいるという噂です」(43)。実は学生には二人の「母」がいた。というのは、ブランガン嬢もまた「学生の母」と呼ばれ、学生に禁書を供給していたからである。合法的小売商に唆《そその》かされて手入れした警察の報告書によれば、ブランガンは禁書を「二階の右手の部屋の……ベッドの下に」隠していたそうだ(44)。

ほとんどどこでもこういった傾向があった。地方都市のほとんどで書籍取引は一組の同心円のような様相を呈していた。中心部では一人か二人の主要な商人が取引のほとんどを自分たちの在庫のよくそろった店で行なっていた。周辺では二、三の小さな小売商が大店の引力に抵抗しようと苦闘していた。そして認可された書籍商の周辺では、製本屋、行商人、教師、落魄した僧侶、インテリ山師などの雑多な連中が法の届かぬところで商品を売り歩いていた。中心から離れれば離れるほど、禁書の思惑買いへの傾向が強まった。というのは、利益は危険に比例して増え、危険は、失なうものをほとんど持たない者、倒産の淵をさまよっている者を尻ごみさせることはなかったからだ。しかし非合法文学は中心部を含めて同心円の体系すべてに浸透していた。それがモンペリエの取引の横断面を研究して知られる主要な教訓である。その研究は中心部にいる男、イザーク＝ピエール・リゴーの書類一式から始まる。

リゴーは書籍商の最高の美徳である「堅実さ」を体現していた。すなわち資産があると同時に、手形の支払いについては絶対的に信頼できた。みずからも主に医学論文や大学の学位論文を出版し、手広く小売業を営んでいた。一七七〇年のポンスとの合併以前でさえ、四万五〇〇〇リーヴルにものぼる在庫を持っていたが、それは町の他のどの業者よりもはるかに多かった。[45] 一七七七年のカタログを見ると、リゴーは医学書とそれほどではないにしても当地のユグノー教徒向けの礼拝用の本を専門としていたが、あらゆる種類の書籍の在庫を持っていたことがわかる。[46] 在庫を得ていたのは、パリ、ルーアン、リヨン、アヴィニョンからとスイスの最大手の出版社数社からだった。可能なときには数軒の卸業者それぞれからよく同じ本を半ダースずつ買付けていたが、それは卸売業者間でお互いに競争させて、確実に自分の積荷を先に送らせるようにするためであった。猛烈に抗議したのは、最低価格を得られなかったとき、商売敵の積荷が自分のより先に着いたとき、印刷屋が安物の紙を使ったとき、運送業者がいちばん安いルートを見つけそこなったときである。

たとえば一七七一年に政府が書籍の輸入に重い税金をかけたとき、リゴーは密輸で資本を危険にさらすより、国外への注文をすべて取り消すことに決めた。一つの木箱を押収されると三〇の木箱からの利益が消し飛んでしまう、とリゴーは説明している。「状況や不景気に屈するべき時もあることを知らねばなりません」[47]。それから政府が関税率を下げると、STNにその三分の二を支払うよう要求した。そしてついに関税が廃止されると、STNがリヨンまでの輸送費をすべて支払い、卸売価格を一〇パーセント下げるように求めた。「その条件抜きでは、商品を発注できないでしょう。救貧院の厄介になりたいというのでなければですが。それは私たちが避けようと努力していることです」[48]。リゴーは誰とでも、相手を怒らせるまで値切り、いちばん速くて、いちばん安くて、いちばん安全なサービスを受けられないと文句を言った。[49] しかしSTNはけっしてその叱責や自慢話にたじろぐことはなかった（交渉の際のリゴーの口数の多さに比べると、北方の顧客は石で出来ているかと思われるほどだった）。というのは、たいていの書籍商とは異なり、リゴーは騙すこともなかったし、支払い期限になれば必ず為替手形を支払ったからだ。手ごわい相手だったが非常に堅実だった。

モンペリエの他の書籍商の目についたのはその手ごわさだった。ＳＴＮの巡回販売員の見たところ町の商売の中くらいを代表する「立派な紳士」であるセザリーにとって、リゴーは攻撃的な企業家精神の権化だった。「私［セザリー］はつらいことを知りました。この町のある紳士が金銭欲にかられ、モンペリエの本屋の数を減らし、ただで私の本を手に入れるため私を破滅させようとして、私の債権者にこの債務整理契約を結ぶことを思いとどまるように説得する手紙を書いたのです[50]」。

セザリーが語っている挿話は、書籍の小売商がフランス中のいたるところ、特に南部で実践していたすさまじい営利主義を明らかにする。一七八一年までにセザリーはかなり大きな事業を築き上げていた。在庫は三万ないし四万リーヴルの値打ちがあり、併せて三万リーヴルに値する二軒の家を持っていた。しかし六万四四一〇リーヴルの借金があり、年頭の返済の差し止めを避けるに十分な現金を用意することができなかった[51]。倒産を逃れるため、セザリーは債権者全員に手紙を書いて、稼ぎと資産の売却から徐々に返済するので商売を続けさせてくれるよう頼んだ――それは貸借対照表がマイナスの商人がよくとる作戦だった。ＳＴＮは寛大でありたいと考えた（セザリーへの貸しは医学書を中心とした合法的書物一回分の積荷に対する二八五リーヴルだけだった）。しかしリゴーは、主な債権者だったアヴィニョンの海賊版の出版者に手形の支払いを主張するよう説得した。セザリーが手形の支払いができなくなると、アヴィニョン方の一人、ジャン・ジョゼフ・ニールは執達吏に貯蔵室に押し入らせていちばん売れ筋の本三〇〇〇リーヴル分を押収させた。債務者監獄を恐れてセザリーは町を逃れ、一方セザリーの母親は、裁判所員に店を閉め封印させて、在庫がこれ以上減るのを防ごうとした。セザリーは必死になって隠れ家から交渉して、債権者からは仮りの清算を、市当局からは穏便な処置を得ようと努めた。しかしもう安全だと思ってモンペリエに戻ってきたときにつかまり、監獄に入れられてしまった。

債権者たちが資産を競売するか、借金の埋め合せに働かせるか決めるための会議を予定した段階で、セザリーは釈放された。するとリゴーは遠隔地の債権者から代理委任状をたくさん集めて会議を動かして、セザリーを投票で業界から追放し、競売で本を安く買おうとした。セザリーはそれに対して手紙作戦で必死に対抗した。「モンペリエ第一の本屋のけしからぬ策略[52]」を非難した後で、慈悲を乞い、みずからの策略を試みた。セザリーの主張するところでは、リュック・ビロンという投資家が援助を申し出てくれているから、借金の半分を帳消しにしてもらえたら残りの半分を払うことができる、というのだった。STNは当地の商人に実情を調査するよう求めた。その報告によると、ビロンはたぶん架空の人物で、セザリーが借金の半分を帳消しにしようとしてでっち上げたものとわかっていたが、STNは競売ではそれよりはるかに多くを失いそうだし、リゴーはほんとうにセザリーを業界から締め出すつもりらしかったので、STNと大半の債権者はましな方の詐欺を選んだ。「ビロン」は一四二一リーヴルを支払ったがセザリーを救ってはくれなかった。そしてセザリーは、さらに三年間倒産を避けようと奮闘したが、一七八四年についに破産した。

その間にもリゴーは、取引の周辺で商売をしていた別の小売商、アブラム・フォンタネルをあらゆる手段を使って破滅させようとしていた。画家兼製版屋として熟達していたフォンタネルは小さな印刷業兼書籍業をマンド〔ロゼール県の県庁所在地でモンペリエの北方約一〇〇キロに位置している〕で始めた。一七七二年に小売免許（brevet de libraire）を買い取ってモンペリエの公式の書籍商の一員になろうとした。しかし最初の積荷が着いたとき、製本することができないということがわかった。というのは製本屋はリゴーのためだけに働いているか、独力でマントの下の書籍販売をしていて、商売を独占したいと考えていたからである。結局フォンタネルは未製本ではなく綴じた状態で本を送るよう取り決めた。しかし仕入れてからも顧客をいかにして店に呼び寄せるかという問題があった。それでボーケールやボルドーの定期市に販路を求めた。たぶんその途中で少し行商もしただろう。一方、書籍商の妻の多くと同じく、フォンタネルの妻も後に残って店番をした。それからモンペリエでの商売を支える最後の努力として、「読書クラブ」（cabinet littéraire）すなわち商業的図書室で商売を補強した。

小さな小売商は、図書室の保有物として在庫を二倍にし、さまざまな新聞を取り寄せて、店の後ろに読書室をしつらえて、よくそういったクラブを設立した。メンバーは購読料を払うのだが、月三リーヴル（熟練工の一日の賃金）にすぎないこともあった。それで読みたいものは何でも読めた。書籍商が十分なメンバーを集めれば、その購読料収入が生き延びられるか倒産かの分かれ目になることもあった。店を通り抜けるときに買ってくれることもよくあった。(53)

フォンタネルが加入者に提供していた文学の種類はＳＴＮへの注文の一つから推測できる。それはフォンタネルによれば読書クラブの蔵書の核になる予定のものだった。求めていたのはドラ〔一七三四―八〇年。フランスの詩人、小説家〕、メルシエ〔一七四〇―一八一四年。パリ生まれの作家。〕、ゲスナー〔一六九一―一七六一年。スイスの作家。『牧歌』〕、ヤング〔一六八四―一七六五年。イギリスの詩人。『夜』〕のような当代の流行作家による感傷的な小説、詩、随筆だった。啓蒙主義の著述家のなかでは哲学的小説《コント》のヴォルテールと『ペルシャ人の手紙』(*Lettres persanes*)のモンテスキューを贔屓にしていた。ノンフィクションもまた軽い娯楽作品に傾いていた――主に冒険旅行記や通俗的歴史だった。もっともベールの『辞典』(*Dictionnaire*)(縮約版)とロランの『ローマ史』(*Histoire romaine*)のための場所も取ってあった。この町に来て六カ月たって、フォンタネルはモンペリエを「新作、特に［哲学的な］本がよく売れる町」であると診断した。フォンタネルはエルヴェシウスの著作を求めたのだが、それは「『アルファベット順人間論』(*L'Homme par alphabet*)や『神と人間たち』(*Dieu et les hommes*)のような種類のものをすべて二、三部ずつ」だった。[54]「哲学」書――「いちばんよく売れる本」と説明している――の在庫を築き上げる際の参考にするため、彼はSTNの地下出版カタログを一部求めた。[55] しかし価格を比較した後で、ローザンヌのフランソワ・グラセから買うことにした。概してフォンタネルとリゴーの注文は似ている。両者の違いは売っていた本というより働いている境遇にあった。どちらも同じ動機に駆り立てられていた。「私は儲けるために働いているのであって、損をするためではない」とフォンタネルは言っている。[56]

　フォンタネルは一七七〇年代はずっと手形の支払いに間に合うくらいには稼いでいた。見たところ、モンペリエの知識人層に地盤を得ていたらしく、手紙には洗練されたフランス語で教授や芸術の愛好家との交際が語られている。しかしそれほどしっかり根を張っているわけではなく、セザリーの商売が瓦解するのを見たとき、次は自分もリゴーのリストに載っているのではないかと恐れずにいられなかった。セザリーの押収された木箱の一つに入っていた、STNから自分に送ってきた本を取り戻すのをリゴーが妨害しようとしたときは、特に心配した。リゴーの策略はうまくいかなかった（彼はまた、フォンタネルの次の注文を妨害するために木箱からSTNのカタログを取り去った）。しかしそれは、リゴーが「極度の嫉妬」にかられて自分を破滅させるためならなんでもやるつもりだ、というフォンタネルの疑惑を裏づけることになった。[57] フォンタネルは「絵画と彫刻のアカデミー」を設立して得たわずかな年金で家計を支えた。[58] その間にも業界の中間層から脱落する書籍商が続出した。トゥルネルは製本業に戻った。フォールは死んで、後に残った商売は義理の息子が跡を継ぐほど繁盛していたわけではなかった。リゴーがその残りを食らいつくした。「私の書籍業は成長しようとしています」とフォンタネルは一七八一年には述べている。「見たところ、他の者はみなやめてしまったようで、今やここには私とリゴー氏だけしかいないのですから。しかしそのことがさらにリゴー氏の嫉妬を煽ります。リゴー氏は商売を独占したいと考えていて、日々私への憎しみを顕わにするのです[59]」。

商売の二極化はフォンタネルに繁栄をもたらさなかった。一七八一年一月に初めてSTNの手形の一つを払えなくなったのだ。「景気が悪いのです」と三月には弱音を吐いている。[60] そしてそのすぐ後に、『百科全書』の四折本六部の予約支払いができない、と認めた（リゴーは一四三部の予約分を難なく支払った）。ボルドーの定期市で重病で倒れたため、その年の終わりには本代の清算ができなかった。一七八二年の八月には、三〇〇〇リーヴルの手形の決済ができなかった。十二月には六六六リーヴルの約束手形の返済はしたものの、つづく二年間STNその他の供給側への支払いは遅れつづけた。借金は一〇〇〇リーヴルを超え、借金返済を催促する手紙への返事が滞るようになると、STNは法廷に引き出すぞと脅した。ついに一七八四年十一月、「あらゆる脅しと懇願によって」、当地の集金人は五七四リーヴルを搾り取った。[61]さらに脅して、一七八五年五月には三〇〇リーヴル、一七八六年九月には一五〇リーヴルを得た。それでもフォンタネルは、一七八七年には二一八リーヴルの借りがSTNにあった。そしてその年フォンタネルとの連絡が途絶えた。軍隊にでも入ったのか、植民地へ向けて船出したのか、それとも他の多くの破産した書籍商のように放浪生活を始めただけなのかはわからない。しかし当地の実業家たちは、「フォンタネルはまったく手に負えないほどのものを背負いこんでいる」と結論して、ずっと前に借金を棒引きにしてしまっていた。[62]

このように企業家精神をもって熱心に働いたからといって、必ずしも成功につながるわけではなかった。リゴーの場合はうまくいった。しかしリゴーは地方経済のなかで強力な中心的な地位を占め、その戦略的利点を競争者を排除するために利用した。フォンタネルと同じ本を売っていたにもかかわらず、危険を冒したり、つけの返済期限を延ばしすぎることもなかった。小さな商人と違って、危険をかぎつけるといつでも合法的取引の部門に退却できた。表2‐4のベストセラー・リストは最も控え目な地下取引しか示していない。

このリストは、リゴーが一七七一年から八四年までに六四回にわたってSTNに注文した五三点の非合法作品のうちの一八点のベストセラーを示している。それがシャルメのリストにぴったり一

表2－4　リゴーの取引（モンペルティエのポンス）*

1	『紀元2440年』 メルシエ	346 (16)
2	『ランゲ氏のヴェルジェンヌ伯爵への手紙』 ランゲ	200 (2)
3	『モープー氏の秘密で親密な書簡集』 ピダンサ・ド・メロベール	100 (1)
4	『百科全書に関する疑問』 ヴォルテール	70 (4)
5	『神学者の手紙』 コンドルセ	70 (3)
6	『デュ・バリー伯爵夫人に関する逸話集』 ピダンサ・ド・メロベール?	68 (2)
7	『神。自然の体系への答え』 ヴォルテール	50 (1)
8	『国務会議への嘆願書』 ランゲ	48 (3)
9	『自然の体系』 ドルバック	43 (3)
10	『哲学的歴史』 レナル	35 (4)
11	『モープー氏によって遂行された…歴史的記録』 ピダンサ・ド・メロベールとムッフル・ダンジェルヴィル	25 (1)
12	『偶詠集』 ヴォルテール	24 (2)
13	『作品集』 ルソー	23 (5)
14	『タブロー・ド・パリ』 メルシエ	22 (3)
15	『哲学書簡』 作者不詳	20 (1)
16	『ド・ヴォルテール氏の書類鞄からすべり落ちた作品』 作者不詳	20 (1)
17	『自然の哲学』 デリール・ド・サール	17 (3)
18	『フリーメーソンの…最深奥の秘密』ベラージュ作，ケッペン訳	16 (4)

*リゴー，ポンスは1771年4月から1784年７月まで64回発注した。53点の非合法作品が含まれていたが，そのうち以下の18点が最も需要があった。（右の欄の最初の数字は注文部数の合計を表わし，括弧のなかの数字は注文回数の合計を表わしている）。

致しているわけではない。二つの取引の傾向が書名ごとに順番まで一致しているということはほとんど期待できないだろう。しかし両者はよく似ている。同じ作品数点――メルシエの『紀元二四四〇年』、『デュ・バリー伯爵夫人に関する逸話集』、レナルの『哲学的歴史』――がそれぞれのリストの上位に出ている。同じ作家――メルシエ、ランゲ、ヴォルテール、ピダンサ・ド・メロベール――が両方で優勢である。そして両方ともに政治パンフレットがかなりの割合を占めている。特に「モープー誹謗文書」――『モープー氏の秘密で親密な書簡集』と『モープー氏によって遂行された…歴史的記録』

である。異なっているのは、リゴーが啓蒙の標準的な作品――『百科全書に関する疑問』、『自然の体系』――を好んだのに対し、シャルメはポルノ――『あけすけなリラ』、『さすらいの娼婦』――をもっと注文した、ということくらいである。

シャルメのようにリゴーも、自分の店でいちばんよく売れているものについて現況を解説して、STNに何の海賊版をつくればよいか教えることを躊躇しなかった。一七七四年三月にはリゴーは、市場はレナルの『哲学的歴史』の版が多すぎて飽和状態になっているので、「販売の潜在力が損なわれたと考えられる」と警告した。[63] しかしパリ高等法院の前で絞首刑執行の役人に焼かれてから、『哲学的歴史』の販売は一七八一年には再び上向いて、リゴーはさらに三回追加発注した。ある種の古典――古代よりもモリエールの作品――にはいつも買い手がつく、とリゴーは宣言した。[64] しかしあるジャンルより別のジャンルを好むということはなかった。聖書と無神論的な『自然の体系』を同時に注文した。リゴーは後者の方を好むということをほのめかしてはいるが、その販売力を褒めていたのであって、内容ではなかった。手紙のなかでリゴーはこう叱責している。『自然の体系』を一ダースではなく一〇〇部注文したかったのに、STNは最も需要があったときに増刷しなかった。「あなた方は大当たりをとるチャンスを逃したのです」[65]と。同じ計算をもとにリゴーは、STNにデリール・ド・サールの無神論的な『自然の哲学』を増刷するよう勧めている。「八折判、六巻本の『自然の哲学』の新版は売れるだろう、と信じる根拠があります。二五ないし三〇部いただくことになるでしょう」[66]。

ルソーの『告白』が存在しているという噂を初めて耳にしたとき、リゴーは直ちにベストセラーになると見抜いた[67]。しかし『ルソー、ジャン＝ジャックを裁く』は失敗作であると断言して、一七七八年の哲学者〔ルソーのこと〕の死に続くルソー主義のブームが市場を溢れ返らせるだろうと心配していた。「あの著者の作品のさまざまな版が殺到しています。いたるところから私たちのところへ申し出があるのです」[68]。リゴーはあらゆる哲学者の作品に眼を光らせていたが、その主張に共感を示すことはなかった。単に売れる本が好きだったのである。書籍商のリゴーにとって、とりわけヴォルテールは、重版のたびにいじり回す癖があるので都合の悪い作家だった。

> 最晩年になってもヴォルテール氏が本屋を馬鹿にすることを慎もうとしなかったのは驚きです。もしこういったちょっとした計略やらぺてんやらごまかしがすべて氏に責任があるとされるなら、たいした問題ではなかったでしょう。しかし不幸にも、それらはたいてい印刷屋やそれ以上に書籍の小売商のせいにされているのです[69]。

レナルもまた注視すべき人物だった。というのは、最初にそれを市場で売りだせば間違いなく一財産つくれるような本を書いている、という噂があったからである。つまり、ナントの勅令廃止後の歴史を書くという企てだが、実際にはレナルはけっしてその本を完成させることはなかった[70]。そのほかメルシエ、ランゲ、リッコボーニ夫人はリゴーの顧客に人気のあった、したがってリゴーも気に入っていた作家だった。というのはリゴーは、個人的な趣味を交えて歪めたりせずに需要を直接供給者側に伝えているようだったからだ。リゴーの文学上の好みや哲学的見解がどのようなものであったにせよ、その商業通信文には現われていない。リゴーは文化の仲介人として絶対的中立の立場で動いていた。利益を最大に危険を最小に、という基本方針に従っていたのである。

政治的作品を注文するとき、リゴーは同じ計算と警戒の精神を示した。「ランゲの『書簡』(*Lettre*)を、リヨン経由でどんな危険もなく私のところへ送ってもらえるなら、一〇〇部いただきたいのですが」と一七七七年、STNに書き送っている。「しかし危ない橋を渡らないようにお願いします」[71]と付記して。特に求めたのは辛辣な時事問題を扱った作品(nouveautés piquantes)[72]――最近の事件の中傷的な報告(『イギリス人スパイ』、『秘録』)、大臣への中傷(『サルチーヌ氏の緑の小箱』〔*La Casette verte de M. de Sartine*〕)、裁判所や王への茶化した攻撃(『デュ・バリー伯爵夫人に関する逸話集』、『成り上がり娼婦』〔*La Putain parvenue*〕、『ルイ十五世の私生活』だった。しかしこういった書物は取引のほんのわずかな部分であって、リゴーは危険がほとんどないと思われるときにだけ発注した。政府が地下取引に対して思い出したように取締りを強化したときにはいつも、リゴーは安全地帯に退却した。一七八四年に政府が禁書の輸入を厳重に取り締まるため最後の最も有効な手段を試みると、ついに完全に発注をやめてしまった[73]。一七七〇年から八七年の間にヌーシャテルへ送った手紙九九通には一通たりも、警察にもみずからの経済状態にもわずかなりと問題があることをほのめかしたものはなかった。哲学書を注文するのは大きな合法的な商売のなかでは小さな付け足し程度の賭けで、たいして山気はなかったのだ。リゴーが顔には邪悪な表情を浮かべ、マントの下に中傷文を隠し、モンペリエの法律家や商人ににじり寄っているさまを想像するのは間違っているだろう。そうではなくて、大きな設備のよく整った店で、医学論文や旅行書、歴史書、感傷的な小説がびっしり並んだ本棚に囲まれているさまを思い描くべきだ。もっとも内閣専制を非難した本くらいはカウンターの下に二、三冊隠していただろうが。

どの書籍業者の背後にも、それぞれ他人とは違った、非常に人間的な物語がある。さらに事例研究を続ければ、人間喜劇一般に関して多くのことが明らかにされるだろうが、われわれの目的に向かってたいして前進することにはならないだろう。その目的とは、禁書の需要と、需要を伝達し満たす方法を知ることである。(74) 書籍商にはさまざまな性格があっても、売られていた本は実際には同じであった。異なっていたのは危険を冒そうとする程度だった。それぞれの町の取引の中心部では、公式の書籍商がカウンターの下から非合法作品を出してくることがよくあったが、それは行商人がマントの下から、「学生の母」がベッドの下から出してくるものとまったく同じだった。しかし警察や税関吏が厳しくなると、「堅実な」小売業者はたいてい商売の安全な部門に退却した。周辺部の業者はそういう作戦をとれなかった。周囲の事情がどうであれ、客の見つかるところならどこでへも行商に行ったのである。(75) したがって、概して周辺部は非合法的だったが、非合法商品はいたるところに流通していた。体制内のさまざまな部分にいる小売商は互いに宿敵であったかもしれないが、同じ本を同じ製造業者に注文し、金を稼ぐという同じ必要に従って行動していたのである。ヴェルサイユのアンドレが言ったように、「自分が読まないような本だからといって販売をしないということはありません。凡俗の群れのなかで暮らしていかねばならないし、本屋にとっての最高の本はよく売れる本だからです」。(76)

堅実であれ荒削りであれ、禁書の小売商たちはできるかぎり正確に需要を伝えた。文化の媒介者として、イデオロギー的には中立だったが、それは個人的な信念をもっていないからではなく、みずからの利益を追求したからである。彼らの商慣行に対して他人の意見がどうであれ、生計を立てようとする苦闘を見れば、どのように供給が需要に応えたかがわかる。彼らは読者が求める本を読者に届けた。それゆえ、系統的に注文書をサンプルとして取ると、革命前夜にフランスで買われ、売られていた非合法文学の特質が明らかになるだろう――サンプルの出所が全体としての書籍取引を表わしているとしての話だが。しかしそれはとてつもなく大きな「仮定《イフ》」なので、ここらでひと休みして、二世紀前の文学市場を理解するという問題へと脱線してみよう。

代表性の問題

あらゆる統計がＳＴＮの古記録という同じ資料から出ている、という事実を避けることはできない。他のどこにも同じようなものはない。私はアンシャン・レジーム下でフランス語の本を扱った商人の書類のうち知られているものはすべて参照したが、そのどれ一つとしてヌーシャテルの資料の代表性を吟味するために利用できるものはなかった。ジュネーヴのクラメの一般会計帳簿は個々の作品の販売についてはなにも語らない。ブイヨン〔フランスとの国境近くのベルギーの町〕印刷協会の書類には通信文の切抜きがあっただけだ。アムステルダムのストリュイクマンの販売記録簿はあまりにも量が少なすぎて、ＳＴＮの記録と比較できない。どこか他の屋根裏か地下室から宝物が姿を見せなければ、一五〇年間ヌーシャテルの屋根裏で埋もれていたＳＴＮの五万通の手紙と数十冊の帳簿が、禁じられたフランス語書籍の取引に関して唯一の適切な統計資料でありつづけるだろう。[77]

それは膨大な資料、歴史家の夢だ。あらゆる部門、フランスのあらゆる都市からの書籍取引稼業の生《なま》の報告である。しかしいかに豊かであるにしても、たった一つの屋根裏の資料から禁書の世界全体を再構成できるものだろうか。スイスの一都市の一軒の出版社の視点からフランス王国全体の秘密の取引を研究したのでは、何らかのねじれが生じるのを避けられないのではないだろうか。その異議にはかなりの重みがあり、私はそのため眠れなかったこともあるのを認めねばならない。その答えとして、十八世紀の書籍取引を今日の書籍取引とまったく異なったものにしている二つの観点を強調したい。一つは出版社が本を売りに出す方法に関するものであり、もう一つは書籍商の発注の仕方である。

ＳＴＮが一七六九年に商売を始めたときは、出版は自律的な活動として書籍販売や印刷とまだ区別されていなかった。出版者を指すフランス語 éditeur が初めて現われたのは、『アカデミー・フランセーズの辞書』(*Dictionnaire de l'Académie française*) の一七六二年版である。もっとも、ぼんやりした表現で、「他の人の作品を引き受けて印刷させる人」となっていたが。そして出版者の役割は新しい市場戦略を通じて定義され始めた。その戦略を発展させたのは、ライプツィヒのフィリップ・エラスムス・ライヒやパリのシャルル＝ジョゼフ・パンクークやロンドンのウィリアム・ストラハンや、少し遅れてエディンバラのロバート・カデルであった。しかし新しい本の生産と販売は時代遅れの商慣行、とりわけ古い交換の制度と固く結びついていた。[78] 先に説明したように、書籍販売兼印刷業者（あるいは時代錯誤が許されるなら「出版者」）は、新版のかなりの部分を、提携した他社の在庫から選んだ一揃いの本とよく交換した。交換はたいてい未製本の紙《シート》の状態で計算され、判型の違い、活字組みの難しさ、紙質の不均衡を考慮して特別の割引があった。このやり方で出版者は、海賊版による被害を蒙ることなく一つの版を早く売りに出して、同時に資本を減らさずに自分の在庫を多様なものにすることができた。交換の手はずを整えるのは一つの技術であって、出版者の時間と精力をかなり奪った。交換相手はシミだらけの粗製の紙にひどくすり減った一二ポイント活字をスカスカに行間を明けて印刷したものを、行間を詰めて優雅な九ポイントのローマン体で組んで印刷したカレ紙〔四五センチ×五六センチの紙〕と取り替えようとするかもしれなかった。実際は印刷機がヴォルテールの悪意のある新しい風刺を送り出そうとしているのに、バキュラール・ダルノー〔一七一八—一八〇五年。文学者、劇作家〕の退屈な小説を印刷しているところだ、と言うかもしれなかった。自分の在庫のうちベストセラーの情報を伏せて、残り物〔出版者の隠語では drogues〔まずい飲み物〕とか gardes-magazin〔倉庫係〕として知られているもの〕だけを交換するかもしれなかった。あるいはまた、相手方は望ましい作品を交換することに同意しても発送を遅らせるかもしれなかった。そういった作品の自分の分と、その交換に受け取った本を最初に市場に売りに出すために。(79)

このゲームには数限りない策略があり、誰もがそのゲームに参加できるかまったく業界からはじき出されて凍えるかだった。出版者もときどき提携先および／または競争相手の事務所にスパイを放ったり、印刷所の労働者に賄賂をやって印刷されたばかりの紙《シート》を送らせた。陰謀があまりにも激しくなって、一七七八年にはスイスの大手の三社——ヌーシャテル、ベルン、ローザンヌの印刷協会——が同盟を結成し、自分たちを護ろうと、合同事業によって他社のものならなんでも海賊版を出そうとした。共同で何を増刷するかを決めると、生産費を割り当て、それぞれがみずからの小売店網を利用して共通の在庫品を売った。そうして年ごとの収支決算で利益を分割した。計算は売った紙の枚数にもとづき、現金で収支決算をした。(80)

紙《シート》は書籍販売や印刷同様、簿記においても基本的な単位だった。出版者は三つの領域すべてで専門家になる必要があったが、標準的通貨であるトゥール・リーヴルで計算された貸借勘定とともに、紙で計算された「交換の貸借勘定」もそのまま続けた。STNの帳簿を調べてみると、「交換の勘定」は「金の勘定」とほとんど同じくらい重要だ、という印象が得られる。実際この二つは分けることができない。というのは、本を交換するのは本を販売する過程の必須の一部分だからだ。既に説明したように、通常「哲学書」一枚が合法的書物またはその海賊版二枚、という特別な比率で売れた。比率の高さは危険度の高さの結果だった。出版者はパリ同様ジュネーヴやローザンヌでも投獄されることがありえたからである。

STNのようなれっきとした大手が純然たる「哲学」作品を出版することは稀だった。初期にはSTNはドルバックの無神論的な『自然の体系』のある版を発行したことがあった。その生産費と販売記録を見ると、二四三パーセントもの利益を生みそうだった。しかし密輸や集金にともなうあらゆる困難を経て、結局約五〇パーセントの儲けになっただけだった。そしてこの件が当のヌーシャテルで非常なスキャンダルになったために、STNの幹部のうち二人が地方のエリート層内で占めていた地位を一時停職になった。フレデリック＝サミュエル・オステルヴァルドは民兵の司令部を、ジャン＝エリ・ベルトランは由緒ある牧師の身分を。(81)

この小事件の後で、ＳＴＮは禁じられた作品のほとんどをこのジャンルの専門家との交換によって得るようになった。その専門家とは、投獄と倒産の合間に店を開き、売れるものならなんでも、できるだけ速く、できるだけたくさん製造した、いかがわしい企業家たちである。ジュネーヴのジャン＝サミュエル・カイエ、ジャン＝アブラム・ヌフェ、ガブリエル・グラセ、ピエール・ガレイ、ジャック＝バンジャマン・テロン、ローザンヌのガブリエル・デコンバ、ヌーシャテルのサミュエル・フォーシュ、ノイヴィートのルイ＝フランソワ・メトラ、リエージュのクレマン・プロントゥ、ブリュッセルのジャン＝ルイ・ブーベ――今では名前は忘れられたが、彼らがフランスの禁書の大半を生み出したのである。彼らは自分ですべてを売る代わりに、しっかりした会社から出版されたそれほど危険ではない本と交換した。このやり方で自分たちの町で苦労せずに売れる合法的作品の在庫を集めたのである。一方で大手の会社は、フランスとヨーロッパ中の小売店網のいたるところの顧客を満足させるために必要な非合法本を獲得した。

広くこの交換方式に頼るようになって二つの基本的な点で出版に影響が現われた。まず、そのために大手の出版社が卸売商として動くようになった。交換で入手した本を集めるにつれて、だんだん大量、多品目の在庫を売りに出すことになった。二番目に、交換するとますます在庫が似かよってきた。というのは、種々雑多な在庫を同じ種々雑多な出所から得ていたからである。もちろん、大手の出版社間の提携と対立が複雑にからんでいたため、倉庫がまったく同じ本でいっぱいになるようなことはなかったが。しかし提携は十分に重なり合っていたから、すべての出版社が交換によってほとんどどんな新作でも入手できた。低地地方からスイスに及ぶフランスと境を接する地域すべてに一種の眼に見えない、流動的な在庫網が成立した。それは大手の出版社兼卸売商すべてが利用できるものだった。そのうちの一つか二つに発注すれば、フランスの小売商は実際上欲しいものはなんでも手に入れることができた。

フランス国外の出版社は国内の書籍商に先を争って供給したので、提携していた会社どうしが同じ取引を争うこともときどきあった。しかしそれぞれの出版社にはそれぞれの顧客網があったので、体制内に組み込まれた矛盾は予想されるほど強力なものではなかった。マルセイユの主な顧客への手紙でSTNはこう説明している。「近隣の数社と競合しているにもかかわらず、われわれはそれでも競争相手と協力しています。現在までにかなり手広く取引を行なってきましたので、当社の書籍と同様、他社のものも販売することができます[82]」。一七八五年のSTNのカタログには七〇〇点の作品名があったが、一七八七年の在庫品目録では一五〇〇点にのぼった。一七七三年に遡ると、STNはこう誇らしげに語っていた。「フランスで発行されたなにがしか重要な本で、われわれに供給できない本はありません[83]」。

小売店の視点からみると、書籍の発注方式が一つの肝心な点で現代の商慣行と異なっていた。返品が許されていなかったのである。そのため書籍商はとかく用心深くなった。マルセイユのモッシーはSTNにこう説明している。

あなた方はいくつかの新作のことを言われます。注文するとお約束する前に調べてみなければなりません。慎重さがわれわれの仕事を導いていかなかったら、すぐに破滅することでしょう。

本の価値がよくわかり、確信をもってその成功が見通せるなら思い切ってやってみてもよいでしょう。しかし私があらゆる種類の提案に躊躇するのを驚かないで下さい。［二、三部ずつ注文して］さらに追加注文する方がいいのです。(84)

概して小売商は自分の顧客に売れると確信する部数だけを注文した。実際、前もって販売の手筈を整えて、それに応じて注文数を調節した。典型的な注文は作品ごとにたった四、五部だったが（もっとも無料の一三冊目を得ようとして一ダース注文するようなことも時にはあったが）、非常にたくさんの異なった作品を含んでいた。それは数種の本を大量に持つより、多種多様な本を入手するためだった。

この習慣は小売商の在庫の種類を最大にすると同時にリスクを最小にした。それはまた、従来の文学史の眼が見逃してきた別の散文的な配慮、すなわち送料節約の必要に応じるものだった。費用は荷馬車（voiture）に積んで発送するのがいちばん安かったが、荷馬車の人足は五〇ポンド未満のものは引き受けようとしなかった。それより軽い積荷は大型四輪馬車（carrosse）で運搬しなければならなかったが、その費用はとてつもなく高価だった。それゆえ、たとえばマチューは、ヴォルテールの『百科全書に関する疑問』をナンシーからパリへ発送しないと決めた。なぜなら『百科全書に関する疑問』一九部は五〇ポンドにはならないので、荷馬車に渡せません。そうするとパリ行きの［大型四輪］馬車で送るしか方法がありません」。荷馬車にするか大型四輪馬車にするかが書籍商の注文戦略の最も重要な要素の一つになった。それは、たとえ作品によってはよそでもっと安く入手できるとしても、同じ注文に多くの作品をまとめることで費用を節約できる、ということだった。したがって、小売商は概してあちこちの多くの供給者にわずかずつ注文を出すのではなく、少数の供給者にまとめてたくさんの注文を出した。

もちろん、例外的な値引きを嗅ぎつけたり、大当たりするかもしれないという勘が働くと、書籍商は商品を安く供給してくれるかぎり誰にでも注文したが、概して二、三の卸売業者との安定した関係を発展させる傾向があった。それで一軒の主要な供給者への注文書を数年間にわたり収集してみると、取引の一般的傾向が明らかにできる。逆に一軒の大きな供給者のさまざまな小売商との取引は、たとえ不完全でも全体としての非合法取引の輪郭を覗く窓になりうる。

要するに、書籍取引の慣行――出版社が卸売業者に発展し、卸売業者が在庫品目録をつくり、小売商が発注する方法――からは、ＳＴＮの書類がフランスのいたるところでなされている需要と供給のやりとりをかなり正確に描いたものだとみなしてもよい理由が理解できるのである。そのうえ、書籍商の通信文は市場の状況についてたっぷりと実況解説してくれる。質の面からの証拠が注文書から集めた統計を裏づける。そして何千通という手紙を読むと、何がいちばんよく売れたかに関してある感覚が発達してくる。おそらく主観的な判断は避けるべきだろう。しかしこの二五年間（私の人生の半分）、自由に使える夏休みと研究休暇《サバティカル》のほとんどをＳＴＮの古記録とそれに関連したフランスの関連のある記録に鼻を突っ込んで過ごしてきた私は、自分の嗅覚、フランス人のいうpifomètre〔勘〕を信じるようになった。こうして私は、実際ＳＴＮの書類は禁書取引の一般的な性格を代表するものだ、結論した。

しかし、私はそれが代表的なものであって欲しいと思う。二五年と五万通の手紙を調べた後では、意義のある結論を出したいという欲求は抗しがたいものになりうる。そしてそれが危険なのである。歴史家がある結論を欲するや、それを見つけてしまいがちだからである。それでヌーシャテルの研究を試すため、私は他の古記録を調査する三つの計画をたてた。これを「対照」研究と言うのは誤解を招くおそれがあるだろう。というのは、二〇〇年前の文学需要を調べようとするどんな試みも科学的な厳密さで行なうことはできないからである。あらゆる資料は不完全であり、その研究方法のどれ一つとして簡単なものはない。そして出版社の書類でＳＴＮのものに比較できるものはない。しかし他の記録からの統計を集めることで、参照点を発見することは可能である。その記録とは、パリ税関で押収された本の記録簿と、警察の手入れの間に本屋でつくられた在庫目録と、別のスイスの出版社の哲学書のカタログの三つである。

こういった補完的調査の詳細な報告は本書の姉妹編に収録されている。ここではＳＴＮの書類から書籍商の注文書を組織的にサンプルとして取って調べると、非合法本四五七点のリストが得られた、と言っておくだけで十分である。そしてそれは、他の三つの資料から集めたリストと比較できる。

その三つのうち最初のものがもっとも内容豊富である。フランスの当局はパリ税関で本を押収するたびに、押収の理由——それが海賊版であるとか、比較的無害だが「許可されていない」とか、疑いなく非合法であるか——を記録簿に記録していた。現在、国立図書館にある膨大な記録簿一揃いは、一七七一年から八九年にかけての押収物全体にわたっている。非合法本の項目をすべて集めて、私は二八〇の書名からなるリストを作成し、どれがいちばんよく押収されたかを算出した。

二番目のリストは、本屋の手入れについての警察の報告書によっている。非合法本の相当な在庫をかかえた書籍商を捕えたとき、警察は本を押収し目録に記入した。バスチーユの古記録には、一七七三年から八三年までの間にパリ、ストラスブール、カーン、リヨン、ヴェルサイユでの手入れで作成された九冊の目録が含まれている。そこにはまた、バスチーユの pilon（本をつぶす部屋）へ送られた押収本のすべてが記録されている。この資料は三〇〇点の書名を提供してくれるが、またその書名を見ればどの作品が二つ以上の手入れで押収されたかがわかる。

三番目のリストは、ジュネーヴ、ローザンヌ、ベルンの出版社が一七七二年から八〇年の間に作成した哲学書のカタログ六冊に由来するものである。そのカタログは非合法作品を売りに出すために利用されたもので、書籍商の間で秘密裡に流布していた。規模に大小はあっても、それはSTN級の半ダースの出版社が持っていた禁書の在庫をよく示してくれる。全体として、二六一点の書名という新たな収穫を提供してくれる。そしてそのなかには二回以上のカタログに現われたものが数種含まれている。

非合法本のリストすべてからの情報は次のように要約できる——

STNのリスト：四五七点

税関での押収：二八〇点。そのうち一六六点（五九パーセント）がSTNのリストに載っている。

警察の手入れ：三〇〇点。そのうち一七九点（六〇パーセント）がSTNのリストに載っている。

秘密のカタログ：二六一点。そのうち一七四点（六七パーセント）がSTNのリストに載っている。

このようにまとめて比較してみると、STNのリストはもちろん法の外で流通している本をすべて網羅しているわけではないにしても、実際上非合法取引の全体を代表している、という結論を裏づけている。ヌーシャテルの資料が典型的であるかどうか、四つのリスト全部の最上位の書名を調べてみれば最もよく判断できる。そこが重なり合いが最大になっているのだ。このようにして発生率を比較すると明らかになるのは、STNに注文された量も頻度も最大の本が、パリ税関で最もよく押収された本であり、警察の手入れで最も頻繁に押収された本であり、他の出版社の秘密のカタログで最も頻繁にリストにのぼった本でもあった、ということである。

最後に、四つの資料を総合すると、全部で七二〇点からなる、革命前のフランスで売り買いされた非合法文学のかなり完全な書誌を作成できる。そしてSTNへの注文書をより詳細に分析することで、それぞれの作品、著者、ジャンルの相対的な重要性を判定することができる。

一般的傾向

食違いを考慮に入れ、できるかぎり大きな統計の基盤を構築するために、分析を異なった方面へ広げていくこともできる。基本的な情報が拠っているのは一二のSTNの定客すなわち地図2-1上に位置する「主要な小売業者」からのあらゆる注文のうちの非合法本すべての集約である。この第一回の標本抽出から得られた統計から、シャルメやリゴーのような一二の書籍商の取引の輪廓を描くことが可能になった（詳細については姉妹編 *The Corpus of Clandestine Literature in France 1769-1789* の第三部を参照）。私はこの事例研究を三つの特に活発な地域――パリ、リヨン、ロレーヌ――での非合法市場の研究で補った。それらの地域では多くの異なった取引からの統計を総合することができた。次いで、第二回目の標本抽出では他の地域（地図2-2参照）の一七の「零細小売業者」や四人の行商人（colporteurs）からも注文書を集めた。マチューやプティの場合と同様、STNへの発注が十分でなかったので、私は取引については個々に確固とした結論を導き出すことができなかった。しかし全体としてみると、その注文書は有意義なある傾向に収まる。実際それは大手の業者の注文書から現われてくる傾向とほとんど同じである。したがってすべての統計は、十八世紀の標準からすると際立って完璧な一つの表にまとめることができる。それは二万八二一二冊の本と三二六六回の注文を扱っており、今日のたいていのベストセラー・リストと同じくらい確実なものである、と信じる。

表2-5は一七六九年から八九年にかけてのフランスでの非合法取引から最もよく売れた三五点のベストセラーを示している。それは額面どおりに読むべきではない。というのは個々の本の順位を絶対的な正確さで決定することはできないからだ。またそれは、STNによって出版された本の重要性を強調しすぎてもいる。したがってそれは星印で区別されている。そして期間の終わりには

地図2-1　非合法本の主要な小売業者

ロレーヌ(ナンシーが中心),リヨン，パリという統計を合成した三つの地域を含む。

シャルメ（ブザンソン）
パヴィ（ラ・ロシェル）
ビュシェ（ニーム）
ブルエ（レンヌ）
ベルジュレ（ボルドー）
マヌーリ（カーン）
マレルブ（ルーダン）
モヴラン（トロワ）
モッシー（マルセイユ）
リゴー，ポンス（モンペリエ）
ルトゥルミー（オルレアン）
ロベール・エ・ゴーチエ
（ブール・アン・ブレス）

ロレーヌ地方

アンリ（ナンシー）
オジェ（リュネヴィル）
オデアール（リュネヴィル）
オルブラン（ティオンヴィル）
カレ（トゥール）
ゲイ（リュネヴィル）
サンドレ（リュネヴィル）
シェヌー（リュネヴィル）
ジェルラッシュ（メッツ）
ショパン（バル=ル=デュック）
ダランクール（ナンシー）
ババン（ナンシー）
ベルグ（ティオンヴィル）
ベルトラン（ティオンヴィル）
ベルナール（リュネヴィル）
ボントゥー（ナンシー）
マチュー（ナンシー）
ラントルチァン（リュネヴィル）

リヨン

ジャクノー
セリエ
バリテル
バレ
フランダン

パリ

ヴェドレーヌ
キュニェ
デゾージュ
バレ
バロワ
プレヴォ
レケイ・モラン

地図２-２　非合法本の零細小売商

零細小売商

アベール（バル=スル=オーブ）
カザン（ランス）
カルドゼーグ（マルセイユ）
サンス（トゥールーズ）
ジャルフォー（ムラン）
シュヴリエ（ポワティエ）
ソンベール
（シャロン=シュル=マルヌ）
ビヨー（トゥール）
フォンテーヌ（コルマール）

プティ（ランス）
ボナール（オセール）
ボワスラン（ロアンヌ）
マラシ（ナント）
レスネー（ボヴェ）
レスプランディ（トゥールーズ）
レール（ブロワ）
ワロキエ（ソワソン）

巡回する行商人

ジル
「第三番目」
プランケ
ブレゾ

（資料：地図２-１と２-２はSTNの記録より）

表2-5　ベストセラーの全注文（大小の小売商）

書名（著者）	冊数	注文数	版	資料[†]
1『紀元2440年』メルシエ	1394	(124)	25	ABCD
2『デュ・バリー伯爵夫人に関する逸話集』ピダンサ・ド・メロベール？	1071	(52)		ACD
3『自然の体系』*ドルバック	768	(96)	13	ABCD
4『タブロー・ド・パリ』*メルシエ	689	(40)		AD
5『哲学的歴史』*レナル	620	(89)		ABCD
6『モープー氏によって遂行された…歴史的記録』ピダンサ・ド・メロベールとムッフル・ダンジェルヴィル	561	(46)		ACD
7『アレティーノ』デュ・ロラン	512	(29)	14	ABCD
8『哲学書簡』作者不詳	496	(38)	9	ABCD
9『テレ師の回想録』コクロ	477	(24)		AC
10『オルレアンの乙女』ヴォルテール	436	(39)	36	ABCD
11『百科全書に関する疑問』*ヴォルテール	426	(63)	5	ABCD
12『ルイ15世回想録』作者不詳	419	(14)		AD
13『イギリス人観察者』ピダンサ・ド・メロベール	404	(41)		ABCD
14『娼婦』ランベール？またはフジュレ・ド・モンブロン？の訳	372	(30)	16	ABCD
15『哲学者テレーズ』ダルル・ド・モンティニ？またはダルジャン？	365	(28)	16	ABCD
16『喜劇と…陽気な春歌…集』作者不詳	347	(27)		ABCD
17『修道制度についての哲学試論』*ランゲ	335	(19)		A
18『イエス・キリストの批判的歴史』ドルバック	327	(36)	3	ABCD
19『フリーメーソンの最深奥の神秘』ベラージュ訳？　ケッペン編	321	(36)		A
20『国務会議への請願』*ランゲ	318	(17)		AD
21『さすらいの娼婦』アレティーノまたはニコロ・フランコ？	261	(27)	10	ABCD
22『ヴェールを剝がれたキリスト教』ドルバック	259	(31)	12	ABCD
23『作品集』ルソー	240	(58)	21	ABCD
24『堕落百姓』レチフ・ド・ラ・ブルトンヌ	239	(19)	10	AD
25『娘の学校』ミロ	223	(16)	3	ABCD
26『良識』ドルバック	220	(16)	11	ABCD
27『ランゲ氏からヴェルジェンヌ伯爵への書簡』ランゲ	216	(4)		A
28『人間論』エルヴェシウス	215	(21)		ABCD
29『社会体制』ドルバック	212	(32)	4	ABCD
30『完璧な君主』ランジュイネ	210	(18)		ACD
31『携帯哲学辞典』ヴォルテール	204	(27)	11	ABCD
32『ルイ15世の私生活』ムッフル・ダンジュヴィル？またはラフレ？	198	(17)		AD
33『あけすけなリラ』作者不詳	197	(14)		ABCD
34『聖職者の栄誉』ロシェット・ド・ラ・モルリエール	191	(22)	13	ABC
35『シャルトル会受付係修道士B…師の物語』ジェルヴェーズ・ド・ラトゥーシュ？またはヌリー？	190	(20)	20	ABCD

＊STN版

† A=STN,　B=カタログ　C=警察の押収　D=税関の押収

ＳＴＮはフランスとの取引を削減したのだが、まさにそのころ出版された二、三の作品の価値は過小評価されている[86]。それでもこの表は十分な情報を提供してくれるので、でこぼこを斟酌して種々の証拠の収束点を求めることができる。

このリストに意外な点があるだろうか。上位に著名作家の悪名高い作品が期待されるかもしれない。それでレナルの『哲学的歴史』やヴォルテールの『オルレアンの乙女』や『さすらいの娼婦』のようなポルノの古典が大当たりしたことに驚く理由はない。しかし『紀元二四四〇年』、『デュ・バリー伯爵夫人に関する逸話』、『哲学者テレーズ』、『ヴェールを剝がれたキリスト教』、『ルイ十五世の私生活』、『シャルトル会受付係修道士Ｂ…師の物語』はどうだろう。これらの作品はまた税関吏や警察にいちばんよく押収された本のリストの上位にも現われる[87]。証拠はすべて同じ結論を指している。すなわち、十八世紀フランスの文学市場には、今日ではほとんどすっかり忘れられてしまったベストセラーが溢れ返っていたのである。

表２‐６は最もよく本が売れた作家をリストにしたものである。非合法本のほとんどすべてが作者不詳で発行されるが、その作者はたいていい特定できる。レナルのように一作で市場を征服した作家がいる一方で、ヴォルテールやメルシエのようにベストセラーを数作書いた作家もいた。実際ヴォルテールの生産高は驚異的であった。ＳＴＮのリストに載っている本のうち六八点、非合法文学のほとんどすべての分野にわたっている。ヴォルテールの秘書とこの大物本人に接近することで、ＳＴＮはフェルネーにある地獄のような工場とのつながりができた。そのため販売がヴォルテールに傾きすぎているのではないかと疑われるかもしれない。しかしヴォルテールの作品は、パリの税

表2－6　注文冊数の多い作家

1	ヴォルテール，フランソワ＝マリ・アルエ・ド	3545
2	ドルバック男爵，ポール＝アンリ＝ディートリッヒ・ティリー（と共同執筆者）	2903
3	ピダンサ・ド・メロベール，マチュー＝ランソワ（と共同執筆者）	2425
4	メルシエ，ルイ＝セバスチャン	2199
5	テヴノー・ド・モランド，シャルル	1360
6	ランゲ，シモン＝ニコラ＝アンリ	1038
7	デュ・ロラン，アンリ＝ジョゼフ	866
8	レナル，ギヨーム＝トマ＝フランソワ[a]	620
9	ルソー，ジャン＝ジャック	505
10	エルヴェシウス，クロード＝アドリアン	486
11	コクロ，ジャン＝バチスト＝ルイ[b]	477
12	ダルジャン侯爵，ジャン・バチスト・ド・ボワイエ[c]	457
13	フジェレ・ド・モンブロン，シャルル＝ルイ[d]	409
14	レチフ・ド・ラ・ブルトンヌ，ニコラ＝エドメ	371
15	ベラージュ／ケッペン，カルル・フリードリッヒ[e]	321
16	ミラボー伯爵，オノレ＝ガブリエル・リケッチ	312
17	アレティーノ，ピエトロ・バッチ[f]	261
18	ポー，コルネリウス・ド	235
19	ミロ（またはミリロ）[g]	223
20	グダール，アンジュ	214
21	ランジュイネ，ジョゼフ[h]	210
22	ムッフル・ダンジェルヴィル，バルテルミー＝フランソワ＝ジョゼフ[i]	198
23	ロシェット・ド・ラ・モルリエール，シャルル＝ジャック＝ルイ＝オーギュスト	197

a　一作品『両インド…哲学的歴史』

b　一作品『テレ師の回想録』

c　ダルル・ド・モンティニーの作とされることもある『哲学者テレーズ』（365冊，注文28回）を含む。しかしダルジャン作とされる作品が他に6点あり，不釣合いにリストの上位になっているわけではない。

d　ジョン・クレランドの『一娼婦の手記』（『ファニー・ヒル』）*Memoirs of a woman of pleasure*（*Fanny Hill*）の翻訳である『娼婦』を含む。この翻訳はランベールという人物にも擬せられてきた。

e　一作品『高位フリーメーソンの暴かれた最深奥の神秘，あるいは真実の薔薇十字。英語からの翻訳。付録，ドイツ語から訳された「ノアキット」』。慣習的に翻訳家はベラージュ（たとえば，バルビエとカイエ）とされている。フェッシュは英語の原著もドイツ語の原著も挙げずにケッペンを編者であるとしている。

f　一作品『さすらいの娼婦』

g　一作品『娘の学校』

h　一作品『完璧な君主』

i　一作品『ルイ15世の私生活』ムッフル・ダンジェルヴィルとアルヌー・ラフレ両者の作とされる（198冊，17回の注文）。

関や警察の手入れで最もよく押収された本のなかでも目立っている。すべてが王国内にヴォルテール作品が氾濫していたことを示唆している。

よりいっそう意外なのはドルバック男爵とその共著者の強力な販売記録である。その体系的な物質主義は現代でもかなり非情だと思える。しかし十八世紀の読者は、無神論が印刷されて堂々と主張されるのを見るチャンスに魅せられたようである。そのほとんどの印刷はオランダで行なわれていたが、一方、ヴォルテールの「啓蒙の川」はスイスの印刷所から流れ出た。[88] しかしSTNの販売高においてドルバックが強いということから、ヌーシャテルで記録された需要に地理的な偏向はほとんどない、ということが見て取れる。一七六〇年代から一七七〇年代になって初めて、無神論的作品のレパートリー全体が比較的安価に購入できるようになり、フランスの公衆は先を争って買ったのである。

レナルとエルヴェシウスに挟まれたルソーの位置は、一〇位以内ではあるが、メルシエやランゲのように最上級の部類には入らない。この二人の人気は書籍商の通信文をみても目立っている。[89] 確かに、このリストは非合法本ではないからというので、ルソーの最大のベストセラー『新エロイーズ』(*La Nouvelle Héroïse*) を考慮に入れていない。しかしSTNは『エミール』については六部は売ったが、それは一七六〇年代には禁書で、非常に人気もあった。明らかに市場では一七七〇年までにこの作品は飽和状態になっていたが、STNが哲学書の取引を大々的に行なうようになったのはそれ以降であった。[90]

しかしながら、飽和状態にあると見抜くのは難しい。ときどき書籍商自身が、「この作品はよく売れたので市場が疲弊してしまった」と記すことがあった。たとえばリヨンの最も抜け目のない出版者兼書籍商の一人であるジャン゠マリ・バレは、ベールの『歴史批評辞典』(*Dictionnaire historique et critique*)の在庫の価格を引き下げた、と言ったが、その理由は「あの作品はフランスでは死んでいます、国外で売れるだけです[91]」というものだった。一七五〇年代から一七六〇年代にかけてのベストセラー・リストを作成すれば、啓蒙の重要作家のなかにはより高い位置を占める者がいたかもしれない。その頃はそういった作品に対する需要が新鮮だったのだから。一七七〇年代と一七八〇年代の売行きが思ったより少ないということが、フランス人が啓蒙主義者の作品を読むのをやめたことを必ずしも証明するわけではない。というのは、書店ではなく個人の書庫にある本を読めたかもしれないからである。一七七六年までにパリの書籍商はディドロの個々の作品を仕入れるのをほとんどやめてしまったが、著作集版は売られつづけた[92]。しかし、たとえ市場が飽和状態になっていた可能性を斟酌してもなお、世紀中頃から革命直前までよく売れつづけた作品がある、という事実は残る。なかでも最も悪名高いエルヴェシウスの『精神論』は一七五八年初版だったが、その需要は『エミール』をはるかにしのいで一七八〇年代までもちこたえた。

こういった複雑な状態を頭に入れて、いまやルソーの『社会契約論』(*Du Contrat social*)の流布という問題をついに解決できるのだろうか。STNはただ一度だけその注文を受け取った——プランケという名前の行商人が四部求めたのだった。それで『社会契約論』はSTNに注文された上位四〇〇の作品中には現われなかった。STNは自社の哲学書のカタログには載せていたが、他の出版社の地下出版カタログのどれにも載っていなかった。そしてパリ税関で四回押収されたが、警察の手入れで押さえられたことはなかった。要するに、ルソーの論文は革命前には広くフランスで流通していなかった、と主張したモルネはおそらく正しかったのだ。しかし『社会契約論』はルソーの作品集の多くの版に含まれていることを考えると、モルネは事実を誇張したことになる。そしてそういった版は三八巻もあり、二四リーヴルあるいはそれ以上もすることがあってもベストセラー・リストの最上位近くに姿を現わしている（ジュネーヴの印刷協会が全三一巻で出版した比較的安価な十二折判〔四六判〕の普及版は、一七八五年に二五リーヴルで売れた）。

判型や価格は大きく変わっても、作品集の販売もまた哲学者〔本書では啓蒙思想家のことと考えてよい〕の著作の需要を正当に評価する役に立つ。

ルソー作品集	二四〇セット	五八回の注文[93]
エルヴェシウス作品集	一一〇セット	二四回の注文
ラ・メトリ作品集	九〇セット	二〇回の注文
ヴォルテール作品集	五九セット	二九回の注文
グレクール〔一六八三―一七四三年。卑猥な詩を書いた詩人〕作品集	五六セット	一二回の注文
ピロン〔一六八九―一七七三年。詩人、劇作家。ヴォルテールを揶揄した風刺詩で知られる〕作品集	五〇セット	一〇回の注文
クレビヨン・フィス〔一七〇七―一七七七年。小説家。『ソファ』の作者〕作品集	四〇セット	一二回の注文
フレレ作品集	三七セット	一一回の注文
ディドロ作品集	三三セット	九回の注文

その魅力を否定することはできないが、数人の著名作家が禁書市場を席巻していたわけではない。最もよく売れた作家リストの頂上に数人の偉大な名前があり、その後にくる他の作家たちは今では少数の十八世紀文学の専門家以外には知られていない。ピダンサ・ド・メロベール、テヴノー・ド・モランド、デュ・ロラン、コクロ、ダルジャン、フジュレ・ド・モンブロン、ド・ポー、グダール、ムーフル・ダンジェルヴィル、ロシェット・ド・ラ・モルリエール……。革命前のフランスでほとんどのベストセラーを書いたこれら人びとは、文学史から姿を消してしまったのだ。

文学史そのものを世代から世代へと受け継がれ、改訂される人工的な構築物と見なせば、彼らが姿を消したことはそれほど驚くべきことではないのかもしれない。「群小」作家と「大」ベストセラーは必ず混乱に紛れてしまう。われわれは今日のベストセラーが今から二〇〇年後に読まれるとは期待しない。しかし、文学史はほとんどの人びとの手にわたった文学を考慮すべきだとは考えられないのだろうか。文学史家はモルネの唱える「生きられた文学」の普通の種類、漠然と「一般大衆」の「趣味」とか「需要」とかいった表現で言及される類のものを研究すべきではないのだろうか。(94)

表2-7は、どういったジャンルの非合法文学が最も人気があるかを示すことで、そういった疑問に対する仮りの回答を提供してくれる。確かに、どんな分類でもそうだが、そのカテゴリーは恣意的である。資料をえり分ける手段としては不適当であるかもしれない。そしてえり分けそのものが相当に主観的判断をともなう。ある作品は本質的に反宗教的か、扇動的か、ポルノ的なのだろうか。それとも同時にその三つのすべてになりおおせるのだろうか。それでも表の項目はかなりうま

表 2-7　需要の一般的傾向

部門と下位部門		書名点数	（%）	注文部数	（%）
宗教					
A　論文		45	(9.8)	2,810	(10.0)
B　風刺，論争		81	(17.7)	3,212	(11.4)
C　反宗教的な下品な話，ポルノ		18	(3.9)	2,260	(8.0)
	小計	144	(31.5*)	8,282	(29.4)
哲学					
A　論文		31	(6.8)	723	(2.6)
B　作品集，編集物		28	(6.1)	1,583	(5.6)
C　風刺，論争		9	(2.0)	242	(0.9)
D　一般的な社会，文化的批判		33	(7.2)	4,515	(16.0)
	小計	101	(22.1)	7,063	(25.1*)
政治，時局物					
A　論文		20	(4.4)	986	(3.5)
B　時事作品		50	(10.9)	2,213	(7.8)
C　中傷文，宮廷の風刺		45	(9.8)	4,085	(14.5)
D　スキャンダル情報		17	(3.7)	1,051	(3.7)
	小計	132	(28.9*)	8,335	(29.5)
性		64	(14.0)	3,654	(12.9)
その他					
A　神秘学		2	(0.4)	111	(0.4)
B　フリーメーソン		6	(1.3)	639	(2.3)
	小計	8	(1.7)	750	(2.7)
未分類		8	(1.8)	128	(0.5)
	計	457	(100.0)	28,212	(100.0)

＊　四捨五入のためパーセントの小計に矛盾が生じている。

くいっていると思う。分類によって仕事が処理しやすくなった。その結果、近似値的であっても、全体としての禁じられた文学の資料《コーパス》のなかでの比率が全体的に描き出されている(95)。

「哲学」書のなかで哲学の位置はどうなっているのだろうか。いたるところにあり、どこにもない。すなわち、批判精神として遍在していても、論文としてまとめられた体系的な思想の形ではめったに姿を現わすことはなかった。たとえ神秘主義という周辺の分野であっても、非合法文学の風景《なか》に散在する論文が数本見つかる。その分野ではアルベルトゥス・マグヌス（一二〇〇頃―一二八〇年。ドイツの神学者。スコラ哲学者トマス・アクィナスの師）の「自然」で神秘学的な魔術が、版によっては正装させられて体系的哲学のように見えた。しかしフランスの読者はきっちり論じた大冊はあまり求めなかった。

軽いくだけた文学を好むこの傾向に逆らう流れがあった。それは反キリスト教的論文に対する強力で持続する需要という形をとった。ドルバックの『イエス・キリストの批判的歴史』や『ヴェールを剝がれたキリスト教』のように、カトリックの教義の最もむき出しになった側面に砲火を集中したものもあった。エルヴェシウスの『人間論』やドリール・ド・サールの『自然の哲学』(*Philosophie de la nature*) のようにキリスト教にとって代わろうとする哲学を発展させたものもあった（それぞれの部門、下位部門でのベストセラーの書名については姉妹編を参照）。総合するとこういった作品が急進的啓蒙主義の重砲部隊をなしていて、教養ある読者の信仰体系にかなりの打撃を与えたかもしれない。

読者の反応については逸話程度の証拠しかないのだが、ドルバック流の大型爆弾が意思伝達の手段としての本の力を利用することで、正統派的《オーソドックス》見解に衝撃を与えた、というのはありそうに思える。

こちらには筋の通った一連の議論として体系的に異端説が提出されていた。あちらのページを開ければキリスト教は矛盾のごたまぜだと暴きたてられていた。そしてすべては印刷物のなかで起こった。人目を忍ぶ集まりで交わされる恥ずかしい秘密のように小声ではなく、肉太の活字で、堂々とした書物として公然と、である。書物のモノとしての特質が、現代の読者の感覚にはピンとこないやり方でメッセージを強化した。現代の読者は異端説が市場で包装され販売されているのを見慣れている。アンシャン・レジームの最後の三〇年間に初めて、普通の読者は本の形になった無神論に接近することができた。そしてその本には口絵、扉、序文、付録、注釈といったあらゆる立派さの徴《しるし》があった。正統派神学の手に取りにくいフォリオ判〔二折判〕は隙間風の入る図書室の書棚に放置されたまま、ということがあったが、無神論の小さな本はポケットに入れて携帯し、こっそり読むことができた。レイアウトは正統派的な様子をしていたが（人気のある活字は「哲学」（philosophie）〔一〇ポイントの活字として知られていた〕として知られていた）、その一方で本のサイズは理性の王国に訴えるよう意図されているように見えた。その王国では落ち着いて賛否両論を熟考することができたのである。

哲学者の人気のある編集物や作品集にはそういった性格が共通していた。ボーマルシェが出版したケール版ヴォルテールのように壮麗な版で発行されたものもあったが、ほとんどは「印刷上の贅沢」を避けていた。一冊二〇ないし三〇スーで、質素な紙に安上がりのリプリント版で装丁は厚紙か、綴じずに売られるなど地味なものだった。以下は一七七〇年代の出版兼卸売商のカタログから選ばれた典型的な価格である。(96)

マーストリヒトのJ＝E・デュフール
　ラ・メトリ作品集　全　二巻　四リーヴル
　シュヴリエ作品集　全　三巻　四リーヴル一〇スー
ローザンヌのガブリエル・デコンバ
　ラ・メトリ作品集　全　四巻　四リーヴル一〇スー
　ディドロ作品集　全　五巻　一二リーヴル
J＝L・シャピュイとジュネーヴのJ＝E・ディディエ
　デュ・ロラン作品集　全　八巻　八リーヴル
　エルヴェシウス作品集　全　五巻　五リーヴル
STN
　エルヴェシウス作品集　全　五巻　四リーヴル七スー
　ヴォルテール作品集　全四八巻　七二リーヴル
（そして分売はそれぞれ一冊三〇スー）

物質主義、無神論、理神論の小叢書が、手ごろな価格で手ごろさ自体を具体化したような形で入手できた。自由思想《フリー》は無料《フリー》ではなかったが、一七七〇年代までには中産階級と、職人や商店主の上層部の購買力に収まるようになっていた。

論文が正統神学に正面から総攻撃をかけている間に、より小さなそれほど真面目ではない作品が教会と国家から尊重されていたあらゆるものを狙い撃ちにした。反キリスト教軍のなかで労働の分担が行なわれていたかのようだった。ドルバック軍は「頑迷固陋派」（l'infâme）の神学的基礎を破壊しようと努め、ヴォルテール軍はそれを嘲笑しようとした。もちろんヴォルテールは『百科全書に関する疑問』でドルバックの『自然の体系』に対しても機知を働かせた。基本方針や共同戦線を表明するのではなく、ベストセラーはしばしばお互いに安売り合戦をし、ヴォルテール主義は徐々に今日ならポルノグラフィと考えられるようなものへと変化していった。

ヴォルテール自身はというと、笑いのすべてを独占するわけにはいかなかった。笑いのなかには大笑いに類するものがあり、それは中世から居酒屋で響いていた。同族の人物たちがほとんどあらゆる非合法部門に姿を現わした。好色な修道士、みだらな尼僧、性病に倒れた不能の司教、「子宮の激情」に身をゆだねるレズの女子大修道院長などである。シャルトル会修道院の門番だった、ビュジェ修道士（『シャルトル会受付係修道士B…師の物語』）とカルメル会女子修道院の門番をした、その好色な妹（『受付係カルメル会修道女の物語』〔*Histoire de la tourière des Carmelites*〕）はボッカッチョやラブレーの登場人物の末裔である。『オルレアンの乙女』のなかのジャンヌ・ダルクや『アラスの蝋燭』のみだらな尼でさえ、みな猥褻な反教権主義の伝統に属する者で、反宗教かポルノのどちらかに分類できた。聖職者へのとりつかれたような中傷のため、私はこの雑種（総計の八パーセント）のほとんどを「宗教への攻撃」という一般項目に入れてきた。しかしもしそれらを性的な本に分類すれば、ポルノの占有率は全体の一二・九パーセントから二〇・九パーセントへ上昇しただろう。印象深い数字ではあるが、レチフ・ド・ラ・ブルトンヌやサド侯爵の世紀から予想されるようなものではない。

「純粋なポルノ」とは時代錯誤であるだけでなく撞着語法でもあるかもしれない。しかし多くの本に登場する修道士や尼は、性的なくすぐりを与えるという主目的につきもののように思われる。エロティックな快楽のために書いたり、読んだりするということは、オウィディウスや古代の先駆者すべてのことは言わないまでも、アレティーノの時代から存在していた。革命前のフランスで最も人気のあった性的な本には、いくつかの古典が含まれる。『さすらいの娼婦』、『淑女学院』、『修道院のヴィーナス』などであるが、それに加えて『ファニー・ヒル』（フランス語では『娼婦』（*La fille de joie*））は避けるわけにはいかない。フランスの読者には春歌に対する強い好みがあり、『あけすけなリラ』のような選集がよく売れた。それで古風なガリア気質《ゴロワズリー》（ガリア人の陽気さ、無遠慮さ）がエロティック文学の多くに広がった。しかし全体としてこの部門を特徴づけるなんらかの傾向があるとするなら、それは覗き趣味であった。放埒な話のいたるところで登場人物はお互いに鍵穴や、カーテンの後ろから、茂みの間から、観察しあっていて、一方読者はその肩ごしに見ていたわけである。挿絵がその効果を仕上げた。実際、挿絵によく描かれたのは語り手の密かな眼差しの前で男女が交わっているところで、語り手（しばしば女だったが）の方は、読者にも同じことをするよう誘っているかのようにマスターベーションをしているところだったりした。みだらなプットー〔男の子の裸体画像〕やショックを受けた上品ぶった女性が絵のなかの絵からその場面を見おろしていることがよくあった。挿絵と本文の相互作用が鏡のなかの鏡の効果を強め、出来事全体に芝居がかった様相

『シャルトル会受付係修道士Ｂ…師の物語』の覗きの場面
（Department of Rare Books and Special Collections, Princeton University Libraries）

を与えていた。「哲学書」において性はロココ趣味だった。そして次章で見るようにしばしば哲学的でもあった。

はっきりした一部門としての哲学には理論的論文と一般的作品とが含まれる。後者は極端に宗教的でも、政治的でも、ポルノ的でもまったくなくて、あらゆる種類の悪習を批判した。論文は全体の二・六パーセントにすぎなかった。もっとも、哲学者の作品集も考慮に入れればもっと多くなるだろう。既に見たように、ルソーやエルヴェシウスやラ・メトリやヴォルテールの作品集には活気ある市場が存在したのだから。しかし一般的な哲学書が「哲学書」の資料全体の最大の下位部門(一六パーセント)をなしている。この点からは「哲学」は単一の目標に狙いを定めていたのではなく、広い範囲にわたる主題を狙っていた。メルシエの『紀元二四四〇年』やレナルの『哲学的歴史』やヴォルテールの『百科全書に関する疑問』といった最高のベストセラーはアンシャン・レジーム下の権力側のほとんど誰をも怒らせるものを含むと同時に、最も広い範囲の読者層に訴えるものがあった。啓蒙思想が一般の読者層に達したのはそういった種類の哲学を通じてであった。

こういった一般的哲学作品は、抽象的観念にかかずりあわずに話題から話題へと素早く移り、具体的に悪弊を暴き、個々の制度を断罪した。すべてを尺度としての理性のもとへ差し出したが、社会の弊害を自然の合理的秩序と対比するときは合理主義的というより熱情的に見えた。ヴォルテールのぴりっとしたプティ・パテ(反教権主義的パンフレット)が下位部門の風刺と論争に属する作品のうちの多くを占めていたが、そのヴォルテールでさえ少なくとも理性と同じくらい情念に訴えていた。ベストセラー・リストを征服したヴォルテールは後期のヴォルテール、カラス事件の、冷酷さに対して反対運動をした、人道という大義のヴォルテール――『哲学辞典』の不敬な、悪意に満ちた、不滅のヴォルテールであった。このヴォルテールにレナル、メルシエ、ランゲの改革の熱情が加わるのだから、アンシャン・レジーム末期の「哲学」の爆発力がわかろうというものだ。

最後の部門、政治が結局最大のものだった。その境界と下位区分は他の部門同様ぼんやりしていた。アンシャン・レジーム下では政治そのものがあいまいだったので、よりいっそうぼんやりしていた。そのなかには政治理論、時事問題、国外情勢、王の秘密工作といった一般大衆の共通の関心事について言及するものが含まれた。したがって文学の主題として見た場合、政治には今日の政治的作品を定義づけているような自明の性質はなかった。ドルバックの『社会体制』(*Système social*)やマブリの『法律論』(*De la législation*)のようによく売れた論文も数点あり、確かに『社会契約論』よりずっとよく売れた。ミラボーの『専制政治試論』(*Essai sur le despotisme*)は理論を時事問題により近づけた。そしてクロード・メイ〔一七一二―九六年。法律家〕の『フランス国民の権利の基準』(*Maximes du droits public français*)は、ブルボン朝の絶対王政に対するジャンセニストの抗議にはいまだ活力がある、ということを示した。しかし禁書全体の二六パーセントにあたる、政治的作品の大半は時事問題に関するものだった〔表2・7の注文部数を見ると、「政治、時局物」のうちB・C・Dの計が二六・〇パーセントになる〕。

それらの作品は三つの下位部門に分類される。もっとも境界線があまりにぼんやりしているので、こういった文学はすべて共通のジャーナリズム的主題群にもとづいた変種として一括して扱うこともできたくらいだった。第一の下位部門に属する本は、悪名高い事件や有名人に関する時事的作品だった。したがって、インドのフランス司令官の有罪判決に関するヴォルテールの『インドとラリ将軍に関する断章』（*Fragments sur l'Inde et sur le général Lalli*）や、カロリン・マチルダ王妃の苦難と一七七二年から七三年のデンマークの危機〔イギリスから輿入れした王妃カロリン・マチルダと枢密院大臣ストゥルエンシィは恋愛関係にあったが、一七七二年陰謀団によって大臣は捕らえられ、王妃はクロンボー城に拉致されるという事件が起こった〕に関する『不幸な王妃の覚書』（*Mémoires d'une reine infortunée*）や、前陸軍大臣の経歴に関する『サン＝ジェルマン伯爵の回想録』（*Mémoires de M. le comte de Saint-Germain*）などがそのなかに入る。

こういった作品のうち最も成功したのは、一七八〇年代に世論を反政府の方向に向かわせるのに他の誰より力があった二人の作家の筆になるものだった。それはシモン＝ニコラ＝アンリ・ランゲとミラボー伯爵ことオノレ＝ガブリエル・リケッチだった。ランゲの『バスチーユ回想』とミラボーの『封印状と監獄』は全能の国家によって裁判抜きで投獄された著者が一人称で語るという同じ趣向の報告だった。どの作家も踏みにじられた無実と政府専制との無限の闘争としてみずからの物語を描いた。そして読者を恐ろしい地下牢の中へ誘い、すべてを暴くことで、私的な物語をゴシック的な恐怖譚に変えた。胸の悪くなるような食事、残酷な看守、シラミのたかるマットレス、そして地下の独房では無実の犠牲者が全人類と訴訟手続きから切り離されて、絶望を露わにしていた。ところどころ『オトラント城』〔一七六四年。イギリスの小説家ウォルポールの恐怖小説〕のように読めるところもあったが、そういったことが実際に起こっていただけに大げさな言葉もほんとうらしく聞こえた。ランゲとミラボーはそれを請け合うことができた。彼らは想像を絶する苦しみを非常に真実らしく詳しく語るので、身震いを保証し、感情のスリルを倍加することになった。みずからの手で仮面を剥ぎ取り、幕を開け、うわべの見せかけを引き裂き、王の秘密（secret du roi）を白日の下に曝した。だから彼らも覗き見趣味ではあったが、その作品は政治的なものだったのだ。警察国家の秘密の活動を暴露し、そうすることで地下牢や、鎖や、封印状（lettres de cachet）で支配されたフランスという神話を広めたのである。(97)

同じ主題が政治的な下位区分である政治的な libels または libelles〔どちらも「中傷文」という意味〕にも現われた（後の方がフランス語だが、そちらは個人的というより政治的な中傷の観念を含む）。しかし中傷文作者（libellistes）は別の分野で活動した。圧政の犠牲者のメロドラマめいた報告の代わりに、高僧や政治上の黒幕たちの生活の内輪話を語った。感情よりスキャンダルを扱った。そして名前がニュースになるという、いまだ公けになっていない原則にしたがって彼らの物語を語った。そのようにして王国の最高の著名人たちに砲火を集中したのだが、手始めは王その人で、大臣や王の愛人を経て、一般の廷臣や歌手《フィーユ・ドペラ》、踊り娘の類へと至った。

中傷文の中身は噂話だったが、作者はそれが歴史に見えるように粉飾して、権力のうわべの背後で実際に起こっていることについて信頼できる報告を提供した。自分たちの述べたことを証明するために印刷に付したのは、大臣の手紙の抜粋、従僕の内緒の報告、作者がぴったりの時にぴったりの場所にいるという、彼ら特有の超人的能力に由来する会話である。それはカーテンの後ろにいたり、窓から覗いたり、ただ単に眼に見えない全知全能の三人称の語り手役を引き受けたりして得たものだった。したがって中傷文もまた覗き見趣味を利用していたことになる。中傷文流の覗き見は読者をヴェルサイユの内奥へと、王のベッドの中からその心の中にまで導いていく。その幻想を支えるため中傷文作者は真面目な序文を書き、自分に「歴史家」とか、その真実が疑えないような回想録の「編集者」という役割を振り当てた。紙ばさみのなかの手紙の内容を出版しているのだ、と公言していることもあった。その手紙は紛失したり、盗まれたものなのだが、みずから保証するところでは絶対に本物なのだった。どのような態度をとろうと、証拠という最も厳しいルールに従うことを彼らは約束した。もっとも、読者が退屈することがないように時宜を得たウィンクでほのめかすこともあったが。

その結果は現代史や伝記に偽装した一種のジャーナリズムであった。書籍商が手紙で指摘したように、その需要は際限がないように見えた。そしてそのなかに、資料全体《コーパス》のなかでの最高のベストセラーが含まれていた。『デュ・バリー伯爵夫人に関する逸話集』、『モープー氏によって遂行されたフランスの君主制における革命の歴史的記録』、『テレ師の回想録』、『ルイ十五世の回想録』、『ルイ十五世の私生活』などである。こういった作品は抽象的な原理や政治の複雑な問題を議論しているわけではなかった。政治というものを「私生活」へ、特に王の私生活に縮小したのである。そうすることで無限の恣意的な権力からなる想像上の世界をつくり上げ、そこにお決まりの人物を配した。すなわち邪悪な大臣、陰謀をめぐらす廷臣、男色家の高位聖職者、堕落した愛人、退屈した無能なブルボン家の人びとなどである。

中傷文作者の歴史観では、こういった輩《やから》はルイ十五世の宮廷、特にモープー、テレ、デギュイヨンのいわゆる三頭政治の内閣の期間に最も多く集中していた。一七七〇年から七四年の間に、こういった大臣たちが、司法制度の構造改革によってこの世紀（一七一五年から八七年にいたる短めの十八世紀）最大の危機を引き起こしたのである。その改革は高等法院の政治力をつぶし、政府に増税の自由裁量権を与えようとするものだった。この改革の首謀者モープーはあまりにも中傷文作者の砲火を浴びたので、「モープーアナ」というジャンルにその名を残してしまった。このジャンルは『モープー氏の秘密で親密な書簡集』という一七七一年からのベストセラー中傷本によって広まった誹謗の一種である(98)。

中傷は一七七四年の三頭政治の崩壊とルイ十六世の登場とともに終わりはしなかった。逆に「私生活」、偽の回想録、モープーアナは一七八〇年代にいちばんよく売れた。当時そういった著作は、閉まった扉の後ろで最近の治世に現実に起こったことの歴史としてだけではなく、これから起こるかもしれないことへの警告としても読むことができた。こういった作品にはその歴史的状況のため、今日気づかれる以上の重みがあった。今日では書店には近過去に関する本が溢れているが、十八世紀には「現代史」はほとんどジャンルとして存在していなかった。検閲で許可されるにはあまりに微妙な問題を扱っていたからである。それゆえそれは中傷的伝記やスキャンダラスな政治物語の形をとって地下に潜ることになった。事情に通じた読者には中傷文だとわかっていただろうが、おめでたい者の眼には、いかにして過去から現在がたち現われたのかについて完璧に、またいかにも信頼のおける説明を提供してくれるように見えた。『ルイ十五世の私生活』は三巻にわたり、ほとんどどんな近代の著作よりも詳しく——そしてより楽しく——一七一五年から七四年にかけての政治史を語っている。

ルイ十五世の私生活について読んでいる間に、フランス人はルイ十六世の家庭生活について驚くべき暴露話を教えられた。ちょっとした手術のおかげで生殖器の異常（包茎）から救われるまで、ルイ十五世は不名誉なことに玉座の世継ぎを送り出せなかったのだ。太って、臆病で、能無しだったから、完全に寝取られ男のイメージだった。一七八五年にロアンの枢機卿が、パリ高等法院の前で演じられた風変りなドラマに巻き込まれた。それには伝説的なダイヤのネックレスも一役買った。一般に信じられたところでは、枢機卿はヴェルサイユの庭園の茂みの後ろに王妃を誘い込もうとしてネックレスを使ったのである。結局その話は山師たちが詐欺をしくじったのだとわかったが、それは宮廷の堕落と放縦の縮図のように思われた。王が枢機卿に寝取られるとは！　中傷文作者にとってかき集めたい肥しをこれほど与えられたことはなかった。アンシャン・レジームの末期になると、悪口が印刷機から溢れ出した。しかし大半は手書きの地下新聞（nouvelles à la main）だとか、パンフレットの形をとった。それらはフランス国内で素早く生産できたからである。国外にある出版社はたいてい書籍だけに限られていた。しかしフランス政府は、アンシャン・レジーム末期の数年は、合法非合法両方の書籍の輸入を効果的に取り締まったので、STNを含む多くの出版社が一七八五年までにフランスでの取引を削減した。そのため、ダイヤモンド・ネックレス事件はSTNの統計に現われないのである。フランス人は他のメディアによってその事件を知った。その一方で、ルイ十五世治下でのスキャンダルに関する本が読みつづけられていた。

しかしルイ十五世に対する中傷文は、ルイ十六世治下で関連がないどころか、新たな意味を帯び始めた。中傷文のおかげで一般の読者がダイヤモンド・ネックレス事件を判断できるようになった。というのは、君主制がルイ十四世の時代以来いかに堕落したか、をそれが示していたからである。中傷文は「現代史」を巧みに語り、また大量にそれを入手可能にしたのだが、それはアンシャン・

レジーム末期の内閣が君主制を破産から救うため大衆に最後の支持を訴える直前のことだった。シャルル＝アレキサンドル・ド・カロンヌとロメニ・ド・ブリエンヌによって練り上げられた、一七八七年から八八年にかけての「改革」計画は、モープー、テレ、デギュイヨンの信用をなくした施策の盗用のように見えた。そのため一七八七年から八八年のパンフレット作者は一七七一年から七四年の反政府宣伝を借用したり、一部をそっくりそのまま印刷することさえあった。新しい「カロニアナ」〔カロンヌ中傷文〕文学は一六年前「モープーアナ」が発展させたのと同じ主題をせっせと繰り返した。このようにして書籍、パンフレット、手書き新聞がお互いに強め合いながら、フランスは政治的中傷の波に洗われていくが、その波は古い危機の火種を世紀の初めから終わりまで運び、最大の危機、すなわちブルボン朝の絶対主義を倒壊させた一七八七年から八八年の「前革命」のさなかにぶつけた。予言したわけではなかったかもしれないが、「われわれの後には洪水が来るだろう」〔フランス語の慣用句として「後は野となれ山となれ」と訳されている言葉の直訳〕というルイ十五世の言葉は正しかったのだ。(99)

中傷文は政治文学の第三の下位区分であるスキャンダル情報と重なり合う。両方とも一般読者層のニュースへの渇望に応えるものだったからである。しかしながらニュースは、アンシャン・レジーム下では政治と同じく問題をはらんだものだった。ニュースというものは公式には、あるいは少なくとも公事としては存在していなかった。大衆は国政に参加する権利同様、それについて知る権利もなかったし、近代的な「新」《「ニュース」》聞《・ペイパー》、イギリスやオランダやドイツの一部で既に存在していたようなものは、厳重に禁止されたままだった。『ガゼット・ド・フランス』のような特別認可を受けた定期刊行物数種が宮廷の儀式や外交上のやりとりについて公式の報告を提供していた。『ガゼット・ド・レイド』〔レイドはフランス語でオランダの都市ライデンのこと〕のような多くの外国の新聞はフランスでの頒布を許可されていた。王権と高等法院の進行中の闘争のような微妙な問題について怒らせるようなことを言わなければ、という条件付きだったが。しかしフランス人は、誰がヴェルサイユで大臣の首をすげ替えようとたくらんでいるか、誰がコメディ・フランセーズの女優のまわりに付き添っているのか知りたければ、情報屋（nouvellisite）を見つけねばならなかった(100)。

これには二種類あって、「口の情報屋」（nouvellistes de bouche）はパリのパレ・ロワイヤルやチュイルリー公園のような公共の場所で口頭で噂のやりとりをし、「手の情報屋」（nouvellistes de main）は話を手書きの新聞にまとめて、それはマントの下で流通していった。外国の出版社がこういった新聞を集めて本の体裁にしたとき、スキャンダル情報が生まれた。ニュースは口頭の言葉から書き物になり、最後には印刷物になった。その変質のどの段階も法の外で行なわれた。そのため名誉毀損に対する良心の呵責の跡は見られない。そして本の形をとると「哲学」作品の部類に加わった。

しかし資料にした他の作品と対照的に、スキャンダル情報には語りの声や調子に一貫したものがなかった。中傷文のように内容は名士の私生活に集中していたが、新聞のように何でも少しずつ載っていた。かなり大量のゴシップや気のきいた言葉《ボン・モ》や無作法な詩句だけでなく、劇評、従軍記事もあった。時にこういった内容すべてが一冊の本に詰め込まれていることもあった。ギヨーム・アンベール・ド・ボルドー〔一七四四―一八〇三年。文学者〕の『スキャンダル情報、あるいは現世代の風俗史に資する覚書』（*La Chronique scandaleuse, ou mémoires pour servir à l'histoire des moeurs de la génération présente*）のように、ジャンルから題名をとった作品の場合そうだった。あるいは『フランス文芸共和国の歴史に資する秘録』（*Mémoires secrets pour servir à l'histoire de la République des Lettres en France*）のように、際限なく増補されていったこともあった。版を重ねるたびに増補され、ついには三六巻になり、一七六二年から八七年にかけて、パリの公衆――そして特にドゥブレ・ド・ペルサン夫人のサロンに出入りしていた情報屋のグループ――の気を惹いたものすべてに実況解説を加えた。形や大きさがどうであれ、内容は混然としたままだった。作者たちは素材を一本の話の流れにまとめようとなんの努力もしなかった。

実際スキャンダル情報にはほんとうの作者がいなかった。そこでは公けの問題について、一般の議論で指摘されたことがすべて混ぜ合わせされて匿名のままで現われた。それこそが議論する公衆なのだった。スキャンダル情報は、中立的な三人称の on すなわち人が伝えたもの（on dit《オン・ディ》）として、町の噂を取り上げた。たとえば、「人は……と言っている」、「人はちょうど……だと知った」、「人は……だとはほとんど信じられない」といったぐあいである。フランス語では、不定代名詞 on は語り手だけでなく読者も含めることができた。実はそれは一般大衆を代表するところにまで及んでいたので、chroniques《クロニック》〔噂、報道〕は世論に語らせ、ニュースを伝えながらニュースへの反応を記録していたように見える。もっと薬味を利かせようとして、ニュースが「スパイ」――トルコ人、イギリス人、ロンドンのフランス人や、書類鞄をなくした秘密調査員（l'espion dévalisé）――によって語られることもあった。中傷文の場合同様、記事が回想録や往復書簡に粉飾されることもあった。それを匿名の「編集者」がどのようにかして奪って、絶対に本物だという保証付きで発行した。書名は読者をおびきよせて中身に向かわせることに与って大いに力があった。したがって、『イギリス人観察者、あるいは全眼卿と全耳卿の秘密書簡』(*L'Observateur anglais, ou correspondance secrète entre Milord All'Eye et Milord All'Ear*) は、一七七四年には四巻本で発行されていたのが一七八四年までには一〇巻本の『イギリス人スパイ』(*L'Espion anglais*) へと拡大した。スパイの多くは on で語り、大臣の通信文から盗んだ手紙やクロゼットやベッドの下で聞いた秘密とともに噂 (on dits) を記録した。その結果は、すべてを知る内部の事情通が舞台裏でほんとうに起きていることを見たそのままであり、それ以上に覗き見趣味だった。こうしてスキャンダル情報が中傷文の仕事を仕上げた。また中傷文の方は、ミラボーやランゲの発展させた時事問題の神話的見方を補完していた。総合すると、こういった文学すべてが政治制度を強力に非難していた。それはまったく同時に歴史であり、伝記であり、ジャーナリズムであり、悪口であったし、すべてが標的にしていたのは、ブルボン朝の君主制とそれを支持するあらゆるものだった。

しかしながら哲学書の扇動的な政治メッセージを、アンシャン・レジームを転覆しようとする意図だとか、ましてや陰謀の証拠だと解釈するべきではない。禁書は正統性の根源を攻撃することで政治体制の土台を崩したかもしれないが、政治体制を打倒するためにそうしたわけではなかった。そのほとんどは単に文学市場の非合法部門の需要に応えたまでのことだった——刺激だけではなく情報、私生活だけでなく「現代史」への興味、抽象的思考の禁断の木の実だけでなくニュースへの渇望といったものへの需要である。政府がこういった主題すべてを法の外においたので、主題の扱い方から自制というものが取り除かれてしまった。政府は、哲学をポルノと同じく窮地に追い込むことで、開き直られて攻撃を受けることになった。形而上学から政治にいたるまで全面的な攻撃を受けたのである。

しかし一七八九年から振り返って、印刷された言葉の力で革命の感情なるものを現出させ、君主制が打倒され無力になったのだ、と想像するのは安易すぎる。禁書を読んだからといって誰もがバスチーユを攻撃した、とは考えにくい。文学経験と革命的行為の連続性を仮定するのではなく、その相違を調べる必要がある。全体としての「哲学的」文学の領域を調査したので、これからいくつかの主要なテキストをより詳しく見ていくことにしよう。

第二部　代表的作品

第三章　哲学的ポルノグラフィ

あれほど詳細に本の身元を確認し、分類し、数を数え上げてしまった本を読む時がやってきた。しかしどのようにして？　悲しいかな、靴を脱ぎ、椅子に深く沈みこみ、テクストに没入することによってではない。問題は禁じられたベストセラーを手に取ることができるかどうかではない。たいていの資料室で見つけることができるのだから。また受け入れ易さの問題でもない。それらは今日のベストセラー・リストに載っているほとんどの本より猥褻だったり、滑稽だったり、大胆だったり、またはとっぴだったりした。困難は読書そのものにある。われわれには目の前で読書している人がいるとき、それがどういうことなのほとんどわかっていないし、まして読者が異なった精神世界に住んでいた二世紀前には読書がどのような行為だったのか、さらに知りはしない。昔の読者が印刷された記号をわれわれと同じように理解していた、という仮定ほど誤解を生むものはないだろう。しかし、どのようにその偉業を成し遂げたのかについての記録はほとんど残されていない。十八世紀の読書の外的な事情についてはいくらかの情報があるが、読者の心と頭とに与えた影響は当て推量することしかできない。自己の内面に取り込むこと――著者と出版者を書籍商と読者へと結びつける伝達回路の最終段階――は調査の範囲外に留まるのかもしれない。

それでもテクストが作用する方法を研究する間、時代錯誤を避けることは可能であろう。「哲学書」のテクストは他のすべてと同様、その時代に固有の一般的な修辞的慣習の範囲内で作用する。それは読者の反応を引き出す暗黙の戦略を発展させる。そのため、たとえ実際の反応が捉えられないとしても、テクストと背景とを詳しく調べることで十分な知識を得て、アンシャン・レジームの読者にとって書物が何を意味したかについて事情に通じた推測ができる。

ベストセラー・リストの本すべてを調べるかわりに、私はリストの最上位の三作品を集中的に取り上げようと思う。それらは全体としての資料のなかで相異なる傾向を代表しているのである。

最初の本、『哲学者テレーズ』(*Thérèse philosphe*) はおそらくダルジャン侯爵によって書かれ一七四八年に出版されたが、「純粋な」ポルノグラフィにかぎりなく接近しているように見える。しかしポルノグラフィとは何か。もっと正確にいうなら、十八世紀のフランスでは何だったのか。ポルノグラフィという言葉そのものが当時ほとんど存在していなかった。もっともレチフ・ド・ラ・ブルトンヌが一七六九年の作品で pornographe という新語をつくっていたが、その作品はあまり好色ではなく、国営の合法的な売春制度に賛成を唱えるものだった[1]。もちろん好色文学は古代から存在していたが、十六世紀初頭にアレティーノ〔一四九二―一五五六年。イタリアの風刺作家〕は性交と性欲の言語を印刷物で賛美することでオウィディウスを超えた。その『淫らなソネット』(*Sonetti lussuriosi*) は『好色浮世噺』(*Ragionamenti*) が標準となり、主題を確立した。一六の古典的な「体位」、みだらな言葉を挑発的に使うこと、テクストと挿絵の相互作用、女性の語り手と会話の使用、売春宿と修道院を覗いて回ること、物語の筋を組み立てるために酒池肉林の大騒ぎを引き延ばすことなどで、そのため彼はポルノの父として有名になったのだ。十八世紀がつくり上げた自前のアレティーノすなわち『現代版アレティーノ』（*L'Arrétin moderne*）はベストセラーの題名にもなり、またあまたのベストセラーのテクストで言祝《ことほ》がれもした。このアレティーノは二世紀前にしたと同様に中傷と猥褻を結びつけたが、「現代的な」視点、なかんずく教会の教えに対する不信感をも持っていた。(2)

その一方で好色文学は十七世紀に大きな一歩を踏み出していた。初期の小説は『クレーヴの奥方』（*La Princesse de Clèves*）のように洗練されたもの、『雅びなフランス』（*La France galante*）のように粗野なもの両方の愛を賛美していた。振り返るとポルノの歴史では主要作と思われるものも、ジャンルとしての小説の勃興期に属する。『娘の学校』（一六五五年）、『淑女学院』（一六六〇年頃、最初はラテン語で出版され、一六八〇年にはフランス語版が出た）、『修道院のヴィーナス』（一六八二年頃）がそれである。したがって好色作品の語りの特質は『哲学者テレーズ』の出版のはるか以前に確立されていて、その出版は「ポルノ的」作品の第二の波のさなかに行なわれたのである。

この新しい流行は一七四一年の三冊の本の出版とともに始まった。L＝C・フジュレ・ド・モンブロンの『緋色のソファ』（*Le Canapé couleur de feu*）、フランソワ・ド・バキュラール・ダルノーの『性の技法』（*L'Art de foutre*）、そして特に『シャルトル会受付係B…師の物語』である。最後の作品はおそらくJ＝C・ジェルヴェーズ・ド・ラトゥーシュによるものだと考えられているが猥褻な反教権的力技で、『哲学者テレーズ』とともにアンシャン・レジームの終焉までベストセラー・リストの上位にあった。世紀中葉には好色な作品が印刷機から溢れつづけていた。そのなかには著名作家の作品も含まれていた。ディドロの『おしゃべりな宝石』（一七四八年）、クレビヨン・フィスの『ソファ』（*Le Sopha*）、ヴォルテールの『オルレアンの乙女』〔ジャンヌ・ダルクのこと〕（最初の出版は一七五五年で、その後他の者たちの手で加筆され、もっと猥褻な版が増刷された）、――それとともにもっと大型で挿絵の多いベストセラーが、C・J・L・A・ロシェット・ド・ラ・モルリエールの『聖職者の誉れ』（*Les Lauriers ecclésiatiques*, 一七四八年）、L＝C・フジュレ・ド・モンブロンの『古着繕い屋マルゴ』（*Margot la ravaudeuse*, 一七五〇年）、H＝J・デュ・ロランの『アラスの蝋燭』（一七六五年）、A＝G・ムスニエ・ド・ケルロン〔一七〇二－一七八〇年〕の『カルメル会修道院受付口係の物語』（一七四三年）などである。こういった本は一七六〇年代から一七七〇年代を通して増刷されたが、その時期は新作の生産が衰退していた。このジャンルは一七八〇年代には、ミラボーのポルノ作品『エロチカ・ビブリオン』（*Errotika Biblion*, 一七八二年）、『わが改宗、あるいはやんごとなきリベルタン』（*Ma Conversion, ou le libertin de qualité*, 一七八三年）、『上げられたカーテン、あるいは修道院教育』（*Le Rideau levé ou l'éducation de Laure*, 一七八五年）とともに再浮上した。そしてこの世紀はサド侯爵とともに終わった。サド研究の専門家にとっては、こういった作品はすべて超人的な侯爵の傑作群への序曲のように見えるかもしれない。しかしそれ独自のものとして、フランスのアンシャン・レジーム期、特に十八世紀中葉に特有の広大な文学の開花として見ることもできる。

　それらはポルノグラフィとして考えられるのだろうか。現代の辞書の定義と法的判断にもとづけば確かにそのとおりである。それらが通常強調するのは、そういった文学の猥褻な性格、すなわち性行為のあからさまな描写と、読者の性的な興奮をかき立てるという暗黙の目的であった。しかし十八世紀のフランス人は普通そういった観点から考えもしなければ、「純粋な」ポルノというジャンルを好色小説、反教権的論文、その他の「哲学書」から区別したわけでもなかった。ポルノグラフィという観念がその言葉そのものと同様に発達したのは十九世紀で、図書館員が穢れていると思った本を選別し、パリの国立図書館の禁書棚（Enfer）や大英博物館の非公開ケースのような禁制部門に厳封した。厳密にいえば、ポルノはヴィクトリア朝初期に着手された世界の浄化運動の対象に属するものだった。十八世紀には存在していなかったのである。(3)

しかし概念を相対化して消滅させるべきではない。アンシャン・レジーム下での書籍取引に関する法律は常に禁書の三つの部門を区別していた。それは教会、国家、道徳それぞれの忌避に触れるものであった。もちろん最後の部門はポルノ以外に多くのものを含むことがありえたが、警察は明らかに猥褻だと考えた作品のみを押収した。そしてそういった文学を描き出すためまるまる一揃いの語彙を開発した。それは猥褻（obscène）であったり、扇情的（lascive）であったり、淫乱（lubrique）であったりしたので、単にあけすけ（grivois）であったり、淫ら（libre）であったり、艶っぽい（galant）のではなかった。(4) 一七五〇年から六三年まで書籍取引を担当する王国の官吏〔出版監督局長〕だったC＝G・ド・ラモワニョン・ド・マルゼルブは『書籍販売業に関する覚書』（一七五九）のなかで、警察が常に押収すべき「猥褻な」本と気づかないふりをすべき「単にみだらな」本の間に線を引いた。その警告によれば、そういった指針がないと、ラブレーの全作品、ラ・フォンテーヌの『コント』、教養ある人びとの普通の読み物になっていた他の多くの作品なども押収するはめになるというのだった。(5) そういった区別は単に当局側が心に留めていただけではなくて、日々の生活のなかにあったのだが、ディドロが若かった頃の自分自身と本屋の女店員が束の間いちゃついているさまを描いたなかで示しているとおりである。

彼女はオーギュスタン河岸通りの小さな本屋で働いていた。人形のような顔で、百合のように白く真っ直ぐで、薔薇のように赤かった。あの頃のやり方だったのだが、私は威勢のいい、猛烈な、狂ったような様子で入っていって、こう言った。「お嬢さん、ラ・フォンテーヌの『コント』、ペトロニウスを一冊［すなわち、まあまあの好色文学］お願いします」。「はい、どうぞ。他にご入り用の本はありますか?」「ええと、すいませんが……」。「はい、おっしゃって下さい」。「『シュミーズ姿の修道女』［『修道院のヴィーナス』または『ガウンの尼さん』という、猥褻と考えられていた作品］」。「おやまあ！ そんな下劣なものを売ったり、読んだりできるでしょうか」。「おやおや、下劣なものなんですか。知りませんでした……」。それからまた別の日、再び通りかかったとき、彼女は微笑み、私も微笑んだ。(6)〔この女性は後に画家グルーズの夫人となるバビュティ嬢である〕

好色と猥褻の境界は本そのもののなかに見つかることさえあった。「不道徳な」本は読書を性的快楽の刺激として褒めたたえ、そういったものを与えてくれる作品を推薦することもときどきあった。『グルダン夫人の書類鞄』(*Le Portefeuille de Madame Gourdan*, 一七八三年) はパリの最高の三星売春宿の書庫を描いた。そこにはのちに正統派のポルノと定義されることになるもののなかで、『娘の学校』から『B…師の物語』にいたる初期の古典がすべて含まれていた。「艶物文庫」は『哲学者テレーズ』のクライマックスの章にも現われて、読書がテレーズの放蕩者教育の最後の段階への道を開く。そしてそれより前の章では、彼女のお手本の一人である、「哲学的」な未亡人が性の手助けとして『B…師の物語』を使う。それはとても効き目があって、彼女は妊娠の恐怖にもかかわらず友人のT…師に身を捧げる。「あなたのすごい『シャルトル会受付係…』を読んですっかり興奮しました。人物がとてもよく描けていますね。そこには魅力的な真実らしさがあります。もう少しいやらしくなければ、あの種の本では無類のものになったでしょうに[7]」。

『ジュリエットの物語』(一七九七年)でこの文学を回顧したとき、サドは別の「艶物文庫」の中身を描いた。『淑女学院』、『B…師の物語』、『ロールの教育』などなんでもあった。しかし『哲学者テレーズ』を除いてどれ一つとして彼の眼鏡にかなうものはなかった。「ダルジャン侯爵の筆になる魅力的な著作です。目的を明らかにしながらその一部分しか実現させていませんが、淫楽と残酷さを巧みに按配している唯一の作品で、その構想の素晴らしさからいえば、おそらく不朽の名作として残るでしょう[8]」(佐藤晴夫訳、一部改訳)。世紀末までには『哲学者テレーズ』はポルノというラベルはまだ貼られていなかったかもしれないが、アンシャン・レジーム下で一般に認められていた良識の範囲をはるかに超えて性を取り上げた、文学全体のなかでも最高の作として傑出していた。

テレーズはその同時代人の眼には何か他のもの、すなわち啓蒙を表わしてもいた。彼女は哲学者だったのである。その肩書には初期の啓蒙の鍵となる作品がこだましていた。それは一七四三年に発行された『哲学者』(*Le Philosophe*)という作者不詳の作品で、『百科全書』のテクスト中に収録され、後にヴォルテールによって再版されたのである。そのなかには世俗の才気煥発な自由思想家の理想的な姿が造型されていたが、それはあらゆることを理性の批判的な光のもとに持ち出して、特にカトリック教会の教義を馬鹿にする人物であった。一七四八年の『哲学者テレーズ』の出版は、啓蒙作品が初めて集中的にどっと印刷されたまさにその頃のことだった。

一七四八年　モンテスキュー　『法の精神』
　　　　　　ディドロ　『おしゃべりな宝石』
　　　　　　ラ・メトリ　『人間機械論』
　　　　　　トゥサン〔一七一五―一七七二年。文学者。『百科全書』の法律関係の項目を執筆した〕　『風俗』
一七四九年　ビュフォン　『博物誌』第一巻―第三巻
　　　　　　ディドロ　『盲人書簡』
一七五〇年　『百科全書』趣意書
　　　　　　ルソー　『学問芸術論』
一七五一年　『百科全書』第一巻
　　　　　　ヴォルテール　『ルイ十四世の世紀』
　　　　　　デュクロ〔一七〇四―一七七二年。作家、モラリスト。啓蒙思想家と親交があった〕　『風俗に関する考察』

驚異的な一時期だった。十八世紀中葉のほんの数年の間にフランスの知的地勢図が一変してしまったのだ。『哲学者テレーズ』は、好色文学の一斉の噴出の一翼を担っていたとともに、そういった変化にも関わっていたのである。実際二重の爆発は自由主義という同じ源から力を得ていた。それは自由思想と自由な生き方の結合であって、性的道徳規範だけでなく宗教上の教義にも挑戦するものだった。ディドロのような自由な精神はその両面で戦った。それでアンシャン・レジーム下の警察は、一七四九年にディドロを「危険人物」としてファイルに記録し、のちに反宗教的な『盲人書簡』だけでなく好色的な『おしゃべりな宝石』の著者としてヴァンセンヌに拘留したとき、自分たちのしていることがよくわかっていた。[9] 当時は『哲学者テレーズ』もディドロの作と信じている者があった。[10] 現代の学者のなかにもそう信じている者がある。[11] そう考えるに足る証拠はほとんどないが、ディドロとテレーズは同じ世界に属していた。それは初期の啓蒙の淫らで、いたずらっぽく、生意気な世界で、そこではなにもかもが問題にされ、神聖なものなどどこにもなかった。

時代背景にいかに合致していたと言っても、『哲学者テレーズ』における性と哲学の結合は現代の読者をきっと驚かすだろう。ポルノの伝統のなかにある多くの古典同様、物語は一連の酒池肉林の宴会からなっているが、その間を形而上学的な会話でつなぎ合わされていた。そういった会話は二人が一息ついて次の快楽へ向けて力を回復している間に行なわれた。性交と形而上学――近代精神にとってこれほど遠いものはなく、十八世紀の自由思想的見解にとってこれほど近しいものはなかった。どのように主題がお互いに補完しあっているかを理解するには、本の初めの部分を開いてみればよい。そこでは、テレーズの少女時代の虚構の物語と、「ディラグ神父とエラディス嬢の間に起きた事件の覚書」という副題で予告されていた、現実に起きた挿話の報告が結び合わされている。ディラグ事件は法廷劇（causes célèbres）に属するもので、その大きな流れはまさに革命にいたるまで世論に明確な形を与え、過激化しながら、十八世紀を通じて続いていた。エラディス（Eradice）とディラグ（Dirrag）というアナグラムの背後に十八世紀の読者は、トゥーロン出身の若く敬虔な美人、カトリーヌ・カディエール（Catherine Cadière）とその聴罪司祭でやはりトゥーロンの王立海軍神学校のイエズス会士の校長であったジャン＝バティスト・ジラール（Jean-Baptiste Girard）の名前を認めたことだろう。カディエール嬢は自分を誘惑するため指導司祭（directeur de conscience）という地位を利用した廉《かど》でジラール神父を告発した。かなり逡巡して秘密投票を経たあと、エクスの高等法院は結局一七三一年十月に無罪を宣告した。しかしこの訴訟は数次にわたる際物的パンフレットに火をつけた。それには反教権的想像力に訴えるあらゆるものがあった。すなわち性と狂信、告白室での不正行為、イエズス会の正体の暴露といった、イエズス会士の敵ジャンセニストの大好きな題材である。こういった主題を利用するときに、『哲学者テレーズ』はほんとうの話を語っているように見えた。エラディスとディラグに加えて、ツーロン（Toulon）の代わりにヴォルノ（Volnot）、プロヴァンス（Provence）の代わりにヴァンスロプ（Vencerop）を、といったわかりやすいアナグラムを使うことで話をそれとわかる場所に置き、読者をからかいながら事件を本物のスキャンダル情報の一部と思わせた。それはまた、あたかもほんとうの身元が守られねばならないかのように、虚構の人物の何人かを――C夫人とかT神父といったぐあいに――イニシャルで示した。そのためこの本はモデル小説、あるいは虚構と偽った事実のように見えるが、実際は偽のモデル小説なのであって、偽装は逆方向に作用していた。すなわち、空想を時事問題から取られたスキャンダルという気をそそる見かけに仕立てあげたのである。

テレーズがディラグ事件の報告を語る間ずっと、事実から虚構へのずれが生じていた。そしてテレーズはそれを自分の形而上学的性的教育の進展——それが一巻の主題であるのだが——の鍵となる事件だと評している。テレーズは一人称で書いているので、好色小説によくあるように物語は表向き女声による一人称の語りという形態をとることになる。彼女は恋人宛に書いているのだが、その恋人のことを単に「わが親愛なる伯爵様」と言うだけである。序文でテレーズは、伯爵の求めに応じて人類の福利のために書いているのです、とみずから説明している。彼女はエラディス嬢の親友であったし、同様に熱狂的なディラグ神父の弟子でもあったから、その事件の内幕を明らかにすることができたわけである。実は、テレーズはエラディスの部屋の隠れ場所からみずからの眼で観察していたのだ。

テレーズが明らかにしたところでは、ディラグは宗教上の同輩に勝りたいというエラディスの野心につけ込んで誘惑した。この神父は苦行で肉体を克服することで精神を自由にするという原則にもとづいて、精神的な訓練を命じた。鞭打ちが神父お好みのテクニックだった。肉体から不純物を取り除き、魂を恍惚境にまで高めるために鞭打ちは用いられた。その恍惚境が聖者への道になることさえあるというのだった。エラディスは自分の大胆な行為の秘密の目撃者になるよう誘いながら、テレーズにそういったことすべてを説明した。こうしてテレーズは小部屋からうっとりと見つめている。エラディスは祈りながらスカートを腰までたくし上げてひざまずき身をかがめる。ディラグが尻を鞭打って非常に興奮させるので、エラディスはいまや最終兵器である聖遺物を受け容れる準備ができている。神父はその聖遺物を、聖フランチェスコが実際衣服のまわりに巻いていた紐の固くなった部分だと言う。テレーズは他のませた子供たちと性的遊技をしたことがあったので、それがほんとうは何なのかわかっている。あるいはむしろ別の司祭が教えてくれたもの、すなわち一匹の蛇で、すべての男が股の間に持っていて、アダムがエデンの園でイヴに対して使ったものだと知っている。ディラグの蛇はエラディスの上の穴に向かって固くなって張りつめる――放蕩文学全体においてソドミーはイエズス会の教義と同一視されていた――、しかし意志の英雄的な努力によって、善良な神父は「宗規どおりの道」を選ぶ。神父は背をまるめて、弟子と調子を合わせて喘ぐ。弟子の方は天国にいるものと信じている。ついに恍惚の頂点に近づくと、エラディスは叫ぶ――

私は天上の幸福を感じています。精神が完全に物質から切り離されたのを感じます。どうか、神父様！　私のなかに残っている不純なものをすっかり追い出して下さい。天……使……が見え……る。もっと突いて……さあ突いて……ああ！　……ああ！　……いいわ……聖フランチェスコ様！　やめないで！　ひ……ひ……紐を感じる……もうだめ……死にそう！[12]

瀆神と性の混合を見逃す読者はいないだろうが、十八世紀の読者はおそらくこの描写に何か他のものを見ていた。それは絵のような描写だが――完全な原テクストには解剖学的詳細も多く含まれている――形而上学的なメッセージも伝えていた。精神と物質の区別は、魂と肉体という伝統的なキリスト教的対立や形相と実体という新アリストテレス主義的な観念を超えていた。それはまた精神と霊の世界と運動する物質の世界とを根底から区別するデカルトの二分法を表現していた。ディラグ神父は二分法の一方をもう一方だと考えるよう――すなわちオルガスムを霊的な自己啓示として体験するよう――にと説得することで、エラディスを誘惑した。ディラグは究極の坊主の技をみごとにやってのけるのだが、十八世紀の読者の鍛えられた反教権的な眼には、キリスト教として粉飾された物質主義哲学の思索が添えられている点で、いっそう面白かったろう。エラディスに聖者――すなわち処女喪失――への準備をさせるため、ディラグは基本的なデカルト哲学の講義をしてやる。まず二分法を宣言する。「神は人間の心と精神だけをお望みだ。肉体を忘れることで、われわれは神と合一し、聖者となり、奇跡を起こすことができる」。それから神父は霊の高揚につながるかのように、物質の活動を描く――

愛しい娘よ、それは確かな仕組みなのです。私たちは感じるとただ感覚だけを通して精神的な善悪同様、物質的な善悪の観念をも受け取ります……。ある物体を触れたり、聞いたり、見たりすると、精神の微粒子が神経の小さな空所に流れ込み、神経はそのことを魂に知らせに行きます。もし神のおかげである愛についての瞑想の力で、自分のなかにある精神の微粒子をすべて集めてこの目的のために用いる熱意が十分あなたにあれば、肉体が受けようとしている衝撃を魂に知らせるものは一片たりと残されてはいないでしょう。あなたはそれをなにも感じないでしょう。[13]

教養のある読者なら、ディラグの哲学はラ・メトリの哲学と区別がつかないということに気がつくだろう。このイエズス会士は隠れ物質主義者だったのだ。彼の秘めていた秘密はテクスト全体をとおしてだんだん明らかにされていくが、それは有名な二分法のうちの霊が存在しない、あらゆるものは運動する物質だ、というものだった。だからディラグは弟子たちの肉体を最新の哲学原理にしたがって扱っていたことになる。ディラグは物質主義的精神修養という独自の技術を進化させることさえしたが、それに含まれていたのは偽の聖痕を生じさせる化学的溶液、聖遺物に偽装された張形《はりかた》、性的興奮を肉の克服のように見えさせる鞭打ち、そして性交そのものであり、またその性交をディラグは宗教的恍惚で押し通していたのだが、それはアヴィラの聖テレサ〔一五一五―一五八二年。スペインの修道女。神秘的体験を経てカルメル修道会を改革した〕がかつて霊的なものとして体験し、哲学者テレーズなら物質的なものと理解するような恍惚であった。要するにディラグ事件は、誘惑はキリスト教の逆転した形態であるということを立証しており、読者にキリスト教は誘惑の一形態である、という逆転した命題を考えさせることになった。

したがって性と形而上学は一体をなしていた。テレーズはそのことを匿名の恋人である伯爵へ宛てた、この本の序文で明らかにした。「私があなたにお話しした場面や私たちが参加した場面を、淫らさはそっくりそのまま描き、形而上学的議論は力をそのままに保って描き出すことをお望みなのですね」。縒り合わさった主題が小説全体を貫いている。それはテレーズの半生の物語であって、以下の四部に分かれている。（一）青春時代とディラグ事件、（二）C夫人とT神父との交際で初めて哲学の教えを受ける、（三）引退したパリの娼婦、ボワ＝ローリエ夫人との会話を通じて多様な

エラディス嬢に聖フランチェスコの「紐」を挿入しようとするディラグ神父
(『哲学者テレーズ』)

倒錯について教育を受ける、（四）伯爵の愛人になってテレーズの性的能力と哲学が完全に開花する。

第一部ではテレーズはディラグ神父に影響を受けて初めて性と隠蔽された物質主義を発見する。しかしその観念は混乱したままで、肉体は弱っている。というのは、母親によって修道院に入れられて性的抑圧の結果、「神液」[14]（liqueur divine）が凝固し衰弱したからだ。その肉体も第二部では、家族ぐるみの友人二人の忠告のおかげで、生気を取り戻す。その二人とは善良なC夫人と賢いT神父で、修道院から解放されたテレーズを世話してくれたのである。この液体は「快楽原理」だと二人は説明した[15]。それに自然な経過をたどらせねばならない、さもないと、「機械」全体（つまり肉体）が故障するだろう、と。しかし神父は、テレーズが指を膣より中へ入れてそれを解き放たないようにと注意する。処女を失えば夫を得るチャンスをなくすだろうから、というのである。社会的慣習は恣意的かもしれないが、他人への配慮というだけでなく自分のために尊重されねばならない。同じ理由のため、どんな男にも性交を許してはならない。性交は妊娠につながるし、妊娠というのは「婚姻の秘蹟」[16]ぬきで起きてはならないものだ。そうなるとたった一つしか解決法はない。自慰である。

第二部は自慰の弁護になる。テレーズは独自の技術を完成させ、C夫人とT神父を茂みやカーテンや鍵穴から密かに見張ることで他人の技術を学ぶ。また二人の会話に注意深く耳を傾ける。二人はこの本のいちばん重要な四分の一の間ずっとどのページでも、次から次へとともに楽しく哲学的思索と相互マスターベーションに耽っていたからである。二人は快楽が最高の善であるという点では一致していた。ではなぜ性交に耽らないのか。「女性が恐れねばならないことが三つだけある」と神父は説明する。「悪魔の恐怖、自分の評判、妊娠だ[17]」。妊娠の危険が特にC夫人の頭を離れなかったが、それは出産で命を落としかけたことがあったからだ。その子供はのちに死に、夫も死んで、彼女は神父と共有する原理にしたがって自由に快楽を追求し、苦痛を避けるようになった。神父と意見を異にするのは一点だけだ。経験を通して出産の危険をすべて知っていたから、神父の雄弁で合理的な擁護説にもかかわらず、「中断性交」（coitus interruptus）〔膣外射精のこと〕の提案さえ受け容れようとしない。

一方神父は、テレーズとの会話で別の一連の議論を発展させる。聴罪司祭としてディラグ神父にとって代わって、ディラグの論法を取り上げるが、それを積極的な方向に向ける。信じやすさにつけこむのではなく幸福を促進する方向である。その際に神父は慣習的な価値や考え方を擁護しているように見える。それは単に処女性や結婚だけではなく、ほとんどキリスト教としても通りそうな妥当な宗教観である。「私たちには神が自然法をつくられたのだという確信があるのだから、神の与え給うた方法で神の創造物であるわれわれの生理的欲求を解き放ったからといって、どうして神を怒らせるのではなどと恐れることがあろうか。ことにこの方法が社会に定まった秩序をまるで乱さないときには[18]」。そういう意見は啓蒙思想の穏健派と一致している。社会の階層的秩序に挑戦するようなことをせずに、神と自然法の規範的秩序を考慮したのである。しかし神父は、哲学的な愛人とともに自慰へと引きこもるときには、そういったことをすっかり切り捨ててしまう。それから未熟な耳には入れられないような思想を展開する。にもかかわらずテレーズは、この恋人たちを見張っているときに聞いてしまう。自然とは神を苦悩の源から切り離すため、宗教の創始者たちが発明した概念に他ならない。いや、神は自然の背後に隠れてはいなかった。神はいたるところにいた――しかしいたるところというのは、どこにもいないということでもある。というのは、あらゆるものは運動する物質に還元できて、「神」を空虚な言葉に、道徳を快楽と苦痛にもとづく実利的計算にしてしまうからだ。

テレーズはこういった真実のすべてを吸収できたわけではなかった。というのは後から自分で気がつくのだが、テレーズが「たぶん生まれて初めて考え始めた」[19]のはやっとこの時だったからだ。一方、性教育の方は第三部で急速に進む。そこではテレーズはボワ＝ローリエ夫人の影響下に入る。実はこの部分は作品の他の部分とよく調和していない。というのはそれが、ボワ＝ローリエ夫人が娼婦としての経歴のなかで出会った奇妙な性行動のカタログにすぎないからだ。好色な哲学的思索のかわりに、『淑女学院』、『娘の学校』、アレティーノの『好色浮世噺』といった典型的な作品で展開された女性の性的対話という形態に戻っている。テレーズは母の死後、一人パリで暮らしていくにはわずかな遺産があるばかりだ。下宿屋である女性と知り合うのだが、この女性というのが猥褻文学にはお決まりの人物である、心優しい娼婦なのだ。ボワ＝ローリエの「話のなかの話」は読者をパリの売春宿巡りに連れていってくれるが、新しい登場人物が入ってくるまで小説の展開にはほとんどつけ加えられるものがない。その人物とは伯爵で、第四部への場面転換をしてくれるのである。

ボワ＝ローリエ夫人についてオペラ座に行く途中、テレーズはある男に出会って、本能的に好意を抱く。伯爵はその気持に応える。もっとも二人とも結婚など問題になりえないとわかっている。身分が不釣合いだというだけでなく――テレーズは「良き平民」の娘でほとんど無一文だし[20]、伯爵は貴族で大邸宅と年に一万二〇〇〇リーヴルという相当な収入がある――、伯爵は結婚を個人的に嫌っているのだ。それで伯爵はテレーズに田舎の地所へ引きこもろうと言う。テレーズは愛人となって二〇〇〇リーヴルの年金をもらうことになるが、伯爵の性交の欲求に従う必要はない。というのは、テレーズが妊娠を恐れる気持が伯爵にはよくわかるからだ。実はテレーズの母親は、C夫人のように出産で死にかけたことがあったのだ。ただテレーズがC夫人と同じ体位を選んだときには、伯爵はT神父の体位をとる。自分を十分にコントロールできるので、手遅れにならずに膣外に射精するだけの自信があるからだ。だからといって、どうしてもとは言わない。T神父の説く快楽主義的計算法の貴族版である紳士《オネットム》[21]〔節度を心得、婦人にていねいで言動の洗練された貴族〕の作法を忠実に守っているからだ。伯爵はテレーズを幸福にすることに幸せを感じられるので、相互のマスターベーションだけで満足するだろう。

テレーズは契約を受け容れる。恋人どうしは何ヵ月もの間、ちょうどC夫人とT神父のように自慰をしたり哲学的思索に耽ったりしながら楽しく暮らす。しかし結局伯爵はより高い幸せを求める自分の気持に負ける。伯爵はテレーズに賭けを提案する。テレーズは、伯爵の「艶物文庫」[22]を端から端まで読んで、好色絵画をよくよく眺めて二週間過ごさねばならない。もし自慰をせずに最後までやり遂げられたら、そのコレクションはテレーズのものになる。そうでなければテレーズの方が伯爵のものになる。その場合でも、子宮に精液を植え付けずに花を摘んでくれるものと信頼する

『哲学者テレーズ』の幸せな結末

ことはできるのだが。

やがてテレーズは、好色文学の伝統に連なる古典を熟読するうちに性的な夢想に耽るようになる。そのなかには革命前のSTNのベストセラーにまだ姿を見せていたものが数点あった。『B…師の物語』、『カルメル会修道院受付口係の物語』、『聖職の誉れ』、『淑女学院』などである。『プリアポスの饗宴』(*Fête de Priape*)〔プリアポスはギリシア神話の生殖と豊饒の神〕と『マルスとヴィーナスの情事』(*Amours de Mars et de Vénus*)という二枚の淫らな絵画の下での五日にわたる読書が目的を達する。テレーズは腿の間に指を滑らして伯爵を大声で呼ぶ。もちろん伯爵は最初から密かに観察を続けている。絵のなかのマルスのように大股で部屋に入って来るとテレーズをさっと抱き上げて、絶頂に達する直前に絶大な意志力で引き抜いて安全に膣外に精液をまき散らした。中断性交が自慰に勝利する。恋人たちはその後ずっといつまでもなに一つ「問題なく、心配なく、子供もなく」性交しつづける。[23]

クライマックスから一〇年たってみずからの身の上を物語るテレーズは一人前の哲学者になっている。その修行期間は伯爵からの最後のレッスンで終わるが、伯爵はT神父の教えを完成したのである。そしてT神父は、あの忌まわしいディラグの説く半真理を訂正したのだった。自分自身の身の上話の語り手としてテレーズは自分の声で語り、自家薬籠中のものとなった真理を公表する。最終章は快楽主義的物質主義的信念という形にまとめられたその要約であり、口絵への説明文がその真理を警句のように定着させる。

快楽と哲学が分別ある人の幸福を生む。

その人は趣味により快楽を受け容れ、理性により哲学を愛する。

テレーズの性の物語は結局教養小説（Bildungsroman）、教育の物語である。そしてそれは快楽の教育であるので、哲学的思索と快楽の探求は話の最初から並走して最終的に哲学的快楽主義として一致する。詳しく調べてみると、この哲学からは多くの源に由来する諸要素の混合物が浮かび上がってくるだろう。その源とはデカルト、マールブランシュ、スピノザ、ホッブス、それに十八世紀前半の間ずっと草稿のままで流通していったリベルタン文学の全域である。[24] 最も強い影響はおそらくはるかルクレティウス〔古代の唯物論哲学者。前九四頃―前五五年頃。真に存在するのは微小不可分な物体（原子）と空虚な無限の空間のみであり、世界のすべては原子の運動現象であるとする〕にまで遡るだろう。というのは、テレーズとその教師たちは絶えず現実を物質の小さな粒子にまで還元して、その粒子が感覚に作用して意志を決定するというのだから。それでは結局、そこに描かれる人間は自分では制御できない快楽原則に駆り立てられる機械ということになる。

理性は、人に何かをしたいとかしたくないという自分の欲望の強さを気づかせてくれるだけだ。そしてそれには、自分に戻ってくるはずの快不快が結びついている。……器官の配列、繊維の配置、体液のある動きが、私たちをゆり動かすあらゆる情念の種類を決め、理性を拘束し、人生の最大から最小までの行為における意志を決定づける。[25]

しかし、すべての源を分類し一貫した体系に再びまとめ上げようとしてもほとんど無駄というも

『哲学者テレーズ』のメッセージ（口絵）

のだろう。というのは『哲学者テレーズ』は体系的哲学作品を装ってはいないからだ。それは小説なのだ。一連の論理的な段階を踏んで精密な議論を展開するのではなく、命題を自明の真理であるかのように断言し、物語をどんどん進めていく。肉体を貫流する「精神の微粒子」とは何だろうか。[26]「神液」はどうやって性的能力を決定するのだろうか。[27]テレーズは説明しない。技術上の難点や論理的連関など気にしない。そのかわり自分の議論を一貫させるためには修辞と話術に頼る。しかしそういう技法は、共通の慣習、期待、語法をもったある公衆の存在を前提にしている。

性を扱った本としては『哲学者テレーズ』の言語は並外れて堅苦しい。性的器官や行為に対して粗野な表現が使われることはけっしてない。例外は、町の浮浪児で娼婦だったボワ＝ローリエ夫人による語りである。テレーズはしっかりした中産階級の出身だったので、「陰茎」とか「開口部」といった用語を固守する。はっきり話さなかったというわけではない。たとえばディラグ神父とエラディスの性交をテレーズが描くなかから、二つの文を抜き出してみよう。

私は神父の尻が後ろへ動くたび、紐はその隠れ家から先が見えるまで戻って、エラディスの陰唇がぱっくり開き、うっとりするような桃色になって現われるのを見ました。次の瞬間、神父が反対に前へ突くと、その同じ陰唇は、それを覆う黒く短い毛しか見えなくなりましたが、陰茎をたいへんきつく摑んだのでほとんどそれを呑み込んでしまったのに気づきました。[28]

読者は無垢な十八歳の眼を通して場面を見るように仕向けられている。「私は見た」とか「私は気がついた」というような動詞がこの段落全体で繰り返されて、この書物全体を貫流する覗き見趣味を強化する。わざとらしいうぶさが刺激を与える一方で、細部の正確さは一段と高度な主張を行なう。性交の場面では常にそうだが、肉体が機械として現われるのだ。液体、繊維組織、ポンプ、水圧——そういったものが性交を描く素材なのである。それで次の瞬間には、テレーズは「なんという機械仕掛けでしょう！」と言う。そして修道院の性的抑圧の影響を描く際に、テレーズは体液が誤った管に逆流し「機械全体に異常」をきたした、と述べる。[29] 十七世紀の機械哲学からもたらされた機械の暗喩が、後のリベルタンたちに世界を理解する同質の方法を与えた。[30] テレーズはディドロやドルバックやラ・メトリと同じ言語を話す。テレーズの物語はラ・メトリの『人間機械論』と同じ年に出版され、同じ考えを述べている。引力と同様、性交においてもすべては同一の原理、すなわち運動する物質に還元される、という考えである。

もちろん『哲学者テレーズ』の説得の技法は、『人間機械論』の冷たく平板な散文とはまったく異なっている。それは伯爵がテレーズを誘惑するのと同じ方法で——すなわち読書そのものの喚起力で読者を誘惑する。書庫の好色小説をすべて読み通した後で初めてテレーズは性交の覚悟ができる。C夫人は『B…師の物語』を読んで非常に興奮して、妊娠の恐怖にもかかわらずT神父に身を捧げる。十八世紀の読者は、そういう本はルソーの言ったように、「片手」で読む——ということは自慰のために読む——ものと理解していた。[31] ミラボーは『わが改宗、あるいはやんごとなきリベルタン』の序文で、世間一般の態度を最もあからさまに述べている。「[この本を] 読んで世界中がマスをかいてくれますように」[32]。T神父がC夫人に説く自慰擁護論は、既に改心した自分の愛人にというより、まだ罪の意識があるかもしれない読者向けのものだった。十八世紀には自慰は「自瀆」であり、痩せることから盲目になることまでどんなことでも引き起こすと広く信じられていた。[33]『哲学者テレーズ』は魂だけでなく肉体にとっても死の脅威だと見られていたかもしれない。したがってそのレトリックは、読者(男性でも女性でもいいのだが、たぶん男性)を安心させねばならないという仮定から生じたものだ。読者の防御はテレーズの防御と同じ方法で崩されねばならない。共犯者にされねばならないのだ。

このアプローチの基本戦略は一人称の語りであり、基本戦術は覗き見趣味である。自分の物語を伯爵宛にすることで——伯爵は一緒に暮らしている彼女から話を聞けるので自伝など必要ではない以上、不自然な策略である——テレーズは読者を方向づける。読者は物語に巻き込まれたと感じなくてよい。というのは、覗き込んでいる第三者として読むことができるからだ。知られることなく登場人物の最も内密の行為を覗き見ることができる。そして十分熱心に見た後で、読者はテレーズの眼で見るようになる。いつもテレーズは隠れ家から性交中または自慰の最中の恋人たちを見張っている。読者はその肩ごしに見ることになる。

私はこの場面のどんなささいな状況も見逃さないような場所にいました。この場面が演じられた部屋の窓は私の隠れていた小部屋の正反対にありました。エラディスは床にひざまずいたところで、祈禱台の段の上で腕を組み、頭を両腕で支えていました。シュミーズはていねいに腰のところまで上げられて、みごとな腰とお尻が半ば横から見えました。[34]

こういった視角は作品の全体を通して現われ、互いに反射することがよくあり、鏡のなかの鏡のように話のなかの話を生む。たとえばボワ＝ローリエ夫人はテレーズにみずからの半生を語るが、その際に出てきた一連の話のなかにしばしば含まれる会話には他の人物が登場した。そこで読者は、舞台のなかの舞台のなかの舞台を目撃しているような錯覚を起こす。そういったすべての背後に姿の見えない匿名の作者が屈折を最大にするように部分を配置したので、読者はどちらを向いてもときどき興奮する性表現を見ているように思えた。挿絵がその効果を二倍三倍に増殖する。挿絵は版によって、複雑なものから単純なものまでさまざまだったが、しばしばその内容は壁に架かった絵や、庭の彫像の用心深い眼差しの下で誰かが他の誰かをじっと見つめているところだった。(35) 覗き見趣味の者はしばしば自慰をして、暗黙のうちに読者にも同じことをするように誘う。というのも、覗き見をする者たちをたどると、最後には唯一の見られずに見る者である読者その人に落ちつくからである。ただ一人だけ見られることがないのだから、読者は眼をそむける必要がない。また不潔さを心配する必要もない、なぜなら、というのはその光景全体がテレーズの眼というフィルターを通しているのだし、テレーズはその性欲にもかかわらず純粋そのもの、その言葉使い同様に純粋だからだ。

汚さや下品さを避けるのはテクスト戦略の一部である。というのはこの本は honnêtes gens の読者向けのものだからだが、それはイギリスの「良家の読者」にあたるものなのだ。この訴えかけには階級的要素がある。というのは品位（honnêteté）は下層階級にはないものだったからだ。しか

『哲学者テレーズ』の語り手の視点
（Department of Rare Books and Special Collections, Princeton University Libraries）

『哲学者テレーズ』に描かれた覗き見の多様性
（Department of Rare Books and Special Collections, Princeton University Libraries）

しそこには、もはや十七世紀にそうだったような純粋に貴族的な響きはない。伯爵は血筋から言っても本物の貴族だが、種々の資質を備えている。「彼のすべてが彼は考える人、紳士（honnête homme）であると物語っています。そして紳士とは理性と趣味を備え、そして偏見を持たないことによって紳士なのです[36]」。伯爵は「自分の主人である人間」の、「分別のある人、哲学者」の理想である――要するに啓蒙主義の理想を体現している。[37]中産階級出身の女哲学者であるテレーズも同様である。これはどんな種類の啓蒙だったのだろうか。それは社会のどんな深奥にまでその訴えを投げかけたのか。

決定論的物質主義を自分なりに詳説するときテレーズは啓発的な例をあげるが、それは当然公衆にもあるとテレーズが決めてかかっているような類の経験に関するものだ。「夕食でブルゴーニュ・ワインを飲むかシャンパンを飲むかは、私の自由ではないでしょうか」とテレーズは修辞的疑問を発する。みずから与える答えは、自分の真理を自明のこととして受け取ってくれるような読者を暗示している。その答えは、もし私が牡蠣《かき》を注文すればブルゴーニュはありえない、「料理がシャンパンを求めます[38]」というものだ。意志の自由に抗する注目すべき議論である！

『哲学者テレーズ』はシャンパン＝牡蠣的読者層に向けられている――初期啓蒙主義の作品のほとんどがそうであったように。モンテスキューは『法の精神』を切り刻んで短い章立てにして、警句を付け、サロンの上流人士向きにした。ヴォルテールはプティ・パテ（反宗教的パンフレット）を同じ方法で消化しやすくした。一七四八年以前に哲学として通っていたものの多くが学問的論文ではなく小パンフレットの形をとっていた。それらの大半はサロンと王宮向きに限られたままで、原稿のまま流通することもよくあった。その最も重要な作品である『哲学者』（一七四三年）は、哲学は「ル・モンド」すなわち学者や文士稼業の世界とは反対の上流社会のものだ、と主張していた。哲学は気が利いていて、うまく書かれていて、偏見がなく、趣味がよくなくてはならない[39]。『哲学者テレーズ』は完璧にその公式に合致していた。それは『ペルシャ人の手紙』や『カンディード』や『修道女』のように物語としてみずからの哲学を提出し、一口大《ひとくち》の章に薄く切って、社交界の繊細な胃にも合うソースを添えて出されていた。

その点は強調しておく必要がある。というのは、それが『哲学者テレーズ』における哲学の社会的な意味に関係してくるからだ。T神父が明らかにしているように、真実はおおっぴらに吹聴するようなものではなく、召使を引き取らせた後の正餐の食卓だけで非常に慎重に持ち出すべきものなのだ。

愚か者に真実を教えないように気をつけましょう。連中は真実がわからないか悪用するでしょうから。……十万人いても思考することに慣れているのは二十人もいません。その二十人のなかで実際に自分で考えている者はかろうじて四人といったところでしょう[40]。

それでは人口の九九・九九六パーセントの考えない者たちには何でもてなすべきだろうか。宗教である。歴史の始まりから宗教は下層階級をその地位にとどめるために役立ってきたし、宗教だけが今日社会秩序を尊重させるだろう[41]。

この本の最も内容の充実した章である「自然の光による宗教の検討」では、T神父はC夫人に閨房のなかで密かに世俗の説法を行なうが、テレーズはその間こっそり聞き耳を立てている。自慰によって弟子の精神をすっきりさせておいてから神父はすべてを明らかにする。宗教は祭司の政略に他ならない。T神父は聖職者としてそのごまかしをすべて知っているし、カトリックの教義特有のばかばかしさをよく理解している。神父がそれを一つずつよく検討して短い節を連ねていったものは反宗教的な議論のアンソロジーのように読める。そういったものが手書きのリベルタンのパンフレットとして半世紀のあいだ流布していたのである。実はその多くは、最も重要なパンフレットの一つ『心底から解明が求められる宗教の検討』（*Examen de la religion dont on cherche l'éclaircissement de bonne foi*）から直接に出たもので、初版は一七四五年であった。しかしキリスト教を攻撃しようとして『宗教の検討』は物質主義に達する前に止まってしまった。それはヴォルテールやイギリスの自由思想家（それは「ギルバート・バーネット〔一六四三年—一七一五年。英国の聖職者、歴史家〕の英語から訳された」ふうを装っていた）が好んだような理神論的な神の観念を擁護していた。『哲学者テレーズ』の著者はそういった穏健さとは縁もゆかりもなかっただろう。それで『宗教の検討』から文章を盗むときに、非キリスト教的神に余地を残しすぎている部分を刈り込んだ。

一言で言うなら神はいたるところにいる、と私は知っている。そして〔神を思い描くときの〕私の弱さを救おうとして聖書は私にこう語る。神は楽園でアダムを探し、こう呼びかけた。「アダムよ、アダムよ、ubi es?〔あなたはどこにいるのか〕」神は歩き回り、悪魔とヨブのことを話した。私の理性は神は純粋な霊であると言う。

（『宗教の検討』）

神はいたるところにいます。しかし聖書にはこう書いてあります。神は楽園でアダムを探した。「アダムよ、ubi es?（あなたはどこにいるのか）」神は歩き回り、悪魔とヨブのことを話した。[42]

（『哲学者テレーズ』）

しかし宗教の社会的機能に言及した部分は、そのままか強められることさえあった。

人間は怠惰にはできていない。何かに携わり常に社会をみずからの目的とせねばならない。神のもくろみは少数の個人の幸福だけでなくすべての人びとの全体的福利でもある。だから人間はどのような違いがあろうとも当然互いに奉仕せねばならない。

（『宗教の検討』）

人間は怠惰にはできていないのですから、全体の利益と折り合った個人の利益を目的とするようなことに携わらねばならないのです。神は少数の個人の幸福だけを望むのでなく万人の幸福をも望んでいます。したがってわれわれは相互にできるかぎり奉仕しあうべきです。ただしその奉仕が既成社会のどの部分も破壊しなければのことですが。[43]

（『哲学者テレーズ』）

要するに『哲学者テレーズ』は、キリスト教を哲学として攻撃し社会政策として擁護する、リベルタンの主張という月並みな手持ちの駒に頼ったのである。ヴォルテールのようにT神父は、反キリスト教的真理は少数のエリートに制限しておかねばならない、と主張する。というのも、もし民衆がそれを嗅ぎつけたらどっと押し寄せてくるだろうからだ。欲望を満たそうと有象無象《うぞうむぞう》が押し寄せてきたら誰の財産も身の上も安全ではなくなるだろう。したがってすべての宗教は偽りであり、そしてまた必要なのである。[44]

しかしながらこういった命題は逆説に包まれて出てくる。T神父はそれをC夫人に、内密にということで打ち明けるが、誰にでも買える本に載っているのだから読者に伝わってしまう。読者はどのように反応すると考えられていたのだろうか。神父の主張を受け容れれば、読者は厚かましくも自分が独力で思考する少数のエリートに属しているのだと悦に入るかもしれない。秘密が暴かれるのを見るというスリルを楽しむかもしれないし、その結果自我がリビドーとともに膨張する。聖職者の政略を暴くことは性を暴くことと同じ全体的戦略に属している。知的な覗き見趣味につけこんでいるのである。しかし暴露は本のなかで起こるのであって閨房のなかではない。そして本は、とかく間違った手に落ちるきらいがある。

『哲学者テレーズ』の作者はたぶんサロンのインテリという狭い世界にねらいを定めていたのだろう。この本が出版から二五年後にベストセラーになり、テレーズの哲学を初期啓蒙主義の軌道からはるか遠くへ運び去って行くだろうとは、きっと予想もしなかっただろう。しかしまず第一に、制御がきかずにどんどん進んでしまう可能性はもともとそのレトリックに備わっていた。近年文芸批評が証明したことが何かあるとすれば、それはテクストがみずからの土台を侵食し、みずから課した束縛を突き破ってしまうという傾向である。『哲学者テレーズ』がまさにそうだ。既成秩序の尊重をふれ回りながらあまりにも断言しすぎなのだ。T神父がテレーズに尊重する必要を説くのは、「家庭の平安」、「結婚という聖なる絆」、「隣人を自分自身のように愛せよと説く自然法」である。(45)神父はC夫人に、「既成社会の内的秩序を乱すことのない快楽」だけにしておく必要について熱弁をふるう。(46)伯爵が同じ主題を繰り返す。(47)そしてテレーズは、一巻のまさに最後の一文でこう褒め称える。「結局王、王族、お役人などのさまざまな高位高官は、それぞれ自分の地位の義務を果たしているのだから愛し尊敬されるべきです。なぜなら、そういった人びとはそれぞれ全体の福利に貢献するために活動しているのですから(48)」。意図したことはをこれ以上明確に伝えることはほとんど不可能だろう。しかし議論を危険水域に導く暗流がある。

簡単にいえば、快楽主義的計算は社会の底辺で苦痛と快楽を比較考量する者にとってはまったく異なった作用をしたかもしれないのである。もし既成の秩序を正当とする唯一の理由が幸福を最大にすることであるにもかかわらず自分が惨めなら、農夫や労働者は、そして職人や商店主といえども、なにゆえそれを尊重せねばならないのだろうか。『哲学者テレーズ』はこの難題を、快楽主義は良家の読者に向け、残りの者は宗教に任せることでさっさと片づけてしまう。しかし残りの者の地位も一七七〇年までには向上していた。その多くが読むことができるようになっていた。(49)そして聞く耳をもつ者は、一七七六年にアメリカの独立宣言によって世界中に送られたリフレイン、「幸福の追求」を小耳にはさんだかもしれない。テレーズとトマス・ジェファーソン——仲間《ベッド・フェロー》としては奇妙な取り合わせだが、それぞれの道を行く革命家の仲間ではある。

テレーズの道は寝室に通じていた。それは他の争いより両性間の闘いに関わりがある。ジェンダーの次元が、アンシャン・レジームの読者にとってそのメッセージのいちばん不安定な一面であったかもしれない。「読者、彼は」と私はずっと書いてきたが、それは文体の便宜上からだけでなく、近代初期のヨーロッパではどこでも性の本は男性によって男性のために書かれたように思えるからだ。[50] 実際にダルジャン侯爵によって書かれたにせよそうでないにせよ、おそらく『哲学者テレーズ』はオスに狙いが定められていた。テレーズを語り手役にして女性と想定される視点から性表現を提出することで、性的興奮を加えただけだった――アレティーノ以来の古い策略である。それではテレーズの性の報告は、女を搾取する男のさらなる文学上の一例にすぎないとして退けられねばならないのだろうか。多くのフェミニストの批評家がそうするだろうが、[51] 私の考えは違う。

もちろんフェミニズムが存在する以前に書かれた小説にフェミニズムを読み込むなら時代錯誤になるだろう。そして『哲学者テレーズ』が女性の権利のための議論であるとしても、その議論の大半を男性がしているということは認められねばならない。テレーズは巻末までには自分自身の声を見いだすが、全体を通して見るとほとんど聞き手という役回りに押し込められている。彼女は受動的に傍観しT神父と伯爵から講釈を受けるが、その二人とも現代の耳には退屈な人たちである。すべてを解釈する退屈な教師のように液体や繊維組織についてえんえんと単調な話を続ける。しかし十八世紀の耳は違ったメッセージを聞き取ったかもしれない。

愛の問題を考えてみよう。その言葉は『哲学者テレーズ』にはほとんど出てこないが、例外は非常に異なった意味をもつ二つの部分からなる名詞の一部としてで、amour-propre すなわち自己愛という語である。登場人物に筋書きをたどらせていく唯一の情念は利己心である、たとえしっかり抱き合っているときでも――いや、そのときにこそ。男と女は機械のようにつがう。彼らにとっての愛とは表皮のうずきであり、体液が押し寄せることであり、粒子の奔流が繊維組織を通過することであり、それ以上のものではない。伯爵の眼を見つめるときでさえ、テレーズは「器官」の相性のよさを感じるだけだ。[52]雌雄関係の容赦のない機械学的描写が二人を運動する物質に変質させてしまう。そしてその世界では、すべての肉体は究極的に平等である。貴族であろうが平民であろうが、男だろうが女だろうが。

そういう世界ではロマンティックな愛など考えられない。ルソーがまだそれを発明していなかったのだ。もちろん『新エロイーズ』(一七六一年)の出版以前にも、男女が互いに強い愛着を感じることはあった。その愛情生活での主要な問題は文学ではなく人口統計学と関係していた。全新生児の四分の一が一歳の誕生日を待たずに死んだ。そして同数の女性が産褥で亡くなったので、離婚が不可能だったにもかかわらず結婚は平均一五年しか続かなかった。[53]十八世紀には、妊娠は女性にとって死の危険を意味していた。C夫人もテレーズも非常に妊娠を恐れて性交を断念する。彼女たちは性交は危険を冒してまでするほどの価値はまったくないと判断するわけだが、統計・確率からすれば妥当な打算であった。ボワ=ローリエ夫人は娼婦としての長い経歴を生き延びるが、ヴァギナの膜質が成長しすぎて妊娠できなかったからにすぎない(それにはおまけがあって、何度も処女として売れた)。この本が自慰と自慰から中断性交へといたる物語の筋を強調する裏には、妊娠の危険があった。伯爵は物語のクライマックスでうまく(一物を)テレーズから引き抜いたとき、T神父がC夫人にした中断性交についてのハウツーものの説教どおりに振る舞ったことになる。『哲学者テレーズ』は単なる性の本でも単なる哲学論文でもなく、避妊についての専門書でもあった。フランスに特有の人口統計的傾向に影響を与えたことさえあったかもしれない。[54]

確かに中断性交は女性を男性の善意と自己抑制に従わせる。そして『哲学者テレーズ』でそれに首尾よく成功したとき、伯爵は勝利の英雄として描かれる。いかに進んでそうしたとはいえ、テレーズは巧みに操られて誘惑されるがままになっていたのである。テレーズはこの本に浸透している覗き見趣味の究極の目標、すなわち性の対象として考えられていたのかもしれないが、最後には物語のほんとうの主人公としての姿を現わす。エラディス嬢はディラグ神父の受け身になれという命令――「自分を忘れて身をまかせなさい[55]」――を受け容れたが、テレーズはそうではなく自分の人生は自分で引き受け、自分の考えた条件で生活し、自分のことは自分で決める。

明らかにその条件は伯爵が決めたものだ。筋の重要な転回点で伯爵はテレーズに館でともに暮らそうと提案する――愛人としての手当を払って――が、それにもかかわらずその提案の仕方には、テレーズを買っているというのではなくむしろ快楽主義的計算の得失を分析しているのだと思わせるところがある。そしてそれはまた、この本の主要な議論の説明にもなっている。文学史上、恋人が胸のうちをこれほどクールに打ち明けたことはなかった。薔薇も詩もなければ女性の足元に身を投げ出すこともなく。伯爵は接吻さえあえてしようとはしない。その代わりに「かなり簡潔に」契約条件を並べて、きびすを返す。しかしその前に実用主義的訓戒を述べる――

幸福を達成するには自分だけの快楽、自分が授かった情感に合った快楽をつかむべきです。そのさい、この快楽の享受から生じる得失を計算し、その得失を自分自身だけでなく公益という点からも考慮するよう注意するべきです。(56)

このロメオは利他主義者ではない。テレーズを幸せにすることで自分のための幸福を達成することになる、と伯爵は説明し、結婚抜きの二〇〇〇リーヴルを限度と決める。テレーズの側でも計算となると、社会の現実についての抜け目のない感覚を示す。

あなた様のようなお考えの殿方に歓んでいただけると想像しますと言いようのない歓びを感じます。……しかし偏見はなんと打ち破りにくいことでしょう！　囲われものには恥辱がつきまとうのをいつも目にしてまいりましたから、その身の上を考えると恐ろしかったのです。私は子供を生むのも恐かったのです。というのは母もC夫人もお産で死にかけたからです。(57)

テレーズは館《シャトー》と二〇〇〇リーヴルを取り、相互マスタベーションはいいが性交はだめという独自の補足を加える。伯爵の書庫での性の復習コースの後で考えを変えはするが、自分で決めることには変わりがない。最後まで独立を保つのである。たとえ男性の幻想の所産だとしても、テレーズは自分の快楽を求め自分の肉体の使い方を決める女性の権利を代弁している。

したがって『哲学者テレーズ』は作者が誰であれ、アンシャン・レジームで認められていた諸価値への異議申立てとして読めるだろう。いくつかの点では十九世紀のたいていのフェミニズムより過激な異議申立てであった。後者は、女性の投票権を勝ち取ること（一九四四年になって初めて獲得できた）にも財産と身体に対する夫の権限からの解放にも失敗していたのだから。[58] 確かにテレーズの女性問題の解決には非現実的なところがある。保護者のない女性が館《シャトー》を選択できるのかという問題は、仮りにそういったことがあったとしてもまれなことだったろう。しかしテレーズの選択には動揺させる点もある。というのは妻と母の役割をきっぱり拒絶するからだ。本のなかで肯定的に描かれている他の女性、C夫人やボワ＝ローリエ夫人も同様である。彼女たちは恐るべきトリオ、三人の自由で宗教上の自由思想を持った放蕩者になる。独立した好色な女性は、十八世紀フランスの社会秩序にとっては恐るべき脅威を意味していた。そういった女性は実際に存在していた。タンサン夫人〔一六八二—一七四九年。ダランベールの母。そのサロンにはエルヴェシウス、マルモンテル、アベ・プレヴォなどが集まった〕レスピナス嬢〔一七三二—七六年。そのサロンにはダランベール、コンドルセ、コンディヤックなどがいた〕のようなサロンの女傑で、まわりの雰囲気を色っぽい活力で満たし、ディドロの『ダランベールの夢』のような大胆な思考実験に霊感を与えた。『哲学者テレーズ』も思考実験だった。結婚して母になるという制度を想像上の秤にかけて快楽主義的計算をしたら、重量不足だとわかったのである。歴史家が過去の諸制度の力を秤にかけるときはめったに幻想を考慮に入れない。しかし十八世紀のフランス人はしばしば難問で遊んだ。無神論者の社会は存続するだろうか、そしてリベルタンの女たちの社会は？と問うた。『哲学者テレーズ』は両方の危険が結びついて一つの幻想――自由恋愛の自由思想家の女性哲学者――となるのを想像する好機となった。それは文学的想像の途方もない饗宴だった。法の及ばない流動的な領域に連れ出された読者は、異なった社会秩序という観念と戯れることができる。モンテスキューとルソーが『ペルシャ人の手紙』と『社会契約論』でしたのも同じことだった。実際「哲学」書はすべてこの遊技的実験という自由な空間に存在していた。特に次章で取り上げる『紀元二四四〇年』はそうだ。しかし『哲学者テレーズ』ほどその主題を自由に扱ったものはなかった。それはアンシャン・レジームの自由思想のなかで最も囚れのない幻想であった。

第四章　ユートピア幻想

思考実験ということがルイ＝セバスチャン・メルシエの『紀元二四四〇年』の主な特色である。しかし『哲学者テレーズ』からこれほど遠い本もありえないだろう。『哲学者テレーズ』が図々しく大胆であるのに、『紀元二四四〇年』は重苦しく大げさだ。前者は衝撃を与え、後者は道徳的な考察をする。読者の空想をじらすかわりに、メルシエは大波のような雄弁で圧倒し、感傷をそそる効果のため懸命に努力し、ほんの少しもユーモアの感覚を示さない。現代の趣味からこれほど遠いものはありえないだろう。しかし革命前のフランスの読者はそれを好んだのだ。『紀元二四四〇年』はＳＴＮのリストで最高のベストセラーとして傑出している。少なくとも二五版を重ねたのである。現代と非常に異なった読者層に訴えたものが何だったのか、を理解したいと思う者にとっては欠かせない作品である。

『紀元二四四〇年』の初版は一七七一年に発行された。『哲学者テレーズ』の初版の出版から二三年後のことだった。その年月の間には多くの出来事があり、そのなかには七年戦争も含まれていたが、この大きな国際紛争は一七六三年、フランスに不名誉な結末をもたらした。大きな政治的危機としてはショアズール内閣の崩壊があり、その結果一七七一年には高等法院が廃止された。この時期にこそ啓蒙主義の最も重要な作品が出版され、世紀前半には啓蒙主義は知識人層向けと限られていたのをルソーがはるかに広い層に普及させたのである。

メルシエはルソー主義に浸った公衆に向けて書いた。もちろん一七七一年以降、フランス文学には他の潮流も流れつづけていた。メルシエ自身の作品にもたくさんのものが浮かび上がっていた。そこにはしばしばディドロの演劇論や司法の不公平に対するヴォルテールの運動への言及があった。しかし主な言及はルソーであった。それは単にルソーが「前ロマン主義」と名づけられるような感情の潮流を解き放ったからというより、むしろ作家と読者の新しい関係、読者からテクストへの新しい方向づけを生み出したからだ。ルソーは、『哲学者テレーズ』のような作品が読者に訴えるために使った技巧を捨て去った。ずる賢いほのめかし、裏の意味、パロディ、洒落などヴォルテールによって完成されたあの手この手である。機知と言葉遊びのかわりに、ルソーは自分の声で話し、直接読者に語りかけた。まるで印刷された言葉が心から心へと直接感情の吐露を伝えられるかのように。ルソー以前に頭から心へ訴えかけた作家が他にもいたが、触れ合っているという感覚を生み出し、溢れ出る魂に向き合っているのだという幻想を維持することにこれほど劇的に成功した者はいなかった。ルソーは文学を廃し人生を創始したように見えた。読者の多くが『新エロイーズ』の登場人物を実際に生きている人びとと思い、その教えに従って自分たちの人生を生きた、もしくは生きようとした。もちろんルソーは実際には、ある種のレトリックを別のレトリックに置き換え、読者が宗教の復興を受け容れる用意があれば宗教的言辞にも頼った。しかしそういったことをとお

ルイ＝セバスチャン・メルシエ（『紀元2440年』の口絵から）
（The Henry E. Huntington Library and Art Gallery）

して、文学を民主的な力に変質させ、民主的な政治文化への道を切り拓いたのである。[1]

ルソーの感傷性より独創性を強調することが重要である。今日ではあまりにも多くの感傷が嘘っぽく響くのだから。甘い涙を流し感動することは十八世紀後半から十九世紀の小説ではあまりに月並みな特色になったので、現代の読者にはしばしば耐えがたいほどである。しかしそれがまだ新鮮だった一七七一年に、メルシエはルソーが確保した修辞上の姿勢を引き継いだのであった。メルシエが属していたのは「どぶ川のルソーたち」(Rousseaus du ruisseau)と呼ばれた感傷的な下請けの作家からなる新興の世代だった。確かにメルシエは友人のニコラ゠エドメ・レチフ・ド・ラ・ブルトンヌのように赤貧洗うがごとき暮らしをしていたわけではなかった——実は〔「どぶ川のルソー」という〕その言葉はレチフのために発明されたのだった。メルシエはかなりつましい家庭の出身ではあったが——父は刀など金属製の武器を研磨する熟練した職人だった——まずまずの教育を受け、演劇、本、パンフレットを量産して人並みの暮らしをしていた。ある本から別の本へと文章を再利用したり、評論を何巻にもわたる大論文に引き延ばしたりして膨大な本を出版した。したがって代表作——『紀元二四四〇年』、『タブロー・ド・パリ』、『私のナイトキャップ』——は無定形という特徴を持っていた。短い章からなっていて主題の種類は実にさまざまだった。それをメルシエは話の一貫性を気にもせず繕い合わせた。本に人気が出ると切ったり貼ったりして増補し、次つぎと新しい版を出して海賊版をうち負かした。その結果はけっして洗練されたものではなかったが、しばしば興味を惹くところがあった。というのは、メルシエは自分のまわりの世界をどう見たらよいか知っていたし、逸話や評論のなかでどのようにしてそれを甦らせたらよいかを知っていたからだ。革命前夜にパリがどのように見えたか、聞こえたか、臭ったか、手触りはどうだったかを知りたければ、参考にするのにこれ以上の作家はいない[2]。

『紀元二四四〇年』は表向きはまったく異なった世界を描く――その世界はメルシエがはるか未来に設定した空想の産物である。筋は単純そのものだ。一七七一年のパリの不公平に対し哲学に通じた友人が毒づくのだが、その友人と白熱した議論を交わした後、語り手（名前はないが明らかにメルシエその人とおぼしき人物）は眠り込み、未来のパリで目覚める。長い顎ひげと弱った身体から年をとったのだとわかる。道によろめき出ると貼紙に気がつくが、そこには日付があり――二四四〇年――自分が何歳かを悟る。なんと七百歳なのだ。物見高いが親切そうな群衆がまわりに集まり、その奇妙な様子に驚く。それから哲学に通じた骨董趣味の男が前に進み出て状況を整理し、見知らぬ男に町中を案内しようと申し出る。後はその周遊を語り手が報告したものである。特別の旅程に従うでもなく次から次へと巡っていく。そのためにメルシエは、後の版で新しい一節を挿入したり、どこまでも本文を延長したりできた。周遊が終わると語り手は今度はもとの時代に戻って再び目覚める。そして突然一巻の終わりとなる[3]。

今日の読者は未来幻想やリップ・ヴァン・ウィンクル効果〔リップ・ヴァン・ウィンクルはアーヴィングの『スケッチブック』に登場する人物で、二〇年間眠り続けた後でめざめる〕に慣れているので、このもくろみ全体をかなり不器用だと思うかもしれない。しかし十八世紀の読者はあらがい難い魅力を感じたのである。彼らは、SFには出会ったこともなく、未来に設定されたユートピアなど夢にも見たことがなかった。プラトン、トマス・モア、フランシス・ベーコンなどのユートピアの設計者が想像した社会は、空間的にはるか遠くにあって、ありえないような旅やとっぴな難破によって現実の世界から隔絶していた。(4) そういった世界はありえそうもなかったが、メルシエはその世界を必然的なもののように見せていた。彼はそれを既に進行中の歴史過程の結果として提出し、舞台をパリとしたからだ。したがってみずから空想であると宣言しているにもかかわらず――副題によれば、またとない夢――、『紀元二四四〇年』は未来への真面目な案内として読まれることを要求していた。驚くべき新視点が露わになった。既成事実《フェ・アコンプリ》としての未来と遠い過去としての現在である。そういう思考実験に参加したいという誘惑に誰があらがえただろう。そしていったん引き入れられたら、それが眼の前の社会である十八世紀のパリ、その腐敗ぶりを暴いているのだということを見損なうものがいただろうか。

メルシエはこの効果を三つの基本的な手法で強化する。具体的描写は彼の空想する未来をルポルタージュのように読ませる。詳しい注は二つの声の間の会話を生み出す。その声の主は、未来で語る本文中の語り手と現在で熱弁をふるう注釈中の解説者である。ルソー的レトリックは作家と読者に役割を振り当て、アンシャン・レジームの諸制度に対し共同戦線を張らせる。

最初の手法が最も効果的である。というのはそれが、メルシエのジャーナリスト的才能を自由に働かせることになるから。七百歳の語り手の眼に映ったことすべてを記録し、それに哲学者の案内人が実況解説をつける。まず語り手に二四四〇年風の身支度をさせるため、服飾品店に立ち寄らせる。そうすれば人目を惹くことも少なくなるし、より快適になるだろうというわけだ。未来のパリ人士が着ているのは機能本位のゆったりした服で身体の動きを束縛しないようになっている。長い靴下を被う軽いシャツ、巻布が腰のところを締めているトーガ〔古代ローマの衣服〕のような衣服といったと

『紀元 2440 年』の語り手は自分が 700 歳であることを発見する
（Department of Rare Books and Special Collections, Princeton University Libraries）

ころである。気のきいた靴のおかげで散歩が楽しくなり、折り込み式のつば付きの帽子が日光からも雨からも護ってくれる。もちろん「中世の騎士道という時代遅れの偏見」(5)の象徴である剣などは身につけていない。髪は十八世紀の遊び人のように不自然に積み上げてべとべとに塗りたくったりしないで、頭の後ろで簡単なお下げにまとめている。語り手は、自分の時代には衣服が身体を圧迫していたことを認めている。カラーは窒息させるし、ヴェストは胸を「締め付ける」し、ガーターは脚の血行を止める。

この調子で描写は続き、日常生活のありふれた細部を利用してアンシャン・レジーム下の生活に対する全般的な非難を積み上げていく。語り手がパリを見ると、これが同じパリかと見まがうばかりに清潔で秩序立っている。荷馬車は道の右側をゆっくり進み、歩行者の前では丁重に停止する。歩行者の方に常に前進する権利があるからだ。そしてほとんど誰もが、王でさえも歩いて行く。馬車も少しは眼に入るが十八世紀に一般大衆を手当たり次第なぎ倒していた金ぴかの馬車とはまるで似ていない。馬車は人類に並外れた貢献をした老齢の市民のためにとっておかれている。そういった英雄と同業者から指名され王に認められた傑出した名工数名だけがこの国の真の貴族をなしている。王は〔その人の名前を〕刺繍した帽子を贈るのだが、その帽子があればどこへでも自由に出入りでき、玉座のもとに直接訴えることができる。刺繍をした帽子が唯一の栄誉の徴しなのである。というのは、誰もが同じスモックを着て同じ家に住んでいたからだ――まあまあの建物ですべて同じ高さ、どの家にも簡素な家具が詰まっていて、屋上庭園があった。庭には緑が溢れていて、上から見るとパリは森のように見える。都市生活を完成させることでパリ市民は自然に戻ったのだ。

なかでも公共の場所は再整備されていた。パリ市民は堂々とした記念建造物が外郭をなす巨大な広場で市民祭を祝う。広場を囲む建造物はチュイルリー宮、ルーヴル宮と新たに加わった芸術家のために取っておかれた宮殿、古い高等法院にとって代わった新しい公正寺院、形を変えた市庁舎である。セーヌ川をさらにくだると寛大寺院がバスチーユの跡地に建っている。そして悪疫を発生させそうな市立病院《オテル・ディユー》に接種館がとって代わっている。予防医学のおかげで病気になる人は少なくなっている。病気になっても献身的な医師のいる二〇の公立病院で個人のベッドを与えられ優れた治療が受けられる。極度の貧困も消えたので一般施療院《オピタル・ジェネラル》（救貧院）はもう姿を消している。刑務所も消えてしまった。犯罪は深刻な問題ではなくなったからだ。何かの過ちで市民が別の市民の命を奪ったら、自分の罪を認め、同胞の前で告白させられる。そして同胞たちが社会契約に対する違犯のため涙を流しているあいだに、彼は議会の議長の命令で銃殺される。

ソルボンヌ大学はまだカルチエ・ラタンに建っているが、予防医学の研究のための解剖教室になっている。教育制度全体で応用科学と公民科が形而上学と神学にとって代わっている。小さい頃からルソーの『エミール』の原則に従って訓練されているので、子供たちの学び方は非常に速く、『百科全書』が小学校の入門書になっているほどである。子供たちはルソー主義的な至高存在の崇拝を自分のものにしている。もはや教会や修道院が都会の景観を乱すことはない。というのは、カトリックが崩壊しているからだ。そうしていまやパリは敬虔になっている。語り手は新寺院の一つを訪れて、全体に簡素になっているのに驚く。さまざまな言語で「神」と彫られている以外は壁にはなにもない。ガラスで被われた丸天井が信徒たちに、かなたにまします造り主を思い出させるだけだ。法王はローマの市民司教に落ちぶれて最近『人間理性の教理問答』を出版した。司祭たちには哲学牧師と世俗「聖者」がとって代わったが、それは汚水だめの清掃とか燃えている建物からの人命救助といった市民の美徳にかなう英雄的行為によって祖国への愛をかきたてた人びとである。劇場も「道徳の学校」になっている。町の大広場に政府が建てた四つの芝居小屋の一つで一晩過ごしたとき、語り手は子供の群れを引率する牧師に出会う。子供たちは市民意識を二本立て興行で高めるためやって来たのである。その晩はカラス事件（ヴォルテールをぞっとさせた、司法によるプロテスタントの殺害）に関する悲劇とアンリ四世を褒め称える喜劇（旧教同盟を撃ち破ったあと民衆派の王は祝宴を楽しみテーブルを自分で片づける）の二本だった。(6)

現代の読者はこれらの描写の多くに驚くかもしれない。未来を空想するときわれわれは未来を技術上の驚異だらけにしてしまう。メルシエの方にはそういうものはなにもない――光線銃も宇宙船もタイムワープ・テレビもどんな種類の銀河系宇宙間のからくりもない。メルシエのユートピアの特徴は道徳性である。その修辞は道徳的な憤りをかきたてるように考えられていた。しかし読者に強い感情をかきたてようとして小説家が愛用していた技巧はほとんど使われていない。単に読者に未来のパリをずっと案内していくだけなので、『紀元二四四〇年』には読者の感情に訴える筋も共鳴できる登場人物もいない。その結果、今日では考えられないような戦略を採用している。すなわち風変わりな描写で読者の注意を惹くと、脚注を使って道徳を垂れるのである。

『紀元二四四〇年』の脚注はあまりに膨大でしばしばテクスト本体を圧倒するほどだ。本文がたった一行か二行のページもある。読者はページの上の本文とページの下の脚注の間を往復することになる。そうする際に読者は、時間の枠組みを切り替えることになる。本文は二四四〇年に、脚注は十八世紀に設定されているからである。どちらにも同じ語りの声が広がる――誰ともわからない「私」は明らかに匿名の作者を表わしている（この本は非常に危険だと思われていたので、メルシエが自分が作者であると認めたのは一七九一年版の序文に名前を載せたのが初めてだった）。しかし所変われば声変わる。本文では語り手は未来の驚異に仰天し謙虚である。案内役が二四四〇年のフランス社会の卓越性について講義しているあいだ語り手は聞きほれている。脚注では「私」は直接読者に恨みをぶつけ、読者の住んでいる世界の悪弊を告発し、アンシャン・レジームの権力すべてに反抗する。

たとえば第八章では、案内役が語り手にパリにはもう刑務所も救貧院もないと教え、十八世紀の悪弊を回顧しルソー流の説明を施す。「焼灼剤〔化膿防止の薬〕のように贅沢があなた方の時代に国家の最も健全な部分を壊疽《えそ》にしてしまいました。そして政体は潰瘍まみれになったのです」。それからこの一節に対する脚注では、サブテクストの著者は読者に二ページの大半にわたる雄弁を駆使し、読者に熱弁をふるう。あるときにはフランスの法廷に腰を下ろしている裁判官に直接非難を投げつける。「血も涙もない司法官たちよ！　無情な人間、人間の名に値しない人間よ、諸君らは当の彼ら〔投獄されている犯罪者〕以上に人間性を踏みにじったのだ！　盗賊の残忍さも諸君らには及ばない[7]」。

脚注はメルシエの空想する未来の傾向を明らかにする。それは否定的だった。描かれる社会にはなにもない。修道士も司祭も娼婦も乞食も踊りの師匠もケーキ職人も常備軍も（すべての国家は永久平和条約を受け容れている）、奴隷制も恣意的な逮捕も税金も信用貸しも（誰もがいつでも現金で払う）、ギルドも外国貿易も（どの国も本質的に農業国で自給自足している）、コーヒーもお茶も煙草も（語り手によれば嗅ぎ煙草は記憶力を破壊する）ない。否定の集積はアンシャン・レジームの強力な告発になる。しかしそれが新しい社会の青写真をなすことはほとんどない。実際メルシエは、当時のフランスから悪弊が除かれることだけを空想していたのだった。『紀元二四四〇年』はメルシエのもう一つのベストセラーである、一七八一年初版の『タブロー・ド・パリ』と根本的には変わらない。前者は未来のパリ散歩であり、後者は現在のパリ漫歩である。二作は互いに補完しあっていて、同じ主題の賛否両面を見せている。しかし否定面があまりにも優勢なので、実際上二作とも同じコインの同じ面を表わすことになる。

たとえば『紀元二四四〇年』の「王族は宿屋の主人」の章は、一見したところ完全に新しく平等な社会の姿を見せているように思われる。法外な贅沢をして暮らすかわりに王族は旅人や貧乏人のために自宅を開放している。しかし王族はいまだに入口の高いところに紋章を刻んだ宮殿に住み――貧乏人もやはり存在した。メルシエは富と窮乏の両極端を廃したが、貧乏人が底辺に、貴族が頂点にいないような社会を想像できない。

また経済的発展、人口統計上の発展も考えに入れられていない。七〇〇年の間にフランスの人口はたった五〇パーセント増えただけだ。そしてその増加は、パリと地方の比率の調整を表わしているだけだ。首都は同じままで、地方が成長したのだ。田舎の繁栄というメルシエの空想は農業をあらゆる富の源と見る当時よく見られた考え方と一致しているが、そこには理論的要素はない。メルシエは重農主義者の自由貿易農学を受け容れずに、経済学においては心が頭より信頼されるべきだと警告している。「幸福を理性に服従させるのは不幸な世紀だ」(8)と。メルシエは大凶作から貧乏人を守るため国家の穀倉を考慮に入れているが、そこには統制のない取引も、大規模な工場生産も、銀行やクレジットの仕組みさえもないだろう。そして社会的関係の改革に関しては、その最重要な新制度は今日とうてい進歩的とは思えないようなものだ。ルソーのようにメルシエも、女性を仕事の場から締め出して家庭に追いやり、母や主婦としての役割に厳しく制限する。女性は政治やどんな公的生活にも参加できない。至高存在に仕える男性と同席することさえできない。

そのルソー主義にもかかわらず、メルシエのユートピアはアンシャン・レジームの社会に根ざしたものだ。それゆえその夢は矛盾にぶつかりつづける。あるページでは貧困と貴族をなくしたが、別のページでは貧民を気遣う金持の貴族を描いている。宮廷が消えた箇所があれば、廷臣たちが玉座のまわりに群がっている箇所もある。本の最初では王は象徴的な権力しか行使していないが、最後の方になると社会全体のために法律を定めるように思われる。メルシエは矛盾を気にせず空想のおもむくままどこへでもいく。それこそがこのユートピアを面白くしているものであって、その矛盾は一七八九年以前に空想がどこまで広がりえたかを示している。もちろんもっと真面目な思想家たち——ルソーのみならずモレリ、マブリ、ドルバック——はさかんに大胆な思索をした。彼らの思想のなかのユートピアの血統は徐々に社会主義へと変質していった——しかしそれは理論上だけのことだ。メルシエのユートピアは実現してしまった夢のように読める。メルシエは読者の腕を摑んで未来社会の端から端まで連れて歩く。いったん動き出した物語は、衣服、住居、通りの交通からなる日常世界のなかで、物質に関する想像力の限界に衝突しつづける。そしてそれによって、アンシャン・レジーム下では社会に関する想像力の限界が奈辺にあったかが明らかになる。

しかしのちにメルシエは、フランス革命の到来を予言していたと主張した。「たぶん予言がこれほど実際に近づいたことはなかったし、驚くべき一連の改革をこれ以上詳しく説明したものはなかった。だから私こそフランス革命のほんとうの予言者だ」(9)。『紀元二四四〇年』の劇的な一節でメルシエは、革命による激変という考えとほんとうに戯れているようだ。十八世紀の政治史を回顧しながら、案内役は語り手に向かって、君主制は不可避的に専制に堕していくと解説する。しかし、

大衆を太平の眠りから醒ますのには大声一つで十分だったのです。圧制が非難を浴びせても責めるべきは自分の弱さのみでした。自由と幸福は勇気を出してそれを捉えようとする人びとのものです。この世界ではすべてが革命です。すべてのうちで最も好ましいものが成熟に達し、私たちがその果実を収穫しているのです。

この箇所への脚注でメルシエは、暴力的な大変動のことを話しているのだということを明らかにする。

……国家によっては不可避となる一時代がある——それは恐ろしい流血の時代ではあるが自由の兆しでもある。私が言うのは内戦のことだ……。恐怖の治療だ! しかし国家の麻痺状態の後では、人びとの無気力状態の後では、それが必要となる(10)。

しかしながら二ページ後では血と雷は消えてしまって、語り手は実際の革命は優美と明知からなっていた、と説明する。「信じてもらえますか。革命はある一人の偉人の英雄的行為によって実に容易に行なわれたのです」[11]。「哲人王」が自発的に古い諸身分会議に権力を移譲し、今後名目上の長として統治することに同意した。バスチーユも破壊し、封印状による専断的逮捕をすべて廃止した[12]。カトリック教会はというと、「その力は世論に由来していました。世論が変わるとすべては一陣の煙となって消滅しました」[13]。アンシャン・レジームの権力構造の全体が自重によって倒壊したのは、玉座からの一押しと世論の圧力という助力があってのことだったが、その両方の力を始動させたのは歴史の究極の推進力、すなわち印刷機によって働く文筆家であった。

過激なレトリックにもかかわらず、メルシエの文にはほんとうは君主制主義者の感情――もちろんルイ十四世風のものではなく、民衆派で平等主義の君主制で、大部分アンリ四世の神話から生じたものだ――が脈打っている。アンリ四世は、二四四〇年のパリのいたるところで人民の一人として、また人民の父として褒め称えられている。ポン＝ヌフ〔ポンは橋という意味。ポン＝ヌフはセーヌ川に架かるパリ最古の橋。シテ島の下流側に接する〕はポン＝アンリ四世と名前を変えてしまった。アンリ四世は舞台で喝采を受け、現在の王は「第二のアンリ四世」として敬慕されている。

> 現在の王にはアンリ四世と同じ魂の偉大さ、同じ情愛（entrailles）、同じ厳かな素朴さがありますが、彼はより幸運です。王が公道に残す足跡は神聖で誰からも崇められています。そこで

はあえて言い争おうとする者はいません。ほんのちょっとした騒動を起こしただけで赤面することでしょう。「もし王が通られるようなことがあれば」と人は言います。そう考えるだけで内乱を止められるだろうと私は思います。[14]

メルシエはこの肯定的なイメージに対して反対のイメージをぶつける。すなわち専制君主ルイ十四世である。阿諛追従《あゆついしょう》の徒に囲まれて贅沢に埋もれたルイ十四世は君主制の悪弊の最たるものであり、フランス史の最低点を示している。国民との接触を失い、国民を破滅させて暮らしていたのである。[15]二四四〇年の視点で見れば、ヴェルサイユは君主制が専制へと堕落していく過程を最高度に象徴するものとして際立っている。最後の章で語り手はパリからヴェルサイユに遠出する。しかし史跡のかわりに目に入るのは、廃墟が散在する荒れはてた風景だった。雑草が茂り蛇がはびこる宮殿の遺跡は、ただ一人の老人以外には誰からも忘れられている。その老人は倒れた円柱の柱頭から涙を流し嘆き悲しむ。老人はルイ十四世の生れ変わりだとわかる。罪を犯した跡地で償いをするよう運命づけられているのである。しかしどんなふうにしてすべてが壊れてしまったのか知るまえに、語り手は蛇に咬まれて夢から醒める。

アーサー・ヤングの『夜』[16]のパスティーシュのようにも読めるこの場面のおかげで、メルシエは劇的な調子で巻を閉じ、アンシャン・レジームの政治でみずからが最も嫌うものに最後の一撃を加えることができたのである。けれどもメルシエはけっして君主制それ自体の正統性に異議を唱えることはなかった。逆にモンテスキューに倣って、民主制と異なり立憲君主制は最良の政体であると称賛した。民主制は衰えて無政府状態になるし、専制政治は奴隷制を生じるからというのである。[17]しかし「ちょうど川が海に流れ込むように[18]」、君主制は衰退して専制になり、専制はモンテスキューも示したように、暴君の治世という一時的な段階ではなく長期間にわたり築き上げられた権力機構であった。したがってメルシエの雄弁の究極の目標は、ルイ十四世や他の一個人というより組織そのものであった。

本文によれば二四四〇年には、市民は税金のかわりに自発的な寄付金を払い、少数の高級官僚団は俸給もどのような財産もなく愛国的修道士のような暮らしをしている。脚注が明らかにしているように、十八世紀フランスの大臣たちは対照的に堕落した贅沢趣味を満足させるため民衆から金を搾り取っていた。[19]したがって一七七一年に君主制を破壊しかねなかったほんとうの病いは、当時のフランス人の呼び方でいうなら「内閣の専制」だった。すなわち王の名で民衆を搾取していた高級官僚による権力の濫用であった。メルシエはその最も激烈な脚注でこういった形の専制に激しく抗議し、解決策を思いめぐらしている。恐れを知らない哲学者が国務会議のただなかに乗り込んで君主に次のように呼びかける。

この腹黒い顧問官たちを信じないよう気をつけて下さい。あなたはご家族の敵に囲まれているのです。あなたの偉大さと安全は絶対的な権力よりもあなたの国民への愛にもとづいているのです。国民は不幸なら革命をより激しく待望し、あなたの玉座、あるいはあなたの子孫の玉座を揺るがすことでしょう。国民は不滅だがあなたは去っていかねばなりません。玉座の威厳は無制限の権力よりも父のような愛情にあるのです。[20]

メルシエは名前を挙げていないが、ウォルター・ミッティ〔空想に耽って自分をとてつもない英雄に仕立てる小心者。ジェイムズ・サーバーの短編の主人公から〕風の空想から暗示されるのは、メルシエは祖国の救世主の役を演じる自分を思い描き、罵しられている政府は眼の前の政府だったということだ——それはモープーの内閣で、その敵方の考えによると司法の独立を破棄することで君主制を専制へと変えようとしていた。確かにメルシエは、高等法院[21]（王国のさまざまな司法区域で最高の法廷）については厳しいことを言おうとしていた。だから彼のユートピア的夢想を反内閣的宣伝活動だと退けるのは誤っているだろう。その大半が書かれたのは一七六八年から七〇年の間で、モープーが高等法院を倒す前のことだった。しかしメルシエが一七七〇年後半もしくは一七七一年前半に怒りまくった脚注を付けたのはもっともなことだった。その時期にモープーの「革命《レヴォリューション》」〔この話については第五章参照〕は既に始まっていたからである。後にメルシエは「モープー大法官の統治下で[22]」初版を出した、と書いた。その統治は一七七四年五月十日、ルイ十五世の死とともに終わった。一七七五年にはもうベストセラー・リストの頂点に上りつめていたが、『紀元二四四〇年』は読者にルイ十五世時代のフランスを回顧させたのであって、二十五世紀は言うまでもなくフランス革命の予告編なのではない。

それではメルシエが後にそう主張しているにもかかわらず、その作品にはなにも革命的なところはない、と結論しなければならないのだろうか。一七八九年から二世紀後に、フランス人は二〇年後にやってくる革命を予見するべきだったのに、と思うのはたやすい。しかし実際は誰一人一七八九年の爆発に匹敵するものを想像もしなかった。誰にもそれができなかったのは、革命という近代の概念は人びとが革命を経験して初めて存在するようになったからである。したがってメルシエの想像力は、アンシャン・レジームの心性の限界をけっして打ち破ることはなかった。その心性は高等法院の反抗と内乱という観念を受け容れることはできても、政体そのものの変革という観念を受け容れることはできなかったのである。それでもメルシエは社会政治的秩序の根本原則を問題にした。特に宗教と政体という取扱いの難しい二つの領域でである。

メルシエは、単にカトリック教会のいちばん目につく制度――修道院、十分の一税〔聖職身分が収穫物から一定の割合で徴収した貢租。本来の目的は祭礼、村の聖堂や司祭館の維持、貧民の救済などだったが、実際は高位聖職者の利益になっていた〕、高位聖職者、教皇制度――を攻撃しただけではなかった。精神的な正統性にも異議を唱えたのである。二四四〇年の理神論の牧師は理神論そのもの、あるいは少なくともヴォルテールの堅苦しい理神論を超えた宗教感情に訴える。ガラス屋根の寺院で至高存在に呼びかけるとき牧師たちは、ルソーのサヴォワの司祭のやり方で〔ルソーの『エミール』には「サヴォワの助任司祭の信仰告白」が含まれている。今野一雄の言葉を借りるなら、その内容は「理性ではなく直接的な感情によって、自然の光景と人間の内部に神を認め」たものである〕恍惚とした神の感覚を呼び起こす。彼らの神は、世界のねじを巻き、ニュートンの法則にしたがって動かしておくのではなく、最も腹黒い魂のなかを覗き込み道徳的秩序を維持するために介入する。語り手の案内役が請け合うところでは、邪悪な者たちはどこであろうと透視するあの絶対の眼に追跡され[23]、蛇やヒキガエルに転生するだろう、一方、善意ある魂は創造者と合体するまで惑星や太陽の間に移り住むことになるだろう、というのである。

こういった前途は、青春期に至った少年（明らかに少女は深い宗教感情に動かされはしない、と考えられていた）には「二つの無限の交感」として知られる入信の儀式で明らかにされる。若者がため息をついて天に眼を向けるところを見られてしまうと、両親によって天文台に送り出されてしまう。そこでは望遠鏡を一目覗けば神の偉大さが明らかになるというわけだ。それから顕微鏡を使った授業がもう一方の無限を教えてくれて、仕上げは法悦の説教である。その若者は急に泣きだして創造者を崇拝し、残りの人生は同胞を愛そうと決心する。この初等形而上学の証明に逆らえる者はいない。もし何かの心得違いで無神論者が現われたら、パリの住民は「実験物理学のたゆみない講座[24]」でその人物の意見を変えさせるだろう。そしてそれが万一うまくいかなければ、追放することになる。

ルソー同様メルシエにとっても、政治と宗教は切り離せないものだった。それゆえ市民祭は神と祖国への市民の献身を強化する。母親は炉辺にとどまり、新生児を母乳で育て、ルソーの教育学を適用することで、息子がエミールのように成長することを確信する。学校と寺院が若者の教育を完成する。こうして、成年に達するまでに個人の願望は一般意志と一致する。メルシエは正確にルソーの論法に従う。すなわち法律は「一般意志の表現[25]」であり主権は人民の手のなかに残る、という考えである。しかし一般意志は本質的に全体としての社会の福利に関する精神的な合意であるので、現行の政治形態はそれほど重要ではない。案内役の説明では、政治体制は「君主制でも民主制でも貴族制でもありません。理性的で人類に適しています[26]」。それだけでは曖昧さ不足だとでもいうかのように、案内役はさらにアンシャン・レジームの諸制度のとてもありえない混合物のように思える政治体制の描写を続ける。「諸身分会議」（全国三部会に似ているように思われるもの）は二年ごとに一度法案通過のために集まる。「元老院」（明らかにパリ高等法院を改良したもの）は法律を執行する。そして王（しかし「王という名前を保持している」だけの者）はその執行を監督する。[27]

メルシエはこういった観念のもつれを解くために立ち止まりはしない。というのは、それを支える感情――平等と市民の美徳という一般的精神――により興味があるからだ。したがって政体に関する章の大半は、玉座を取り巻く共和国的雰囲気と王子のスパルタ式教育法に割《さ》かれている。王太子は百姓のなりをし庶民に交じって里親に育てられ、玉座に上るにふさわしいと考えられてはじめて王家の血筋をひくものであると知らされる。平等性の最後の授業として、王子は労働者とレスリングをし、地面に押しつけられる。それから貧民の運命を心に留めておくため、王位にある間は毎年三日間断食し、ぼろにくるまって眠らねばならない。「王子と貧者」式の空想がメルシエの観念の扱い方の特徴をなしている。それらを組み合わせて筋の通った議論にするのではなく、自分の主張をわかってもらうために逸話に組み込んで強力な話の流れに頼る。

しかし何が主張を十分理解させるのだろうか。読者の直接の証言を見つけるのは不可能だが、メルシエの雄弁が読者の反応を予想し方向づけた方法を研究することはできる。実際メルシエは作者と読者の両方に役割を振り当てて、それから書くことと読むことをユートピアの幻想をまとめ上げる主要な要素にする。

メルシエは風変わりな献呈の辞と序文によって初めから読者を方向づける。慣例どおりパトロンに賛辞を呈するかわりに、自著を「紀元二四四〇年に」捧げる。

『紀元 2440 年』の玉座の部屋

(Department of Rare Books and Special Collections, Princeton University Libraries)

荘厳にして尊敬すべき年よ……、汝は物故した君主らとその力に屈して生きた作家たちの両方に審判を下すであろう。人類の味方、擁護者の名前が輝き、尊敬されるだろう。その栄光は純粋にまばゆく輝くだろう。しかし人類を苦しめたあの卑劣な下層民たる王らは忘却の淵に沈むだろう……。

一方には専制者、もう一方には作家。広大無辺の歴史劇で相争うのはそういった者たちだ。この対立がメルシエを英雄的な役割につける。もっともメルシエは作品のなかでは正体不明の「私」としてしか語らないのだが、それは取るに足らないことだ。今から七世紀後に彼の声が聞かれ、一方、身分の高い者たちの栄光は忘れ去られるのだから。

> 専制の雷は打ちかかり消えるが、一方、作家のペンは時の隔たりを超え世界の支配者たちを許し、また罰する。私は生まれたときに受け取った力を使ってきた。私はわが孤独な理性の前に私が世に知られずに生きた国の法律、悪習、習慣を召喚してきた(28)。

序文までくると読者には、「私」は予言者で、警察がバスチーユに投獄しようとしていたあいだ『旧約聖書』の主人公のように荒野で叫んでいたのだとわかる(29)。しかし現代のエレミア〔イスラエルの予言者。神に対する民の不信と社会の不正を責めた〕は「哲学者」(30)で、現代の公衆に呼びかける。

私はというと、プラトンとともに精神を集中し、プラトンのように夢みる。親愛なる同胞市民よ！　諸君がそれを嘆くことにも倦じ果てるほど、たびたびあまたの悪弊に苦しむのを見たが、いつわれわれの夢の実現を目にすることになるのだろうか。眠ること、それこそがわれらの幸いなり(31)。

役が振られると作者と読者は市民共同体に身を投じることになるが、それは共通の夢で結び合わされ、共通の敵に対して団結する共同体だ。本を読むことは夢を共有することであり、作家と読者の連携がどのようにして専制に打ち勝ち未来社会を形成するのかを思い描くことである。

専制君主に対抗する読者と作家——それは未来に対する単純な台本だが、興味深い特徴がある。というのは、その本を読むことが歴史的過程の一部のように見えるようになっていて、その過程の結末がその本で明らかにされているからである。印刷された言葉が歴史の最高の力だとそのページの活字は宣言していた。メルシエは単にこの真理を告げるだけではなかった。それは当時、進歩の理論の常套句だった(32)。メルシエはどのようにしてその真理が実現されるのかも示した。いやむしろ、二四四〇年の既成事実としてそれが存在することを力説した。その結果、未来を想像するとき、読者は現在が過去となったときどのように見えるかも理解することができた。

この語りの戦略は、王立図書館についての章で最もはっきり姿を現わす。山のような書籍に圧倒されるのを予想していた語り手は、四つの書棚しかないのを見て驚く。世界の主要な文学それぞれについて書棚一つである。十八世紀には既に王立図書館に溢れていた大量の印刷物に何が起こったのか、と語り手は尋ねる。図書館員は、燃やしたのだと答える。一〇万冊の法律書、五、六〇万冊の辞書、一〇万冊の詩作品、一六〇万冊の旅行記、一〇億冊の小説、すべてが巨大な虚栄の焚火にくべられ焼失した。それでは二四四〇年の政体は活字に敵対しているのだろうか。まったくそのようなことはない。印刷は歴史の最重要な力であるとわかっている。そしてフランス人は印刷を完全に自由にすることで自由を守るのだ。焼いたのは本を軽蔑しているからではなく、むしろその力を恐れているからだ。過去からの文学の大半はお偉方にへつらい、堕落した趣味に迎合し、国民の総体に害毒を流した。それで徳高い学者の委員会が、過去幾世紀もの印刷物すべてから健康的な要素をすべてより分けて蒸留し精髄を取り出した。するとそれは、小さな四六判一巻にうまく収まった。神学書数巻も許されて生き残ったが、秘密兵器として厳封しておいて、フランスが万一侵略されるようなことがあれば一種の細菌兵器として敵に向けて使用するためであった。

フランス人は同様の理由で、歴史書を子供の手に届かないようにしている。というのは歴史は、金のある権力者がどのようにして貧乏人を搾取したかという悪い例を与えるにすぎないからだ。もちろん二四四〇年にはもう啓蒙は勝利を収めている。だから文学と哲学の四つの小作品集が理性の進歩の証拠となっている。四つのなかのいちばん小さいものには、フランス人が自国の文学から保存するに値すると考えたものが含まれている。語り手は十八世紀から自分がよく知っている標準的古典を探すが、評価がすっかり入れ換わっている。十六世紀以前にはなにもなく、デカルトとモンテーニュが少し、パスカル、ボシュエはなく、「哲学者」の選集とりわけルソーである。ヴォルテールの半分は炎に消えたが、ルソーは片言隻語にいたるまで未だに崇敬されている。そして図書館員は、ルソーの時代の人びとが当代随一の天才を理解できなかった、と言って語り手を叱る。

したがって、メルシエの未来の想像図は後ろ向きの進歩の理論として機能し、人類に最も貢献し専制君主の手先から最も苦しめられた作家の名誉を回復する。作家たちの彫像が公共の広場に立っていて、その足の下には迫害者の頭部が彫られている。コルネイユは踵《かかと》でリシュリューを踏みつけ、ヴォルテールとルソーは語り手が名前を挙げようとしない高位聖職者や大臣の頭の上を行進している。(33) 実際、二四四〇年のパリには彫像や肖像や碑文がいたるところに見られる。今ではポン＝アンリ四世となったポン＝ヌフには国民に奉仕した政治家が並んでいる。その橋は「道徳の本」(34)となって、渡っていく歩行者に教えを垂れる。実は都市全体が一冊の本として機能し、市民は町中の道を読み進み、一足ごとに市民の教えを吸収する。

メルシエは読書と執筆の公民的機能を強調するあまり、みずからを窮地に追い込んでしまう。作家にそれほどの力があるなら、どうすればその力の乱用を防げるのだろうか。印刷は自由である。実はその自由を脅かすことは「人類に対する大逆罪」として扱われる。(35) それで検閲のかわりに、パリ市民は不道徳もしくは反市民的な本を出版する者には仮面を着けさせ、一日に二回、二人の高徳な市民の尋問を受けさせる。優れた理性の力で自分の誤りに気がつけば、仮面を取り市民に戻ることが許される。共和国の生命はこういった道徳的取締りにかかっている。というのは、文学は政治の一形態であり、どの作家も公民の精神を形成する「公人」だからである。(36) 実際に大作家たちが歴史の流れを決定するのは、「幾多の思想を導き流布する太陽の如くに」である。「始動するのは彼らであって、彼らの高邁な心には人類への愛が燃えているのだから、他の者たちの心はすべて専制と迷信を打ち倒したその崇高な勝利の声に応えるのです[37]」。
市民はみなそれぞれがそれなりに作家である。男性は誰でも（女性はあらゆる公職から除外されたままである）一定の年齢に達すると、自分が学んだことを蒸留して一冊の本にまとめる。その本は当人の葬式で読み上げられる。実際、本がその人の「魂[38]」なのであって、子孫は先祖すべての本とともにそれを研究する。このようにフランス人は読書の民であるばかりでなく、「作家の民」（tout un peuple auteur）にもなっている[39]。読み書きが市民生活のすべてを支えていて、本の観念をめぐって市民生活が組織されている——本としての魂、本としての都市、望遠鏡と顕微鏡で読む自然という本、といったぐあいに。メルシエは自然法が「あらゆる心に消えない文字で刻まれている[40]」と想像し、星々は神性を明示する「神聖な文字」であると言っている[41]。人間がグーテンベルグの銀河に神を読むように、神は人の心を読む。というのは、神は「あらゆるものを透視する絶対的な眼」、「心の最も奥深く隠された片隅まで楽々と読みとる……眼[42]」だからである。

作家というものはこの神の性質をいくらか帯びている。その性質が専制主義に対する闘争では主要な武器として役立つ。それで十八世紀から宮廷の場面をメルシエは空想の赴くまま描く〔以下はトルソンがデュクロ版『紀元二四四〇年』につけた注によると、フォンテーヌ＝マレルブの『王子の結婚、あるいは傅育係』（一七七〇年）から取ったものだが、大臣が話しかけるのは総徴税請負人だとのことである〕。

佞臣である法務大臣は哲学者の作家のことを話していて、従僕にこう言う。「君、あの連中は危険だ。ほんのちょっとした不正をしても気づかれてしまう。巧妙な仮面も鋭く貫く視線からほんとうの顔を隠そうとしてもだめだ。あいつらは通りすぎるとき、「おまえのことはわかっているぞ」と言っているようだ。哲学者諸氏よ、私のような男を知るのは危険だと君たちに教えてやりたいものだ。私は知られたくないのだから」(43)。

印刷の発明のおかげで哲学者の洞察は社会全体に広がり、「なにも隠せなくなった」。そして専制主義に審判が下された(44)。二十五世紀にはもう専制主義は不可能になっている。というのは、隠されていたものがすべて明るみに出されてしまったからだ。「われわれの眼はものごとの表面には留まらないのです」と案内役は語り手に説明する(45)。表面を見て、仮面を剝ぎ、透視することが市民の主要な義務になっている。市民がたえず互いに読みあっている間に、至高の読み手である神はその肩ごしに魂のなかを覗き込む。もし市民が躊躇するようなら、秘密の「スパイ」がどこにでも入り込み、道徳的な「検閲官」がすべてにわたり警戒を維持する(46)。要するに、ユートピアは完全に透明な国家なのである。

現代の読者には全体主義ではないかと疑惑を感じさせるようなところがあるだろう。しかしメルシエは、二十五世紀を空想したとき二十世紀の恐怖を予見することもできなかったし、ユートピアについての思索が二四四〇年から一九八四年〔「一九八四年」は完全に自由を失った未来の全体主義の象徴。ジョージ・オーウェルの小説に由来する〕へと至るであろうとは知る由もなかった。当時の読者にとっては、メルシエのユートピアは解放を約束するものだった。〔しかし〕それがもたらしたのは、作家と読者がルソーの夢を実現し、生活がついに開いた本のようにさらけ出されてしまった世界の光景だった。

第五章　政治的中傷文

『デュ・バリー伯爵夫人に関する逸話集』（一七七五年）はＳＴＮのベストセラー・リストの『紀元二四四〇年』に次ぐ二番目の作品だが、読者をまったく違った世界に投げ込んでしまう――それは売春宿や閨房といった秘密の世界であって、そこで読者は王国の最高の名士たちが互いの生活とフランスの運命をからかいあうのをじっくり眺めることになる。一言で言うならそれは「中傷文」（libelle）であって、そのジャンル中の古典である。しかし今ではそのジャンルが消えてしまったためこの本は長らく忘れられていたのである。匿名の作者が誰かもはっきりしない。もっとも標準的な書誌の示すところを疑う理由もないのだが。それによればパリ在住の無名のパンフレット作者、マチュー＝フランソワ・ピダンサ・ド・メロベールの作ということになっている。確かにこの作品はメロベールとその仲間が書いたとされている他の諸作に似ている。彼らはドゥブレ・ド・ペルサン夫人とルイ・プティ・ド・バショーモンのサロンに集まっていた情報屋（nouvellistes）だった(1)。

このグループはニュースを求めてパリ中を熱心に探しまわったので、現代のタブロイド判新聞の地方編集部の遠い先祖と考えることができる。手書きの地下新聞を発行したが、後にそれが印刷されて『フランス文芸共和国の歴史に資する秘録』全三六巻〔以下、『秘録』〕になった。そしてそこには『デュ・バリー伯爵夫人に関する逸話集』に出ているのと一語一句同じ部分がいくつかある。しかしその部分は他の中傷文やスキャンダル情報（chroniques scandaleuses）にも出ている。中傷文作者（libellistes）はお互いに記事を勝手に剽窃していたので、誰が最初にどこで何を書いたのかわかりようがない。現代の剽窃という観念は、手書き新聞の切れはしを袖に隠し、カフェで交換し、書き写して新聞に載せ、加筆して本にした連中の慣行を特徴づけるのには役に立たない。固定したテクストや著者についてさえ、話題にするとしたら時代錯誤になるだろう。というのは、中傷文は集団活動であり、それが載ってたのは近代初期のパリの街中に渦巻いていた噂やゴシップや冗談や歌や時事漫画やブロードサイド〔一五七五年頃に現われた片面だけの印刷物をさす語〕といったもののなかを浮遊していた大量の印刷物だったからである。そういった文字や絵のうちほんのわずかなものだけが本となり、その本のうちでもわずかなものだけがわれわれの図書館へかろうじてもぐりこんだのだ。しかしそのなかには地下書籍取引で最も広く流通していた作品の多くが含まれている。STNのベストセラー・リストの上位一〇〇点のうち一五点が中傷文もしくはスキャンダル情報であった。

『デュ・バリー伯爵夫人に関する逸話集』（リスト一位）
『モープー氏によって遂行されたフランスの君主制における革命の歴史的記録』（六位）
『テレ師の回想録』（九位）
『ルイ十五世の回想録』（一二位）

『イギリス人観察者、あるいは全眼卿と全耳卿の秘密の往復書簡』（一三位）
『ルイ十五世の私生活』（三二位）
『モープー氏の秘密で親密な書簡集』（三七位）
『ルイ十五世年代記』（三九位）
『フランス文芸共和国の歴史に資する秘録』（四九位）
『鎧を着けた新聞屋』（五三位）
『身ぐるみ剝がれたスパイ』（六八位）
『デュ・バリー伯爵夫人の真実の回想録』（七〇位）
『シテール新聞……［と］デュ・バリー伯爵夫人の生涯の歴史的概要』（七七位）
『ポンパドゥール侯爵夫人の回想録』（九八位）
『スキャンダル情報』（一〇〇位）(2)

『デュ・バリー伯爵夫人に関する逸話集』〔以下、『逸話集』〕は革命前の最高のベストセラーの一つとして、この文学すべてのなかで抜きん出ている。どうしてこれが読者層にとってそれほど魅力的だったのだろうか。

まずそれは、かつても今もたいへんにいい読み物である。機知があり、いたずらっぽく楽しく知識を与えてくれるし、強力な物語の流れがある。その流れがヒロインを卑しい素性から王宮へと運んでいく。それはいかがわしいシンデレラ物語とも、性的な成功物語とも読める。というのは、デュ・バリーは売春宿から玉座へとベッドで成り上がったからだ。しかし性は筋の主な魅力に薬味を加えただけだった。その筋は無知な読者にヴェルサイユの生活の内幕を知る機会を与えてくれるものだった。執事の見た政治活動という常套手段もまだ新鮮で、新種の文学に対する需要を満たしてくれた。その文学とは楽しくも禁じられた政治的伝記であり現代史だった。[3]

序文が本全体の調子を決める。そこでは、軽薄なタイプから哲学的なタイプまで「あらゆる種類の読者」のために楽しみが備わっている、と言う。一方には薬味の利いた細部、もう一方には真剣な内省のための材料がそろっている。ヴェルサイユに近づいたこともない読者でも、宮廷の内部活動についてあらゆることを知るようになるだろう。とはいっても、読者はごくごく正確な事実しか期待すべきではない。というのは、著者——匿名のままだが明らかに有力者の行状をすべて知っている——は中傷文を書いたのではなかった。それどころか、書いたのは歴史だったからだ。著者は情報源をあげ、実証できないことはすべて取り除き、ヒロインを悪意ある噂から守ろうとする。読者は確かに興味深い逸話を期待できるが、それらはすべて真実だろう。「歴史家」として語り手は二重の楽しみを約束する。上流の生活の正確なルポルタージュと小説のように楽しめる物語である。

物語は、デュ・バリーの素性の完全な調査から始まる。それがどうもはっきりしないことは著者もしぶしぶ認めるが、彼女が放浪の修道士と料理女の非嫡出子であるという伝説は憤然と退ける。大蔵省の高級官僚である名付親のビラール・デュモンソーを探し出し、著者はデュ・バリーが社会の最下層の出身ではないということを発見した。独占会見での——われらが歴史家にとってはちよっとした成功だった、というのはその後政府はそういった情報源をすべて閉じてしまったからだ――デュモンソーの説明では、シャンパーニュ地方を端から端まで旅行していたところ、ちょっとした思いつきで高い身分に伴う義務《ノブレス・オブリージュ》を果たすことに同意したとのことだ。収税吏（rat de cave 農民から徹底的に嫌われていた）の妻がヴォークルールの村でちょうど子供を生んだのだが、その子供には名付親が必要だった。デュモンソーは洗礼盤のかたわらで彼女を抱き上げ、ちゃんとナッツとキャンディがついた田舎風の祝宴の費用を出すことに同意した。それから旅を続けたデュモンソーは自分の役目を忘れていたが、読者もやがてわかるように、後になって物語の重要な時期に再び現われる。読者はまた、子供の母親が修道士のアンジュとかいう人物と一緒にいるところをしばしば見られたことがあったのも知ることになるだろう。母親はその男を義理の兄弟ということで通していたのだが。そのうえ赤ん坊が生まれてすぐ夫に死なれた母親は料理人の職を見つけた。しかしそれは重要なことではない。未来の王の愛人は教区の名簿には収税吏の娘と記載されているし、家系の問題に興味がある人びとには表向き彼女は嫡出子だと保証することができたのだから。

　このようにヒロインを人生へと送り出すことで、語り手の声が確立する。それは権威があり穏健で客観的である。また高尚な調子を出しているが、問題の低俗さのわりにたぶん少し高尚すぎる。とはいっても、そのために魅力は増すばかりなのだが。そしてより重要なのは、高尚さは著者が主題を正当に扱おうと決心している証拠となっていることだ。著者は伝説や噂とは関わろうとしない。確かにそれらをこと細かに伝えるが、結局は反駁する。ときどき反駁が少し弱そうに見えても、それを理由に記録を正そうとする著者の約束を疑うことはけっしてできないだろう。著者はすべての証言を読み通し目撃者すべての話を聞く。最悪の中傷に反論するために、情報を示してまだしもましな中傷の方がほんとうらしく見えるようにせねばならないこともある。しかし軽めの悪の方がより良くはないだろうか。ヒロインが時折り悪く見えてもかまわないというふうが、著者がヒロインを護ることと、とりわけ真実にすっかり献身しているのだということを裏づけないだろうか。しかり、読者は語り手を完全に信頼して物語を追うことができる。そして、誰がヒロインの処女を奪ったのかというような問題についての事情通の議論に満足することができる。

語り手は判断を下そうとしない。責任ある判断を下すにはあまりにも曖昧にすぎ、あまりにも相反する証拠が多すぎるというのだ。デュ・バリーの名づけ親との会見から暗示されるのは、デュ・バリーが少女時代に入れられた修道院の学校でなにか卑劣なことが行なわれたらしいということである。しかしまた別に同様な独占会見がマルシエ現元帥にも行なわれるが、そこからわかるのは、母親が料理人として雇われていた地方の屋敷で、デュ・バリーと兵隊や下男との早熟な出会いがあったということである。確実に主張できることは、デュ・バリーがグルダン夫人の売春宿で六回処女として売られたことだけである。

われらが歴史家は最高の情報源である夫人その人からそれを知った。グルダン夫人は別の会見でデュ・バリーをパリの洋服屋で見つけたと説明した。修道院で大いに「気性」（すなわち激しさと情欲）を示した後で、うら若き佳人は販売員という新しい職につき、名前も新しく変えた。それは玉座に上りつめるまで高級娼婦《ドゥミ・モンド》の世界にいる間ずっと彼女についてまわった一連の名前――マノン、ランソン嬢、ヴォーベルニエ嬢、ランジュ嬢、そしてデュ・バリー夫人――の最初のものだ。

洋服屋でフリルやひだ飾りを扱っているうちに、未来のデュ・バリーは何が自分において人生の最も強い情熱の対象なのかに気がついた――それはお金でも、権力でもセックスでさえなく、着飾ることだったのである。彼女は単純な人間で、頭にはなに一つ考えもなく、王国を支配しようなどと思ったこともなかっただろう。それでグルダン夫人は、この娘を商売に引き込むのはたやすいと見た。

少しの安ぴか物で「ランソン」嬢はその世界の一員になった。収斂剤のローションを少し使って処女になった。グルダン夫人はこの職業に対する自負心から職業上の秘密をいくつか明かす。ランソン嬢の完璧どころではない処女膜を再生したあと、グルダン夫人は彼女をある司教に売った。この司教は聖職者の総会のためとお楽しみを求めてパリへ来ていたのだ。それで二四〇〇リーヴル（半熟練工の約七年分の賃金）になった。それからもう一度〔処女膜を〕再生させて社会の最上層部の好色家どもに売った。「聖職者、貴族、官僚、金融界の大物たちに味見させたのですが、それで一〇〇〇〇ルイ〔二万四〇〇〇〇リーヴル以上〕懐に入りました(4)」。

しかしグルダン夫人は、上層ブルジョワジーに行き着くまえに宝物を最高のお得意の一人であるビラール・デュモンソーに差し出す。一六年前にデュ・バリーの名付親になることを承知したまさにあの人物にである。あのとき以来よく会っていたからデュモンソーは処女を奪うまえに相手が誰かわかった。そしてデュ・バリーが馬鹿正直にこう言ったときは激怒した。「名付親様、ご自分がよくいらっしゃる場所に来たからといってどこが悪いのでしょうか」。ひどい場面だ。烈火の如く怒る名付親に失神する娼婦、その間に入った女衒《ぜげん》は事情を理解しようとしながら商売の評判を守ろうと必死の努力をする。グルダン夫人はそのすべてをみごとな独白で詳しく語る。そのため夫人はフランス版クィックリー女将〔シェイクスピアの『ヘンリー四世』第一部、第二部に登場する人物〕か、ボーマルシェの芝居に出てくる、罠にかかった下層階級の登場人物のように見える。著者は今や探求心旺盛な記者となって、耳ざわりになりそうな言葉は削除しながら正確に書き写してきたのだと説明する。

この挿話でデュ・バリーの正式の売春婦としての経歴に終止符が打たれる。振り返ってみて語り手はヒロインの（相対的な）純真さが示されていると考える。（正確には）非嫡出子でもなければ（まったくの）貧民街の出でもないように、（厳密にいえば）娼婦ではないのだ（少なくとものちの街娼や賭博場の女としての挿話を考慮しなければ）。この仕事についたのは金のためというよりそれが好きだったからだ。「気質」からして放縦ではあったが、出世したかったわけではない。実際グルダン夫人のもとを去ったときは一文無しだった。そこはまた高級店、パリ一の店でもあった。実はそこでたまたま出会った数人の紳士たちとは、後にヴェルサイユで付き合うことになるのである。そして何よりもそこでデュ・バリーは教育を受けた。グルダン夫人に弟子入りしたおかげで、年老いたルイ十五世の衰弱したリビドーをかき立てるのに役立つこつをのみこんだ。こうして宮廷の競争相手たちの当惑を尻目に、デュ・バリーはついに王の公認の愛人（maîtresse en titre）の地位を勝ち得ることになる。要するに売春が成功の秘訣だったのである。王が新しい愛人にはかつて経験したことのない快楽を感じたと驚いて言うと、ノアイユ公は、「恐れながら、それは王様が売春宿へいらっしゃったことがないからでございましょう(5)」とあけすけに答える。

売春宿から玉座への道のりはあまりにも多くの紆余曲折を経ているので、デュ・バリーの伝記の前半はピカレスク小説のように読める。グルダン夫人と別れてからデュ・バリーは、洋服屋に戻り海軍省の職員と親しくなった。しかし老いぼれた伯爵夫人のためにこの男に捨てられてしまって、彼女は理髪師のところへ引っ越す。そこで至福の数カ月を楽しむ。絶えず髪を結い衣装は増えていった。しかし彼女は哀れな男を破産に追い込んでしまう。男はイングランドへ、彼女は母親のもとへ逃げる。母親は昼は洗濯女、夜は街娼をしていた。ランソン嬢は今やヴォーベルニエという名字に戻って、チュイルリー公園で母親と一緒にうまくやっていた。ところが不幸なことに、秘密捜査員が母娘の二人組を現行犯《アン・フラグラン・デリ》で捕まえた。留置場送りになりそうになったとき、母親の昔の恋人ゴマール神父、別名アンジュが運よく現われて賄賂で二人を救ってくれた。それから神父はこの娘を金持の徴税請負人の未亡人の家に置く。その未亡人はミサを行ないベッドを共にするために神父を雇っていたのだ。

未亡人はやがて若いヴォーベルニエとベッドを共にする方を好むようになった。その間ヴォーベルニエは未亡人の二人の息子やたぶん下男の何人かとも火遊びをしている。もっとも語り手はそういった中傷を退けるふりをしてはいるが。どのみちヴォーベルニエの振舞いは女中たちの嫉妬をかき立てた。女中たちの抗議で恋の三角形（母—息子—兄弟）が崩れた。ヴォーベルニエ嬢は母のもとへ戻ったが、母は今ではパリで税関吏の妻に収まっていた。その後、彼女は賭博場で仕事を見つける。そこでデュ・バリー伯爵と出会う。しかしこの男は、全然伯爵などではなくポン引きなのだった。彼は高位高官向きの娼婦を専門にしていて、陰謀を企み女を支配するずば抜けた手腕のおかげでこの商売で大成功していた。特にハンサムではなかったが、女を誘惑し、堪能し、虐待し、貸し出していた。ヴォーベルニエ嬢は新しい晴れ着と新しい名前ランジュで装ったが、この男を愛したわけではなかった。むしろ恐れていたくらいだが、その魔力から逃れられなかったのだ。この男が彼女の恋愛技術の教育の仕上げをした。そして彼女が完全な成熟――驚くべき美しさ、素晴らしい装い、もともとの育ちは悪いもののお偉方とつき合えるくらいの上品さ――に達すると、ル・ベル殿に紹介した。

ル・ベルはルイ十五世の第一の従僕だった。その主な仕事といえば、フランス中の女性から「猟鳥」を狩り出し、ヴェルサイユでのルイの別荘だった鹿の苑で主人に「王のごちそう」を差し出すことだった。(6) ル・ベルは女たちの垢を落とし（décrassées）、正装させ、一晩限りの興行の後それぞれ二〇万フランの持参金で結婚させた。費用は平均週一人で年一〇〇〇万リーヴルになった。それは著者の計算では、ルイが一七六八年までに性衝動を切らしかけなかったら、国庫を破綻させるのに十分だっただろう。それこそデュ・バリー「伯爵」が人生最大の賭けをするチャンスと見た時だった。彼はすべてをランジュ嬢に賭けようとした。もしランジュ嬢を王の愛人にできれば、彼女が自分を王国の支配者にしてくれるだろう。

このようにル・ベルが「王のためのほんとうのごちそう」(7) を探しにやって来たとき、デュ・バリーはランジュ嬢を推薦したが、「鹿の苑ではなくヴェルサイユで」という重要な但し書を付けてだった。ランジュ嬢は王には「デュ・バリー伯爵夫人」、すなわちデュ・バリーの弟の妻として紹介された。あとは彼女の気質と訓練が仕上げてくれるだろう、と期待できた。やがて彼女はどんな法外な期待をも超えて老ルイの肉欲を甦らせることに成功する。それ以前の女たちは色事の手管につ

(Department of Rare Books and Special Collections, Princeton University Libraries)

デュ・バリー伯爵夫人

『デュ・バリー伯爵夫人に関する逸話集』の扉ページのエピグラフにはこう書かれている――

「そのひとは才なく知なく，スキャンダルの深みから／玉座の高みへと運ばれていった。／敵にも一度だって／陰謀を仕掛けたことなどない。／野心家どもの魔手にも気づかぬお人形，／その魅力だけで君臨した。」

いてはほとんど知らない上流の婦人か、恐れかしこまって手管を使えない平民かであった。デュ・バリー夫人は年老いた放蕩者に新しい快楽の世界を教え、それ以来ルイはデュ・バリー夫人抜きではやっていけなくなる。

一七六八年の中頃のどこかに位置するこの時点からデュ・バリー夫人の物語はフランス史と合流し、『逸話集』はヴェルサイユの政治の裏面の報告になる。デュ・バリーに焦点が合っているため、伝記から現代史へ、中傷文からスキャンダル情報へとジャンルはほとんど気づかれないうちに変化する。著者はデュ・バリーを当時の政治組織の本質をさらけ出すための引立て役として利用する。だから『逸話集』を政治史の一種として理解するためには、デュ・バリー自身から描写し始めるのがいちばんいいように思われる。

語り手はたいていの中傷文のようにデュ・バリーの人物を悪く言ったりしないで、さまざまな灰色の陰影で語る。明らかにみずからのデュ・バリー擁護論を信じていなかったにもかかわらず共感を表わすことさえある。彼女に道徳がないのはほんとうだ。しかし野心も嫉妬も、たとえ敵に対してであっても悪意もない。「気質」に従いながら、ただ単にその場しのぎで人生を生き抜いて、その途上できるだけ多くの服を手に入れた。何度売られるがままになろうとも本質的には無垢で、罪を犯すより犯された方だ。しかしデュ・バリーの物語は悪徳の都の無垢な田舎者というおなじみのものではあるが、格別に刺激的なもう一つの特徴、すなわち卑俗さがあった。粉おしろいや香水でどんなに上手に装っても、いつでもふと下品な言葉を使ってみたり売子時代の振舞いに戻ったりする。著者は性の不品行より品の悪さを強調するが、その方が読者にとって意外性という価値があったかもしれない。というのは、他の王にも愛人はいたが、それは淑女であり、宮廷に輝きを付け加えたが、デュ・バリーは情欲以外のなにも王に与えなかったし、買われたのであって王の色好み《ギャラントリー》によって征服されたのではなかった。

しかしながら上流社会の全般的な脆弱さと較べると、卑俗な官能性は生き生きとして見えたかもしれない。いったん店員や理髪師のレヴェルから抜きんでると、デュ・バリーは恋人たちの間に注目すべき負の相関関係を発見した。地位が高くなればなるほど性的能力は低下するのである。ベッドの上では――全知の著者はどこへでもわれわれを連れていく――金持で育ちのよい者が不能だったり性的倒錯者だったりすることがある。公爵は勃起できない。高位聖職者は鞭打ちを求める。伯爵夫人は同性愛を好む。自分が満足したいとき、デュ・バリーは召使の部屋へ行く。

種馬としての従僕というこの副主題は好色文学の定番になってはいたが、『逸話集』では平民は生まれつき優れているのだと暗示するためであるかのように、ほとんど民主的な調子を帯びている。デュ・バリーに哲学があるとしての話だが、それは彼女自身の哲学を表現していた。人生のスタートでデュ・バリーはある〔海軍省の〕職員を好きになるが、その職員は彼女と似たような出世街道を誘惑によって昇っていこうとしていた。その男は老いた伯爵夫人の眼にとまったが、デュ・バリー（当時はランソン嬢）は自分のような女からのほうがもっと快楽を得られるだろうと警告する。賄い付きの部屋と月一〇〇フランで私はあなたのものになるとデュ・バリーが説明している手紙を、著者は粗野なフランス語を訂正した後で長々と引用する（ヒロインは実際一度も字の書き方を習ったことがないと著者は認める）。「あの古船」のような伯爵夫人や、たとえ王家の血筋をひいたお姫様であろうとも四十過ぎのどんな女より、私のほうがはるかに値打がある。社会的な地位は色事にはまるで意味がない。あなたは多くのお偉い淑女方が夫より従僕をお好みなのを知らないのだろうか。あの伯爵夫人があなたのような者に興味をもつのは他にどんな理由があるというのだろう。女は美しいのと醜いのと二種類しかないということを考えるべきだ。万一間違った方を選んでしまったら気の毒なことだ！　私は理容師と同棲する。とにかくあなたよりきれいな顔をしている人だ。(8)

この素朴な性的平等主義はほとんど男の権利の弁護にならないし、まして女の権利の弁護にはならない。デュ・バリー夫人はけっしてテレーズのように哲学的思索にふけることはない。しかし不屈の素朴さ、蓮っ葉で愛敬のあるところ、服飾品とセックスに無邪気に熱中するといったことで、まわりのものすべての完璧な引立て役になる。そのシンデレラ的振舞いが宮廷の他のすべての演者の偽善と堕落をさらけ出す。デュ・バリー夫人は最後まで物語を演じきり、同時に教訓を付け加える――そのお話はフォークロア〔民間伝承〕ふうに作用し、素朴な読者にヴェルサイユの異様な政治を理解する鍵を与える。しかしその話を解明する前に、歴史家が理解してきたルイ十五世の治世の末期を一瞥しておくべきだろう。というのも『デュ・バリー伯爵夫人に関する逸話集』の意味は、それらの出来事の報告とそれ以来歴史として伝わっている見方の不一致を評価せずに理解することはできないからだ。

歴史家は十八世紀フランスの政治史を振り返ってみるとき、通常一七六九年から七四年の時期を一七八七年の革命の開始前では最大の政治的危機と見なしている。さまざまな解釈を唱えてはいても歴史家たちは危機の構成要素については一致している。政府は最初ショアズール公爵によって支配されていたが三重苦に喘いでいた。外交問題では、七年戦争（一七五六―六三年）での屈辱は勢力均衡体制におけるフランスの地位を著しく傷つけた。イギリスが海外に版図を拡大するのにフランスはオーストリアやスペインとの無益な同盟に縛られたままだった。ショアズールによるものと考えられている外交における絶妙な処置、すなわち家門協約〔一七六一年、フランス、スペイン、ナポリ、パルマのブルボン家は家門協約を結び、英に対抗した〕のため、フランスはイギリスに対抗してフォークランド諸島を要求するスペインを擁護するはめになった。しかしフランスには、地球的規模でさらに戦争をする余裕はなかった。また東方における同盟国ポーランドを他の東欧の列強から守るために、なにもできなかった。やがてそれらの国々はポーランドを最初の分割（一七七二年）で分けあうことになる。

フランスの外交における脆弱さは、政府の第二の主要な問題、すなわち国内経済を立て直せない無力さに起因している。あらゆる免税や不平等に根ざした不適当な税基準と古ぼけた国家歳入方式のため、国家は破滅につながる赤字を解消できない。歳入を増加させることができなかった。というのは、高等法院（英国議会のような選出された団体ではなく法廷）が王令の登録を拒否することで必死になって新税と戦ったからだ。この高等法院の騒動が不安定の第三の原因をなしていた。ブルターニュでは、高等法院はデギュイヨン公爵との法廷闘争に巻き込まれていた。公爵は軍司令官として王権の威信を体現していた。訴訟事件として始まったことが一大「事」になり、パリ高等法院によって取り上げられて、国家の中央集権に対して地方の自由を守る運動になった。ヴェルサイユでは、デギュイヨンは大法官R＝N＝C＝A・ド・モープーといわゆる王党派に支持されていたが、王党派は宮廷の権力連合において「ショアズール派」と対立していた。ショアズールとその一派は高等法院のイエズス会士追放の裏で権力を振り回したことがあったので（一七六四年）、概して高等法院には好意をもっていた。結局モープーとその支持者たちはルイ十五世を説得してデギュイヨンに対する訴訟をくじいて、新たな課税に対する高等法院の反対を覆し、フォークランド問題ではイギリスに譲歩した。政界再編成は、ショアズール排斥と政府がそれまでの一二年間に認めていたことをほとんどすべて拒絶することを意味した。

一七七〇年十二月二十四日のショアズールの打倒と追放は、一七二〇年代以来のフランスの政治では最も劇的な政変としてヨーロッパ中に反響を呼んだ。しかしそれも一七七〇年から七一年のモープーの「革命」に較べればまだ緩やかなものに思えた（モープーの政策を表現するときにフランス人が使った「革命」という言葉は、突然に政策が徹底的に変化することを意味していたのであって、政体を暴力によって打倒するという近代の観念は含んでいなかった）。大法官モープーは高等法院から王令に抵抗する能力を取り上げようと、司法制度全体を解体し再建した。パリ高等法院の法官たちは追放され、弁護士たちはストライキを続行した。しかし新政府は一七七四年五月十日のルイ十五世の死まではしっかり持ちこたえた。強力に改革を推進した政府は、司法制度だけでなく王国の課税制度を再構築しはじめ、一方で外交上の危険にさらされた局面からは退却しかけていた。外務省には高等法院の宿敵デギュイヨン公爵、大蔵省には赤字改善に関して強硬派のテレ師がモープーに加わった。内部で対立もあったが彼らはともに三頭政治を行なった。伝統的な特権や既得権を犠牲にして国家の中央集権的な力を強化し、断固とした統治を行なった。そのため歴史家のなかにはモープーの政府をフランス版の啓蒙専制主義と解釈するものもあった。もっとも当時の多くのフランス人にとってそれは単なる専制主義にしか見えなかっただろうが[9]。

もちろんわれわれには、フランス人が一七六九年から七四年にかけての大きな危機をどう受け取ったか、ほんとうのところはわからない。そこに『デュ・バリー伯爵夫人に関する逸話集』を読む魅力がある。というのは、出来事についての当時の報告が実況解説付きで得られるからだ。語り手は、「正直で公平で明敏な歴史家の義務にしたがって[10]」デュ・バリーの幼年時代の小さな証拠をなにもかも探り出したように、その宮廷生活に関しても可能なかぎりの資料をすべてくまなくあさった、と断言している。手紙を入手し、会話を立ち聞きし、ヴェルサイユとパリの間を流れていた政治的な噂をすべて集めて、膨大なコレクションを積み上げた。この素材を片っぱしから調べ上げ「逸話」をつなぎ合わせることで、ルイ十五世の治世末期の全般的歴史を描き上げたのだ。

話は以下のように進む。デュ・バリーは、初めてヴェルサイユに現われたときショアズール派に接近しようとしたが、それはかつてのポン引きで当時義理の兄弟だった「伯爵《コント》ジャン」・デュ・バリーがパリから送った指示に従ってのことだった。実際この男が、打つ手をすべて指示していたのである（「伯爵《コント》ギヨーム」・デュ・バリーとの打算的な結婚の後すぐ彼女の夫は地方へ追いやられて酒で憂さ晴らすしかなかった）。しかしショアズールの妹である腹黒いグラモン公爵夫人がその申入れをはねつけた。というのは、自分がポンパドゥール夫人の死で空いたままになっていた公認の愛人の地位を襲いたいと思っていたからである。グラモンは王のベッドに忍び込み、ほとんどむりやり犯してしまった。しかしいったんデュ・バリー夫人が登場すると、グラモンはそのなわ張りを守るにはあまりに年だったし醜すぎた。そこで勇壮な闘いが始まる。ショアズールとその妹は、警視総監が提供する情報でデュ・バリーの過去についての話を広めて悪評を立てる。一方デュ・バリーは、私室《プチ・アパルトマン》〔ヴェルサイユ宮の王の私室の真上にあった〕での睦み合いで王をさらにしっかり摑んだが、それはやはり伯爵《コント》ジャンの指示を受けてのことだった。

　廷臣たちは権力機構のなかの変化の徴候をさぐろうと、宮廷の日常生活でのあらゆる動静を見守っていた。たとえばショアズールの兄弟がストラスブールの知事に任命されたことは、ショアズールが一七六九年初頭にはまだ優勢であったことを示唆している。しかし、ショアズールはいつもより早く領地へと復活祭の休暇に出発しているが、出発前の正餐では王は彼の近くに坐らなかった。さらに悪いことには、王の寵愛の風向計ともいうべきリシュリュー元帥が、正餐のあとショアズールとホイストをするかわりにデュ・バリー夫人と二十一〔トランプのゲーム〕をした。

　一七六九年の四月にはもう、デュ・バリー夫人の宮中披露をとどめるものはなにもないように見えた。そしてそれは、デュ・バリーが公認の愛人として認められることにつながり、大使や大臣との交渉で大きな役割を演じることになるだろう。確かに、かつてこれほど身分の卑しい者がヴェルサイユでそれほどの地位に昇ったためしはなかった。そしてショアズール派の者たちは、なおも劣勢を挽回しようと必死で工作した。彼らはマダムすなわち王の頑迷な娘たちや「国王」派の首脳に協力を求め、宮廷の貴婦人のなかにもぐりこんだ偽伯爵夫人に対し共同戦線を張らせるように索動した。しかし伯爵《コント》ジャンはイギリスからの記録を取り出して攻撃をかわした。おそらくそれは、デュ・バリー家が貴族のバリモア家の血筋を引いているということを証明したものだろう。また伯爵《コント》ジャンは、みすぼらしい女官のベアルン伯爵夫人に、宮中披露の儀式で身分を超えてデュ・バリーの「後見人」として振る舞ってくれるよう説得した。それでも王はためらっていた。いつものことだが優柔不断で、売春婦あがりを好まない「国王」派の圧力を恐れた。しかし結局、伯爵《コント》ジャンと何度かリハーサルをした、デュ・バリーがルイの足元に身を投げ出し、涙を誘う一場を演じたおかげで、ルイの考えが変わった。大事件〔デュ・バリー夫人の宮中披露のこと〕は一七六九年四月二十二日に起きた。知らせはまたたく間に王国中に広がった。突然、馬車の大群がヴェルサイユに集まった。大使たちはヨーロッパ中の宮廷に大急ぎで公文書を書き送った。それから誰もが次の世界史的事件、ショアズールの失脚を待ちかまえた。

　女たちと宮廷でのその支配者の激情からすれば失脚は避けられないように思われた。不興を買ったグラモン公爵夫人は自分の領地に引き下がったし、デュ・バリーが空中にオレンジを放り投げて「ショアズールを跳ばせ、プラランを跳ばせ！」と歌っているところが見られた。その言わんとするところは、公爵とその従兄弟で財務評議会を監督していた国務大臣のプララン公爵を公務から放り出してやろうということだった。しかし王は言い逃れをし、宮廷の貴婦人たちは王の愛人のもとにはせ参じるのをためらった。一歩つまずけば愛人は寵を失うだろうと恐れたのである。デュ・バリーは育ちの悪さのため相変わらず非難を受けやすかった。たとえばある夜、正餐の後の賭けで一財産なくしたデュ・バリーは「一文なしになっちまったわ《ジュ・スュイ・フリト》」〔文字通りには「私はフライにされた」という意味〕と叫んだ。毒舌家の廷臣はその金をしまいながら「何のことをお話しになっているかおわかりなのでしょうね」と答えた――料理人の娘という出自へのあてこすりであると誰にでもわかる、言葉遣いへの侮辱だった[11]。しかし王はその率直な言葉遣いを面白く感じた。デュ・バリーが以前ポンパドゥール夫人がいた部屋に移ると、その地位は不動のものに見えてきた。絶望にかられてショアズールは正面攻撃を試みた。うっとりするようなクレオールの侯爵夫人を王の通り道にじかに立たせた。しかしルイはほとんど見向きもしなかった。それ以来廷臣たちはデュ・バリーの陣営に引き込まれていった。一方ショアズールの敵は密かに自分たちの間で大臣職や名誉職を割り当てはじめた。

権力の交替を完成させるためにはほとんど二年かかった。それほど君主が国政を理解するのはむずかしいことだった。二人のデュ・バリーはモープーと共同し、モープーもまた高等法院への共通の憎しみからデギュイヨン公爵と同盟を結んだ。大法官〔モープー〕と公爵〔デギュイヨン〕は原則で裁判所と対立していたわけではない。原則の問題など高等法院そのものも含めて、どの陣営の誰の興味も惹かなかった。しかしパリ高等法院を前にしたデギュイヨンの一件はモープーに、ショアズールを王につないでいた最後の愛顧を断ち切る機会を与えた。大法官はルイに、ショアズールが玉座の威信を傷つけてもデギュイヨンを破滅させようと秘かに高等法院と陰謀を企てていると知らせた。唯一の解決策は、デギュイヨンに対する訴訟手続きを破棄して、ショアズールを更迭し、高等法院を粉砕することだった。

そのような劇的な政策の変化は王の意志の限界をはるかに超えるものだった。そこでデュ・バリーの出番だった。王とともに私室《プチ・アパルトマン》に消えるとデュ・バリーは、王にたっぷり酒を飲ませてベッドに引きずり込み、何でも望みのものに署名させた。伯爵《コント》ジャンが筋書きを、モープーが本文を用意した。王は、ショアズールを追放する運命の封印状に、何度もベッドで署名した。しかし翌朝正気に戻ると、王は態度を変えた。しかしその抵抗も尽きて、結局一七七〇年十二月二十四日、王は宮廷からショアズールを追放した。

ショアズールが片づくと、その敵が政府を乗っ取っておいしい地位を分配しはじめた。デギュイヨンはすぐには外務省を掌握できなかった。裁判の恥ずべき握りつぶしのため、デギュイヨンは舞台のそでで待たねばならなかった。そしてやっと公衆の非難を無視できるほど、デュ・バリーの支持が信頼できるようになった。素晴らしい黄金の馬車——語り手の計算では、その費用で数カ月間一つの州の貧乏人全員を養えた——を贈ったことでうまくいったのだ。デュ・バリーはデギュイヨンを外務大臣に任命させ、一方テレは大蔵省から納税者を巻き上げ、モープーは大法官庁から高等法院の滅亡の仕上げをした。

こういった謀略はすべて王のベッドのなかでの腕前を大いに必要とした。デュ・バリーは王の欲望を回復させることに見事に成功したが、医者たちは彼女が王を殺しかけていると警告した。それで伯爵《コント》ジャンは、時間切れになる前に国庫からできるかぎりのものを搾り取ってやろうとなりふりかまわなかった。まるで大蔵大臣が自分の私的な銀行家であるかのように、テレ師に請求書を書いた。賭博テーブルでの一回の負けを補うために一六万八〇〇〇リーヴル、売春宿での一晩に三〇万リーヴルなどである。伯爵《コント》ジャンは一七七三年の中ごろまでに国庫を五〇〇万リーヴル赤字にした。テレはデギュイヨンに支援を求めて流出を止めようとした。しばらくの間は共同して対抗することで、伯爵《コント》ジャンを従わせられそうに思えた。しかし相手は、おまえたちを公務に押し込んでやったときとちょうど同じように乱暴に追い出してやるぞ、と脅してきた。伯爵《コント》ジャンがけっして権力を手放すことはなかった。賭博場や売春宿から使い走りをヴェルサイユに送り、そこではいつでも彼の堕落した意志に盲従するデュ・バリーが命令を待ちかまえている、といった具合に王国を支配していた。

儲けの奪い合いのため三頭政治にひびが入った。デギュイヨンが自分に代わってデュ・バリーの愛顧を得てしまったと感じると、モープーは「国王」派中のデギュイヨンの敵と秘かに通じた。この一派は王太子（将来のルイ十六世）のもとに再結集していたが、王太子はというと、自分の不能と妻の肌の色を馬鹿にしたというので王の愛人を大いに嫌っていた。デギュイヨンは、モープーの敵オルレアン公爵と共謀して高等法院の復活を図って反撃した。それ以上に重要なのは、デギュイヨンが自分でデュ・バリーを誘惑し、事実上王の愛人を寝取ることによって権力の究極の源へ接近できるようになったということである。その間、王室建造物管理局を引き継いだテレは、仲間の両方から脅威を感じて、デュ・バリーの一族に大邸宅をばらまくことで支持を求めた。デュ・バリーはというと、リュシエンヌのささやかな邸宅で満足していた。しかしあまりにもたくさんの宝石類を取り込んでしまったので（特に一組八万リーヴルのイヤリングと三〇万リーヴルのダイヤのかつら）、デュ・バリー夫人はフランス史上最も金のかかる愛人として通るようになった。一七七三年の年末にはもうデュ・バリー夫人は国庫から一八〇〇万リーヴルも奪い取り、王国は王と同じくらい疲弊していた。

こういった陰謀が頂点に達して国庫が破産の淵で迷走していたとき、ルイは、死んで危機を救った。何がルイを殺したのか。語り手は恐ろしい秘密を明かす。最晩年には王はますます刺激を感じなくなって、デュ・バリー夫人は売春宿の女将《おかみ》のように、若くみずみずしい娘を王のベッドに滑り込ませて寵愛をしっかり握っていた。そのなかの大工の娘でその仕事にしぶしぶ従っていた少女が、自ら知らないうちに天然痘にかかっていた。その天然痘がうつり、王は死んだ。そしてフランス中が安堵の吐息をついた。

物語の教訓ははっきりしている。詐欺師の一味が国家を乗っ取って、国を搾取し君主制を専制にしてしまった。歴史家どうしでいかに食違いがあろうと、これほど歴史家がのちに構築した政治史とかけ離れたものはありえないだろう。『逸話集』はほとんど外交には言及しない。赤字についてもなにも言わないが、例外は黄金の馬車と賭博のため国庫から盗まれた何百万リーブルを嘆くときである。高等法院の滅亡にはしばしば言及するが、モープーの改革やそれをめぐるイデオロギー論争については詳細を語ろうとしない。政治の記述中には政策も原則の問題もない。政治は単に権力の奪い合いであり、人間間の争いである。一方がもう一方より悪いというだけのことだ。ショアズール派が三頭政治より良いなどということはまったくない。高等法院でさえ支持が得られない。内閣専制への唯一有効な障害として機能しただけで、その終焉には英雄的なところなど微塵もない。時にはテクストは、無名の「愛国的」作家について国民の主張を弁護したということで、[12]好意的に語ることもあるが、愛国党や反対運動についてはなんの情報も与えてくれない。国民は肯定的な光のもとに登場するが、はるか遠くの背景に留まり、パンの不十分な供給と課税という法外な重荷に苦しんでいた。したがってこの物語には主人公《ヒーロー》がいない。シンデレラは売春婦で、美しい王子様はきたない老人だ。しかしそこには伝えたいことがある。フランスの君主制は最も下劣な内閣専制へと堕落してしまったということである。

確かにこのように考えるのは話を誤解している。今日では国家の破産は、伯爵《コント》ジャンのひどい借金ではなく、不十分な課税基盤と非能率的な行政に由来したということがわかっている。[13] しかしわれわれには、同時代人がどのように国家を見ていたかほとんど知らない。いかに歪んでいようとも、これらの政治観が二十分の一税《ヴァンティエーム》の徴収と同じくらい重要な政治的現実の構成要素であった、と私は信ずる。こうしてフォークロアとしての政治を理解することが重要になる。

もちろん『デュ・バリー伯爵夫人に関する逸話集』の本文は、同時代の意見を写真のように撮ったものではなく、単なるテクストである。それがどのように読まれたかさえわからない。しかしわれわれは、それがどのように読者に呼びかけて、そのレトリックがどのように作用したのかは確かに知っている。「歴史家」として語る著者は序文で、「生まれが卑しいため宮廷とその栄華に近づけず、そういったことに憧れているかもしれない単なる一市民」のために書いているのだと宣言している。慣習的な道徳的態度――上流社会の生活の悪と虚しさを暴くこと――のため、よりなじみの薄い機能すなわちジャーナリストの機能を見落としてはいけない。今やお偉方の生活は細大もらさずといっていいくらいたいていの市民の居間でも放送されているので、われわれには高位高官が彼らだけでみずからの生活を演じきった世界、普通の人は新聞を駆使しても近づけなかった世界というものをほとんど想像することができない。十八世紀には、宮廷の新聞も非公認の新聞もヴェルサイユ内部の動きについてたいしたことを教えてくれはしなかった。[14] しかしヴェルサイユ――王の個人生活、宮廷での力のせめぎあい――が読者を魅了し、一七七〇年までには読者は一つの階層を成していた。この読者層がどのように発達してきたのかはほとんどわからないが、少なくとも、それが一世紀前に宮廷がパリからヴェルサイユに退却していった頃存在していた階層とは異なった種類の現象だということは断言できる。ルイ十五世の治世の末期には、印刷物に対する要求は王国の津々浦々にまで広がっていた。そして読者はどこにいてもニュースを求めた。

われらの著者はこの役割を果たすために書いたのである。しばしば「読者層」とか「ニュース」といった言葉を使っているが、定義はしていない。読者層に言及するときは暗黙のうちに二種類の読者を区別していた。王国中に散在する「普通の市民」からなる一般的な読者層と、より世慣れたパリの住民からなる読者層である。著者は主に前者、ル・モンド（パリの社交界）の生活をほとんど知らない人びとに向けて書いた。それでみずから通訳となって、地口や冗談やほのめかしといった街の会話に興趣を添えることどもを解読し解説した。[15] パリの公衆について語るときは、その日のニュースについて論じるために公園やカフェに集う群れのなかで話をしていた人びとを描き出した。その人びとは宮廷（la cour）と対比される街（la ville）に属していた。宮廷と街は独立した情報の回路を発達させていた。[16] しかし二つの系統が交差して一つになって、実質上、王国に流れるニュースをすべて生み出していた。

典型的なニュース記事は、私室《プチ・アパルトマン》で自分のコーヒーを入れて楽しむ王の習慣に関するものだった。ある日、王がよく見ていなかったためコーヒーが沸騰してこぼれ始めた。するとデュ・バリーは叫んだ。「ねえ、フランスちゃん！　気をつけて！　コーヒーがずらかるわよ」（"Eh! La France, prends donc garde, ton café fout le camp."）。記事は、デュ・バリーの下品さと内輪で王を気安く扱うさまを描いていた。それはヴェルサイユの廷臣が広めたゴシップとして始まり、パリの情報屋が手書きの新聞に書き、ついにはわれらの著者が「当時彼女［デュ・バリー］が王を支配していたことに関して一般的な世論がいかなるものであったか推し量ることのできる逸話[17]」として取り上げた。このテクストは社交界の描写や着想の精緻さの点でさらに何かを付け加えるわけではないが、この種の他のテクストと同様、たとえ政治は絶対君主制と信じられていた宮廷で行なわれているのだとしても、公衆というものがほんとうに存在していてその意見が政治に大きな影響を与えているという仮定から発している。

ニュースはさまざまな形式で入ってくる。しかしわれらの著者は、その最も生き生きした姿、スキャンダル情報という形式を好んだ。逸話をつないでいって悪事や不正行為を実況中継するという手法である。大衆ジャーナリズムでは今でもおなじみの、有名人はニュースになるという原則で逸話は作用する。そこで逸話は国内で最もよく知られた名士に集中することになる。その著者たち——情報屋（nouvellistes）、新聞屋（gazetiers）、逸話の収集家（gens à anecdotes）として知られている——は今日の詮索好きなレポーターのように行動した。高位貴顕にスキャンダルを嗅ぎつけたのである。しかし現代のジャーナリズムとの対比をあまり先まで推し進めるべきではない。というのは、近代初期の記者は職業になっていなかったからである。その多くが楽しみのために逸話を収集していた。紙切れに走り書きした逸話をお互いに交換しあって書類ばさみにためておいて、カフェやサロンで友人をもてなすために利用した。逸話をまとめて記事にすることで、情報屋は手書きの新聞（gazette à la main）をつくった。それを印刷して出版者はスキャンダル情報を発行した。

題名が示すように、『デュ・バリー伯爵夫人に関する逸話集』はこういった地下新聞に多くを負っている。絶えずそこから引用する。事実最初の七〇ページでデュ・バリーがヴェルサイユに落ちつくまでの半生を扱ったあと、ほとんど地下新聞と区別できなくなる。『哲学者テレーズ』や『紀元二四四〇年』は短い章に区切られていたが、それらと異なり『逸話集』にはまるで章がない。完全に逸話からなっていて、その逸話は三四六ページに及ぶ途切れることのない一つの流れとなって読者へと流れていく(18)。この点からすると『逸話集』は印刷された最も有名な手書き新聞で、これもまたピダンサ・ド・メロベールの作とされている『フランス文芸共和国の歴史に資する秘録』のように読める。たぶんメロベールまたはその共同執筆者たちが、自分たちの、より多方面にわたる新聞もしくは逸話集からデュ・バリーについてのニュースの断片を抽き出して、新しい散文にくっつけて、伝記ともスキャンダル情報ともとれる本として出版したのだろう。どのようなやり方であれ、その結果はときどき切抜き帳のように見える。あまりにたくさんの雑多な素材を含んでいるので、物語の本筋を見失うこともある。しかしそれは寄せ集め《コラージュ》的性格のため特に興味深いものになっている。というのはそのために、当時流布していたニュースの断片からどのようにして出来事のイメージが組み立てられたかがわかるからだ。実際『逸話集』はこの手順を描いている。みずからが活性化させた伝達組織の中心へと読者を誘っていって、単に情報だけでなく情報についての情報も与えてくれるのだ。

まず逸話そのものの性質を考えてみるといい。『秘録』同様、『デュ・バリー伯爵夫人に関する逸話集』でも、逸話は短い報告もしくはニュース「速報《フラッシュ》」として登場する。王が自分のコーヒーを入れてふきこぼれたとき、デュ・バリーが品の悪い言葉を使う。ローマ教皇大使とロッシュ・エモンの枢機卿が王の寝室に仕事でやって来たとき、デュ・バリーが裸のままくすくす笑いながら王のベッドから滑り降りてくるあいだ彼らは彼女のスリッパを持たされる。デュ・バリーを楽しませるためモープーはザモールという黒人の召使の少年にパイを贈る。ザモールがパイを切ってみると、コガネ虫の大群が飛び出して大法官のかつらに止まる。それをザモールが追い払おうとしてかつらをたたき落としてしまい、女官の馬鹿笑いをコーラスに「王の正義の最高の長」の禿頭がさらけ出されてしまう(19)。それぞれの事件が小さな物語のかたちをとっていて、それぞれの物語が同じことを伝えようとしている。すなわち高貴なものがなにもかも——教会、司法、玉座——宮廷の全般的堕落を通じて品位を落としてしまっているのである。

　物語そのものがどんな抽象的な解説よりその主張をよく立証している。しかし解説は bons mots《ボン・モ》〔機知に富んだ言葉〕、冗談、歌のかたちでも出てくる。そしてそれがまたニュースになる。たとえば、王太子はデュ・バリーと正餐を共にする招きを「ドファン〔王太子妃／ドフィネふうコロッケ〕は売春婦と食べるようにはできていません(20)」と答えて断わったと報じられている。そしてシャブリアン侯爵は、デュ・バリーの宮中披露という知らせを聞いて、性病に引っかけて歓喜の叫びを上げる。「おお、わが幸いなる性病(chaude pisse)よ……彼女が私にこの病気をくれたのだし、きっと償いをしてくれるだろう(21)」。歌のほとんどが同じ主題についてのヴァリエーションを生む。

　われらの従僕はみな彼女をものにした、
　　街をぶらついていたとき、

二〇ソル、差し出されると
すぐに彼女は決心した。[22]

ルポルタージュの全体が、出来事も解説も同様に、デュ・バリー自身が体現する主題、君主制の退廃を描く。

このように逸話からなるニュース速報は、全体としての本の語りと同じ機能を小さな規模で果たしている。それはアンシャン・レジームの複雑な政治を、活動の中心からどんなに離れている読者にも掴めるような筋に還元する。そして物語りながら語り手は語りそのものの手順について熟考する。語り手はどのようにして情報が首都のさまざまな媒体を通じて流れていき、どのようにしてジャーナリスト＝歴史家が二つの職務を遂行するために調べねばならなかったかを示す。二つの職務とは、何が起きていたのかを理解することと、起きていたことについてのその時点での理解を理解することである。したがって世論の形成の輪廓を描く二番目の物語は最初の物語から生じる。最初の物語が単純な人向けであるように、二番目の物語は学のある人向けだった。学もあり単純でもあり、内省的でもあり還元主義的でもある『デュ・バリー伯爵夫人に関する逸話集』は、二世紀前のニュースとコミュニケーションの過程について非常に豊かな説明を与えてくれる。

その豊かさがわかるのは著者の取材範囲を検討してみたときである。それは、ルイ十五世の愛人としての最初の数カ月のあいだデュ・バリーに対してショアズール派がしかけた攻撃に関するものだった。まず「ラ・ブルボネーズ」（“La Bourbonnaise”）というヴォードビルすなわち俗謡の引用から始まる。よく知られた曲に合わせて歌うようにつくられた歌詞には、デュ・バリーが宮廷に現われたことに対しての最初の公然としたほのめかしが含まれている。

百姓娘も
今は貴人《あてびと》
……
ほんに王様でさえ
虜《とりこ》にしたそうな！(23)

このニュースをどのように解釈できるだろうか。著者はその内容より伝えられ受け取られる方法を問題にしている。その幼稚な韻律はパリの通《つう》には高い点をつけてもらえないが、地方にはよく伝わる。少なくともそれが著者の集めた手書き新聞の一つに見られる見解であり、その引用は次のようなものだ。「言葉は面白味がなく、曲はこれ以上ばかばかしいものはないくらいだが、それがフランスの最果てに達し、村々でも歌われているのだ。どこに行ってもたいてい耳にする」。

新聞もまたこの歌がパリに広まっている様子について情報を提供してくれる。「逸話の収集家はさっさとそれを取り上げて、その歌と解説とで書類ばさみを太らせた。解説は、歌を理解し、歌が将来貴重なものとなるためには必要なものだ」。このような凡作になぜこれほど興奮するのだろうか。事情通はそれが王の新しい愛人の登場という大事件を予告するものだとわかっている。しかしわれらの著者はさらにずっとよく知っている。

著者は俗謡が権力闘争の武器であるという仮定から出発する。というのは権力には評判も含まれるし、歌は「最も確かな、最も破壊力のある、最もぬぐいようのない中傷の手段」[24]だからだ。それから注釈によれば「ラ・ブルボネーズ」は、最初警視総監のアントワーヌ＝ガブリエル・ド・サルチーヌの承認のもと、一七六八年六月十六日付のブロードサイドに現われたということだ。明らかに著者はこの資料から引用していて、最もはっきりデュ・バリーにあてはまる第八連目はどの印刷物にも存在していないと述べている。明らかに著者はテクストが現われたどの形態にも――街で歌われたり、ブロードサイドに印刷されたり、カフェで議論されたり、地下新聞で報じられたりしたときの――非常な注意を払っている。そのさい著者が気づくのは、地下新聞の一部分は警察本部を通過していくということだ。手書き新聞を根絶するという不可能なことを試みるかわりに、警察は審査済みのものを流布させることで管理しようとしたのである。したがって手書き新聞の「ラ・ブルボネーズ」の記事は歌のテクストそのものと同じくらい示唆に富む。「もし記者が秘かに強力な保護者から唆《そそのか》されなかったとしたら、そういった速報がパリ中に流れるのは難しかっただろうと思われる」。結論は、歌も歌についての逸話もデュ・バリーの宮廷での最もはっきりした敵、ショアズール公爵がたくらんだ中傷運動に属するものだ、ということになる。

ショアズール派がニュースにひねりを加えたことでニュースが虚偽になるわけではない。より面白くなるのだ。それで著者は、「われわれの歴史の事実をまとめるときにしばしば導き手となる手書き新聞[25]」の報道を注意深く観察する。多くの資料を引用するが、著者が絶えず言及する「手書き新聞」、「われらの原稿」、「貴重な原稿」があって、あたかも語りをまとめあげるとき主な手書き新聞一紙に頼っていたかのようである。[26] そういった言及のすべてではないにしても一部は『秘録』に出てくるものと一致している。[27] したがって『逸話集』と『秘録』は地下ジャーナリズムの同じ情報源から材料を得ていたのである。しかしわれらの著者は、この情報源を事実そのものというより事実の見方を決定するため使う。

たとえば歌によるデュ・バリー中傷運動をしていた一七六八年の十月から十一月にかけての手書き新聞の記事を引用したあとで、著者は十二月に出た三つの記事を再現するが、その記事は彼女の宮中披露についての噂に関するものだった。最初の記事は、ショアズール派に吹き込まれた「巧妙な悪意に満ちた」正面攻撃だと解釈される。[28] 二番目の記事は、戦略と調子が明らかに違っている。デュ・バリーを称賛しているが、ほんとうはショアズール陣営にとって警戒信号となるようにであった。すなわち、新しい愛人はたいへん美しく王を強く捉えているので、ショアズールの子分は自分たちの親分を擁護すべく団結しなければやがて追放されるであろう、と。そして三番目の記事は、純粋にデュ・バリーに好意的だった。明らかに記者も警察も、まだ交替したことは明らかでないにしても覆しようのない権力に今では屈服しているのだ。[29]

その間に語り手はみずから記者として行動し、デュ・バリーが有名人として知られるようになるとすぐその評判を落とそうとするカフェのゴシップを、どんなものでもみな報じつづける。また別の「ブルボネーズ」を自分で筆写したものを持ち出すが、それは最初の歌よりずっとたちの悪いものだった。それは同じ曲をデュ・バリーの性の功業への偽の賛辞にしているのである。デュ・バリーはアレティーノの古典的な一六の体位の他、パリの最上の売春宿で学ぶべきことは何もかもを身につけていたので、玉座の「老好色家」を再生させることにまんまと成功してしまった[30]。同じような歌が王の性的な力の減退も嘲る。国務会議の親ショアズール派的報告では、ルイはモープーにこう言っている。

ショアズールはわが王冠を
バルチック海からエーゲ海まで輝かせてくれる。
朕がモープーに与える仕事はこれだ。
そなたは……「売春宿」の世話をしておくれ。

するとモープーは答える。

ベッドのそばでできないことがありましょうか、
殿のちん……も固くしてさし上げられます[31]!

「警句、歌、落首」に表われた「不平、憤り、抗議[32]」の洪水には版画も含まれていた。著者はそれを再現できないがその特色を描く。パリ高等法院の裁判官の宣言への言及があるが、その内容は、自分たちは君主制のためだけに君主制に反対する、みずからの富、自由、首さえその高貴な大義のためには犠牲にするだろう、というものだった。版画が示すところでは、高等法院院長が王と大臣に犠牲の捧げ物を差し出している。テレには財布、モープーには首、デュ・バリーにはペニスを。[33]不満は特に冗談のかたちをとる。それをわれらの著者はほとんどの情報屋同様、人の噂（on《オン》 dits《ディ》）として報じる。一般大衆の代わりに語る遍在する on《オン》［人］が言ったことにしてしまう。たとえばデュ・バリーの名前にひっかけた数多いきわどいだじゃれの一つがある。「人の話《オン・ディ》じゃ、王は小樽［バリーのように発音する baril］をいっぱいにできるんだとさ」[34]。そのような描写から、人《オン》が居酒屋で次のような冗談を言っているところを想像するのはたやすい。

問い　なぜデュ・バリー伯爵夫人はパリいちばんの娼婦なのだろう。
答え　彼女がポン゠ヌフから玉座《トローヌ》（throne）に達するのにたった一跳びでよかったからさ。[35]

ここでは人《オン》はパリの人間だ。地方の読者が冗談の意を捉えるには説明がいる。というわけで著者がその説明をする。「ポン゠ヌフはパリの娼婦がたくさんいる地区で玉座《トローヌ》は少し離れたところにあり、フォブール゠サン・タントワーヌの入口にある門のことである」[36]。

要するに、語り手はニュースと解説を同時に提出しているのだ。それから解説について解説し、ニュースの内容と同じくらいニュースの流れ方を語るテクストを築き上げる。ニュースは当時のあらゆるメディアを通っていく。視覚（版画、ポスター、落首）、口頭（冗談、噂、歌）、文字（手書き新聞と印刷したパンフレット）。そしてニュースが『逸話集』に出るときには、単に世論に影響しようという試みというだけではなく、世論の生まれ方の説明としても読める。

もちろんそれは意図的な説明である。『逸話集』を書くことで著者は自分が描いている過程に参加している。だからその描写は客観的で正確だと考えることはできない。実際いくつかの箇所で、著者はみずからの見解を明らかにしている。そのときには、いつもの美辞麗句の背後から前へ出て道徳的な激怒の調子で読者に呼びかける。王の死を語り始めたとき、「こういった腐敗がすべて終わってもいい頃だった」と彼は叫ぶ。[37] 宮廷のあらゆる党派と大臣、愛人、王もひっくるめて公人生活をしている者すべてに軽蔑の言葉を記す。著者が示すように、根本的な問題は個人の力を超えていた。それは体制の問題、君主制の問題、君主制そのものの核心部にある腐敗の問題なのだった。

確かに腐敗の告発は別種のレトリックとして退けることもできる。『旧約聖書』の預言者の時代から道学者は君主に対し悲嘆の声を上げてきたし、パリの人びとはルイ十五世の政府に関して落首合戦をする何世紀も前から大臣の悪口を言っていた。『デュ・バリー伯爵夫人に関する逸話集』の自由な会話や道徳的考察はすべてほんとうに政治制度を攻撃したのだろうか。その問いは多くの問題を引き起こすが、それについては次章で議論することにしよう。この章は、敢えて大胆な仮説を出して終えたい。すなわち、『逸話集』は私の信ずるところでは、単に逸話的なものではなく、革命的なものだったのである。

しかしながら「革命的」という言葉でフランス革命のようなものを先取りしたとか促進した、と言いたいのではない。ブルボン王朝の正統性を根底のところで攻撃した、と言いたいのである。王の性生活について物語ることはそれ自体扇動的とはいえない。フランソワ一世、アンリ四世、ルイ十四世の愛人は（マントノン夫人を除いて）戦争の勝利のようにその征服を祝うことができた。愛人たちは王の生殖能力を証明し、貴族の楽しみを提供した。というのは愛人たちは貴族そのもの、吟遊詩人の時代から言祝《ことほ》がれてきた偉大な貴夫人だったからだ。ところがデュ・バリーは売春婦だった。中傷文が主張していたように、ヴェルサイユに放たれる前は誰でも数ペニーで彼女をものにすることができただろうし、実際、最底辺の従僕も含め数多くの者がそうした。王の能力を証明するかわりにデュ・バリーは、中傷文では王の弱さ、さらに悪いことには玉座の腐敗の象徴として表現していた。というのは、デュ・バリーは単なる道具であって、腐敗した宮廷のあさましい政治のなかで好色老人の消えかけた精力を回復するために使われていたからだ。

物語の象徴的な次元は、語り手が自分の「歴史」のために選んだ細部にだけではなく、彼の報告する街の会話に見られる卑猥な言葉にもはっきり現われている。たとえば「ラ・ブルボネーズ」は、デュ・バリーが王を手玉に取るために売春宿のテクニックを使うさまを物語る際に、君主制の象徴を強調する。

……

彼女は良い家で
教えを受けた、
グルダンのところで、ブリソンのところで
彼女はよく知っている。

……
王は叫ぶ、
天使よ、素晴らしい才能よ！
……

わが玉座へおいで、
おまえに王冠をかぶせよう
おまえに王冠をかぶせよう
わが玉座へおいで、
王杖のようにわがちん……を取れ

ぴんぴんしてる、ぴんぴんしてる(38)！

王のペニスの弱さは流しの歌手の好む題材であった。

あなたは百合の花の上に
人のいい老いた子供が見えるでしょう
パリス「別のパリの売春宿の女将」の生徒が

彼のちん……を手引紐として摑む
王のなかでもいちばん長生きの王が
伯爵夫人の前でひれ伏しているのが見えるでしょう。
それは以前なら一エキュ銀貨で
あなたの愛人にできた女
王はその女のそばで
古ぼけた機械の
バネを動かそうと
色の道に大いに励む。
しかし偉大な女祭司に
訴えても無駄なこと、
話の最中に
また弱ってしまう。
この力不足には心の中で
彼女は怒っていたそうな。
しかしデギュイヨンがちょっと手を出して
すぐに埋め合わせてくれる。
痛み始める［すなわち性病］とすぐ

われらが殿様はお祈りして
信心深くも女をサルペトリエール［娼婦のため使われていた留置場］に住まわせなさるだろう。

解説として語り手は付け加える。「王の寵姫がデギュイヨン公爵と寝ていると、ヴェルサイユでは広く信じられていた。すなわち、大臣に寝取られるのがルイ十五世の運命だった(39)」。
玉座、王冠、百合の花、すべてが滑稽な道具立てとして現われる。王杖は王のペニスのように弱そうに見えるし、王は品の悪い冗談に出てくる陳腐な人間に落ちぶれてしまっている。王は不能の助平爺《すけべえじじい》で寝取られ男だ。王の肉体を汚すことでデュ・バリーは王からカリスマ性を取り去って、君主制の象徴的装置から力を奪った。
この解釈がとっぴに見えるとしたら、王の肉体は十八世紀にはまだ多くのフランス人にとって神聖なものだったということを忘れているからである。王に触れることで多くの者は瘰癧《るいれき》が治ると信じていた。だからパリの人びとが街でルイ十五世の不能の歌を歌うとき、王の正統性の宗教的根源を攻撃していたことになる。パリの人びとは神聖な君主のかわりに「虚弱な暴君」という観念を広めていたわけである。

おまえはもはや虚弱な暴君にすぎない、
卑しい愚かな自動人形、
デュ・バリーの奴隷にすぎぬ。

ガンジスからテムズまで
おまえは忌み嫌われ、馬鹿にされている。[40]

王の非神聖化は「主の祈り」のパロディに最も強力に表現されている。

ヴェルサイユにいます我らの父よ。汝が名は忌み嫌われよ。汝が王国は揺るがされている。汝が意志はもはや地上にも天にも行なわれない。今日我らが日々のパンを返し給え、我らより奪いしそのパンを。汝の利益を支えし高等法院を許し給え、そを売りし大臣を許すが如く。デュ・バリーには誘惑されるな。されど我らをあの悪魔の大法官より解き放ち給え。アーメン。[41]

フランス人はもはや王を神として見ることも父として見ることもできなくなった。王は最後に残ったわずかな正統性も失った。少なくとも革命前の時代に最も広く普及していた一冊の本によって拾い上げられたパリの公衆の喧噪が伝えたメッセージは、そのようなものだった。聞く人も読む人も単に笑って無視しただけだったろうか。われわれにはわからない。『デュ・バリー伯爵夫人に関する逸話集についての考察』(一七七七年)という別の本の証言があるだけだ。それは最初の本のすぐあとで出版された。それにも「主の祈り」の引用があって、その注解では『逸話集』をこう描いている。

国家に対する中傷文が、風刺半ばで止まらずに玉座に上り直接王を攻撃する……。イギリスでは王は単に共和国第一の市民にすぎないので、このような反君主制的風刺は効果がない。しかし絶対王制下では君主の権威は最高の法なので、そういった風刺がすべてを覆してしまう。それは政体そのものを攻撃するからだ。[42]

『逸話集についての考察』は文字どおりに受け取れるだろうか。もちろん否である。それは解釈の解釈を与えてくれるだけだし、さらに別の中傷文に書かれていることでもある。だからわれわれは、問題をより広い次元で考察しなければならない。そしてデュ・バリーの物語は見つけた場所に、テキストの薮の中に絡まったままにしておこう。

第三部　書物が革命を起こすのか？

第六章　伝播対ディスクール

テクスト、統計、同時代の証言といったこの藪の中から出てくると、読者は少し離れて一息つき、こんな細かい研究で問題になっているのは何なのか、と問いたい衝動に駆られるかもしれない。われわれはモルネの問いから始めたわけだが、それは次のような近代史の真の大問題と関連があった。二世紀前には思想はどのように社会に浸透したのか？　啓蒙とフランス革命の関係はどのようなものだったのか？　革命のイデオロギーの起源は何だったのか？　確かにこういった問題は非常に複雑であり、何度も取り上げられてきたし、決定的な答えはけっして得られないのかもしれない。禁書の資料《コーパス》の存在を指摘し、ベストセラー・リストの数字を足していくだけでは、確かに答えにならない。逆に、最終的な解答を求める気持は抑えるべきだろうと私は思う。歴史の重要問題はあまりにも広範囲の人間的経験を含んでいるので、いくつかの共通項には還元されえないのである。そういった問題と格闘する歴史家は、確実なデータから確実な結論を導き出す物理学者ではなく、徴候のなかにパターンを探し求める診断医のように研究するものだ。

しかし診断分析のなかには比較的正確なものもある。たとえ革命前のフランスの文学界を、その複雑さそのままに再現はできないにしても、法の外で実際に流布していたのはどういう本だったのかを突き止めることはできる。そして禁断の文学を完全に調査すればアンシャン・レジームの崩壊をよりよく理解できるはずだ。それは知性の歴史一般に降りかかっている混乱を、いくらかでも整理できるようにしてくれるかもしれない。私は仮りの区分を試み、そのあとで方法の提案をしたい。その方法とは、禁書研究をフランス革命の起源に関する古典的な問いと関連づけることのできる方法のことである。

振り返ってみれば、一九六〇年代後半に知性の歴史に方法の分化が生じたのは明らかなように思える。一方では、社会史に魅力を感じた学者たちがイデオロギーの伝播、民衆の文化、集団の心性（mentalités）といったような主題を探求し始めた。他方では、哲学的傾向のある学者たちはテクストの分析、間テクスト性、学派を構成する言語体系に研究を集中した。二股に分かれ、さらに枝分かれしておびただしい専門分野が生じたが、主境界線の両側にそれぞれ一つずつ、二つの主な傾向が目立っている。第一の傾向は「伝播の研究」として特徴づけられる。それは、特に歴史における一つの力としての書物と印刷物の研究を含んでいて、その知的な中心地はパリにある。そこでアンリ＝ジャン・マルタン、ロジェ・シャルチエ、ダニエル・ロッシュ、フレデリック・バルビエなどの人びとが「書物の歴史」（histoire du livre）を独特の分野に育て上げた。第二の傾向は「ディスクール分析」として知られるようになったもので、それは政治思想史に関するもので、イギリスはケンブリッジで花開いた。そこではジョン・ポコック（ニュージーランド人で後に合衆国へ移住した）、クェンティン・スキナー、ジョン・ダン、リチャード・タックが英語圏での政治文化の理解を一変させた。

これらの傾向のそれぞれが特有の強みと弱みを持っている。伝播派は支配的な名作巨匠中心の文学史観に異議を唱えた。以前の学者が古典的作品に研究を集中していたのに対し、彼らは文学的な文化をそっくりそのまま再構築しようとした。全体として書籍生産の変化をたどり、呼び売り本《チャップ・ブック》や暦といった民衆向けのジャンルを研究し、著者だけでなく出版者や書籍商の役割を検討し、受容と読書の調査を始めた。主題の発想法については社会学者の研究に頼った。特にピエール・ブルデュー、ノルベルト・エリアス、ユルゲン・ハーバーマスである。伝播派は研究方法においては数量分析とアナール派が発達させた社会史の手法を好んだ。アナール派のなかにも同じ目的を揚げる者がいるが、彼らの目標は書物の「全体史」を発展させることだった。すなわち、同時に社会的、経済的、知的、政治的となるような歴史である。実際彼らは多くの点でその目標に到達した。もしその成功が研究の影響で計られうるなら、彼らには欧米全体で目標となる水準を設定した功績が認められねばならない——一九六五年のフランソワ・フュレ監修による『書物と社会』(*Livre et société*)第一巻の刊行から、一九八六年のアンリ゠ジャン・マルタン、ロジェ・シャルチエ監修による『フランス出版史』(*Histoire de l'édition française*)の最終巻の刊行に至るまで。しかしパリの書物の歴史家たちも問題にぶつかった。その問題のいくつかは今世紀初頭にダニエル・モルネが発展させた伝播の研究から受け継いだものだった。モルネのモデルはフランス流フィルター付きコーヒーの自動販売機のように作用した。その仮定するところは、思想というものは知的エリートから一般大衆へと滴るように落ちていって、いったん国民の総体に吸収されて革命精神を刺激した――すなわち、思想はフランス革命の十分ではなくても必要な原因として機能した、というものである。

モルネの手で、知性史の滴り理論はアンシャン・レジーム下の文化生活を実に鮮やかに描き出すことに成功した。モルネの『フランス革命の知的起源』（一九三三年）は、第二次世界大戦後のアナール派の歴史家が生み出した研究の多くの青写真として役立った。その研究は出版や書籍取引だけでなく、地方のアカデミー、教育、フリーメーソンの組織、知識人、ジャーナリズム、図書館、非キリスト教化、世論についても扱った。しかしモルネは、こういった素材をすべて狭い枠のなかに押し込んでしまった。何もかもが同じ型にはまって啓蒙から革命へという単線的な運動を証明することになった。こうしてモルネの議論は結局、同語反復になった。結果から原因を仮定したのである。すなわち、一七八九年から十八世紀初頭のヴォルテールやそのほかの自由思想家の頭の中という出発点へと逆方向に推論していったのだ。文化の媒介者や社会制度を強調したにもかかわらず、モルネ版「知性の歴史」は、究極的には攻撃しようとしていた公式へと還元された。結局、啓蒙は偉人の傑作によって推進され、革命は啓蒙によって鼓舞された。革命は「ヴォルテールのせい、ルソーのせい」のままだったのである。

モルネのモデルに組み込まれた制約を振り払うため、現在アナール派を支持する歴史家は知性の歴史から社会文化史へと移ってきた。ダニエル・ロッシュ、ロジェ・シャルチエ、ジャック・ルヴェル、アルレット・ファルジュ、ドミニック・ジュリア、ミシェル・ヴォヴェル（正確にはアナール派の一員ではないにしても支持者）は、文化活動を啓蒙思想の影響に還元することなく社会現象として研究してきた。彼らの仕事はそれだけで自立できるくらい優れたものだが、モルネの最初の問いが突きつける課題に答えるものではない。その消え去ろうとしない問いは、革命の知的起源を啓蒙と結びつけられないのなら、その知的起源とは何だったのか、というものだ。

最近この要求を取り上げようと企てたロジェ・シャルチエは、起源は全然知的ではなくむしろ文化的なものだったと論じた。シャルチエは何よりもまず個人生活の領域が拡大したことを、それからその他の一連の変化を挙げている。その変化とは宗教の世俗化、下層階級間での訴訟の増加、王が公式の儀式に参加することが減ったということ、そして特にユルゲン・ハーバーマスが「ブルジョワの公共圏」と呼ぶものの発達に文学が与えた影響であった。しかしシャルチエは、そういった議論をアンシャン・レジームのすばらしく豊かな総合研究の内外に組み入れたが、けっして革命の勃発と結びつけているわけではない(1)。

「ブルジョワの公共圏」では文脈がつながらない。ドイツ語(bürgerliche Öffentlichkeit)からフランス語に訳されたとき「公共の空間」(espace public)となった。すなわち、歴史のなかで結果を生んでいる実体のある現象であるかのように具体化されてしまったのだ。ハーバーマスにはそのような意図はまるでなかった。Öffentlichkeit(英語では public〔公衆〕、publicity〔知れ渡っていること〕、publicness〔公けになること、公共性〕)は隠喩として、近代社会の世論と意思伝達方式の相互作用を描くために使われていたのだ。「ブルジョワ」という語でハーバーマスは、はるかに実体のあるもののことを言っていた。すなわちマルクス主義社会史における、征服しつつある階級である。しかしハーバーマスが最初に論文を出版した一九六二年以来、歴史家たちはフランス革命の説明として、勃興するブルジョワ階級という観念をたいてい棄て去ってしまった。なぜ「ブルジョワの公共圏」の勃興を代わりに取り入れねばならないのかというわけだ(2)。

社会文化史の他の要素はもっと実体のあるものだが、やはり一七八七年から八九年の事件には無関係であるように見える。フランス人はアンシャン・レジームを打倒しようという気もなしに、家族、個人生活、余生、文学、組合の親方、そして王室の儀式に対してさえ態度を変化させたのかもしれない。そういった変化は西欧のいたるところで起きた。特にイギリスやドイツのように革命が勃発しなかった国でもそうだった。それはおそらく世界観の全般的な変化――マックス・ヴェーバーの「世界の呪術からの解放（脱魔術化）」〔『プロテスタンティズムの倫理と資本主義の精神』に出て来る語。その極致としてピューリタンは一切の宗教的儀式も歌もなしに死者を葬ることが指摘されている〕に似た何か――に属するものだったのだろう。それは西洋全体で長期間にわたり生じていた変化だった。なぜそれをフランス革命と結びつけねばならないのだろうか。なぜそれを、革命の起源を説明するときに啓蒙やジャンセニスムや高等法院の立憲主義の代わりにしなければならないのだろうか。結局、革命家は、モンテスキューやヴォルテールやルソーにまでその原理を遡ることになる。彼らは、アンシャン・レジームの崩壊を個人の生活圏の拡大といった漠然としたものに結びつけはしなかった。そしていったん権力を握ると、彼らは手を尽くしてすべてにわたって浸透する国家の要求に個人の領域を従属させようとした。

もちろん「起源」は常に後から説明されるものだし、その多くはその当時の人びとの意識にはないものかもしれない。おそらくシャルチエが主張しているように、革命家たちは自分たちの支配に立派な知的血統を与えて正統化するために啓蒙を引合いに出したのだろう(3)。しかしたとえそうであっても、哲学者の思想が革命の起源にまるで寄与しなかったという証明になるわけではない。啓蒙は一七五〇年代末までには当時の人びとの意識にしっかりと根づいていた。文化史のより高度な説明能力を呼び出すことで簡単に啓蒙を退けるわけにはいかないのである。もし文化史がほんとうに革命の起源を説明できるなら、一方では態度と振舞いの型、他方では革命の行動という、両者の関係を立証しなければならない。そうでなければ、思想の伝播についてのモルネの説明で非常に問題だと思われたまさにその難点を、別のレヴェル——広く解釈された文化のレヴェル——に単に移しかえただけのことになってしまうだろう。

伝播の研究同様、ディスクールの分析は紋切り型の思想史への不満感から始まった。それはまさに、思考の単位もしくは自律的な意味の容器としての観念（idea）という概念を問題にした。『思想史雑誌』（*Journal of the History of Ideas*）とその創立者アーサー・ラヴジョイによって発展させられた歴史の中心にこの概念があった。ラヴジョイはおそらく二十世紀のアメリカで最も影響力のある知性史家だった。ラヴジョイは「観念単位」を研究対象として分離し、それが何世紀にもわたって哲学者から哲学者へと受け継がれていく後を追った。彼を批判する者は、この手法では意味の理解にとって主要な点を通り過ごしてしまうと考えた。ヴィトゲンシュタイン以降の言語哲学者が証明したように、意味は観念に内在しているわけではなかったからだ。意味は発話によって伝えられ、対話者によって解釈された。意味は言葉の慣習的なパターンに刺激を与え、文脈にしたがって作用し、その結果、同じ言葉が、別のとき別のテクストのなかでは異なったメッセージを持つこともありえた。

実際ラヴジョイは名著『存在の大いなる連鎖』（一九三六年）で、哲学の文脈に対して鋭い感受性を示した。それは二〇〇〇年にわたる存在論的階層という観念を跡づけた研究だった。しかし批判する者の眼には、ラヴジョイの本は根本的に誤った構想にもとづいたものだと思われた。それは『フランス革命の知的起源』がモルネの後継者にとって不十分であると思えたのとまったく同様だった。鍵となる観念を分離する代わりに、知性史家の新しい世代はディスクールを再構築しようとした。すなわち政治理論の傑作を進行中の議論の一部として扱った。ということは特定の語法、いいかえるなら、ある時代のある社会に特有の意味体系で表現される、一般的論争の一部として扱ったということである。こうして彼らは従来の政治思想史を調査してみると、それが時代錯誤に満ちたものだとわかった。彼らにとってはホッブズ、ハリントン、ロックは一直線をなして近代の政治信条を目指しているわけではなく、後ろ――ルネッサンスの宮廷政治と古代に由来する市民人文主義の伝統――を向いていたのである。十七世紀の大思想家は十七世紀の言語で十七世紀の問題を論じた。言語そのものが彼らを理解する鍵だった。その言語は論文から溢れ出て当時の議論を駆け抜けていった。そしてその議論とは王の権威の家父長的性格、常備軍の合法性、王権からのカトリック勢力の排除、そして今では政治から消えてしまったその他の問題に関するものだった。(4)

言語哲学は英仏海峡を渡っても、不可解にも「アングロ・サクソン的」なままに留まっていたので、政治思想史のイギリス流改訂はフランスでは確固としたものにはならなかった。フランス人は歴史と哲学を自己流に結合した。その方向はジョルジュ・カンギレムの科学史で始まり、ミシェル・フーコーの研究へと広がり、広範囲に及ぶディスクールの実践を含むようになった。しかしながら「ディスクール」は、ケンブリッジとパリでは別のことを意味していた。フーコーとその追随者には、それは権力――認識に根ざし諸制度に実体化されている社会的束縛――を言外に含んでいた。[5] したがって事実上、ディスクールについて二つのディスクールが発展していった。そのどちらもが、一九六〇年代前半からそれぞれの道を歩んでいるのである。しかし最近、両者は戦略拠点であるパリのレイモン＝アロン・センターに合流したようだ。ここでアナール派の庇護のもとにジャンルと伝統の顕著な混合が生じた。哲学者と歴史家、フランス人と英米の研究者が力を合わせて攻撃したのは、モルネの時代から学問的理解を拒んできた十八世紀という部門だった。それはフランス革命が啓蒙と交差する地点、言いかえるなら政治と哲学の収束点であった。

この問題への取組みはフランソワ・フュレによって指導されてきたが、フュレはモルネを現代化しようとする社会史学者として研究を始め、のちに哲学的傾向の強い政治史に転向した人物である。フュレは革命の起源を啓蒙に帰することを躊躇しないが、[6] 旧式の思想史にまでは後戻りしない。フュレとその一派、特にマルセル・ゴーシェとキース・ベーカーは、つまるところ革命はルソーの哲学理論が政治に結実したものだと理解している。しかし、直線的な流れに沿って革命家が『社会契約論』の教えを適用していったのだと決め込んでいるわけではない。そうではなくて彼らは、一七八九年から恐怖政治と五執政官政府を通して、事件が起こるにつれてルソー流のディスクールがその前に立ちはだかるものはなんでも吹き飛ばしていくさまを想い描くのである。

この議論で最強のもの、ケンブリッジの哲学者＝歴史家から最も影響されたものはキース・ベーカーの『フランス革命の発明』（一九九〇年）のなかに見られる。ベーカーはアンシャン・レジームの政治的思考を三つのディスクールの「言語」にまとめた。ベーカーがルソーと結びつける「意志のディスクール」、テュルゴーが詳述した「理性のディスクール」、高等法院の擁護者ルイ＝アドリアン・ル・ページュが最も印象的に表現した「正義のディスクール」である。ベーカーの理解するように、革命の最初の数カ月はこれらのディスクール間で広範囲の覇権争いが続いた。そして決定的な瞬間は、七月十四日でも八月四日でも十月五日でもなく、九月十一日だった（一七八九年七月十四日にバスチーユ襲撃。同年八月四日には議会が封建的諸特権の廃止を決議した。同年十月五日から六日にかけて民衆がヴェルサイユへ行進し国王一家をパリに連行した）。その日、国民公会は国王の拒否権を絶対的なものではなく延期権のあるものとすることを決議した（国王は議会の決議を二度まで拒否できるが三度目に同じ決議がなされると裁可されたものとみなされる、というもの。一議会は二年間なので四年間延期できるということになる）。ベーカーの主張では、この時点で公会は人民の主権というルソー的観念に言質を与えてしまった、すなわち意志のディスクールが優勢となり、それ以降なにものも革命が恐怖政治へ傾斜することを止められなくなったのだ[7]。

マルセル・ゴーシェも同じような議論を進めている。ゴーシェは「ルソー主義的カテゴリー」が人間および市民の権利の宣言に関する論争で他のものをすべて圧倒しているさまを想像する。ルソーの一般意志の概念に従うと、「自由の実現を妨げているのは自由を想い描く方法」だということになる。いったん革命の過程の中心に位置づけられると、それは一七八九年から九五年まで続いた「知的空間」を規定し、最初から恐怖政治を革命に内在させることになった[8]。フランソワ・フュレもまた恐怖政治を一七八九年になされたディスクールの運動にまで遡り、やはり言語的な権力概念を採用する。そしてそれを空間の隠喩で伝える。フュレの論じるところでは、ルソー流に人民の意志を表現するのだと主張することで、革命家は絶対君主制が明け渡した「空地」に主権のディスクールを据えた。絶対主義を追放してしまって言葉そのもの（la parole）が絶対となった。一般意志を擁護することはそれを行使することだった。したがって権力の表現が権力となった。政治が言語となり、「意味論的回路」が最高のものとして支配することになった。フュレの意味論は曖昧なままだが、その議論が言外に意味するところは明白だ。すなわち、革命の最初の数カ月からディスクールが事件の流れを決定し、革命家の論理が直接恐怖政治につながっていったのだ(9)。

フュレとその一派が、革命研究を刺激する知的エネルギーの電光を生じた。それは、数十年にわたりマルクス主義者と修正主義者の間で交わされた論争のあとで研究が行き詰まっているように見えた時のことだった。彼らの研究のおかげで数多くの論文や論争を聡明なやり方で再読できたし、その結果、思想はどのようにして事件と混ざっていくのかという問題に立ち向かえるようになった。しかしそこにはまたディスクール分析の弱点もあった。三つの点について論じたいと思う。

第一に、その研究は事件の流れにディスクールのモデルを押し付けることで、偶然性とか事故とか革命の過程そのものに余地を残さなかった。ギゾーやティエールでなくてもオーラールの時代から、政治史はどのようにして革命が一七八九年以降起こった事件に反応してますます過激になったかを教えてくれていた。その事件には、宗教的な分派、戦争、反革命暴動、パリの各セクション〔一七九〇年五月、パリは選挙のため四八のセクションに区分された。一七九二年八月のチュイルリー宮襲撃の直前から各セクションでほとんど毎日集会が開かれ、革命的事件に大きな影響を及ぼした〕からの圧力、経済上の大失敗などがあった。フュレは十九世紀の史書を大量に掘り起こしたが、その伝統的な語りをオーラールの有名な「状況のテーゼ」と結びつけることで軽視した。「状況のテーゼ」は、恐怖政治は最初から革命に内在していたわけではなく、むしろ偶然に押されて場当たり的に徐々に進行したというものである。彼独自の物語風の歴史のなかでフュレは、実際オーラールのテーゼを採用しかけている。彼は恐怖政治を偶発的な挿話として扱ったが、そのとき革命はコース――一七八九年に革命がみずからのために設定し、一七九四年以降そこへと戻っていったコース――から外れて滑りだしたのだ。[10]

私は、時代遅れではあるが、「状況のテーゼ」には言うべきことが大いにあると思う。もちろんそれがすべてを説明するわけではないし、特に一七九四年夏の悲劇的な「大恐怖」の時期には数多くの革命家の信念に潜んでいたイデオロギー的、半宗教的要素を斟酌しなければならないが。たとえ一七九四年六月二十六日フルリュスでのフランス軍の勝利がロベスピエール打倒の丸一カ月前に軍隊の侵入の脅威を取り去っていても、ギロチンは減りもせず続行されていた。恐怖政治の勢いとロベスピエール派の力はすぐには止められなかった。議員自身が恐怖に囚われていて、どんな哲学原理を持っていても、自分の首を危険にさらさずにすむとなれば恐怖政治を徐々に廃止したかっただろう。公安委員会の面々でさえ、どちらかというとむしろ異常な出来事をなんとかしなければと考える普通の人びとであった。どのように彼らが不十分にその日その日振る舞ったかを見るには、オーラールの『公安委員会議事録集』(*Recueil des Actes du Comité de salut public*) 全二八巻を見ればいい。あるいは資料探索が面倒だというのなら、ロバート・パーマーの『支配した十二人』(*Twelve Who Ruled*) という近道もある。[11] オーラールやパーマーの旧式な物語風の歴史は、たとえそれが空間の隠喩で飾られた言語学的なものであっても、一七八九年の哲学的思索のどんな注解より納得のいくように恐怖政治を説明してくれる。実をいうと、私は「知的空間」とはどういうものなのか理解できないのである。

第二に、革命の哲学的説明は意味の歴史には十分に貢献していない。哲学的説明はいくつかの条約と議会の論争の記録しか扱わない。しかし革命家の状況理解はあらゆる種類の現象によって形成されたし、その現象の大半は議場の外で起こった。一七八九年八月四日、封建制度の廃止を宣言したとき、彼らは燃える城と槍の先の首〔ダーントン『歴史の白昼夢』参照〕について鮮烈な感覚を持っていた。議案についての態度を決定するときでさえ、彼らは単純に政治理論を参照したわけではなかった。派閥の動向を見守りながら具体的に方向を決めたのだ。たとえば、大臣は国民公会より選出され国民公会に対し責任を負うという議院内閣制なる概念には、本質的に急進的なものも保守的なものもなかった。しかしミラボーが一七八九年にその考えを擁護したとき、議員にとってそれは右翼の計画に属するものだという合図になった。そしてロベスピエールが反対したとき、それは左翼の嫌うものだと暗に示すことになった――たとえその当人も一七九三年には強力な議会の執行部を擁護することになるにしても。

要するに、意味は革命前のディスクールのなかに包装されて登場したわけではなかった。革命の過程そのものに内在していたのである。意味の生成に関係があったのは、人物、党派、政治戦略の理解、左翼右翼といった変動する範疇、周囲の社会情勢から議員にかかるあらゆる圧力であった。ディスクール分析はそういった要素を考えるべきなのはもちろんだが、さらにこれらの皮相な思考からは遠く離れたその他の要素――感動、想像力、偏見、暗黙の前提、集団の表現、認識の範疇、かつて心性《マンタリテ》の歴史の研究日程にのぼっていた思考と感情の全域――も考慮すべきであった。〔しかし」そういった歴史に背を向けることで、ディスクールの分析家は旧式の思想史とほとんど区別のつかない態度をとった。その難点は、政治的対立に関する記号論的見解を採用したことからではなく、十分に――普通の人びとが世界観を改めていった農家の庭先や街角にまで――記号論を取り入れられなかったことから生じたのだ。(12)

第三に、ディスクール分析は観念から行動への推移を研究する必要を認識してはいるが、その研究の困難さに正面から取り組んでいない。その問題は、ケンブリッジでは背景に留まっていて、哲学者＝歴史家は政治理論の研究に専念している。しかしパリでは、それが中心を占め、事件とりわけ近代史初期の最大の事件であるフランス革命の解明に着手しはじめている。彼らはモルネのように革命の起源は啓蒙と関係があると仮定した。しかしフランソワ・フュレは、革命と啓蒙の関係という「古く大きな問題」を持ち出したあとでそれを退けてしまって、マルセル・ゴーシェのように「知的空間」の存在を主張する。それは一七八九年から一八〇〇年にわたる時間的な枠のなかにあって、どのようにかは不明なのだが、アンシャン・レジームに関する哲学的思索に由来するものだった。(13)

キース・ベーカーは問題をより満足のいくように公式化している。というのは、革命論争を一七八九年よりずっと以前に打ち出された哲学的見解に関連づけているからだ。しかしベーカーのディスクールの識別は恣意的であるように見える。なぜアンシャン・レジーム以降の政治的文書の複合体を三つの区別された自律的「言語」に分けるのか。王の権威について語り行動で示す方法は、なぜ父性的、宗教的、儀式的、演劇的といった方法ではなく、意志、理性、正義のディスクールなのだろうか。この点では伝播の研究に注目することが役に立つかもしれない。というのは、もし最も広く読まれた政治論文を突き止めることができれば、何が二十世紀の教授たちではなく十八世紀のフランス人に訴えたのかという視点から、間テクスト性を探ることもできるだろうからだ(14)。

しかしそうであっても問題は残るだろう。とりわけ書物の伝播が世論にどう影響したか、世論が政治行動をどう屈折させたかを理解するという問題が。キース・ベーカーとモナ・オズーフは哲学者の著作に表現された世論という観念について優れた論文を書いたが、ことがらそのものよりそれについての観念を研究するほうが適切だと仮定しているように思われる(15)。確かに歴史家は哲学者同様、物自体に近づくことはできない。事件は意味に包まれてやってくる。だから行為を解釈から切り離すことも、歴史を裸にして純粋な事件だけにしてしまうこともできない。しかしだからといって、事件がもっぱら哲学的ディスクールを通じて説明されるということにも、普通の人びとは自分の人生の意味を見つけるのに哲学者に頼るということにもならない。意味の創出は書物だけでなく街角でも生じる。世論の形成は思想結社（sociétés de pensée）〔文芸サークル、フリーメーソンのロッジ、アカデミーなど〕だけでなく市場や居酒屋でも行なわれる。人びとが出来事をどのように意味づけしたかを知るためには、哲学者の著作を超えて日々の生活のコミュニケーションのネットワークへと探究の対象を拡大しなければならない。

しかし世論という主題は後の議論に属する考察へとつながる。さしあたりは強みが最大に弱点が最小になるように、知の歴史の二つの傾向を結びつける可能性について考えてみることにしよう。

第七章　コミュニケーションのネットワーク

「書物は革命を起こすのか？」[1]　そんなにぶっきらぼうに問いかけると、油断できないフランス史の罠、出し方の悪い問い《ケスチオン・マル・ポゼ》のなかに足を踏み入れることになる。すなわち単純化しすぎて問題を歪曲することになる。肯定的な答えを出すなら、直線的な因果関係を当然のことだと決めてかかっているように思われる。それはあたかも書物の販売からその読書、読者の確信、世論の結集、公衆の革命行動への参加へと推論可能であるかのようである。明らかにそれでは十分でない。伝播の直線的な原因―結果モデルでは、別個の要素、すなわち文学以外の世論の源泉だけではなく、読書そのものを理解しそこねる。テクストに盲従するだけではなく、能動的に領有（appropriation）する読書を理解しそこねるのだ。それでは、書物の伝播の研究は革命の起源を理解することと無関係なのだろうか。その結論に飛びつく前に、より複雑なモデルを提案したいと思う。

一種の伝播研究としての書物の歴史には、何が伝播しているのかが正確にわかっているという利点がある。ディスクールでも世論でもなく、書物が伝播しているのだと。もちろん書物にもいろいろある――製造業の対象であり、芸術作品であり、商取引される品物であり、思想の媒体である。だからその研究は、労働、芸術、商取引の歴史といった多くの分野に流入していくし、特に知性の歴史においては重要である。というのは、書物の研究は時代錯誤をできるだけ減らす方法を提供してくれるからだ。「啓蒙はどのくらい広がっていたのか」という問いで始めるかわりに、歴史家は十八世紀中に実際どの本が最も広く流通していたかを確定することができる。それから彼(または彼女)は自分でひねりだした範疇で文学市場の特定の部門を評価する試みに着手できる。十分な情報と一組の有効な基準で啓蒙に対する需要を計算することさえできるかもしれない。すなわち、文学的教養の一般的な傾向のなかで哲学者の著作の位置を確定すること、いわば啓蒙を探し求めることから始めずに位置づけることができるかもしれない。

この手法が確実な結果を与えてくれることはないだろうし、啓蒙を革命に関連づけるという問題に直接影響するものでもない。しかしそれは伝播派がディスクール分析派の批判をかわす役に立つ。ディスクール分析派の批判が正当なのは、血流中に検出される放射性物質のように政治的統一体としての国民(body politic)のなかに発見できる「単位」としての観念というような概念に対してである。しかしその反対は書物には当てはまらない。書物は取引の経路を通って流通していく「モノ」である。その生産、流通、(ある程度までの)消費の系統立った研究ができる。その組織をコミュニケーション回路として考えることができる。その回路は著者から読者へ流れ——最終的には著者のもとへ再び戻っていく。というのは、著者は読者、批評家、その他のまわりの社会の情報源霊感源に反応するからだ。その回路は図7‐1のように図式で表わすことができる。(2)

伝播の単線的概念に較べると、このモデルには二つの利点がある。まず、それは有機体的説明を

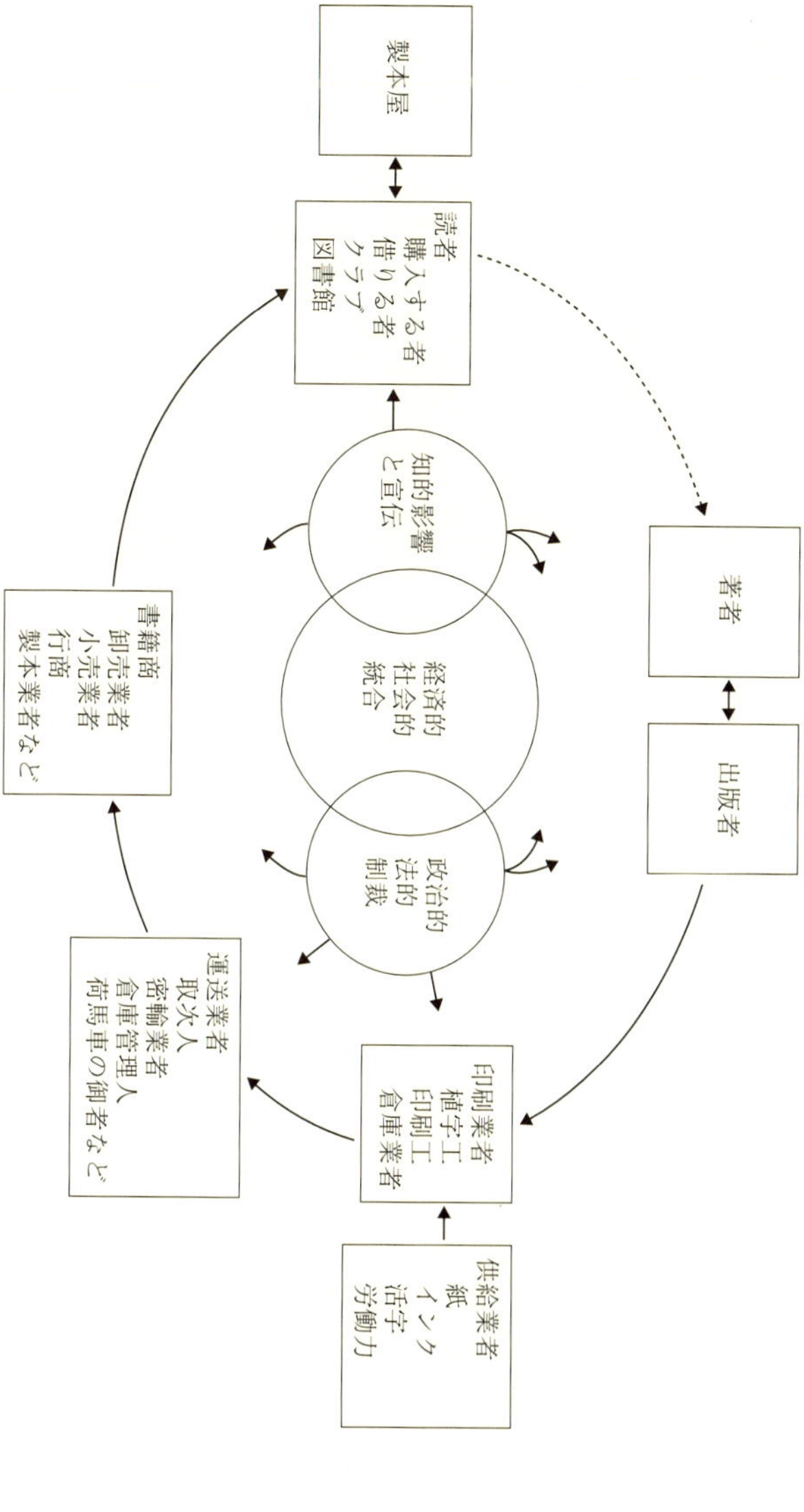
製本屋
読者
購入する者
借りる者
クラブ
図書館
知的影響と宣伝
経済的社会的統合
政治的法的制裁
著者
出版者
印刷業者
植字工
印刷工
倉庫業者
供給業者
紙
インク
活字
労働力
運送業者
取次人
密輸業者
倉庫管理人
荷馬車の御者など
書籍商
卸売業者
小売業者
行商
製本業者など

図7-1

支持し、下方への浸透という概念を退ける。有機体的説明というのは、動脈、静脈、毛細管からなるコミュニケーションのネットワークによる社会への浸透を仮定していて、生産と流通の過程中の全段階を考慮に入れる。それは歴史上の他の時期、他の文化、新聞やパンフレットやブロードシート〔一七〇五年頃に現われた語で、大判の片面印刷物をさした〕といった他の印刷媒体に適用されるときにはいくらか違ったデザインになることもあろう。しかし原理は同じだ。すなわち、組織の特質と部分相互の連絡を正当に評価するようにコミュニケーション過程を表現するのである。

二番目に、このモデルは自足した機械のような作動方法を当然のこととせず、すべての段階で外部の影響を斟酌する。著者、出版者、印刷業者、書籍商、図書館員、読者が国家、教会、経済などの多様な社会集団からの圧力に反応してみずからの行動を絶えず修正する。最近までほとんどの研究は著者に集中していた。彼らの書いたテクストにはしばしば庇護、検閲、敵意、競争意識、収入の必要を示す痕跡があった。しかし印刷物として発行されるときには、テクストは活字を組み、組版をつくり、印刷機の横木《バー》を引っ張った職工によって形を成したのである。出版者もまた思惑買いをまとめ、市場戦略、判型、挿絵、活字、本の装丁を決定することで、テクストの意味を形成したのだ。そして文化の仲介人としての書籍商の重要性を評価しすぎることはまずない。供給が需要と出会い、本が読者の手に渡るのは書籍商の店——露店であろうが、荷馬車であろうが、背負った荷物であろうが——のなかでだった。

読書は、相変わらずこの回路のなかで最も理解しにくい段階である。われわれには読者がどのような状態でテクストを解釈したのか、独りでか集団でか、音読でか黙読でか、図書館でか枝を広げた栗の木の下でか、についていまだ漠然としかわかっていない。しかし受容に関する情報が不足しているからといって、当時の文学的経験を捉えようという考えを諦めるべきだということにはならない。というのは、文学は著者と読者、もしくは読者とテクストに限られるわけではなかったからだ。文学はコミュニケーションの組織全体で具体化した。そしてその組織にはあらゆる地点で外部の影響が浸透可能なので、文学の表現に流入した素材のすべてを研究できる。生産と流通に関するわれわれの知識は、ある程度まで受容に関する知識の限界を補いうるのである。

それでも受容は文学的経験のより完全な理解には必須のものだ。どのようにしたら読者の反応についての不十分な知識を克服する戦略を捻りだすことができるだろうか。研究を方向づける役に立たないかぎり、モデルについて思案してもたいした成果を得られないだろう。フランスの禁書調査の場合には、それは実際大いに有用なものだとわかった。というのは、質の証拠が量を補足するからだ。第一章で示したように、どのように出版者と書籍商が「哲学書」を論じ、扱うかで、禁忌に対する読者の好みについて多くのことが明らかになる。そして書籍販売の統計から文学需要の明確なイメージが得られる(3)。しかしその段階を超えて議論を進めるためには、伝播の問題から意味の問題に移らねばならない。すなわちディスクール分析の領域に入っていかねばならない。

まずベストセラー・リストを十八世紀の読者の嗜好の適切な索引とみなして、それを読み込んでいくこともできよう。その戦略は信じられないくらい単純に見えるかもしれないが、多くのことが言えるだろう。その戦略が、文学的教養という時代錯誤的観念に頼らずに諸テクストにわたる傾向を見いだす可能性を切り拓いてくれるのだ。もし法の外で流通していた文学の全体像を突き止められれば、当時の人びとが体制にとっての脅威と感じていたものについて理にかなった推論ができるはずである。しかしそれでもなおやっかいな問題に直面しなければならない。そういった文学についてのわれわれの読み方が、二〇〇年前に生きたフランス人の読み方と近いとどうして確信できるのだろうか。この点で、「領有（appropriation）としての読書」という概念をより仔細に検討してみる必要がある。

ロジェ・シャルチエがその概念を利用するのは、禁書が判で押すように読者の反応を産み出し、世論に影響を与えた、という主張を打倒するためである。もし読者が書物に印刷されたメッセージを受動的に受け取るのではなく、自分なりにテクストを自己のものとし、好きなようにあらゆる種類の個人的な見解を書物に投影するなら、読者の経験は限りなく変化に富んだものになっただろう。文学から何でも好きなものをつくりだせただろう。だから、どのように読まれていたか知りえないかぎり、何が読まれていたかを突き止めてもあまり意味がないのだ。(4)

シャルチエは領有の理論的説明としてはミシェル・ド・セルトーとリチャード・ホガートの著作に頼り、歴史的事例としてはカルロ・ギンズブルグと私の研究を引用している。セルトーは、確かに読書という行為に内在する「意味の無限の複数性」を強調していた。(5)自身寛容な自由精神の持ち主であったセルトーは、普通の人がメディアによって蝋《ろう》のように型に入れて成形できる単細胞だという考えには抵抗した。しかしその抵抗を、人びとが実際どのように読書したのかに関して裏づけのある具体化された理論へとは発展させなかったし、彼の洞察がホガートの研究によって完全に確認できるというわけでもなかった。(6)ホガートもまた労働者階級の文化の積極的で独立独歩の性質を強調しているが、そこからさらに普通の読者が書物から何でも望みのものをつくりだしたと主張しているのではなかった。逆に彼らの経験が文化的に決定される点を強調していた。彼らの文化は、居間に漂う居心地のよい、保護してくれる、暖めすぎた、何もかもを包み込む空気のように作用した。それは異質な要素を自らの型のなかへと吸収した。個人主義や特異性を推し進めるどころか、圏内にやってきたものすべてに自らの性格を刻印した。(7)

カルロ・ギンズブルグは十六世紀の下層階級の読者であるメノッキオという粉屋について研究し、同じ主張をずっと先まで進めている。ギンズブルグは単に、メノッキオが積極的な読書をしてルネッサンスのテクストを自分自身の用語に読み変えたということを立証するだけでなく、その用語を物質主義的宇宙論から得ていたということまで主張する。そしてその宇宙論は、古代から民衆文化のなかに隠されてきたというのである。十八世紀のラ・ロシェルの一読者の研究で私は、どのように個人がルソーの作品に熱烈に反応し、人生の意味を見つけるための文化的枠組みとしてのルソー主義そのものに従っていったかを示そうとした。読者の反応についての他の研究がこの傾向を裏づけた。それは一方で従順さ、他方で不確定性がいきわたっているのを証明するわけではない。そうではなくて、読者は既に存在している文化的枠組みのなかにテクストを適合させることでその意味を見つけるのだ、ということを暗示しているのである。(8)

通常われわれどのようにしてものごとを理解するのだろうか。魂の奥深くから引き出した洞察を周囲に投影することによってではなくて、むしろ知覚を枠組みに適合させることによってである、と私は思う。その枠組みはわれわれの文化から取ってくるのだが、それはわれわれの経験する現実が社会的な構築物だからだ。われわれの世界は組織されてやってくる――範疇に分けられ、慣習によって形成され、共通の感情に色づけられて。意味のあるものを見つけると、われわれは文化から受け継いだ認知の秩序に適合させ、しばしば言葉にしたりする。だからいかに個人的な屈折を与えようと、意味は言語と同じく社会的なものなのだ。意味づけをするとき、われわれは深く社会的な活動に参加しているのだ。特に読書をするときはそうである。本を理解するためには、深い象徴の領域を苦労しながら通り抜けていかねばならない。というのは、書物に関してはあらゆるものが――書かれた言語だけでなくその印刷の体裁、レイアウト、判型、製本、売るために使われる広告さえもが――文化的慣習の徴しを帯びているからだ。こういった要素のどれもが読者を方向づけ、その反応を指示する。読者はまた、テクストに期待、態度、価値観、意見といった多くものを持ち込んでくる。そしてこれらも文化的な決定要素である。したがって読書は二重に限定される。コミュニケーションの媒体としての書物という本性によってと、読者が内面化している、そのなかでコミュニケーションが生じねばならない一般的なコードによって(9)。

誤解を避けるために二つの但し書を付け加えるべきだろう。第一に、文化的枠組みの重要性を主張するとき私は、文化の全体論的概念に同意しているわけではない。あらゆる種類の裂け目と断層線が文化体系を走っているから意味づけには一貫性と同じくらいの対立を伴う、と私は思う。しかし対立は競合する枠組みを――あるいはケンブリッジ学派の用語を借用すれば、対抗ディスクールの慣行を――動員する。読者は政治的なパンフレットを好きな政治的語法の慣例に適合させて理解することになる。したがって、読書の歴史にはディスクール分析以上に適切なものはないだろう。

第二に、読書に対する文化的拘束を強調しても、私は読者たちが同じ本に同一のメッセージを発見しなければならないとまで言うつもりはない。ほとんどどんな文化体系にも、テクストへの最初の反応と正反対の反応を調和させられるくらいの幅広さがある。私は過度の決定性を主張しているのではなく、読書があまりに低い決定性しか持たないと考えること、読書を文化史から排除してしまうような考えに反論しようとしているのである。領有は私には有益な概念だと思える。しかし、それが最も適合する別の学問的伝統――つまり、フランスで「心性史《マンタリテ》」として知られている、態度、価値観、世界観などの研究――を無視して読書の歴史を支配しようとしても有益だとはいえないだろう。

すなわち、概念の説明をいくら積み上げても観察による調査の欠如を補うことにはならないだろう。そして読書の歴史の研究はたいてい十分な証拠がないため座礁する。十八世紀のフランス人が書物にどう反応したかについてはある程度わかっているが、読者の反応について一般的な結論を引き出すに足るだけのことがわかっていないという事実を避けて通ることはできない。それともそんなことはないのだろうか。私はその問題に取り組む戦略を提案し、それからフランスの禁書研究によってもたらされた固有の問題をいくつか取り上げるために、方法論の問題はわきへ置いておきたい。

コミュニケーション回路の受容側の難点を回避するため、世論の問題に直接当たることもできよう。それは大問題でいまだ十分に理解されていない。一般大衆を成していたのは誰か、十八世紀のフランスでは世論はどのように形成されたかは、ぼんやりとしかわかっていない。原則として政治は王の仕事だった。国事はヴェルサイユに限られていた。その小世界のなかでも、権力の広間はずっと小さな空間――「王の秘密」がその中心にある、秘められた私室での陰謀の世界――に集中していた。ルイ十四世のもとでの絶対主義の強化のあと、一般の公衆は政治過程へ参加できる範囲のはるか手前、前政治的状態に留まっていた。しかし現実には、宮廷の外でも力の衝突がたくさん起きていて、公衆は参与観察者としてだんだん政治的になっていった。この種の政治は異議申立てのかたちをとった。つまり、請願、抗議、落書き、歌、版画、そして談話、その多くが機知に富んだもの（bons mots）、不満を含んだもの（mauvais propos）、集団的暴力（émotions populaires――「民衆騒擾」すなわち暴動）につながる扇動的なもの（bruits publics――「世間の雑音」すなわち噂）だった。[10]

これらの談話のほとんどが空に消えていった。しかし警察のスパイに記録されたものもあった。というのは、それらを真面目にとった当局が情報収集に熱心だったからだ。警察の書類は何百という調書であふれていて、そのなかには居酒屋やカフェや公園での会話の盗み聞き同然のものもある。もちろんスパイの報告は文字どおりに受け取ることはできない。スパイが、聞いたことを誤解したり、警察の方針に従おうとそれを誤り伝えたかもしれないからだ。しかしその報告は、地下の一枚新聞、日記、手紙のなかの同じような素材と比較できる。さらなる記録は、パリの膨大なパンフレット、歌、版画の収集物のなかに見つけられる。こういった資料に埋まって何年も過ごした私は、十八世紀のパリを巨大なコミュニケーションのネットワークとして考えるようになった。そのネットワークは、どの地域にも線がつながり、パリの人びとが当時呼んでいたように「世間の雑音」で、すなわち今日なら政治的ディスクールとでも呼べるようなものでいつもざわめいていた。

二番目のモデルによるその過程を図式化すると図7-2のようになる。

このモデルが革命前のパリの情報の流れに正確に対応していようといまいと、メッセージが異なった媒体や環境《ミリュー》を通じて伝達される様子は確かに表現されていると思う。そういったなんらかのコミュニケーション体系を想像することで世論の歴史の大ざっぱな素描が可能になるはずだ。困難――古記録が不揃いだということ、公衆というものの構成が変わりやすいこと、まさに世論という概念そのものに内在する曖昧さ――ではあるが、その仕事は実現可能だ。われわれは既に十分資料を調査したので、一方に非合法文学の流通、他方に世論の過激化、その両者の関係を仮定できる。しかしその関係の本質とは何だろうか。単なる因果関係ではない。最初の伝播モデルが示すように、禁書の生産と伝播には印刷物の回路外からの影響がどの地点でも浸透していた。政治談義が屋根裏でなぐり書きしている作家の耳に流れ込み、出版計画を練っている出版者の計算にまで浸透し、在庫を注文する書籍商を刺激した。書物そのもの、特にスキャンダル情報のようなある種のジャンルには「好ましくない話題」(mauvais propos)という特徴があった。そしてまた、書物は言葉が広まるのにも役立った。言葉が空中に消えてしまわないようにし、王国の津々浦々にまで印刷物に定着した言葉を運んでいった。したがって原因と結果のかわりに、相互強化、フィードバック、増幅を思い描くべきだ。

二番目のモデルに描かれているように、このフィードバックの過程は他の諸媒体へと溢れ出して

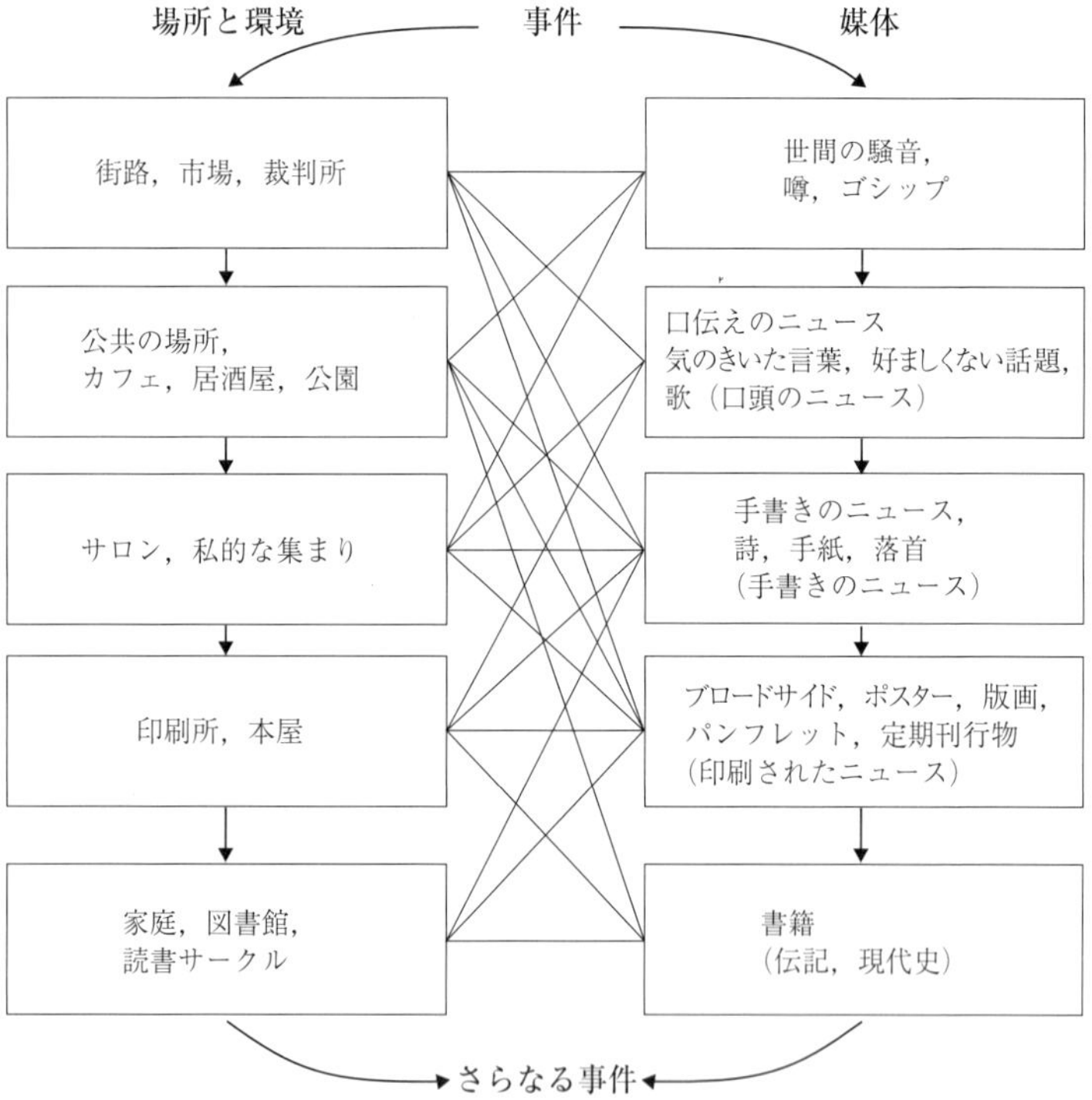

図 7-2　コミュニケーションの回路——ニュース

いき、その媒体は全体的な情報体系のなかで相交わる。同じ題材が、カフェの議論、サロンの即興詩、街角で歌われるバラード、壁に貼られた版画、マントの下で流通した手書きの新聞、カウンターの下で売られたパンフレット、そして書物のなかによく登場した。そういった媒体のなかでこれらの題材は、他の題材と見え隠れしながら織り合わさって複合した物語を形成した。特定の主題が最初に現われたのがゴシップか印刷物かと問うてもほとんど意味がない。なぜなら主題はいろいろな場所で生じ、いろいろな方角へ進み、いくつかの媒体や環境を通過していったからだ。主要な問題は、メッセージの起源ではなくその増幅と吸収に関係している――メッセージが社会全体に反響し、公衆にとって意味深いものになるそのなり方だ。この過程に禁書はどのように寄与したのだろうか。

気のきいた言葉《ボン・モ》とバラードは消え去り忘れられがちだ。しかし書物は主題を印刷物に定着し、保存し、広め、その効果を増大する。もっと大事なのは、書物が主題を幅広い説得力のある物語に組み入れたということだ。逸話や不敬な余談はカフェと印刷された本のなかとでは別のものなのだ。印刷物になることで実際その意味が変わる。なぜなら書物は、見かけ上些細な要素を大規模な物語へと混ぜ合わせ、そしてその物語はしばしば哲学や歴史への視野を切り拓いていくからだ。もちろんそこには出来のいいものとそうでないものがある。『鎧を着けた新聞屋』は品の悪いゴシップのアンソロジーにすぎない。しかし『デュ・バリー伯爵夫人に関する逸話集』は同じ材料を強力な筋で結びつけて伝記にしたし、『ルイ十五世の私生活』は同時代のフランスの綿密な歴史のように読める。これまで見てきたように、こういった作品のレトリックは、読者に目配せし横腹を肘でそっと突ついている間でさえ歴史《イストワール》または物語《イストワール》としての説得力を強めた。きっと読者の多くは本から仕込んだ材料を食卓やカフェの雑談で広めていったのだろう。他人の話から拾いあげた新しいネタを解釈するのに読書から得た見解を利用することもあったろう。禁書を読むことで読者は世論の過激化に参加したのである。

ここで実をいうと、少々大胆な推論をすることになる。というのは、人びとがどのように書物からメッセージを選択したのか、書物が他の情報源からの素材をどのように取り入れたのかについて、正確な知識がないからである。しかしながらその過程は両方で進行し、そのなかで印刷媒体は街角のディスクールを保存し拡大することによって鍵となる働きをした、と仮定するのは有効だと思われる。実際それはずっと大きな働きをした。主題を印刷物に定着することで、書物は主題を物語にはめ込み幅広い意味を与えたのである。ものごとは印刷物になると、情報――逸話、「世間の雑音」、「ニュース」(nouvelles)――を説得力のあるイメージとしてまとめ、そのイメージを物語の筋に沿って並べ、状況を説明し方向を記録した。独自の方法で、独特の文学として、地下のベストセラーは意味を生み出す一般的な方法を強化した。現実を解明するための枠組みを与えてくれたのである。

そういった枠組みがどのように機能したのかは経験の問題である。読書の内的経験についての資料が不足しているため直接的に答えることはできない。しかし間接的近似値的な解答なら与えられる。というのは、もし世論についての資料が非合法文学についての証拠と一致するなら、そこに重要な文化的傾向を見抜くことができるかもしれないからである。書物の主題が「世間の雑音」のモティーフを決めたとか、その逆だというわけではなくて、むしろ二種類のコミュニケーションの方法が共働して、体制の正統性を切り崩すメッセージを定義し、伝達し、増幅したのである。

実際どのように権威の失墜が生じたのかを理解するには、一七八〇年代からの膨大な資料の山を調べつくす必要があるだろう。しかし当座は一般的な主張を強調しておくことが適当のように思われる。すなわち、禁書は二つの仕方で世論を形成した――不満を印刷物に定着することによって（言葉を保存し広げること）と、それを物語へとはめ込むこと（散漫な会話を首尾一貫したディスクールに変えること）によって。

反論

二つの伝播のモデルの輪廓を描こうという前記の企ては、次のような人びとの反論を未然に防ぐはずである。その人びとが仮定するところは、「伝播」の含意するものは受け身の公衆に思想を刻み込むことであるとか、原因から結果への直線的な運動であるとか、文化水準の高きより低きへ滴り落ちる影響であるとか、政治や世論とほとんど関係がない極度に文学的な過程である、といったものだ。しかし他にも多くの反論がある。最も重要な反論は、哲学書の普及がアンシャン・レジームの正統性を掘り崩した、という私の主な主張に対するもので、三つの議論にまとめられる。第一に、非合法文学はアンシャン・レジームの崩壊で最も失うものが多い人びとに最もよく訴えたかもしれない、だからなぜ過激化とか革命の原因とそれを結びつけるのか。第二に、何世紀ものあいだ品の悪い政治文学は存在してきたかもしれないのに、なぜルイ十六世の治下においてことさら重要だと言うのか。第三に、たとえ中傷文が一七七〇年代と一七八〇年代に特に大胆であったにせよ、なぜ読者に多大な影響を与えたと仮定するのか。それらはゴシップとか些細なこととして打ち捨てられてしまって、世論の過激化にはまったく別の源があったかもしれないではないか。
最初の反論には確かに説得力がある。ルソーの最も熱心な読者には、一七八九年以前の貴族とその後亡命した貴族がかなりの数含まれていた。確かに貴族たちは『社会契約論』の政治学より『新エロイーズ』に含まれる感情に反応していたが、一般に特権階級の注文は啓蒙主義の著作の市場の相当部分を占めていた。ルイ十六世が、君主制が打倒されたあと裁判を待つあいだ獄中でヴォルテールを読んでいた、ということさえありそうなことに思われる。だからといってルイがヴォルテール主義者だとは考えられない。ルイはたぶんヴォルテールの著作中、反宗教的な論文より戯曲を読んだだろう。ルイは『パリの祈禱書』(*Missel de Paris*)を秘かに取り寄せたし、投獄中王家は概して信仰修養書を好んだ。しかし宗教に力点を置いた文学という好みは、革命の名士たちの読書習慣とは明確な対照をなしていた。恐怖政治時代にさまざまな党派の領袖から押収された二六の書庫の目録は、特筆に値するほどよく似ている。書庫がブルトゥイユ男爵のような反革命運動家のものであれ、ラファイエットのような立憲君主制主義者のものであれ、ロランのようなジロンド派のものであれ、ダントンのような穏健なジャコバン派のものであれ、ロベスピエールのような過激なジャコバン派のものであれ、宗教書は比較的少なく、歴史書、時事問題を扱った本が非常に多く、哲学者の本、特にヴォルテール、ルソー、マブリ、レナルが多かった。[11]
中傷文やスキャンダル情報が貴族の書庫でのお気に入りだったとしても、驚くにはあたらないだろう。なぜなら廷臣たちは宮廷の下品なゴシップに花を咲かせていたからだ。彼らは自分たちが標的になっているときでさえ、貪欲にゴシップを産み出し消費した。モールパ伯J＝F・フェリポーはルイ十五世とルイ十六世のもとで大臣を務め、大いに中傷の的となったが、自分をだしにしてつくられた気のきいた言葉を楽しみ、王国内の風刺的な歌や詩の最大のコレクションをつくり上げた。[12]読者の反応を評価する際には「政治階級」のこなれた読みを斟酌することが重要である。というのはその階級は、自分自身や少なくとも自分の階級内の犠牲者を笑いものにするこつを心得ていたからである。[13]きっと中傷文作者を含めたその他の消息通もまた、読んでいるものと信じているものの間に批判的距離を維持しながら同様に楽しんでいたのだろう。

しかし貴族階級の醒めた読書を斟酌したにしても、より重要な現象に注意すべきだろう。それは、貴族の多くがヴォルテール、ルソー、ピダンサ・ド・メロベールを真実の信奉者として読んでいた、ということだ。実際、社会階層がはるかに下の読者より貴族のほうが禁書に熱烈に反応していたかもしれない。証拠になる資料をあげることは難しいが、貴族の文学経験は、「哲学書」が体制になんの脅威ももたらさなかった、ということを証明しはしないのである。それどころか、政治組織は最も恩恵に浴したエリートがその正統性を信じなくなったとき最も危機に瀕するものなのかもしれない。

貴族階級がどれくらい心情的に離反していたかを正確に計ることはできないが、貴族の陳情書（cahiers de doléances 三部会前に起草された、不満を述べた陳情書）を見ると、政府の悪弊に対する抗議は第三身分のものとまったく同じくらい強烈なものだったし、啓蒙主義的動機はずっと強かった。

一七八七年と八八年の政府への抗議では貴族たちが先頭に立ち、一七八九年から九二年の事件では貴族の自由派が目立った役割を演じた。革命や、前革命でさえ「ブルジョワ的」というより「貴族的」と呼ばれてもおかしくないというのではなく、混合したエリートたちが両方を受け持ったということなのだ。このエリートが十九世紀の支配階級になっていったわけだが、その頃には古い貴族、富裕な地主、知的職業についたブルジョワが融合して「名士」を形成した。その起源はアンシャン・レジームにまで、特にルイ十五世治下の文化生活に遡る。ダニエル・ロッシュが論証したように、貴族と知的職業に従事する者、王国の行政官とブルジョワの年金生活者は地方のアカデミーやフリーメーソンの支部、文学サークルでしばしば一緒になった。彼らは同じ新聞を予約購読し、同じ論文コンクールに応募し、同じ本を読んだ――とりわけ『百科全書』は、著者と読者が同じ混合環境に属していた。古いエリートが新しい名士に融合していくうちに多くのものが流入していったが、その過程には時間がかかった。しかし基本的な構成要素は十八世紀における共通の文化の形成ということであった(14)。

トクヴィルはこの現象を的確に指摘した。

ブルジョワは貴族と同様に啓蒙開化されていた。そしてブルジョワの啓蒙開化も正確に同じ源泉から汲みとられていることが注意さるべきである。……これらのいずれの階級の人びとにとっても、教育は等しく理論的であったたし、文学的であった。ますますフランスの唯一の教師となっていったパリは、すべての人びとの精神に、遂に同一の形態と共通の様相を与えることになった。

……根本的なところでは人民という土台の上ですべての人びとは互いに類似しあうようになったのである。人民を構成しているすべての人びとは同一の理念、同一の習性をもっていたし、同一の嗜好にしたがっていたし、同一の快楽に耽っていたし、同一の書物を読んだし、同一の言葉を話したのである。(15)
（井伊玄太郎訳）

よくあることだが、トクヴィルはすべてを語ってしまっているように見える。ただし、それらが何の本だったかを自問することを除いてだが。

それらの書物は、トクヴィルが思い込んでいるように、単なる哲学者の著作ではなく、政治の現実についてまるで知識を与えてくれないもっぱら抽象的な論文でもなかった。これまで見てきたように、最も広く普及した非合法文学には、スキャンダルあさりのジャーナリズム、社会評論、政治論争、猥褻な反教権主義、ユートピア幻想、純理的な考察、露骨なポルノが含まれていた――そのすべてが「哲学書」という一枚のラベルのもとに無差別に同居していた。その主題は混ざり合い重なり合ってあらゆる局面でアンシャン・レジームの正統性《オーソドクシー》を問題にしていた。その異議申立てには自制というものが欠けていたが、それはすべてが法の外で生じたからである。そしてまた、それは理性だけでなく感情にも訴えるものであって、あらゆる修辞的技巧を駆使して広範囲にわたる反応――義憤、怒り、軽蔑、嘲り、反感――をかき立てた。

読者として貴族は、禁書が扱う主題のすべての領域に触れていた。そしてその反応もまた広範囲にわたっていたようである。累積効果はたぶん啓蒙への共感をはるかに超えて広がっていた。大多数にとっては、きっとそれは体制からの全般的覚醒にまで至るほどのもので、それにはみずからの特権の正統性を信じられなくなったことも含まれていただろう。もちろんこれは推測であって、「たぶん」とか「きっと」といった言葉の制限を受けねばならない。しかし、特権を放棄した一七八九年八月四日の夜、突然特権階級が転向したと考えるより、徐々に信念が侵食されていったと仮定するほうが理にかなっている。[16] 彼らは体制が崩壊する前に体制を信奉しなくなっていたし、そのあとでずっと大きなものを失ったことに気がついた。しかし大半の者は、旧秩序の側に結集する代わりに秩序を倒す側に加わった。確かに反革命に名を連ねる者もいたが、右翼に共感する者の大半は単に個人生活にひき籠るか、ライン川の向こうへと退却しただけだった。一七八九年の貴族の行動で最も目を惹くのは、一方では革命に対するその熱意であり、他方では革命反対の無力さである。どちらの場合でもアンシャン・レジームへの愛着は断ち切られてしまっていたが、少なくともそのダメージのいくらかは「哲学書」に帰せられるだろう。

信念の喪失と活力の涸渇のような複合した現象を読書の効果に帰してしまうのは、無理があるかもしれない。しかし印刷物の力は過小に評価されやすいのだ。昨今、特に本がかつて社会のコミュニケーション体系の中心に占めていた地位を失ってしまっているだけに。十八世紀における禁書――単一の部門ではなく非合法文学の全資料体《コーパス》――の力をきちんと理解するためには、十八世紀的視点、あるいはいっそのことさらに一世紀前に発展させられた絶対主義の観点から眺めてみるべきだ。この考察は「哲学書」の重要性に反対するあらゆる議論にあてはまるので、他の反論に答える前にここで取り上げてみたい。

アンシャン・レジームの諸価値が強力な文化体系へと固定されたのはルイ十四世治下のことだった。宗教においては戦闘的な反宗教革命、社会構造においては厳然とした階層制、政府は妥協を許さぬ絶対主義であったルイ十四世のフランスは、一世紀後に出版された禁書のなかで最も忌み嫌われたあらゆるものの象徴だった。十七世紀の最も傑出した作家たちは、国家によって保護され、規律を課され、操られ、新しい宮廷文化の中心で働いた。彼らは文学を絶対主義の道具にしてしまった。十八世紀の作家もまた後援者を求めたが、しばしば国家の外で働き、文学を国家に刃向かわせた。そのような行動によって文化英雄になった者もあった。「ヴォルテール王」はルイ十四世への共感と王国の修史官としての役割にもかかわらず、「英雄としての異端者」の典型だった。ヴォルテールはまったく新しい信念の体系を体現していた。それは青年時代の坊主いじめと自由主義をはるかに超えた信念だった。カラス事件〔一七四頁参照〕やそれにつづく事件では、情熱と義憤を吹き込んで自らの主義——啓蒙——を人類のための主義にした。

他の領域の他の作家たちも反国家的感情を結集した。というのは、啓蒙が十八世紀フランスの唯一の理想でも、禁書の資料のなかで主張された唯一のイデオロギーでもなかったからだ。「哲学書」は広範囲の主題を扱っていた。そのなかには権力の座にある者すべてを怒らせ、ルイ十四世以来受け継がれてきた価値体系のすべてを問い直すものも含まれていた。一七七〇年にはもうルイ十四世の文化は時代遅れで圧制的だと思われるようになっていた。文学はその対立物を意味していた——それは法の外で生産され、アンシャン・レジームの最後の二〇年間に市場に溢れていたいろいろな種類の文学であった。トクヴィルが述べたように、文学は社会的区別を超えていきわたり、字の読めるあらゆる層から世論を結集した。誰もが同じ本を読んだし、そのなかには同じ「哲学書」が含まれていた。そういった本の著者は文学の国家への帰属を断ち切ってしまった。彼らは権力から文化を切り離した。より正確にいえば、新興文化の力を旧来の正統派的信念《オーソドクシー》に対抗させたのだ。こうして反論が主張されだし、絶対主義国家に基礎を置く正統派的価値体系を文学に根ざす異議申立ての精神から切り離した。この反論が、社会的地位がどうであろうと読者の置かれている状況を明らかにしている。時代は関節がはずれている〔『ハムレット』第一幕五場の科白〕、文化生活はもはや政治権力と一致しない、と万民に証明した。ルイ十四世的統合体はバラバラになった。そして、十七世紀の絶対主義を正統化するのに大いに寄与した文学が、今や権威を失墜させる主役となった。

第八章　政治的中傷文の歴史

権威の失墜の問題は第二の反論を引き起こすのだが、それは中傷文（libelles）——ひとまとめに「大物」（les grands）として知られる名士を標的にした名誉毀損的攻撃——と呼ばれる禁書の下位部門に関するものだ。なぜそういったものがそれほど重要だと考えるのか、と問う人があるかもしれない。中傷文学はルネサンス以来ずっと王や廷臣のまわりに集中していた。ルネサンスにはアレティーノが猥本売りを商売にしたが、誰もそれが国家の脅威になるとは思わなかった。おそらく一七七〇年代と一七八〇年代の中傷文は古くからの誹謗（mad slanging 泥を投げること）に属するが、それはもとの場所に——溝のなかに——放っておくのがいいだろう。

この反論のせいでわれわれはある問題に直面することになる。悪口を言いふらすのは非常に嫌悪すべきこと、つまらないことと見なされてきたので、広い範囲にわたって過去の調査をした者がこれまでいなかったということである。われわれは政治的中傷の歴史が必要なのである。その歴史が書かれるまでは一応の結論にしか到達できないだろうし、私は本気で猥本を取り上げるための予備的な議論しか提供できない。その議論は次のように要約できる。第一に、十六世紀と十七世紀に

「大物」についての下品な言葉をたくさん発掘できるにしても、本としてまとまった、十八世紀のベストセラー中傷文に比較できるものはなにも発見できない。第二に、たとえ中傷文が革命の二世紀前にフランスで広く流布していて、アンリ三世とルイ十三世治下では魅力があったからといって、その中傷文がルイ十五世とルイ十六世治下では魅力をなくしたということの証明にはならない。逆に、中傷文はたえず増大する読者層への累積効果で力を得たかもしれない。第三に、中傷文の前期と後期を比較してみると、果てしない繰り返しではなく、むしろ個人の名誉毀損から体制全体の冒瀆へと移行しているのが明らかになる。

この文学を見分けるために使われる用語は広範囲に及んでいる。中世末期には libelles（「本」を表わすラテン語の liber の縮小語 libellus から由来している）は小さな本を意味していた。あらゆる種類のパンフレットに適用されてきたこの語が、主に重要人物への短い中傷攻撃と結びつけて考えられるようになった。一七六二年にアカデミー・フランセーズによって発行された標準的な辞書には、libelle は単に「侮辱的な作品」（écrit injurieux）と定義されていた。侮辱は、近代の中傷の概念におけるように個人に関することもあったが、国事であることの方が多かった。というのは libelles は扇動的でありえたからだ。それはすでに二世紀前にはっきりしていた。すなわち一五六〇年の王の布告は、「民衆を刺激し、扇動して暴動を起こそうとする貼札や名誉を毀損する libelles……の生産者はすべて公共の安寧の敵であり不敬罪を犯した罪人」として断罪されるであろうと宣言していた(1)。

この中傷と扇動の独特の結びつきは、十六世紀から十八世紀全般を通して政治的中傷文の歴史を特徴づけてきたように思われる。危機が国家を襲うときにはいつも中傷文が災いを大きくした。一五八九年旧教同盟のパリでの反乱のさなか、ピエール・ド・レトワールはスキャンダル・パンフレットの蔓延に驚いた。「毎日ごく小さな印刷業者が印刷機を通して、陛下に対する馬鹿げた、名誉を損なう中傷文を次から次へと産み出そうとしている」(2)。一六一五年、マリー・ド・メディシス〔一五七三―一六四二年。アンリ四世の妃。夫の死後摂政となるが、息子のルイ十三世と対立した〕に対する王族たちの反乱の最中には、『中傷文に関するフランスへの戒告』という論争的なパンフレットが、「名誉を毀損する中傷文」こそ民衆の動揺をかき立てようとしている人びとが利用する主要な武器である、と警告した(3)。一六四九年にはフロンド党が王国をほとんど無政府状態にしていたが、パリの人びとは「中傷文のびっくりするほどの量」にぞっとした(4)。そのときまでには、中傷文の危険に各方面から憂慮の声が上がっていて、中傷文作者(libellistes)同士が互いに中傷の廉《かど》で中傷しあった。「国家にとって中傷文ほど有害なものはない」と、あるパンフレットが公言するかと思えば、別のパンフレットはスキャンダル記事の禁止をその企画の中心的な関心事とし、『名誉を損なうあらゆる中傷文の全般的検閲』という題名を予告したりした(5)。

そういった宣言が純粋に警告を表わしていたのか言葉の上だけのポーズだったのかは判断しにくいが、当局は確かに中傷を深刻に受けとめていた。一六四九年五月二十八日、パリ高等法院は、中傷文を発行した者は誰でも絞首刑にすると脅すことで首都の秩序を回復しようとした。六月には中傷パンフレットで安寧を乱した廉でベルナール・ド・ボトリュという弁護士が絞首刑にされかけた。そして高等法院は七月、『王妃の寝床のカーテン』というパンフレットの印刷中に捕まった印刷業者クロード・モルロに死刑を宣告した。それはマザランと王母アンヌ・ドートリッシュ〔一六〇一―一六六六年。ルイ十三世の妻。息子ルイ十四世の幼少時、一六四三年から一六六一年まで宰相マザランと摂政政治を行なった〕についての報告で始まっていたが、一七七〇年代に発表されたどれにも劣らず露骨なものだった。「諸君、もはや疑うなかれ。あの二人がまぐわっているというのはほんとうだ」。モルロは印刷職人が暴動を起こして絞首刑執行人から奪還してくれて救われた。しかし中傷文は暴動につながるという〔当局の〕言い分が立証されてしまった。そしてフロンドの乱の第一段階は出版物の取締りで終わった。[6] フロンドの乱も後になるとあい争う党派が剣同様中傷文でも戦った。そのため一六六一年に君主制を再建し始めたとき、ルイ十四世は印刷物を統制し文化生活を全面的にみずからの権威に服させるために厳しい方策をとった。書籍取引、検閲、警察の再組織化はすべて新種の絶対主義に寄与し、その絶対主義は中傷文作者を地下にもぐらせたり国外に追いやった。多くはオランダに逃げ、一六八五年のナントの勅令廃止後に亡命したプロテスタントとともに隊伍に加わった。一六九〇年代には宗教紛争と国外の戦争が、亡命者による政治的誹謗の激しさを増した。しかし旧タイプの中傷文は王国内でもときどき発行されつづけた。ルイがヴェルサイユで王権崇拝を通じて君臨する一方、一六九四年十一月にはパリである印刷業兼書籍商が王の性生活について不敬な記事を発行したために絞首刑にされた。[7] このように十八世紀の初めまでに、一つのジャンルが出来上がり、それは国家によって扇動的という烙印を押されてしまっていた。そして革命前の時代の地下のベストセラーへの道が切り拓かれたのである。

しかしわずかに散在する研究論文《モノグラフ》からこの歴史を復元すれば、宗教改革からフランス革命にわたる広大な中傷文学が本質的には同じものだったと証明することになるだろうか。ジャンルそのもののなかにも多様性がある。中傷文は貼紙、ブロードサイド、歌、版画、パンフレット、書物でありえた。ピエール・ド・レトワールは、一五八九年にまとめたコレクションにすべてを少しずつ入れた。三〇〇以上の項目がフォリオ判〔二折判〕四巻にまとめられた。(8) しかし形態は違うがそれらには一つの共通点があった。端的な個人攻撃だったのである。この点はルネッサンスふうの政治に負うところが大きかった。ルネサンスの宮廷政治は人物、庇護と追従者、与党と野党、陰謀と策略(combinazione)の問題だった。立派に振る舞うにはまず自分の威信をどう守ったらいいかを知らねばならなかった。というのは、評判は権力の一形態であって、マキャヴェリが説明したように君主にとっては特にそうだった。

すでに述べたが、君主はけっして人の憎悪と侮辱を受けないように努めなくてはならない。常にこれをよく避けるならば、それだけよく天職を果たし、たとえ他の過失を犯したとしても、なんら危険はない。……

無節操であるとか、はた迷惑だとか、惰弱、臆病、優柔不断だと見られることはやがて世の軽蔑を招くから、君主は気をつけてこの暗礁にのり上げぬようにしなければならない。その行為には偉大、勇気、厳格、堅忍不抜が見えるようにしなければならない。……

他人にこのような意見を懐かせる君主ははなはだ称賛される。高名を博している人に対して反逆を企てることは容易なものではないから、いやしくも君主が臣下の尊敬を受け名君と仰がれている間は攻撃を受けることはないだろう。(9)

(黒田正利訳、一部改訳)

評判を守ることがルネサンスの政治術の基本戦略となった。それはマキャヴェリのトスカナだけでなく、ルイ十三世のフランスでも同じことだった。リシュリューはそれを権力の概念の中心に置いた。「君主は名声によって強力であるべきだ。……名声は非常に必要なものであって、良い評価から得るところのある君主は、軍隊は持っていても尊敬されない君主よりも名前だけでより大きなことができる」[10]。

近代初期のヨーロッパでは、一般に権力は銃身から生まれたのではなかった。軍隊は通常ほとんど傭兵隊と衛兵が二、三隊で、警察といえば地域の警察隊がわずかという程度であった。国民に権威を印象づけるため、君主は権威の実演をした――戴冠式、葬儀、王の入市式、行列、祝祭、花火、公開の処刑、病人に触れること（すなわち瘰癧《るいれき》という「王の病い」を治すこと）によって。しかし演劇型の権力は侮辱に傷つきやすかった。狙いすました侮辱が声望を貶め、パフォーマンス全体を台無しにしてしまいかねなかった。ルネサンスの宮廷で生き残るためには、言葉の攻撃をかわしたり、退けたりする方法を知らねばならなかった。この種の政治的手腕を使えるのは王侯貴族に限られていたが、それは民衆の前で実演された。したがって劇がバラバラになると、俳優は観客に訴えることができた。平民が割り込むこともできた。そして街角で最高の信望を集めた者が頂点に立つこともあった[11]。

フィレンツェ同様パリでも政治が市街戦になることがよくあったが、権力の行使は大半が言葉によるものだった。一五八八年五月十二日〔旧教同盟派が中心となってパリ市民がバリケードを築いたため、国王アンリ三世はパリを脱出した〕と一六四八年八月二十六日から二十八日にかけて〔政府が高等法院の評定官ブルーセルを逮捕したことからパリの市民が蜂起した〕、すなわち「バリケードの日」に中傷文の洪水が放たれたが、実際その数が多すぎたので、徒党を組んだ廷臣だけを狙ったものとは考えにくい。それらは、ポン＝ヌフや裁判所やパレ＝ロワイヤルやオーギュスタン河岸通りをはじめとする、印刷および口頭によるコミュニケーション組織の中枢に集う雑多な公衆に訴えた。中傷文の対象が平民だということは、文体からも理解できた。中傷文は粗野で猥褻で下品で過度に単純だった。それが利用した民衆的ジャンルには道化芝居の会話、猥褻な冗談、俗謡のバラード、非難の大演説、夢や幽霊や残虐な三面記事（faits divers）についての型にはまった物語があった。扇動的な街角の会話（世間の雑音、好ましくない話題《モヴェ・プロポ》）の調子をまねた中傷文もあった。儀式的な侮辱や民衆の落首（pasquinade　ローマのパスキーノ像〔発掘された古代ローマの像〕のように公共の場所に掲げられた中傷的な詩）のような言葉遣いのものもあった。暦や青本叢書（bibliothèque bleue　大衆文学）の呼び売り本《チャップブック》のように青い表紙で綴じられているものが多かった。その多くがブロードサイドのように読まれた――オカジオネル（occasionnels）、瓦版（canards）、フイユ・ヴォラント（feuilles volantes）は一六三一年以前のあらゆる読者に一世紀にわたってニュースを提供した〔*Dictionnaire de l'Ancien Régime* によれば、オカジオネルは政治的な内容を載せた情報紙、フイユ・ヴォラントは「綴じていないばらの紙」という意味だが、十五世紀末イタリア戦役の報告に際して発行されたもの。これらは不定期だが、一六一〇年代に登場した瓦版は週一回の発行で二段二ページの新聞〕。そして一六三一年にはフランス初の新聞、『ガゼット・ド・フランス』が発行を始め、その後二世紀にわたり最下層の人びとに情報もしくは誤った情報を与えつづけた。こういった印刷物の驚くべき激増は、政治が宮廷だけではなく庶民のまっただなかで行なわれていたということを証明している。[12]

だからといって、貴族の文化と庶民の文化をはっきり区別できたということではない。何かそれらしい区別が存在してはいたが、絶えずぼやけてしまうのだった。最も粗野なパンフレットがときどきラテン語になり、魚屋言葉の多くが学のある人びとを楽しませようとする一種の文学的スラム街見物になった。「青本叢書」のような「民衆」のジャンルを研究すればするほど、学者は「民衆文化」という概念そのものに確信がもてなくなっていく。十六世紀最大の天才ラブレー以上に誰が民衆とエリートの融合を体現しているだろうか。猥褻で難解、卑俗で気取った（recherché）ラブレーは、主役のガルガンチュワを呼び売り本から選び出し、町の市の行商人の言葉で紹介した。中傷文学にはラブレーふうのエネルギーが脈打っていたが、それを特定の公衆のせいにすることはできない。それが属していた世界では、権力闘争が宮廷の境界を突破して街角へ溢れ出し、通り道にいる者すべてを押し流していったのである。(13)

このような爆発的狂躁状態は、マキャヴェリの計算にほとんど入っていなかった最後の要素、宗教のせいだった。一五五九年のアンリ二世の死からフロンド党の敗北と一六六一年のルイ十四世の親政開始に至る一世紀のあいだ、フランスは断続的な内戦の時期を経験したが、それを煽ったのは主にプロテスタントとカトリックの争いだった。プロテスタントはフロンド党に加わっていなかったのに、一六八〇年代にはルイは彼らを国外へ追放した。そのため治世末期のルイを攻撃する最も激しい中傷文はオランダからやってきた。オランダでは亡命者たちは、イギリスの絶対主義への反対者――すなわちジョン・ロックのような人びと――と交わった。ジャンセニストとイエズス会士の反目がイデオロギー抗争に別の一面を付け加えた。そしてあらゆる対立が、王朝と国家の対立関係によって国際的な規模に拡大された。ヴァロワ家、ブルボン家、ハプスブルグ家、チューダー家、スチュアート家、オレンジ家、ホーエンツォレルン家、ハノーヴァー家の王族たちの指揮する軍隊は、石弓と鎧を捨て去る前の時代でも、莫大な被害を与えることができたのである。

この長期にわたる多面的紛争の時期に言葉の暴力の役割はどのようなものだったのだろうか。好ましくない話題や世間の騒音の発生率を計ることはできないが、十六世紀後半から十八世紀前半までの中傷文の激増期を確認することはできる。四つの時期が目立っている――一五八八年から九四年、一六一四年から一七年、一六四八年から五二年、そして一六八八年から九七年である。[14]

最初の激増は混沌とした宗教戦争期に生じた。その時期には事件が次々とひっきりなしに起きたので、印刷のほうがほとんど追いつけないくらいだった。パリでオカジオネルは一五八九年を通して一日一号の割で出ており、一五八五年と一五九四年の年一ダース程度に比べると驚異的な量である。危機は暗殺、政変、英雄、悪党といった、恰好の新聞種を豊富に提供した。そしてパリの当局は、パンフレット屋が敵に砲火を集中している間は、まったく自由にさせておいた。敵とは、ヴァロワ家のアンリ（アンリ三世）とその当てにならない同盟者ナヴァール家のアンリ（将来のアンリ四世）だった〔一五八九年四月、二人のアンリは旧教同盟に対抗して同盟を結んだ〕。

確かに王は恰好の標的になった。王の風評は、マキャヴェリの公式からすればそうあるべきではないもののすべて、すなわち「軽率、惰弱、臆病、優柔不断」だった。中傷文作者は手持ちの侮辱の言葉すべてを王に投げつけた。臆病者、偽善者、言い訳屋、暴君、そして最も悪いことにプロテスタントと呼んだ。王の伝記作者の多くの興味をそそった行動、男の「寵臣」との乱交パーティを、中傷文作者はあまり重視しなかった。というのは主な関心は宗教にあったからだ。[15]宗教が一五八〇年代の政治問題のために基本的な語彙を提供した。そのため、アンリ三世を中傷するとき中傷文作者は、隠れユグノーだとか、魔法使い、悪魔の仲間などと言い立てた。プロテスタント側がバリケードの反対側から同じやり方で応酬し、旧教同盟はフランスを反宗教改革、スペイン、教皇という悪魔どもへ売り渡した、と非難したのである。両陣営とも空に現われた徴しだとか地上の奇跡についての驚異を事細かに述べて、自分たちの議論を飾りたてた。同じ扇情主義の精神で事件の報告も行なわれていたが、それはちょうど約百年前に瓦版がしていたのと同じだった。実際、中傷文は瓦版とよく似ていた。たいていは全紙一枚または半枚（いちばんありふれた判型だと八折判で八ページか一六ページ）の雑なブロードサイドかパンフレットだった。形、文体、内容では、中傷文は十八世紀のベストセラーより、時代遅れのオカジオネルと共通点が多かった。

次に中傷文が王国に溢れ返った時期は、一六一四年から一七年にかけての王族たちの反乱のときだったが、このときも似たようなものだった。またもや「お偉方」、すなわち大貴族、王の寵臣の間での権力闘争が宮廷のなかだけでは収まらず、争う者同士が武器を取ったり印刷物で互いに中傷しあったりして公衆に支持を求めた。しかし今回は、宗教的主題は比較的ぼかされて、誰も王の権威に挑戦しなかった――その理由の一端は、あまりにも王に権威がなかったということだが。危機に瀕したときルイ十三世は十一歳でしかなかった。争っている党派は王を攻撃せずに国務会議を掌握し王の権威で統治しようとした。王母マリー・ド・メディシスは摂政として、またアンクル元帥ことコンチーノ・コンチーニのような寵臣を用いて国務会議を支配していた。その主要な対抗勢力であるコンデ親王は王母に取って代わろうとし、まず一六一四年には三部会を操り、それから陰謀を用い、最後には大っぴらに反逆した。一六一七年には危機は頂点に達し、パンフレットの生産が最高になった（約四五〇点の新作というのは一五八九年の生産高より一〇〇点近く多い）。そしてその年には、コンチーニが暗殺され、マリー・ド・メディシスが追放された。散発的な反乱と奇妙な陰謀がさらに二〇年間続いたが、一六三〇年までにはリシュリューが秩序を回復した。このリシュリューとその後継者マザラン枢機卿の断固とした方策のもとで権力は確固としたものになり、ルイ十四世の絶対主義の基礎が固まった。しかし一六四三年に王位についたときルイは四歳の子供だった。そのため一〇〇年間にわたり王国を引き裂きつづけてきた諸勢力を支配することをもくろむ一政体として最後に絶対主義が出現する前に、フランスはさらにもう一つの摂政時代ともう一つの反乱であるフロンドの乱を経験せねばならなかった。

一六一四年から一七年の危機は主として「野党」に対する「与党」の闘いだったので、その所産であるパンフレットは貴族、王国の官吏、地方政治やギルドの指導者といった「政治的に重要な公衆[16]」の支持を結集することを意図していた。それらは一五八〇年代のパンフレットほど激しくないように見えた。おそらく一般大衆の反響もさほどではなかったろう。しかし今回のパンフレットも事件に焦点を合わせていて、行動を美辞麗句で描いていることで事件を具体化するのに役立った。パンフレットは戦略的に酷評したり言い逃れしたりしながら情報を与え、解釈し、勧告し、告発した。そして事件の流れに割って入り、要所ではいつも支持者を奮い立たせ敵を笑いものにした。時折り宗教問題や憲法問題に言及することはあったが、絶対王制の主権という原則には異常に敬意を示しつづけた。そして個人に砲火を集中した。コンデは裏切り者、せっかちで、向こう見ずな陰謀家。コンチーニは放蕩者、悪魔、ふしだらな簒奪者。マリー・ド・メディシスは暴君、お節介やき、堕落した外国の山師の保護者、というように。中傷はいつものように論敵に向けた個人攻撃のかたちをとったが、意趣返し（règlement de compte）以上にはならなかった。

フロンドの乱の間、一六四八年から五三年にかけて発行された五〇〇〇点ものパンフレットの大部分は、同じような個人的罵倒を繰り返していた。状況も似ていた。少年の王、寵臣マザランを通じて統治しようとする王母アンヌ・ドートリッシュ、権力の分け前を目指すもう一人のコンデ（マリー・ド・メディシスの対抗者ブルボン家のアンリ二世の息子ルイ二世）が率いる大貴族たち。しかしこのたびの危機はより深刻だった。一六四九年一月、反乱者はマザラン、王母、少年のルイ十四世をパリから追い出して、街を乗っ取ったのである。三月の終わりまで反乱側は封鎖に抵抗したが、その間、新聞には事実上自由を許した――その自由というのは、マザランとその同盟者は誰でも中傷してよいというものだったが。一六四九年の最初の三カ月、パンフレットは一日一〇号の割で溢れ出した。旧教同盟のブロードサイドのように、それらは民衆の琴線に触れ、事件に密着し、言いたい放題に論評し、風刺した。

八月に王がパリに帰還したことが合図になって、最初の、あるいは高等法院のフロンドの乱が終わり、その後パンフレットの論調は変わり始めた。一六五三年までは陰謀や政変が幾多の論争源となった。しかしパンフレットはより長く、より思慮深くなった。街角の反応より「お偉方」の会議で考え出された計画を載せた。それでもその多くが個人を活発に激しく中傷しつづけたので、フロンド党のパンフレット発行の全貌はそのジャンルの典型的中傷文によって知られるようになった。

その中傷文とは一六五一年につくられたポール・スカロンの『ラ・マザリナード』(*La Mazarinade*)である。

普通名〔同類のもの全部に通じる名称。ここでは「マザリナード」〕のため主題や形態が多様だということがわからなくなる。一五八〇年代と一五九〇年代の論争文学のようにマザリナードは歌やポスターから冗長な政治論文までなんでも含んでいた。政治的なねらいをまったく出さずに単に娯楽を目指しているものもあった。フロンド党とともにマザランを支持したものさえ二、三あった。以前のオカジオネルと異なる新味といえば、おもにスカロンによって人気が出たビュルレスク詩という下位ジャンルである。それは儀式的侮辱と落首《パスキナード》の伝統に頼っていて、確かに卑劣なものだった。たとえば『ラ・マザリナード』によればマザランはこのように定義される。

男色をしている奴、されてる奴、
そして最高級の奴、
毛むくじゃらの奴、羽根のある奴、
かさばってちっぽけな奴、
国と男色する奴、
そしてえり抜きの奴……(17)

フロンドの乱の出演者はみな中傷文の対象になったが、その大半はマザランに降りかかった。前例のない怒濤の如き罵倒だった。中傷文作者は枢機卿の卑しいとされていた生まれをからかった（実際はイタリアの小貴族の出身でローマのコロンナ家の勢力圏で育ったのだが、司祭と召使の娘との間に生まれた私生児だと言い立てる者もあった。一二〇年後に同様な生まれだとされることになるのはデュ・バリー夫人である）。彼らはマザランがフランスの富をイタリア人の懐に、あるいはスペインとローマ教会の財源に入れたと非難した。マザランの愛する贅沢、美食、オペラ、姪たちが嘲笑の的になり、姪たちの私生活も詮索された。彼の性生活、特にアンヌ・ドートリッシュとの関係が事細かに書きたてられた。そして結論は、マザランを公職から追放し、獣のように狩りたて、撃ち倒し、八つ裂きにするか車裂きにすべしというものだった。こういった攻撃は、より以前のテクストを通して浴びせかけられていた侮辱の上をいくものだった。それらは中傷文を小さな伝記のようなものにした。もっとも、ルイ十四世への攻撃とルイ十五世治下で蔓延した念入りな「私生活」（vies privées）の描写と比べると未発達（『ラ・マザリナード』はたった一四ページのパンフレットだった）に見えるが。

その程度の規模の中傷がアンシャン・レジームにとって革命の脅威になるだろうか。専門家は同意しない。ユベール・カリエはマザリナードに関する最近の最も広範な研究の著者だが、テクストのなかにあらゆる種類の過激なメッセージ――単に課税と専制政治に対する抗議ばかりではなく君主制そのものへの攻撃も――を見いだしている。さらにのちのパンフレットのうち二、三のものにカリエが感じとっているのは、体制の変革への「真に革命的な」要求であり、一斉の反乱による「民衆の民主主義」でさえある。[18] しかしまたもう一人の権威であるクリスチャン・ジュオーによれば、激越な言葉は文字どおりには受け取れない。マザリナードを書いた者とそれを読んだ公衆にとって、そのほんとうの意図は有利な地歩を占めたいという思惑にあった。内戦が最終局面を迎えた時期に繰り広げられた複雑な思惑である。パンフレットは王に対して民衆の蜂起を扇動しようとはしていなかった。その蜂起という妖怪を呼び出したのは、単にもう一つの戦略の方が好ましいということを証明しようとしただけなのだ。すなわち、オルレアン公ガストンのもとでの暫定政府という戦略である。「第三者」となることでオルレアン派は、王族と宮廷の間に割り込んで「旧」高等法院フロンド党からの支持を取り付けようと期待した。パンフレットが好んで大げさな法律用語——学のあるラテン語の引用、引合いに出された自然法、憲政史の強調——を使うのは、その呼びかけを強めようという狙いだった。君主政治を打倒するどころか奪取しようとしていたわけである。最も過激に見える論文『自由の道への案内』は説得力不足のままこう結論づけている。「われわれは王権を愛し、専制を憎む」——誰の怒りも買わない主張だし、裁判所の司法官や弁護士ならなおさらそうだ。(19)

ディスクール分析が最も実り豊かなのは、こういった相対立する解釈が同じテクストに集中する場面である。カリエは厳格に研究を進めているのに、一六五二年以降のマザリナードの読解には時代錯誤的な要素が混ざりこんでいる。彼にとって言語は自明のものだ。王への攻撃には革命、さらには民主主義すら感じさせるところがある。ジュオーはテクストを戦略闘争における指し手として扱っている。そのテクストは絶え間ない雄弁の十字砲火であって、チェスを思わせる「王族たちのフロンド」での攻撃と反撃には雄弁がつきものだった。一六五二年までに反抗は自発的なものではなくなっていた。プロが後を引き継いだ——オルレアン家の者たち、コンデ、レー枢機卿、マザラン自身のような「お偉方」である。彼らには同様な図々しさがあり、同じ体制のなかで相争い、その体制の破壊ではなく支配を目指して奮闘していた。彼らは要所要所で「民衆」からの支持を求め、「バリケードの日」のように民衆の介入さえ目論んでいた。しかしこれらは内輪のゲームで用いる戦術的な指し手だった——実にマキャヴェリ的な契機であって、古典的な共和主義ではなく策略がらみのものだった。[20]

　次のパンフレット発行の激増は一六八五年だったが、それまでにゲームは様相をかなり変えていた。ルイ十四世は貴族を飼い慣らし、高等法院を脅し、言論界を統制した。言論界そのものがすでに近代的形態の新聞になり始めていた。確かに体制を悪く見せるようなものは検閲を通らなかったし、今日われわれの知るような政治ニュースは最大の定期刊行物である『ガゼット・ド・フランス』紙、『メルキュール』紙、『ジュルナル・デ・サヴァン』紙には載らなかった。しかし活発なフランス語の出版が低地帯〔現在のベルギー、オランダ、ルクゼンブルグの占める地域〕とラインラント〔ドイツのライン川以西の部分〕で発達し、ニュース屋（nouvellistes）が口伝えと手書き新聞でパリのゴシップを供給した。G＝N・ド・ラ・レーニの断固としたやり方のもと再建されたパリの警察は厳格だったにもかかわらず、地下印刷所がパンフレット文学を生産した。その一方であいかわらず旧式のオカジオネルと瓦版があらゆる種類の読者を楽しませていた。読者層そのものが拡大していたし、特に都市部でそうだった。宮廷はヴェルサイユに引っ込んでしまったが、パリは穏健なブルジョワだけでなく職人や商店主など庶民でいっぱいだった。そして彼らは、政治は王の仕事であると知っていても政治について知りたがった。実際、王はその仕事を独占していたが、公衆を満足させて操る必要があるのを理解していた。王の入市式、祝祭、劇場、美術、建築、そして王立アカデミーで探究される科学さえもが、公衆の面前で王の崇拝を維持した。リシュリューは文化の国家統制を始めたにすぎなかった。ルイがそれを究極の絶対王政の屋台骨にしたのである。[21]

これはほとんど中傷文が開花できる風土ではなかった。一六六一年から一七一五年までのルイの親政中、パンフレットの総数は約一五〇〇点だったが、それは一六四九年一年間に発行されたマザリナードの数より少なかった。発生率を計るのは難しいが、オランダとスイスの収集物から判断すると一年に二〇ないし四〇点の割で発行され、特に一六八八年から九七年にわたる世紀末の危機的な時期には急増した。[22]パンフレット文学のなかの中傷文の割合を見積もることはできない。統計は頼りなさすぎるし、曖昧すぎてパンフレットと中傷文の両方の概念がぼやけている。しかしルイ十四世と大臣への中傷は、マザラン、アンヌ・ドートリッシュ、マリー・ド・メディシス、コンチーニ、アンリ三世への誹謗に比べたらたいしたものではなかったように思われる。一六七八年から一七〇一年までにパリ税関で押収された非合法本すべてのなかで、王の私生活に関するものはたったの二パーセントだった。[23]

ルイ十四世に対する中傷文が比較的少ないのは、ある程度フランス国内での印刷物の国家統制によるものだった。以前中傷が激増したのは内戦のさなか、実質上言論が自由になった時期だった。十七世紀後半には、その大半が国外、とりわけオランダから入ってきた。オランダは一六七二年以来フランスに対して存亡を賭けた闘いを決然と挑み、一六八五年のナントの勅令廃止前でさえユグノーの亡命者をかくまい始めていた。中傷文は当然外交問題と宗教的主題に力点を置いた。それには理論的なテーマも含まれていて、その一部はイギリスの大変動中に生み出された政治文学に由来し、一部はフランソワ・オトマン〔一五二四年―九〇年。フランスの法学者〕の『フランコ＝ガリア』（一五七三年）と『暴君に対する反抗の権利』（一五七九年）〔これはデピュレシ・モルネとランゲの作と推定される〕といった、より古いカルヴァン派の文学に由来していた。しかし大半は旧式の侮辱に頼っていて、その形態は中傷的な一枚新聞（lardons）〔ardonsは瓦版canardsと同じ体裁のもの〕と短いパンフレットで、そのなかにパスキーノとマルフォリオのようなお決まりの登場人物が交わす対話形式の風刺文〔パスキーノとマルフォリオという古代の像が対話する形式の風刺は十七、十八世紀のローマで大いに流行した〕も含まれていた。

この文学がマザリナードやもっと前のパンフレットと別のものになったのは新しい要素のせいだったが、その出所は意外なことにヴェルサイユそのものと、そのリベルタンの廷臣、ビュシー伯ロジェ・ド・ラビュタン〔一六一八年―九三年。『ゴール人の恋愛物語』、従姉妹だったセヴィニェ夫人との書簡『回想録』などがある〕の鋭い才知だった。ビュシー＝ラビュタンが宮廷のゴシップを短編物語にすると、その写本が流布し国中で最も高貴な女性たちの性的冒険を物語ることになった――しかしそれはいつもごく純正なフランス語で書かれ、猥褻さも政治的論評もなく、実際宮廷外の世界にはなんの言及もなかった。ビュシー＝ラビュタンにとって不運だったのは、彼のノンフィクション恋愛物語をヒントにして、模倣者が王の性生活を材料にしたことだ。ビュシー＝ラビュタンの敵はこの続編を彼のものだと言いはった。それからオランダで出版された続編に次ぐ続編が性の冒険譚を変質させていって、ルイ十四世の絶対主義の、道徳的のみならず政治的な性格を非難した。ゴシップから写本へ、写本から印刷へ、性から政治へと、スキャンダルを触れ回ることが文学のまったく新しい分野に発展していった。

結局ビュシー＝ラビュタンはバスチーユ送りとなり、それから追放された。彼の薄くて小さな『ゴール人の恋愛物語』は、政治と性の叙事詩『雅なフランス、あるいはルイ十四世の宮廷での恋愛物語』五巻本に発展した。なかでもいちばんみだらな短編『マントノン夫人の恋愛』は王の愛人の伝記をピカレスク冒険譚として描いた。玉座への道を寝ながら進んでいく途中、マントノン夫人は無骨な田舎貴族たち、猫背の中傷文作者スカロン、最後に王の聴罪司祭ラ・シェーズ神父を通り抜けて行った。神父はマントノン夫人のベッドに近寄るためにみずから従僕に変装し、それから彼女を、王国を乗っ取ろうというイエズス会の陰謀の手先にした。しかし現代の読者の期待に反して、物語は政治よりはるかに宮廷の性生活の覗き見的暴露に興味を示す。ルイ十四世への攻撃のうち、権力乱用に対する抗議において最も過激なマザリナード級のところまでいっているものはほとんどなかった。その意義は最新の出来事の解説というよりも新しいジャンルを生み出したことにあった。それらは中傷文を旧式のパンフレットやブロードサイドの中傷をはるかに超えて、より破壊力のある武器である、完全な政治的伝記の圏内にまでもっていった。十八世紀が始まるまでに、ルイ十五世と君主制そのものの正統性に大いに打撃を与えたベストセラーへの道が拓かれていたのである。(24)

このように概観しても、下劣な、よく知られていない、莫大な影響力をもった文学の一族に関する歴史を十分に尽くしたことにはならないが、基本的な問いに答えるのに役立つだけの材料は得られたはずである。その問いとは、一七七〇年代と一七八〇年代の中傷文はそれ以前のものとどう違うのか、というものである。

最初に思い浮かぶ特徴はその規模である。以前のものと異なり十八世紀の中傷文は長く複雑な物語で、一巻本（『デュ・バリー伯爵夫人に関する逸話集』）から四巻本（『ルイ十五世の私生活』）、一〇巻本（『イギリス人スパイ』）、スキャンダル情報もこのジャンルに入れるなら全三六巻（『フランス文芸共和国の歴史に資する秘録』）になるものさえあった。それ以前の文学はほとんどパンフレットの形で流布していて、ルイ十四世に関する短編物語でさえも一七三〇年代になって初めて何巻にもわたる版へと集大成されたのである。パンフレットは、少なくともフロンドの乱のような危機の時代にはおそらく世論に強力な作用を及ぼしただろう。しかしパンフレットは短命に終わりがちだった。中傷文が本の形になると、パンフレットの素材が、多年にわたり入手しやすく、近過去について詳しい話を聞かしてくれるような文学ジャンルに組み入れられることになった。

第二に、本になった中傷文は以前のパンフレット文学より広範囲に流通した。マザリナードのなかにはグルノーブルのような遠隔の都市の書店にまで達するものもあったが、初期の文学は大半が、地下出版で一晩か数日で生産した少部数が限られた地方に流通していたようである。(25) のちの中傷文は一大産業になり、王国全体に大規模な流通網で供給された。それらはベストセラーで、数人の出版者によって一〇〇〇部もしくはそれ以上が同時に発行された。そして出版者たちは、大いに拡大した市場を満たすために競いあった。

第三に、ルイ十五世への攻撃は現代史の幅広い物語のなかに王の性生活を置くことで、ルイ十四世への攻撃をはるかに超えた。『雅なフランス』はルイ十四世の治世を一連の好色物語にしている。『ルイ十五世の私生活』は六〇年間の政治を扱っている。『デュ・バリー伯爵夫人に関する逸話集』

でさえたえず政府内の権力闘争、高等法院の抵抗、庶民の厳しい運命について言及する。この点からするなら、『逸話集』はマザリナードの活気あふれる政治解説のつづきということになるが、ルイ十四世のもとで発達した小説的な物語の拡大版にその解説を組み入れたのである。

第四に、性的冒険譚としてものちの中傷文は先の時代のものとは大きく異なっていた。『雅なフランス』では王が雅《みやび》だった。王は権力と色事とを結びつけ、フランソワ一世やアンリ四世流に宮廷の貴夫人連と派手にやっていた。主として治世末期のパンフレットのうち二、三のものを除いて、王は人目を惹く存在で、強大な王国の精悍な主であり、たいてい「偉大なるアルカンドル」〔『雅なフランス』にはアンリ四世の恋愛を取り上げた『アルカンドルの恋』が含まれている〕としてうやうやしく言及された。したがって時に不敬に及ぶことがあっても、しばしばスキャンダルがルイ十四世を好意的に照らし出している。実際に太陽王崇拝を強化したケースもあったかもしれない。ルイ十五世に対する中傷文が描き出すのはそれとは非常に異なった王の姿である。一七七〇年までにルイ十五世は二つの大戦で敗北し、国政にすっかり興味をなくしてしまった。女のことしか頭になくなった。それなのに王はほとんど勃起もできなくて、ありふれた娼婦の魔力に陥った。そしてその娼婦が売春宿で覚えたテクニックを駆使して王と王国全体を支配することになった。平民のデュ・バリーは、卑しい生まれ、卑俗さのため、ルイ十四世の高貴な愛人たちとはかなり違ったヒロインになっている。デュ・バリーは王を自分の水準まで引き下げて、王からカリスマ的な力を剝ぎ取り、君主制からその象徴的な力を奪ったのである。いくつかの中傷文が強調しているように、彼女の手のなかの王笏は王の男根同様弱々しく見える。

第五に、初期の中傷文は暴政に対してしばしば抗議したが、暴政というのは古代まで遡り、ルネサンスで復活した概念だった。一方、のちの中傷文は君主制が専制に陥っていると非難したが、専制とは十七世紀末に強力な新しい意味領域を獲得し始めた概念だった。[26] 両方の用語とも権力の乱用という観念を含んでいるが、暴政のほうは個人の恣意的な支配と結びついていたので、その個人を排すれば問題も消えることになる。一方、専制は権力の乱用が政府の組織全体にまで広がっているということを示唆した。権力の乱用についての観点が個人から組織へと移り始めたのは、ルイ十四世の治世の末期だった。一六八五年から一七一五年にかけての国が内外ともに多難な時期で、ポール・アザールはそれを「ヨーロッパ人の意識の危機」〔アザールの著書の邦訳書名は『ヨーロッパ精神の危機』となっている〕として把握している。[27] ルイ十四世は国内で反対という反対をすべて抑えて臣民から税金を搾り取る一方、国外で悲惨な戦争を続けていただけではなかった。王国に圧制的な官僚制を敷き、リシュリューとマザランが残していった行政の中央集権化という課題も継続していた。破局を目撃した貴族の知識人にとって、問題は王その人と同じくらい国家機構にあった。そして彼らの考え方をルイ十五世の治世の初期にまで追跡していったモンテスキューにとっては、その問題が指し示していたのは君主制とも共和制ともまったく異なった専制政治という独特の国家形態だった。

より古い分類は、たいていアリストテレスの方法に従っていた。それは権力のありかによって国家を区別するもので、一人による統治（君主制）、多数による統治（貴族制）、全員による統治（民主制）に分類されていた。しかしモンテスキューは政治体制の歴史的展開に専念した。そして『ペルシャ人の手紙』や『法の精神』に描かれているように、ルイ十四世時代のフランスは専制政治へと衰退していく途上にある君主制国家に見えた。ジャンセニストの反目と、高等法院と王権の闘争

(Department of Rare Books and Special Collections, Princeton University Libraries)

「鎧を着けた新聞屋」として描かれた中傷文屋が，アンシャン・レジームの弊害に対してあらゆる方角に砲撃を加えている

シャルル・デブノー・ド・モランドによる『鎧を着けた新聞屋，もしくはフランス宮廷の醜聞話』の口絵より。「バスチーユから 100 リーグにて自由の旗印のもと印刷された」，1771 年の典型的な中傷文である。

がこの見方を強めた。したがって王国が一七七一年から七四年にかけての非常な危機——大法官モープーが王の権力を抑制する高等法院を廃止しようと試みたこと——によって動揺していたとき、中傷文作者は理論的歴史的説明によって出来事を見ることができた。もちろん彼らは政治理論を書いたわけでも単に高等法院の宣伝をしていたわけでもない。しかし彼らには、情勢について、十七世紀の先達に可能だった以上の広い視野があった。ルイ十四世の絶対主義の経験と啓蒙の政治思想が、モープーの危機を理解するために必要なものを与えてくれていた。すなわち、彼らはそれを専制政治への発展の最終段階と見なしたのである。こうして一七七一年から八九年まで、専制が中傷文学の主要な主題になる。それは酒池肉林の王の宴会や封印状についての通例となった猥褻な細部とよく見合った主題だった。

この種の文学は革命的だったのだろうか。簡潔に答えるなら否である。中傷文のなかで、フランス人に、君主制に対して蜂起せよとか、社会秩序を転覆せよとか力説したものはない。その多くは十六世紀まで遡り、十九世紀まで続くことになる題材を繰り返した——たとえばヴィクトル・ユゴーの『王は楽しむ』、リゴレットのアリア「廷臣方よ、悪らつな方々よ」〔『リゴレット』は一八五一年初演のヴェルディのオペラで、『王は楽しむ』はその原作。リゴレットの役どころはマントヴァ公爵の道化で、このアリアは第二幕で歌われる〕。そういった主題が政治的フォークロアになるとたいへん長い生命をもち、おそらく一般の人びとの態度に長期的影響を与えた。ふしだらな王と邪悪な大臣への非難が、君主制をその臣民の目に正統なものと見せていた神聖さの層を、一滴また一滴と石の上に落ちていく雫のようにすり減らしていった。個々の挿話は集団の記憶から消えても、全体的な原型は残った。それが物語の枠となり、周囲の事情の展開に応じて状況に当てはめることができた。個々のテクストの意味は最近の出来事に合わされていたが、同時にそれは三世紀にわたって仕上げられたメタテクストからも生じた。したがって、ルイ十五世に対する中傷文は、モープーと高等法院の論争に属していると同時に王の権威に対する挑戦的態度を表明していて、旧教同盟とフロンド党にまで遡るものだった。中傷文がアンリ三世とマザランの姿を思い起こさせるとき、ルイ十五世がルイ・カペーのように見えるのである〔一七九二年の王政廃止後、ルイ十六世はルイ・カペーと呼ばれた〕。

中傷文が長期にわたり連綿と歴史に姿を現わしていたからといって、それは同じことの果てしない繰り返しだったと理解するべきだ、ということにはならない。中傷文は発展するにつれて新しい素材と新しい形態を獲得した。ルネサンスの巧妙な誹謗からフロンド党のパンフレット攻撃、好色な政治的伝記、専制に反対するスキャンダル暴露的抗議へと中傷文の文学は力を得て、たとえ革命を要求してはいなくても体制の全面的弾劾へと変化した。実際、一七八七年以前には革命を予見したり、フランス人に革命を説いた者はいなかった。革命のイデオロギー的起源は、新体制の予見ではなく旧体制の権威の失墜の過程として理解されるべきだ。そして中傷文学ほど効果的に正統性を掘り崩したものはなかった。

以上が、少なくともこの文学の予備的調査から引き出される結論である。しかしながらそれは一応の結論でしかない。なぜなら、この主題はさらに研究を要請するものだからというばかりでなく、新たな問題領域に通じるものでもあるからだ。それは、読者はどのように非合法文学に反応したか、そして、禁書は世論の形成にどのように寄与したのか、というものだ。

第九章　読者の反応

読書の歴史には、前もってちょっと触れておいたが、アンシャン・レジーム下で読者がどのように本に反応したかはほとんどわかっていない[1]。わかっているのは自分の直観を信用してはいけないということくらいだ。反応がどんなものであったにせよ、われわれとは非常に異なる精神世界の出来事なのだから、自分の経験をテクストに向き合っている二〇〇年前のフランスの読者に投影することはできないからだ。

それでもこれだけは主張をしておいた方がいいだろう。つまり、読者の反応は確かに多様なものだったが、今より激しいものだったということである。テレビやラジオが印刷物の優位を脅かすことのなかった時代では、今日のわれわれにはほとんど想像できない力で、書物が感情を目覚めさせ、思いをかき立てた。リチャードソン、ルソー、ゲーテは読者の涙をしぼっただけでなく、人生をも変えた。『パミラ』や『新エロイーズ』を読んで恋人たち、夫婦、両親が自分たちの最も近しい関係を再考する気になったり、行ないを改めた場合があったこともわかっている（そういう資料が残っている）。ゲーテの『若きウェルテルの悩み』を読んだ読者のなかにはみずから命を絶った者もいた。もっとも、「ウェルテル熱」が大量の自殺者を産み出したと信じているドイツ人がいるが、そんなことはなかった。

こういった初期ロマン派の小説は今日では耐えがたく感傷的なものに思えるかもしれないが、十八世紀の読者にはあらがいがたい真実の響きをもっていた。それらが作者と読者、読者とテクストの間に新しい関係を打ち立てた。もちろんアンシャン・レジーム下には他に多くの異なったジャンルがあり、異なった種類の読者がいた。それ以前の時代の乏しい定番に比べれば十八世紀に消費された読み物は非常に膨大に見えるので、「読書革命」と関係づける者がいるくらいである。彼らの主張によれば、読書経験は十八世紀中葉まではもともと「集中的（intensive）読書」であって、それ以降「多読」（extensive）になったというのである。その「集中力」は二、三の作品、特に『聖書』を、たいていは集団で声を出して何度も繰り返し読む習慣に由来していた。「多読」を始めると、読者は広範な印刷物、特に定期刊行物や軽い小説をどんどん読んでいったが、同じものをもう一度読もうとはしなかった。

この公式は、ドイツ史特有の流れを説明するためにドイツの学者が発展させたものだ。フランスが政治革命、イギリスが産業革命を行なっている間に、ドイツの近代化への道は「読書革命」を通っていった。そしてそれは「詩人と哲学者」（Dichter und Denker）の国に特有の文化領域を拓いた、というのである。この主張には単純さという魅力があるが、裏づける証拠はほとんどない。例外はライプツィヒ、ハンブルク、ブレーメンのような都市の周辺のプロテスタントが多い商業地区の場合である。ドイツやヨーロッパの他の地域にも適用できたとき、この主張は、人びとが一、二冊の本しか所有せずそれを繰り返し読んだ、より古い文化の型と、人びとが次つぎにいろいろなテクストを読む、より豊かで博学な段階を有効に区別できる。しかしその区別も、「集中的読書」と「多読」というより重要な対立とは関連がない。そこには無視されている証拠があって、旧式の反復読書がしばしば集中的というより機械的であったり儀式的であったということ、一方、小説というものが新たに流行したことで、多様でありながらより集中的な経験が生じたことがわかっている。ドイツ人の多くが『若きウェルテルの悩み』を何度も読んだし（ナポレオンは七度読んだ）、それを暗記した者さえあった。(2)

確かに読者は、十七世紀には比較的少数だった定期刊行物や他の種類の文学へと徐々に向かっていった。読書の習慣はもはや家長が『聖書』を家族に朗読する図にそぐわないものになっていた。しかしその図は、レチフ・ド・ラ・ブルトンヌが一七七九年に感傷的に描き出しているが、けっしてフランスの習慣にそれほど一致していたわけではない。(3)一六四九年にはフロンド党の印刷機は一日半ダースのパンフレットを生産したから、実際パリの人たちはそういった短命な印刷物を一世紀後の人たちより多く読んだかもしれない。新しい読書習慣について最初の証拠は一七五〇年あたりに見つかる。そのころの個人の蔵書目録と書籍の特認登録を調べてみると、小説、歴史、科学関係と旅行の本に比べて宗教関連の書物が減少している。(4)しかし、大規模なほんとうの「多読」がはっきり優勢になったのは十九世紀後半のことだった。その頃になって、安い紙、蒸気印刷機、読み書き能力の大幅な向上が、一般大衆に手の届く範囲内に新種の大衆文学をもたらしたのである。十八世紀にはこのようなものはまだなかった。印刷技術、書籍取引の組織、子供の教育は一〇〇年前と基本的には変わっていない。趣味が変わり、読者層が拡大しても、読書の経験は変化しなかった。より世俗的になり、より変化に富んだものになったが、集中的でなくなることはなかった。読書が革命を経験したわけではなかったのだ。(5)

歴史家たちは過去に隠された革命をあまりにも多く発見しては退けてきたので、「読書革命」も無視してかまわないのかもしれないが、例外は、アンシャン・レジームのフランスで禁じられた文学に対し読者がいったいどんな反応を示したか、を説明するためにそれが持ち出された場合である。もし読書に革命が起きて、読者がテクストに対して形式ばらず懐疑的になり、根本的に新しい態度をとるようになっていたなら、おそらく読者は「哲学書」を娯楽のつまらない一形式として無視していただろう。(6)この議論は仮定上の結果を説明するため仮定上の原因を使っているが、真面目に取り上げるに値する。なぜなら、それが禁書の影響に反論するために持ち出された唯一の主張だからである。しかしそれをじっくり吟味することはできない。というのは、読者の反応を知るためにごくわずかの資料しかないし、書籍取引の地下部門に関しては特にそうだからだ。後続の研究が現れるまで、私が差し出せるのは、著者、出版者、書籍商、書籍警察の書簡から集めたいくつかの証拠だけである。

書評は残念ながら大した助けにならない。フランスで流通していた定期刊行物のなかで禁書を論じることはできなかったし、とにかく書評の内容は大半が抜粋とか、味方の作品を繰り返し宣伝し敵の作品を攻撃するとかいった程度を超えることはほとんどなかったのである。しかしパリの文学者たちは、外国の君主に宛てて書いた時事回報《ニューズレター》でスキャンダラスな作品についてしばしば報告した。

こういった個人新聞は正式の新聞より偏見に満ちていることもあったが――記者が自分や友人の作品を書評することもよくあった――、制約を受けない分、パリの文学界で非合法文学がどう受けとめられていたかを知る手がかりを含んでいた。

時事回報のなかで最も影響力があったグリムの『文学通信』（ディドロ、レナルその他の援助を受けF・M・グリムが一七五三年に創刊し、一七七〇年代から一七八〇年代にはJ・H・マイスターが継続した）は多くの哲学書を論じた。『ヴェールを剝がれたキリスト教』のような無神論的論文についての好意的批評は大した証拠にはならない。というのは、そういった批評は同類のドルバック派が書いたからだ。(7) しかしルイ十五世に対する中傷文の書評からわかるのは、たとえその粗野なところには不満であっても教養のある読者は政治的誹謗を真面目にとっていた、ということである。『ルイ十五世の私生活』や『デュ・バリー伯爵夫人に関する逸話集』の著者の正体はわからなかったが、マイスターは彼らに共感を示さなかった。前者は下男が書いたようだし、後者は従者が書いたようだ、と言って、マイスターは続けている。それでも作品の内容は真剣に注目するに値する。虚構から事実を切り離そうと努めることによって『私生活』はルイ十五世の治世についてかなり目配りのいきとどいた報告になっている。(8) また『逸話集』は文体のゆえにではなくとも公平さと真実らしさのゆえに高得点に値する。「彼［匿名の作者］の歴史は絶対の虚偽でも絶対の真実でもない。真実に達しないにしてもほとんどの場合真実に接近している」。(9) マイスターは『デュ・バリー伯爵夫人の原書簡集』をずっと高く評価していたが、それは明らかに贋作の書簡集で、「でっち上げられたものだけにいっそう真実」だった。それはルイ十五世治世の時代精神をよく捉えていたのだ。

この書簡の匿名の著者こそは、ルイ十五世の治世末期に満ち満ちていた小陰謀をすべて知悉しているだけでなく、描き出している人物ほとんどの性格や気質についても深い知識をもっているらしい。……しかしこの驚嘆すべき作品を読んで最初に考えたくなることは、デュ・バリー夫人が寵愛を受けていたあいだ、その周辺のこの目も眩むような社会的混乱のさなかで夫人以上に尊敬に値する者は誰も、ほんとうに誰もいなかった、ということである。王国の最高位の人びと、最大の権力者たちが夫人の足元で品位を落とし、夫人の信頼を乞い求め、夫人とは比較にならないほどのどん欲さを示す。彼らは利益を得ようという下心から全体的に無秩序を増大させ、交互に夫人の信頼を求めたり、裏切ったりし、当然至極の屈辱を経験した。憎しみと羨みから夫人を軽蔑しようとしたが、軽蔑に価したのは彼らの方だった。(10)

要するに、ルイ十五世の宮廷におけるデュ・バリーと政治についてのフォークロア的見解は、パリの知識人層の教養ある同時代人には説得力があるように思えたのである。

出版者の通信文のなかに残った手紙から、読者が何人かの非合法本の著者に魅力を感じていたのがわかる。それはヴォルテール、ルソー、レナル、ランゲ、メルシエである。しかし読者の反応が論じられることはほとんどなかった。STNの書類中稀な例外はバールというナントの商人からのもので、彼はこっそりとわずかばかりの本を売っていた。バールは自分の町の書籍取引について、いいことはなにも言わなかった。「商人たちはほとんど文学のことなど考えません」(11)。しかしレナルの『哲学的歴史』は例外だった。

読者は熱狂的にこの本を受け容れました。著者は天才、本物の学識、正直な心を持っています。ものごとが鮮やかな色彩で描かれているので、読んでいると心に火がつけられたように感じます。著者は人類の眼を被って真実を見えなくしていた有害な眼隠し布を大胆に引き裂いてしまったのです[12]。

STN(ヌーシャテル印刷協会)はルーアンの商人ピエール・ゴドフロワからも似たような報告を受け取った。彼も書籍取引に手を出していたが、熱心だったのは、啓蒙主義のより合理主義的な面に対してだった。彼は禁断の果実への食欲を見せ始めていた友人たちに渡せるようにと、STNに『自然の体系』を半ダース送るよう頼んだ。仲間の誰もがヴォルテールを「崇拝」している、とゴドフロワは書いた。そして彼自身はというと、スイス人の素朴な自由を特に賛美し、それをフランスの奴隷的精神と比較した。スイスの山地への旅行記を読むと「自由が生み出す利点」に心を動かされる、と言った。「当地の人びとにできるだけたくさんその例を示す必要があります。というのは、ここの人びとには自由とは何かということさえわからないのですから[13]」。

プロの書籍商はこういった個人的な感想を書かなかったが、第一章で説明したとおり彼らの手紙は「哲学書」の需要をたっぷり証言してくれる――リヨンのピエール゠ジョゼフ・デュプランによれば、「哲学的ジャンル、それは今世紀のお気に入りのようです[14]」。仕事の話の間に、彼らは顧客が特定の著者やジャンルに示す興味についての考えを示した。たとえばベルフォール〔フランス東部、スイスとの国境近くの都市〕から来ていたル・リエーヴルという行商人は、当地の駐屯隊の将校連が猥褻で反宗教的な本に関して示す特殊な「興味」について記している。[15] ルーダンではマレルブが反教権主義への強い関心に気がついた。「ヴォルテール氏の新作はきっと大きな需要があるでしょう。……説教はたいした売上げにはなりません。信仰修養書はありふれているし宗教熱は冷めています」[16]。いたるところで書籍商は、政治的中傷文への強力な欲求を感じていた――ランスのプティによるとそれは、「批判的作品」、あるいは「辛辣な記事」（ソワソン〔フランス北部のエーヌ川に臨む都市〕のヴァロキエ）、あるいは「最近の事件についての作品」（トゥールのカレ）と呼ばれていた。[17] 彼らはいつも同じテクストに言及した。特に『デュ・バリー伯爵夫人に関する逸話集』、『デュ・バリー伯爵夫人の真実の回想録』、『モープー氏によって遂行された…歴史的記録』、『モープー氏の秘密で親密な書簡集』、『ルイ十五世の私生活』、『ルイ十五世の回想録』、『ルイ十五世の年代記』、『テレ師の回想録』、『秘録』、『イギリス人スパイ』に。彼らの手紙は、そういった本に興味をもっていることについては疑いなかったが、残念なことに顧客がそれらをどう読んだかについてはなにも記していない。[18]

もちろんテクストそのものには、著者と出版者が予測した反応について多くの手がかりが含まれている。たとえばポルノ本は好色な刺激のために読まれると考えられていた。それで「片手で読む本」[19]についてのルソーの有名な言葉や『哲学者テレーズ』のクライマックスが出てくる。『テレーズ』のクライマックスは「絵画と読書の効果」と題された章で、伯爵が『シャルトル会受付係修道士B…師の物語』や『カルメル会受付口係修道女の物語』、『淑女学院』などのポルノのベストセラーをテレーズにしつこく勧めて、自慰をするようたきつける。しかしどのようにして、そういった想定を実際の読者の経験に照らして吟味できるだろうか。

特に政治的作品の影響に関しては、王国政府の出版監督局内で取り交わされた書簡や覚書のなかにときどきその徴候が見られる。一七七一年六月、カーンの地方長官補佐が当局に警告して、ノルマンディには禁書が溢れかえっていて、読者はそれをまともに受け取っている、と書いた。「こういった悪書を読むと、市民は精神をかき乱され、服従、従順、尊敬というくびきをたえず揺るがされることになります[20]」。ヴァランシエンヌ出身の引退した書籍商ラバディは警察に、世論の流れを変えられるとは期待できないにしても強力な措置をとるように、進言した。「今日誰もが哲学的に考え、政治上の問題を論じたがっています。誰もがそういった問題を語り、眼の前に現われたどんな危険な作品でも手に入れようと殺到します[21]」。とはいっても、警察の情報提供者がこの危険を今にも起こりそうな革命と結びつけたわけではなかった。彼らは「悪」書への熱中に、不満だけでなく流行も感じていた。それで一七七六年の匿名の覚書は警察に、「哲学書」が広まるのは止められないようだ、と警告している。

今日ほど多くの禁じられた作品が目につくことはありません。……悪書に耽っていても誰も恥ずかしいと思わないのです。逆に人びとは自慢する始末です。悪書だとわかると人びとはそれだけいっそう欲しいと思うようになります。そして健全な読書にほとんど一日一時間もさけない者が、悪書には幾晩も徹夜するなどと言うでしょう[22]。

法の両側のプロが気がついていたのは、禁書は違った読み方をされ、違った種類の読者を惹きつけるということだった。ギーという男は、パリのヴーヴ・デュシェーヌのところで働いていたころ「哲学書」を行商していたが、バスチーユで書いた覚書に読者と読書の種類を以下のように記している。

人びとはどんな値段であろうがそれら［禁書］を手に入れようと必死です。ところで、こういう人びととはどんな人たちでしょう。まさに生まれ、地位、学識、宗教への傾倒から考えて真っ先にそれらを断罪するべき人びとなのです。ところが逆に、この種の新作についてひそひそ声で何か言われるのを聞いただけで、それを手に入れようとするのです――廷臣は楽しみのため、司法官は情報を仕入れておくため、聖職者は反駁するため、第三身分〔平民〕の者は珍しい入手しにくいものを持っていると言うために。要するにそれは人目を惹き、流行の先端を行くための方法なのです。そして靴の修繕屋に払う六リーヴルのエキュ貨がない者でも、時流に乗って泳ぐために四ルイ［九六リーヴル］を使うことでしょう。(23)

流行についていくため、知識を得ておくため、刺激や感動を受けるため――読者はいろいろな理由で非合法文学に向かい、さまざまに反応した。書籍取引に携わる者は誰も、反応が同じになるだろうとは思わなかった。しかし誰もが、禁じられた文学を真面目な問題、王国の高級官僚の注意を惹き、警察の一部局全体を占めるに足るほどの重要な問題として扱った。

もちろん警察の記録にはそれなりの歪みがある。出版監督局長官は教会や国家への脅威を発見して警視総監に取り入ったかもしれないし、警視総監は「お偉方」への誹謗を嗅ぎ出して削除させ、ヴェルサイユの上役の機嫌をとったかもしれない。革命前の時代にパリ警察で最も重要な警視総監だったジャン＝シャルル＝ピエール・ルノワールの記録は、特に注意して読まねばならない。というのは、ルノワールはフランス革命から逃げだして、一七九〇年から一八〇七年の間のさまざまな時期にそれを書いたからである。革命家に対してみずからの統治を弁護しようとしているのだが、それは革命家から権力の乱用を責められて国外へ追われていたからなのだ。しかしルノワールは、何がアンシャン・レジームの崩壊をもたらしたのかを理解したいとも考えていた。そして内部の活動については非常によく知っていたので、未完のままに終わった回想録の草稿に走り書きされたルノワールの所見は、フランス政府の最上層部の禁書に対する態度と政策について貴重な情報を与えてくれる。(24)

ルノワールによれば、中傷文はルイ十六世の時代の初期にはたいした関心を惹かなかった。モールパ伯爵は政府の最有力大臣で宮廷の陰謀のヴェテランだったが、中傷的な歌謡や警句を収集していた。「個人的な集まりでモールパ殿は自分を貶める詩を陽気に朗唱された。そういったものはいつでも娯楽だったし、これからもそうだろう、たいしてすることもなく、上流社会の人びとを感心させてみたいパリの人間どもの関心事だ、と言われた(25)」。しかし政策は、ネッケル、カロンヌ、ブリエンヌの内閣で変わった。一七八〇年にはもう大臣たちは秘かに記者を買収して互いに相手を破滅させようとしていた。ルイ十五世の激動の晩年に手書きのまま出回っていた中傷文が今や印刷されて出回り、当の君主その人を攻撃した。それから中傷はルイ十六世に向けられて、不能と思われていたことを嘲笑し、マリー・アントワネットに向けてはうわさの乱交パーティを嘆いてみせた。この種の名誉毀損はモールパでさえ笑いとばすわけにいかず、政策を転換し、外国での中傷文の生産を止めるよう秘密指令を準備した。外務大臣ヴェルジェンヌ伯爵は中傷文作者を捕えるため秘密捜査員をロンドンに派遣した。警察はウィーンやブリュッセルに捜査員を送り、パリの書店の手入れを続けた。しかし中傷文の発行は弾圧より素早かったので、「法は革命前の何年ものあいだ反政府中傷文には特に効力がなかった[26]」。

振り返ってみてルノワールには、誹謗中傷が「国内の平静、公共心、従順［の精神］を大いに損なった[27]」ように思えた。政府が正確な記事でみずから宣伝して論駁しようとしたにもかかわらず、民衆はとっぴな話を信じた。「パリの人びとは事実より秘かに流れている噂や中傷文の方を信じる。事実の方は政府の命令または許可のもとに印刷出版されているのに[28]」。一七八五年にはもうルノワールは、マリー・アントワネットがパリに現われたとき、「女王万歳！」と群衆に金をやって叫ばせねばならなくなっていた。しかしたいへんな苦労をしたのに、やっと「買収されたのが見え見えの、まばらな拍手しか[29]」得られなかった。誹謗中傷の年月が君主制に対する国民の愛着のなかの根本的なものを損なってしまったのだ。

ルノワールの言葉は外務省の資料とバスチーユの古記録から裏づけることができる。一七八三年には、外務大臣はロンドンの中傷文作者を撲滅しようとして、アメリカ独立戦争を終結させるパリ条約の交渉とほとんど同じだけの時間を費やした。中傷は卑しむべきものであるが、国王を攻撃しているとなると見て見ぬふりはできない、と外務大臣はロンドンの代理大使に書いている。「この世紀がどんなに腹黒い時代で、最も馬鹿げたつくり話が簡単に信じられてしまうか、ご存知でしょう」[30]。大混乱のあと警察は中傷文作者を買収したり、フランスへおびき寄せて捕え、バスチーユに放り込んだ[31]。しかしその直後のダイヤモンド・ネックレス事件——王妃とロアンの枢機卿を巻き込んだスキャンダル——がはるかにひどいパンフレットの激増を招き、フランス人の多くが王は枢機卿に寝取られたのだと信じこんだまま革命に突入していくことになった。

こういった資料のどこにも、本が単に「効果を産むようにつくられた機械」で、読者は刻印されたどんなメッセージでも受け容れてしまう「柔らかい蝋」のような心を持った単なる受容者だと示唆するものは見つからない[32]。十八世紀のフランス人はコミュニケーションについて十分理解していたから、読者と読書は多様だと思っていた。しかし「哲学書」が強力な反応を生じ、中傷文が国家の安定を揺るがすこともありうる、とは信じられていた。二世紀前にテクストを扱っていた男女の心にはもはや簡単には近づけない。間接的に研究することしかできず、その手段としては著者や出版者や書籍商や政府の官吏、そして自分の感想を残している読者がときどきあるくらいだ。しかしあらゆる証拠は、読者が禁じられた文学を真面目にとっていたという同じ結論を示している。あらゆるといっても、正確には、最後の一つの資料以外は、ということだが。

『タブロー・ド・パリ』のなかでルイ＝セバスチャン・メルシエは、中傷文の効果をごく軽視していたようだ。

中傷文は禁止されればされるほどいっそう求められる。しかし読んでしまって、勇気を出して買ったかいがなかったとわかると、追いかけ回したのが恥ずかしくなる。「読んだ」ともあえて言いにくい。それは文学の下層生活者によって生み出されたくだらないものだ。……二週間たって世論から断罪され汚名を浴びずにすんだ中傷文があっただろうか。……過激な中傷文はぞっとさせ、うんざりさせる、そのひどさのため自滅してしまう。しかしより穏やかなものであれば、集中しすぎた権力の重石《おもし》になることもある。当局が権力を乱用するのと同様に、中傷文は品位の限界を超える。傲慢な小独裁者のせいでそういったことがよく起きたが、公衆は両極端の間に真実を感得する。(33)

この一節は、公衆は中傷文作者が差し出すものをなんでも信じたわけではない、ということを確かに示唆しているが、読者が中傷文を真面目にとらなかったということを証明しているのではない。反対にそれは、逆の反応を産みかねない誇張した中傷と、権力の乱用に対するより穏やかな攻撃を区別しているが、後者は公衆を政府内の独裁者に刃向かわせることができたのである。この場合、メルシエが描く「公衆」は、彼自身と似たような人びとに主に当てはまるように思われる――すなわち事情通、出版や公務の世界の内側の人間である。風刺的なポスターやパンフレットについての同じような議論でメルシエは、「上流社会の人びとはそれらを大いに楽しんでいるが、真に受けているわけではない(34)」と書いた。このように書籍商や警官と同様、メルシエは世事に通じた読者と普通の読者とを区別した。後者をけっして定義することはなかったが、不調和で両立しえない社会的特色でできあがった「名状し難い合成物」としての「公衆氏」について、示唆的なエッセイを書いた。[35]それでもやはりメルシエは、流行の盛衰を超えた法廷のかたちをとって公衆は存在しており、その法廷は対立する意見というふるいを通って最後には真理を宣告する、[36]と主張した。真理は現われるという確信はメルシエの中傷観をも決定している。というのはメルシエは、つまらない中傷文にある「わずかばかりの確かな真実」が大臣を震えさせると主張したし、悪名高いモープー氏の内閣はベストセラー・リストでいちばん人気のある中傷文の一つ、『モープー氏の秘密で親密な書簡集』によって打倒された、とまで言っているからだ。[37]

しかし示唆に富むといっても、メルシエの『タブロー・ド・パリ』をあたかも十八世紀のパリの住民の心の中を覗く窓のように文字どおりに受け取ることはできない。あらゆるテクスト同様それにも修辞的逆流があって、そのため矛盾する方向へ流されている。矛盾はメルシエが読書に言及するときに最も顕著である。というのは、一方で活字を歴史上最高の力として誉め称えるかと思えば、他方でジャーナリズム、下請けの作家、中傷文を非難しているからだ。比較的低級な文学活動へのこの嫌悪はどこからくるのだろうか。根本的に、メルシエは彼らと同一視されたくなかったのだ、と私は思う。メルシエはちょうどレチフ・ド・ラ・ブルトンヌのように「どぶ川のルソー」(Rousseau du ruisseau)として知られていたが、その呼び名はレチフのためにつくられたものだった。ジャン＝フランソワ・ド・ラ・アルプの文芸時事回報《ニュースレター》ではメルシエは失敗した劇作家、低俗な編集者、レチフの親友として登場する。[38]バショーモンの『秘録』では売文家として登場し、巻数を増やして市場から最大の利益を搾り取ろうと、あらゆるがらくたを『タブロー・ド・パリ』にぶち込んだ、と書かれている[39]。そして警察のファイルでは、

弁護士、粗暴で変わり者。法廷で弁論することも協議することもない。弁護士資格を取っていないのに弁護士の肩書を得ている。『タブロー・ド・パリ』全四巻その他の作品を書いた。バスチーユを恐れて国外へ去り、その後帰国し、警察に入りたがっている[40]。

政府と社会秩序に対するメルシエの批判の大胆さについては、書評はすべて意見が一致していた。『紀元二四四〇年』同様『タブロー・ド・パリ』も哲学書のベストセラーになった。しかしそれもまた中傷文だろうか。『ヨーロッパ通信』に載った最初の二巻本の書評は断定的にこう書いている。「これは中傷文ではない。勇気ある敏感な市民の作品である」。それは称賛のように聞こえるかもしれないが、メルシエをいたく傷つけた。次の版の第四巻でメルシエは、『ヨーロッパ通信』のこの批評に対し、長い猛烈な一章で応えたが、それはメルシエが言及した唯一の書評だった。「批評はほとんど責任の免除にはならない！　私の作品を読んだというあなたよ、教えてくれ。いったいこの作品のどこが、あの中傷文といういとわしい言葉と結びついた観念を思い出させるのだろうか。なぜそんな言葉を使うのか。気が重くなる」[41]。メルシエの中傷文嫌いは、自分の作品が中傷文に分類されるのではという心配を表現していた。それはちょうど、下請け作家の仕事を非難することが下請け作家と考えられるのではという恐れを表わしていたのとまったく同じだ[42]。

実際メルシエが作家や読者について発表したものは、すべてありのままの実態というより、むしろ文学についての当時のディスクールで優勢だった主題について教えてくれる。メルシエはほとんどすべての作品で、とりつかれたように同じ話題に戻っている。曰く、啓蒙はいたるところに広がっている、作家は世界の認められていない立法者だ、印刷機は進歩の最も強力なエンジンだ、そして、世論は専制主義を打ち倒す力だ。その口調を知るには一つの例で十分だ。

われわれの思想には過去三十年間に重大な変革が生じた。世論は今やヨーロッパの圧倒的な力、あらがいがたい力になった。これまでに生じた、また今後生じるであろう進歩という観点からは、啓蒙された思想が地上に最大の善をもたらし、いたるところに反響し、ヨーロッパをまどろみからさます万民の叫びを前にして、あらゆる独裁者は震撼するであろう、と期待してもよい。……作家の影響力はかくの如きものであるので、今や作家は自分たちの力を公然と宣言し、民衆の心に及ぼしている正統な威光をもはや隠さずともよいのだ。(43)

読書がこの一連のライトモチーフのなかで中心的な位置を占めている。メルシエはその作用を描写するために初期ロマン主義の月並みなイメージに頼った。すなわち、精神力は引力や電気のように目には見えないが、あらがいがたく天才によって生み出され、ペンから放たれ、活字で伝えられ、読者の魂に刻印される。(44) たとえば『文学と文学愛好家について』のなかには印刷に関する章があるが、それをメルシエはのちに『私のナイトキャップ』に再録した。

それ［印刷］は最も美しい天の賜物である。……それはやがて世界の様相を変えるだろう。印刷所の植字工の小さな活字ケースから偉大で寛容な思想がたち現われるとき、人びとはそれに逆らえない。その気はなかったのにその思想を採るようになる。その影響は既に眼に見えている。印刷が生まれたのはほんの少し前だが、既に何もかもが完成に向かっている。……独裁者は護衛兵や要塞に取り囲まれ、二千本の抜き身の剣で守られていて、良心の呼びかけに聞く耳を持たないかもしれない。しかしペンの一撃には抵抗できない。その一撃は威光輝くさなかに撃ち下ろされるだろう。……だから世の独裁者よ震撼せよ！　高潔な作家を前にして震撼せよ！(45)

メルシエはこのイメージをこわす下劣なものを許さなかった。『紀元二四四〇年』のユートピア幻想では価値のない本をすべて排除し、公共の場所を作家の彫像で満たし、読むことと書くことを厳粛で神聖な行為とした。エッセイのなかでしばしばメルシエは、あまりにも凝った、あるいは些末な文学に抗議した。そういった文学が読書の精神的な目的を蝕むというのだ。(46)そして戯曲や小説では、重要な転回点で筋を再び方向づけるために読書の場面を挿入した。たとえば『ジェザンムール』は宗教的な偏狭さに対する愛の勝利についての感傷的な物語だが、そこで語られるのは、主人公の魂を支配し、ストラスブールの寄宿学校で神学書や信仰修養書を無理やり読ませて聖職者にしようとするイエズス会士のたくらみである。ある日、行商人が通りで主人公に声をかけ、マントの下から哲学書を差し出す。好奇心を刺激された主人公はヴォルテールの小論文を四冊買う。あらかじめざっとテクストに眼を通すだけで食欲をそそるには十分だった。彼は自分の小部屋で徹夜してむさぼるように読む。そして眼からうろこが落ちる。主人公は聖職を捨て、真実の愛、「麗しのルター派信者」シュザンヌのもとへ逃れる。

物語るときメルシエは、禁じられた文学を消費しているという感覚を喚起するため、あらゆる具体的な細部を利用する。本を隠している行商人のマントのゆったりとした襞、地下出版物の安物の紙と粗雑な印刷、ヴォルテールという悪魔的な名前の喚起する魅力、この手のものがホットケーキのようによく売れると請け合う行商人、小形ナイフで最初のページを切るときの感覚、シャツの下やポケットのなかに小さな本を隠して運ぶときのスリル、そして最後に、テクストに没頭して夜がふけてカンテラの芯がぱちぱち音をたてて燃え落ちて短くなっていく情景、などである。一人称で語られる描写が二章にわたって続き、禁書の著者がそれについて想像しているのかと思わせるような読書についての最も面白い話の一つとなっている。

読書中の私を見れば誰でも、のどの渇きで死にそうな男が新鮮できれいな水をがぶがぶ飲んでいるところと見まがったことだろう。……並々ならぬ注意を払ってランプを点《つ》けると私はがつがつと読書に突入していった。すらすら読める巧みな文章で自然で活気があり、私は知らぬ間にページからページへと運ばれていった。時計が沈黙の暗がりのなかで時を告げたが、私にはまったく耳に入らなかった。ランプはぼんやりした光を投げかけ油切れになりかけていたが、かまわず読みつづけた。芯を上げる手間で楽しみを妨げられたくなかったのだ。ああ、あの新しい思想が私の頭脳にどっとなだれこんできた！ 私の知性はそれを受け容れたのだ(47)！

誇張されてはいるが、この描写は実際に十八世紀の多くの読者の経験と一致している(48)。もちろんそれは共通の習慣というより理念的な典型を表現している。しかしそこが重要である。活字の威光も落ちたとか、読者はでたらめだとかいったことについて、はっきりした証拠を提供するどころか、メルシエは、読書は山をも動かす――そして特にその本が「哲学的」なら独裁者を追い払う――という広くいきわたった信念を表明する。

どうやって「哲学書」はそんな驚くべき影響を与えるのだろうか。もちろんメルシエも因果関係という単純な観念に訴えてはいない。同時代人の多くと同じように間接的な過程を想像していたが、それによれば、本が世論の流れを決め、世論が事件を現実化するはずだった。しかしその概念もまた観念的な想像物であって、その最も壮大なものはコンドルセの『人間精神の進歩の歴史的素描』に表現されている。禁書を読むとき、人びとは自分たちに何が起こり、また起こるはずだと思っていたのかを吟味したので、今や最後の問いに向かうことになる。どのようにして「哲学書」は世論の過激化に寄与したのか、という問いである。

第十章　世　論

世論の問題は読者の反応の問題と同様、数ページで簡単にすませるわけにはいかない。しかし簡潔に議論しておけば、さらに研究を続けるため、また最後の反論に答えるために道を拓く助けになるかもしれない。その最後の反論とは、ことによると禁書は世論にまったく影響しなかったのではないか、ことによると世論を反映したにすぎなかったのではないか、というものだ。この命題は、パリの庶民が君主制に対してとった態度の自律的特質についての二種類の主張によっている。最初の主張によれば、王権に対する「非神聖化された」見解はパリの人びとの日常生活のなかの自発的な小さな変化から見抜くことができる。[1]二番目の主張によれば、パリの人びとは一七五〇年代、いやおそらくもっと以前から王に対しておおっぴらに反感を表明し始めていた。[2]

最初の主張は『タブロー・ド・パリ』に描かれた日常生活についての観察に由来している。メルシエが記すところでは、中古屋は王や王妃の姿を描いた古い練鉄の看板を売っていたし、パリの住民は居酒屋や煙草屋の軒先に架けるためルイ十六世やエカテリーナ二世の絵を買うことをなんとも思っていなかった、という。また食料品店で、「王室風ケーキ」や「王室風牛肉」を購入することをためらう人びともいなかった。[3] ロジェ・シャルチエによれば、このように気楽に絵や言葉を扱うことは「象徴と感情の衰退」を証明していて、その衰退が君主制を非神聖化しその「超越的意義」をすべて奪ってしまったのである。実はそれどころか、これこそが「哲学書」の成功を証明しているのである。というのは、態度の非神聖化のほうが本の出版より先であって、その逆ではないからだ。[4] 実は年代学はこの解釈にはあまり役立たない。というのは、『タブロー・ド・パリ』の初版は一七八一年に出たが、それは最初の反ルイ十五世中傷文が出てからかなり経っていたし、中傷文作者はメルシエがパリの商店で王室風の服飾品に対するなれなれしさに気づく前、二世紀にわたって誹謗を続けていたからである。より重要なのは、神聖なものを無頓着に、さらには不敬に扱ったからといって、それが非神聖化の証拠にはならないということである。中世の人びとは、神聖なものと語り合い、それにもたれかかり、そのそばで排便さえした。そのなれなれしさはわれわれには冒瀆のように見えるが、実際にはどこにでも広がっていく信仰の力を表わしていた。そして今日でも、イギリスのパブの外側の看板や化粧品のラベルが「女王陛下からの特別のご用命により」と宣言しているのは、君主制への不敬を物語っているわけではない。まったく逆なのだ。[5]

第二の主張はより重大だ。そしてそれは世論を描くという問題に直結するだけに慎重に吟味しなければならない。他の誰でもそうだが、フランスの当局は「公衆」を定義しなかった。しかし彼らは公衆には意見があると知っていて、その意見を真面目にとっていた。パリ警察は、カフェや居酒屋やそのほかの公共の場所での議論を追いつづけるために、緻密な情報提供者の網の目を張りめぐらせていた。こういったpropos《プロポ》——最近の出来事についての自由な会話——に関する報告は、十八世紀を通じてパリの世論の動向に対する大まかな指標を提供する。

たとえば警察のスパイによると、一七二〇年代後半にカフェで言われていたのは次のようなことだった。一七二八年のあるときカフェ・ド・フォワの客は、N＝P＝B・ダンジェルヴィリエが陸軍大臣に指名されたのがほとんど信じられなかった。というのは、ライヴァルのF＝V＝L・ド・ブルトゥイユが王妃の庇護を受けていたからである。カフェ・ルソーの客たちは、この指名は未来の変化の前兆であって、おそらくパリの長官、ひょっとすると警視総監も代わるだろうと考えた。その間カフェ・ド・ランクリュームでは、ダンジェルヴィリエを残酷で独裁的なやり方ゆえに断罪する者とその気骨に感心する者との間で白熱した議論が巻き起こっていた。カフェ・ド・ラ・レジャンスでは財務総監フィリベール・オリー〔在職一七三〇－四五年〕が常客の喝采を浴びていたが、ドミニコ修道士が歌うことになっていたテ・デウムをめぐって口論になり、総括徴税請負人（間接税を徴収することを王と契約した富裕な金融業者）にちょうど恥をかかせたところだったのである。カフェ・コットンでの話題は株式取引所の策略について、カフェ・ド・ラ・ヴーヴ・ロランではパンの価格、カフェ・ド・ポワンスレでは穀物の投機、カフェ・ド・バステストでは金の投機、カフェ・ド・ピュイでは王妃の妊娠、カフェ・ド・コンティではフランス人のスペイン王に対する共感、カフェ・グラドでは演劇の禁止、カフェ・プロコプではフルーリ枢機卿のはかばかしくない健康状態、カフェ・ド・モワジーではジャンセニスト騒動、等々といった具合いで、膨大な詳細のなかには非政治的な事件に関するおびただしい言葉も含まれていた――街道の追いはぎ、脱獄、トロイの火事、鶏の卵ほどもある雹《ひょう》が降って葡萄畑を台無しにしたシャンパーニュ地方の嵐などである。報告は街中に散在する五十ほどのカフェに及んでいた。他の捜査員が労働者階級の居酒屋での会話、サロンでの機知に富んだ言葉、公園での種々雑多なゴシップを警察に伝えていた。この巨大な情報組織の戦略的中心にいた警視総監は街中の会話を驚くほどよく知っていた。警視総監が王と王の従者たち（maison du roi　事実上の内務省）の大臣へ毎週行なう報告で、政府は公衆の動向をしっかり押さえていた。世論調査員はいなかったが世論の流れは追跡されていたのである。(6)

報告のなかには対話形式で書かれたものもあり、それを読むと二六〇年前の政治談義を立ち聞きしているところを想像できる。しかしその空想は差し控えるべきであろう。というのは、警察のスパイは速記者ではなかったし、その報告はあらゆる歴史資料同様、過去を覗き込む透明な窓ではなく、テクストにすぎないからだ。それでも報告は、パリの人びとがルイ十五世についてその治世の初めの頃にはどんな噂をしていたか、だいたいのところを摑めるくらいには十分明らかにしてくれる。ここに例が一つある。

カフェ・ド・フォワで誰かが、王に愛人ができた、その名はゴント夫人という美人で、ノアイユ公爵とトゥールーズ伯爵夫人の姪だ、と言った。「もしそうなら大きな変化があるかもしれないな」と他の者たちが言った。するとまた別の者がこう言った。「確かに噂は広がっているが、私には信じにくい。というのは、フルーリ枢機卿が監督しているからね。王様にその気があるとは思えないな。ずっと女からは遠ざけられているからね」。誰か他の者が言った。「でも愛人がいたって大して悪いことではないだろう」。他の者たちがこう付け加える。「さて皆さん、それは一時の気まぐれではないかもしれない。初恋というものは性の方面では危険を生じ、益より害になりがちだ。王様がそんなものより狩りをお好きならずっと好ましいのだが(7)」。

いつものように王の性生活はゴシップの材料をたっぷり提供したが、会話は好意的になりがちだった。一七二九年に王妃が出産しようとしていたころ、カフェは歓びでどよめいた。

ほんとうに誰もが喜んでいる。というのは、みな王太子を大いに待ち望んでいるからだ。……そのうちの一人が言った。「みんな、もちろんだとも、もし神様が王太子をお恵み下されば、パリとその川全体が［祝賀の花火で］燃えさかるのが見られるだろう」。誰もがそれを祈っている(8)。

二〇年後には、その調子はすっかり変わっていた。以下は一七四九年のバスチーユの記録のなかの典型的なものからの抜粋である。

ジュール＝アレクシス・ベルナール、シュヴァリエ・ド・ベルリヴ、平貴族、元龍騎兵大尉。鬘屋ゴジューの店内で、この男は王への攻撃文を声を上げて読んだ。……そこに書かれていたのは、陛下が無知で無能な大臣に御されるがままに恥ずべき不名誉な和睦［エクス・ラ・シャペルの和約〔一七四八年十月十八日のこの和約でオーストリア継承戦争は終結したが、フランスはオランダにネーデルランドの占領地を返還した〕］をして攻略した要塞をすべて放棄した、……王は三姉妹〔ネール侯爵の三人の娘で、ルイ十五世との情事は一般に近親相姦でもあり姦通でもあると考えられていた〕との情事で国民を憤慨させたが、行ないを改めねばあらゆる災いがその身の上に降りかかるであろう、陛下は王妃を馬鹿にしている姦夫だ、復活祭の聖体拝領のために罪の告白をしなかったから神の呪いを王国に招くであろう、そしてフランスは災悪に押しつぶされるであろう、といったことだった(9)。

聖位を剥奪されたイエズス会士、フルール・ド・モンターニュ。……とりわけこの男は、王はその贅沢三昧が示しているように国民などどくそくらえだと思っている、彼〔ルイ十五世〕は人びとの貧窮を知り、あたかも国民の寄与に感謝するふりをしながら新税〔マショー・ダルヌヴィルが提案した二十分の一税《ヴァンティエーム》〕という重荷で国民をずっと悲惨な目に合わせようとしている、と言った〔一七四九年マショーは二十分の一税の新設を提案した。原案は身分にかかわらずすべての土地や官職を課税対象とするものだったが、教会、貴族の抵抗に合い、結局おもに農民から徴収することになった〕。「これを支持するとはフランス人はどうかしている」と彼は付け加え、あとは誰かの耳にささやいた(10)。

ジャン＝ルイ・ルクレール、高等法院の弁護士。カフェ・プロコプで次のような発言をした。宮廷ほど腐ったものはない、大臣どもと娼婦のポンパドゥールは王に下劣なことをさせてすっかり国民に愛想をつかされている(11)。

資料が不完全で、世論という観念そのものに曖昧さがまとわりついているが、公衆の君主制に対する敬意が十八世紀中葉に急激に減少したのは確かなようだ。この変化の理由はいくつも見つけられるだろう。オーストリア継承戦争後の外交上の屈辱、財政危機と二十分の一税論争、ジャンセニストがらみの騒動、そしてそれが産み出した王権と高等法院の新たな激しい争い、といったことである。王が公衆との接触をなくし王権の主要な儀式をやめたまさにその時に、不満の多くが王の個人生活に結びつき「世間の雑音」をかき立てた。一七三八年に宮廷で愛人を誇示し始めたあと、ルイ十五世は自分がおおっぴらな姦夫である以上、罪の告白をし伝統的な壮麗さで復活祭の聖体を受けるわけにいかないということに気づいた。告白と聖体拝受の儀式が維持できなくなって、ルイは瘰癧《るいれき》に悩む人びとに触れる儀式もやめた。一七七四年メスであやうく死にかけたため、悪名高い情事に対する短い贖罪の期間が生じ、王の人気が短期間復活した。しかしルイはネール姉妹とよりを戻し、それからポンパドゥール夫人やデュ・バリー夫人に熱中した。彼女たちの誰もがパリの住民から非常に嫌われていたので、ついに王はパリへ行くのをやめた。一七五〇年までにはもはや、市中への儀式的な入市式も、庶民が王の臨席という名誉をさずかることも、ルーヴルの大回廊で病人に触れることも、復活祭で「教会の最年長の息子」への神の庇護を再確認することもなくなっていた。病人に触れることをやめると同時にパリの庶民との接触も失ってしまったのだ。[12]

態度の著しい変化がいつ生じたのかを正確に確定することはできないし、その正確な原因を求めることもできない。しかし多くのフランス人が――サロンの教養人だけでなく商店主や職人も――王の罪のため神の怒りが国民に降りかかったと感じていたのは確かなようだ。不作と戦さの敗北は神の寵を失った徴しと解釈できた。そしてそういったことが起こったのは、千年王国説を説く通俗ジャンセニスムのうねりがパリの下層階級と主な地方都市を席巻したちょうどその頃だった。ジャンセニストを迫害することでルイは悪魔の所業をなす者、いや反キリストとさえ見えたが、それこそユグノーのパンフレットでルイ十四世に振り当てられた役柄だった。政府はジャンセニスト騒動の扱いで揺れていたが、パリ大司教がジャンセニストを隠れプロテスタントと見なして、死の床で終油の秘蹟を受けられないようにさせようと運動していたのはおおむね支持していた〔高等法院はジャンセニスト側を支持したため、前記の「王権と高等法院の新たな激しい争い」に発展していったのである〕。一七五〇年には、ほとんどのフランス人はなおもかなり儀式化された「バロック的な」カトリックに帰依していた。彼らにとって死の床の儀式は救済を求めるための依然最重要な瞬間だった。「良い死」を死ぬことで一生の罪を贖うことができた。しかしルイはみずから罪人でありながら、その可能性を最も聖なる臣民、庶民が尊敬するジャンセニスムの指導者たちから奪い去ったように見えた。ルイが彼らと秘蹟の間に立ちはだかり、彼らの魂を煉獄送りにしているかのようだった。(13)

要するに王室と個人の両方の儀式で聖なるものに不用意に手を出したことで、ルイ十五世は国民を国王に結びつけていた正統性という道筋を絶ってしまったように見える。君主自身がどんな中傷文作者よりも君主制を非神聖化するために寄与したのかもしれない。そしてそのダメージは世紀の中葉、王を攻撃する最重要な本が出版されるより少なくとも二〇年前に生じた。中傷文は世論にあまり影響を与えなかったし、公衆の君主制に対する不満の原因としてよりもむしろ結果として理解されるべきだ、ということになるのだろうか。

ここで歴史家が使うあの手この手について、正直に警告を発しておくのが適切だと思われる。私は警察の報告を通俗ジャンセニスムの物語に継ぎ足して、一七五〇年前後がフランスの君主制史上の重要な決裂点に見えるように、年代を整理し民族誌的注釈を加えておいた。私はほんとうに信じてそうしたのだ。しかしあくまで、ある主張を提出したのであってそれ以上ではないし、何がほんとうに価値体系を崩壊させたのかわかっていると言うつもりもない。確かに、フランス人が王の私生活について猥褻な話を読んで、それから突然これらの読書の結果として国王への忠誠心をなくした、と考えるのは無理だと思われる。信頼が打ち砕かれたのはおそらくもっと根本的なところ、一方では神聖な儀式、もう一方では日常の生活様式を含むレベルでのことだったろう。

しかし、この信頼の基底部で一七五〇年頃何かがポキンと折れ、国民を君主から永久に切断した、と主張するのもまた誇張にすぎるようだ。ざわめき、傷の痛みは資料には現われない。私はカフェのゴシップに調子の変化を突き止め、当時の何冊かの日記から共鳴を拾い上げることができるが、それが旧来の政治組織における正統性の崩壊に関する大きな主張を支えるのに足りるだろうか。一七五〇年以前にも、王や王妃についての怒りに満ちた談話をたくさん見つけることができる。警察の古記録とパリの貧民の歴史の専門家であるアルレット・ファルジュによれば、君主を悪く言うのは十八世紀をかなり遡る。(14) それが近代初期のパリにおけるあらゆる政治的爆発の一因となったのだ、と私は主張したい——特に一六四八年から五二年、一六一四年から一七年、一五八八年から九四年の深刻な危機は、十八世紀中葉の騒ぎを比較的軽微に思わせるほどだった。一七五〇年に国民の国王への愛着が断たれたと仮定する代わりに、一連の衝撃と長期にわたる崩壊の過程を考察するほうが理にかなっている、と私は思う。世紀中葉の危機はたしかに重大だったが、それ以前の傷《トラウマ》も、一七七〇年から七四年にかけてと一七八七年から八八年にかけての最大の危機も同様に重大だった。重大な転機が訪れるたびに中傷文と好ましくない話題《モヴェ・プロポ》が一緒に現われて、アンシャン・レジームの政治組織の一要素として世論が現われる際の諸段階を描き分けた。

原因か結果か。口頭による誹謗か印刷による誹謗か。これらの問いには誤解を招きやすい二者択一の性格がある。中傷文と好ましくない話題は同時に存在して、互いの姿を映しあい強化しあいながら長期にわたり発展してきた。両者ともに世論を形成し表現したが、その間、世論もまた何世紀にもわたって変容し力を結集していった。どちらか一方の要素を重視すれば、鶏が先か卵が先かといった類の問題に踏み迷うことになるだろう。私の見るところ、肝心なのは、何が最初に来たのか、何が何を引き起こしたのかを決定することではなく、むしろあらゆるメディアが世論形成の過程でいかに相互に影響しあったかを理解することだ。

「メディア」と聞けばテレビ、ラジオ、日刊紙といったイメージが浮かんでくる。当時のフランスにそういったものはなかった（フランス最初の日刊紙、『ジュルナル・ド・パリ』〔*Journal de Paris*〕は一七七七年に発行を始めたが、そこにはわれわれが「ニュース」と認めるようなものはほとんど含まれていなかった）が、フランス人はアンシャン・レジーム特有のコミュニケーション組織から多くの情報を受け取った。言葉はゴシップ、歌、手紙、版画、ポスター、本、パンフレット、手書き新聞《ガゼット》、お粗末な新聞《ニュースペーパー》――外国の定期刊行物、厳しい検閲を受けた公認のフランスの新聞《プレス》――を通して広がった。どのようにしてこういったコミュニケーションのあり方――口頭、視覚、手書き、印刷――が同時代の意識に入り込んで「世論」と呼ばれる不思議な力を表現し、方向づけたのだろうか。それは誰にもわからない。実は誰もそういった問いかけをしたことさえない。というのは、世論はアンシャン・レジームの政治の一要素としてまともに取り上げられることがめったになかったからである。たとえ世論を研究するにしても、一般に歴史家の扱い方は、事件を方向づける力というより哲学者の議論における概念としてだった。私はこの章の残りでその問題に片をつけることはできないが、一七八〇年代の中傷文学の重要性を議論することで、その周辺の混乱のいくらかは鎮めたいと思う[15]。

表面上は、書物が事件に影響を与えたことはほとんどないように見える。モルネの『フランス革命の知的起源』のような伝播の研究によれば、書物は「風潮」(climate of opinion)——一般的な考え方もしくは感じ方の傾向——の形成に役立ち、その風潮が事件の背景を準備する。書物が世論を決定することはない。そして世論は前景を占め、パンフレットや新聞《ガゼット》やゴシップを参照することでいちばんよく研究できる。しかしこういった諸事象間の関係はまだはっきりしていない。どのようにして風潮が世論になるのか、また背景は前景とどう関係しているのか。単に書物のなかで詳述されていた思想が新聞で大衆化されることによってではない。新聞《ジュルナル》はニュースを伝える。カフェのゴシップや秘密の記者もニュースを伝える。二種類の情報屋があって、口頭と書記の伝達回路を通じてニュースを広げる。世論の流れを追うためにはこういった前近代の取材記者の仕事を調べねばならない。しかし迫りくる革命の足音を求めてそういった資料を探索する歴史家は、必ずや失望することになるだろう。仮りにその歴史家が好ましくない話題についての入手できる警察の報告書(残念ながら一七八〇年代にはわずかだが)をすべて、『ジュルナル・ド・パリ』(厳しい検閲を受けされていたフランス語の定期刊行物で、フランス政府から大目に見られていた）のすべて、『フランス文芸共和国の歴史に資する秘録』（手書き新聞のかなり違法な印刷版）のあらゆる記述を読むとすると、フランス人は気球の飛行やメスマー医師の奇跡的な治療やアメリカの暴動にしか興味がなかったという印象をもつだろう。一七七〇年代後半から一七八〇年代にかけての世論は内政を忘れていたように思われる。確かにテュルゴーとネッケルの無法な内閣の時期には世論は沸騰した。しかしネッケルの失墜（一七八一年）といわゆる前革命（一七八七年から八八年）の間の時期には、政治的なニュースはあらゆる資料からほとんど消える。フランス人は嵐の前の奇妙な静けさに陥ったように見える。そしてついに嵐が始まると、それはだしぬけにやって来たように見えた――書物によって醸成された「風潮」から来たのでも、新聞《ジュルナル》や扇動的会話が煽った世論からでも来たのでもなく。

こういった逆説は、ニュースの本質を考えればそれほど不思議なことではなくなる。私の考えではニュースとは、文化的な構築物、すなわち起こったことではなく起こったことについての物語、専門家の生産する物語なのである。その専門家たちは物語とはどういうもので、どのように語るべきかについての慣習を共有している。そういった慣習は時代とともに変化するから、ある世紀のニュースは別の世紀の読者には当惑させるものに見えるかもしれないし、歴史家が過去を振り返って構築した物語と大幅に違うということもありうる。十八世紀の読者はなぜ物語に惹きつけられたのかほとんどわからないが、それが何であれ本の語りとニュースの語りの相違をあまりに大きなものだと仮定すると誤解することになるかもしれない。おそらく中傷文は結局のところニュース価値があったのだろう。

一七七四年のルイ十五世の死の直後、確かに中傷文がニュースになった。その頃の読者は先代の「王の秘密」に関する内輪話に飢えていた。しかしその秘密は恰好の物語になったので、つづく一五年間フランス人を魅了しつづけ、何度も繰り返し語り直された。ときには往復書簡のかたちで、ときにはイギリスのスパイの報告として、あるいは執事が見たこととして、あるいは覚書、伝記、スキャンダル情報、同時代史として。中傷文学は形態を変えて成長しつづけ、ついに膨大な資料《コーパス》をなし、一七八〇年代を通してベストセラー・リストを席巻した。したがってルノワールが述べているように、ルイ十五世に対する誹謗が最大に達するのは死後かなりたってからである。実のところ、それがルイ十六世を倒す役に立ったのだ。

たぶん王の性行動への興味は今日でも強いから、この種の文学の魅力は十分理解できるだろうが、その魅力がどう作用したかも理解する必要がある。それには三つの修辞上の戦略が含まれていて、それぞれ同時代のジャーナリズムと類似点があった。第一に、「名前がニュースになる」という考え方にも見られるように、それは読者に「お偉方」とのもっともらしい親しさの感覚を与えた。中傷文作者は、覗き見をしている透明人間の視点から宮廷の内密な生活を目撃しているという幻想をつくり上げるため、ビュシー＝ラビュタンが完成した技巧——正確な身体の描写、会話、手紙からの引用——を使った。第二に、中傷文作者は一般的な主題を逸話として具体化して描いた。というのは、逸話のほうが社会の頂点にいる人たちの生活の味わいをよく伝えるように思えたからだ。その材料はカフェのゴシップや地下新聞《ガゼット》のスケッチ文から借りてきたものだった。実際すでに見てきたように、『デュ・バリー伯爵夫人に関する逸話集』は新聞《ガゼット》からの引用や情報屋からのさわりでしょっちゅう語りを中断するので、ところどころ一枚新聞《ニュース・シート》のように読める。しかしその逸話は、ヴェルサイユの退廃と専制主義という一般的な関心を常に描いていた。

第三に、ゴシップや手書きの一枚新聞のような印刷物以外の媒体とは異なり、中傷文はこういった物語を永遠に本のなかに埋めこんで、多数の読者による多様な読みに役立つようにした。そして短いパンフレットやスキャンダル情報のような他の印刷媒体と異なり、中傷文は単に短い逸話を物語ったというのでも、際限のない無定形な続き物として継ぎ足していったのでもなかった。そのかわりに逸話を複雑な物語にとけ込ませて、その意味を敷衍し多様化させていった。『デュ・バリー伯爵夫人に関する逸話集』では、逸話は猥褻なシンデレラ物語のなかにぴったりおさまり、その物語は政治的伝記ともフランスの現代史とも読めた。そのうえその物語は同じような話の全資料体《コーパス》に属していた。全体としてそれは同類のお話の宝庫になっていて、お決まりの登場人物（悪徳大臣、陰謀家の廷臣、好色な王の愛人）をお決まりの筋（セックスがらみの成功物語、極貧から大金持へ、「愛と偶然の戯れ」〔jeux de l'amour et du hasard〕〔一七三〇年刊のマリヴォーの代表的な恋愛喜劇のタイトル〕）であった。何世紀にもわたって発展してきた全体を概観すると、中傷文学は私が政治的フォークロアと呼んできたものを表現している。しかしなかには、時宜を得て発行された特定の中傷文はまたニュースでもありえた——たとえば、ヴェルサイユの秘められた深奥でのそれまで思いもよらなかったスキャンダルの暴露といったような。

こういった類のニュースにはほとんど新味はなかった。一家の恥は暴かれてみればどれもそっくりに見え、同じ主要主題の説明になる。その主題とは、ルイ十四世の絶対主義の行きすぎのあと退廃が始まり、君主制は専制主義へ堕落してしまった、というものだ。しかしその題材は、ルイ十六世の時代に静穏な年月を送った読者層の注意を惹くには十分強烈なものだった。というのは、その当時政治問題を直接議論するのはあまり魅力がなかったからだ。一七八〇年代の政治的メッセージはしばしば、外交だとか、スリルある裁判事件だとか、株式取引所のスキャンダルといった、表向きは非政治的な主題と結びついていた。なかでもルイ十五世の私生活はいちばんの題材だった——一七八七年、経済の破綻のため王が名士会議召集のやむなきに至り、アンシャン・レジームが最後で最大の政治的危機に突入するまでは。そのとき、中傷文学の広大な資料体《コーパス》は新しい意味を、事件そのもののなかに埋め込まれるようになる意味を得た。

　私は、事件を物語ろうなどとせずに、二つの一般的見解を対照させるのが公平だと思う。ほとんどの歴史家が好む見解と、事件が起こったときに見守っていたほとんどのフランス人が抱いた、もう一つの見解を。アルベール・マティエが一九二二年にその考えを打ちだしてから〔マティエの『フランス革命』〕ずっと、歴史家はたいてい革命の叙述を一七八七年に起こった「貴族の反抗」で始めてきた。この考えは十八世紀の政治史の概観と適合する。それは勃興するブルジョワジーと同盟した改革中の君主制を、高等法院によって保護された反動貴族と対立させるものだ。たとえば一七八七年二月に訪れたクライマックスの瞬間には、財務総監シャルル・アレクサンドル・ド・カロンヌが名士会議に王室の経済問題を解決する進歩的課税案〔全身分から一率に徴収する「臨時地租」を含む〕を提出すると、貴族の名士会議は反抗しカロンヌを辞職させて革命を早めた。この前革命、あるいは全般的革命の最初の段階は一七八八年八月まで続き、王はカロンヌの後任ロメニ・ド・ブリエンヌを更迭し全国三部会〔聖職者、貴族、平民の三身分からなる会議〕を召集した。ブリエンヌはカロンヌの改革計画の主な要素を採用していたが、一方、それへの抵抗は名士会議から高等法院へ移っていった。ブリエンヌは高等法院を粉砕しようと必死に努力して司法制度全般を再組織化し、本質的には一七七一年のモープーの「政変」を繰り返すことになった。しかし公衆は彼を支持せず、財政の窮迫は厳しいままだったので、王はついに貴族に降参し、古い組織である全国三部会を召集したが、特権階級は三部会を支配するつもりでいた。

この解釈を認めない歴史家もいるが(16)、どの陣営に属していても大半の者は受け容れていた。たとえば左派のマティエ、ジョルジュ・ルフェーブル、アルベール・ソブール、ミシェル・ヴォヴェルから、穏健な左派、中道右派のアルフレッド・コバン、ロバート・パーマー、クレイン・ブリントン、フランソワ・フュレなどである。「貴族の反抗」が提供した解釈は近代初期のフランス史の流れの全体を理解し、その一方で革命の直接の原因とその第一段階を説明するものだ。それはまた個人の演じた役割を分類するのにも役に立つ。名士会議と高等法院の指導者たちは自己本位の反動家のように見えるし、カロンヌとブリエンヌには進歩的改革家の役が割り当てられた。極度に時代錯誤的な見方では、改革計画が「カロンヌのニューディール」と見なされることさえあった(17)。

当時のフランス人には世界はまったく違って見えていた。目の前で起きていた「貴族の反抗」が理解できなかったのだ。ほとんどの者はカロンヌを軽蔑し、名士会議のカロンヌへの抵抗に喝采した。ブリエンヌがカロンヌの税を高等法院に無理やり呑ませようとしたとき、公衆は高等法院の肩をもった。そしてブリエンヌが潰しにかかると、高等法院は街頭に訴え出た。普通のフランス人は高等法院の主張を必ずしも支持していたわけではないが、これ以上税金を払いたくなかったのだ。カロンヌの計画を税の特権に対する闘いと見るのではなく内閣専制と見たのである。カロンヌとブリエンヌはモープーの権威主義的な施策を繰り返しているように見えたし、一七八七年から八八年が一七七一年から七四年、いやフロンドの再演のようにさえ見えたのだった。

歴史家たちの事件の記述と当時の理解がこれほど食い違ったことはなかった。この相違は数通りの説明が可能だが、結局ジレンマに陥る。歴史家が革命の原因をまったく誤解してしまったのか、当時の人びとが誤った意識という驚くべき症状を患っていたのか。私は歴史家のほうが誤っていると信じている。それは単に歴史家が名士会議と高等法院がとった立場にせいぜい階級の利益しか見ないからというのではなく、当時の人びとが見たものを見そこねている――すなわち世論を正当に考慮していないからである。事件についての当時の人びととの見解は事件そのものと同じくらい重要だったし、実際事件から切り離すことはできない。その見解が事件に意味を与え、そうすることで、ほんとうに革命的な状況が成立したときどのようにして人びとが態度を決めるかを決定したのである。

われわれは出発点に戻ったが、世論を明らかにし、ディスクールを分析し、意味の歴史を発展させるという問題をともなって戻ってきた。

もちろん私は見当違いなジレンマをつくりだしたのかもしれない。ただ、このジレンマなら異議を別のところに――すなわち歴史家にではなく私に――申し立てることで簡単に解決できる。私とても、同じ歴史家の身でありながら、二世紀前に亡くなったフランス人の意識をいかにして代弁できようか。自分の考えが正しいと主張したければ、私は「前革命」の出来事を一つ一つ検証し、起こったことと当時の人びとがその出来事をどう理解したかを示さねばならないだろう。それはまた別の本の主題になる。本書では正確さを確信できるほど十分な証拠（パリの国立図書館と大英図書館にある一七八七年二月から八八年八月に発行されたパンフレットすべて）に目を通したが、主張は証明されないままだと認めざるをえない。ここで私が問題を提起したのは、それが禁じられた文学の衝撃力を評価するという一般的な問題に関係するからである。

一七八七年までには、読者層に十二分にいきわたったあらゆる種類の非合法本が、アンシャン・レジームの正統的《オーソドックス》な価値を攻撃していた。しかし政治的中傷文には独特の響きがあった。というのは、それらは一七八七年から八八年の事件にはっきり適合していたからである。危機が生じると、一線が引かれ、人びと――情報に通じた人びと、すなわち世論をつくり上げていた「公衆」――は旗幟《きし》を鮮明にした。一七八七年四月、社会のこの広い階層に属する人びとはみな、カロンヌに賛成か反対かの立場をとらねばならないと感じた。一七八八年七月には、誰もが高等法院に賛成か反対かでそれぞれ結集した。歴史文献を通して見ると、状況はぞっとするほど込み入っているし、実際そうだった。盛り上がる期待と上がっていくパンの価格、貧乏人の極貧化と金持の破産、王国の官僚による不可解な手続きと半官半民の徴税請負人によるひどすぎる仕打ち、そういったものが当惑するほど入り交じり、そのすべては表向き政府によって指導されていたが、政府も既得権や特権によって侵食されてどこに権力があるのかほとんどわからず、まして誰の管轄かわかりはしなかった。知れば知るほどアンシャン・レジームはますます謎めいて見えてくる。しかし、世論を考察する際——世論は別の次元を付け加えることによって事態をさらに複雑にするのだが——、私は議論を反対の方向に推し進めたい。すなわち複雑化から単純化へである。

一七八七年から八八年のパンフレットは、問題を何百もの断片に分割するかわりにそれらを単純化した。政府に賛成か反対か、高等法院に賛成か反対か、という根本的な選択として状況を提出した。パンフレットは線引きをさせた。世論を二極化する役に立ったし、世論を表現もした。というのは、世論の形成とパンフレット作者の扇動は互いに強化しあい、同時に原因と結果として機能したからである。税制改革の複雑さはほとんどパンフレットには現われない。特権というよく論じられる問題はめったに取り上げられなかった。少なくとも、新しい憲政を誰が支配するのかという問題を提出することによって全国三部会の召集が状況を変える以前にはそうだった。パンフレットは問題を分析するかわりに政府に対する軽蔑を重ねていった。もちろんカロンヌとブリエンヌには擁護者がいて、政府側の宣伝をしていた。しかしパンフレット文学の大半——それに手書きの資料でたどれるかぎりの話題《プロポ》と「世間の雑音」——は、問題を専制という単一の主題にまとめ上げた。

あるいは、より正確には内閣専制である。ルイ十六世を攻撃したパンフレットはほとんどなかった。ダイヤモンド・ネックレス事件のあとでは、ルイは生命と自由への脅威というより嘲りの対象として姿を現わす。そのかわりにパンフレットは、カロンヌとブリエンヌを誹《そし》って、彼らは人非人で腐敗した放蕩者であり、どんな立派な市民でもバスチーユ送りにしかねないといったふうに書き立てた。カロンヌにあまりにも悪口が集中したので、一七七〇年代の「モープーアナ」〔一一六頁参照〕と対になる「カロニアナ」というジャンル名ができたくらいである。パンフレットも中傷文だった――より短い、より鋭い、より現代的な物語であって、最後の一五年間は本の形で流通した。

このようにルイ十五世の治世末期からの中傷文学は、ルイ十六世の治世末期に痛烈にもうまく当てはまった。それは一七八七年から八八年の事件に見事に当てはまり、逸話と話題を新たに供給するための一般的枠組みを与えた。当時の人びとによくできた物語を提供することでものごとを理解させせた。その物語は、ルイ十六世やルイ十五世を越えてルイ十四世、マザラン、マリー・ド・メディシス、アンリ三世にまで時を遡った。一つの文学ジャンルが、ルネサンスの宮廷でのよく知られていない言葉の馬上試合からベストセラー本の全資料体《コーパス》にまで成長したのである。それは成長しながら二世紀以上の政治史を実況解説した。この文学は新しい素材と新しいレトリックの技巧を吸収して一連の物語にした。すなわちそれは、一つの教訓――君主制が専制に堕落してしまったというもの――をもった中心主題のまわりにまとめられた政治的フォークロアであった。国事に関する真面目な議論の場を提供するかわりに、この文学は討論を打ち切り、意見を二極化し、政府を孤立させた。それは徹底した単純化という原理にもとづいて影響を与えたが、危機の時代には有効な戦略だった。というのは、危機の時代には線引きされることで公衆は旗幟《きし》を鮮明にし、問題を絶対的なものだと、すなわちどちらか一方、白か黒か、彼らかわれわれかだと考えざるをえなくなるからだ。バスチーユがほとんど空《から》で、ルイ十六世が臣民の福利のみを考えていたということは、一七八七年と一七八八年には問題にならなかった。政体が断罪されたのだ。政体は世論をコントロールしようとする長い苦闘の末、最後の勝負に負けた。正統性をなくしたのである。

訳者あとがき

本書はロバート・ダーントン著 *The Forbidden Best-sellers of Pre-Revolutionary France*, Norton, 1995 の第一部から第三部までの翻訳である。残りの第四部は『デュ・バリー伯爵夫人に関する逸話集』、『紀元二四四〇年』、『哲学者テレーズ』を英語に抄訳したものだが、この三作品は第二部でかなり詳しく紹介されているので訳出しなかった。また『紀元二四四〇年』には邦訳がある（『啓蒙のユートピアⅢ』原宏訳、法政大学出版局、一九九七年、所収）。原著では英語以外の引用文は英訳されているが、既に邦訳のあるものは使わせていただいたり、参考にさせていただいたりした。未訳のものはできるだけフランス語原文より訳した。

著者のロバート・ダーントンは、一九三九年、ニューヨーク生まれで、ハーヴァード大学卒業後、オックスフォード大学で学位取得、一九六八年よりプリンストン大学に所属、専門は十八世紀のフランス史である。プリンストン大学のホームページなどを通じて調べてみると詳しいことはわかるが、一つ興味深い事実を挙げると、ヌーシャテル大学名誉博士号という項目がある。おそらくヌーシャテル印刷協会（ＳＴＮ）の古記録に対する調査研究が関わっているものと思われる。

ダーントンの著作には邦訳も数点あり、そのユニークな発想に基づいた研究は日本の読者にもおなじみであろう。私自身『猫の大虐殺』（岩波書店）やメスメリズム研究の本（『パリのメスマー』平凡社）など興味深く読んだ覚えがある。本書はそのダーントンの二五年にわたる研究の総決算ともいうべきもので、地道な資料の読解が大胆な仮説と結びついたアカデミックな歴史研究にして知的エンターテインメントとでもいうべき趣きもそなわった作品である。序論で著者自身がかなり明確に本書の目的を述べているので、あまり蛇足になるのは避けたいが、少しふり返ってみると、まず啓蒙思想がフランス革命を準備した、という学校で習ったような命題が、読まれない本が影響力を発揮できるはずがない、というあまりにも当然すぎる自明の理から大いなる疑問に晒される。ではどうやって二〇〇年前に読まれていた本を調べたらいいのだろうか？　そこに現われるのがスイスの出版社兼卸売業者STNに残されていた大量の古記録である。比肩できるものはほかにないというだけに、読み通すのに四半世紀もかかるという代物だが、歴史家にとっては宝の山だという。古記録からはケース・スタディがいくつかと流通していた本に関する統計資料がまとめられた。本書にもエッセンスは紹介されているが、姉妹編として序論でも紹介されている *The Corpus of Clandestine Literature 1769-1789*, Norton, 1995 はその資料集である。そこには本書の第二章で言及されていた七二〇点の禁書目録が含まれている。

ダーントンは二〇〇年前のベストセラーを探索することの意味を四つ挙げているが、フランス文学に関心のある私としては「有名作家による名著というものに関する先入観を棄て去らねばならない」という主張に共感した。いわゆる「古典」だからというだけで読んでも、どうしようもなく退屈な作品もあるし、逆に『哲学者テレーズ』などは翻訳が出てもっと読まれてもよさそうに思われる。インチキ坊主にだまされる美女の話なんて、いつかの週刊誌ネタではないか。それに出産が命がけだった時代にテレーズが選んだ生き方も注目されていい。またルイ十五世のスキャンダルから、ダイアナの死の謎とともにいまだ蒸し返される、英王室のスキャンダルに想いをはせる読者もあるだろう。未来の歴史家は英国の大衆紙を調査したりするのだろうか。

歴史学上の方法論の問題として、ダーントンは数量的アプローチに対し批判的な見解を持っているらしいが、一般の読者にとってはダーントンが古記録から紡ぎ出す数々の人間ドラマが実に生彩に富んでいるのは確かである。ダーントンはアカデミズムの世界に入る前にニューヨーク・タイムズ社に勤務していたことがあるそうだが、もしかするとストーリーテリングのこつをこのとき身につけたのかもしれない。この点に興味を覚えた読者に勧めたいのは、『壁の上の最後のダンス——ベルリンジャーナル 1989-1990』（河出書房新社）である。『禁じられたベストセラー』の原稿を完成しようとしていたダーントンは、たまたまベルリンの壁崩壊という歴史的大事件に遭遇した。その体験記が語り口の上手さもあってたいへん面白く読めるのだが、現実の事件に敏感に反応できるダーントンだからこそ膨大な古記録から興味深い人間喜劇を再現することもできるのだろうと納得できる。ダーントンという人はその気になれば小説も書けそうに思われる。

私事になるが、フランス文学を志したものの高校生に英語を教えて禄を食む身であってみれば、この初めての翻訳がフランス史に関わる英語の本というのもなにやら暗示的である。しかし歴史関係の知識不足もさりながら、フランス文学史で普通名前が挙がらないような作家、作品が多数登場するので翻訳に際してはおおいにとまどった。そんななかでダーントンの邦訳書、特に関根素子氏と二宮宏之氏の訳による『革命前夜の地下出版』（岩波書店）には訳語その他の面で助けられる点が多々あった。またこの際謝意を表しておきたい方々を挙げると、まず私にわずかばかりでも英語力があるとしたら、藤田行男先生のおかげであると言わねばならない。九州大学の阿尾安泰氏は、出来の悪い後輩のため貴重な時間を割き幾多の貴重なご教示を下さった。かつての同僚であった北川直也氏と中川（旧姓林）美佳氏には、一般読者として理解しがたい箇所を指摘していただいた。

近藤朱蔵

二〇〇四年十二月

索　引

ア　行

カ　行

サ　行

タ　行

ナ　行

ハ　行

マ　行

ヤ　行

ラ　行

ワ 行

原　注

（すべての資料は別段の指示がないかぎり著者の訳による）

序論

（1） Daniel Mornet, "Les Enseignements des bibliothèques privées (1750-1780)," *Revue d'histoire littéraire de la France* XVII (1910), pp.449-492. モルネの総合的研究 *Les Origines intellectuelles de la Révolution française (1715-1787)*（Paris, 1933）を参照。またモルネの研究方向を続けた例としては以下を参照。François Furet, et al., *Livre et société dans la France du XVIIIe siècle* (Paris and The Hague, 1965 and 1970), 2 vols.; Roger Chartier and Henri-Jean Martin eds., *Histoire de l'édition française*. Vol. II: Le livre triomphant 1660-1830（Paris, 1984）; Roger Chartier, *Lectures et lecteurs dans la France d'ancien régime*（Paris, 1987）〔ロジェ・シャルチエ『読書と読者――アンシャン・レジーム期フランスにおける』長谷川輝夫・宮下志朗訳，みすず書房，1994 年〕; Daniel Roche, *Les Républicains des lettres. Gens de culture et Lumières au XVIIIe siècle* (Paris, 1988). モルネの研究に関する批判的論考としては以下を参照。Robert Darnton, *The Literary Underground of the Old Regime* (Cambridge, Mass., 1982) chap.6,〔ロバート・ダーントン『革命前夜の地下出版』関根素子・二宮宏之訳，岩波書店，2000 年〕; Roger Chartier, *Les Origines culturelles de la Révolution française* (Paris, 1990). ("C'est la faute à Voltaire, c'est la faute à Rousseau")〔ロジェ・シャルチエ『フランス革命の文化的起源』松浦義弘訳，岩波書店，1994 年〕。「それはヴォルテールのせい，ルソーのせい」というフランス語の文句は，哲学者 (philosophes) の作品が直接フランス革命を引き起こしたのだ，という考え方を表わしている。

（2） C.-G. de Lamoignon de Malesherbes, *Mémoire sur la liberté de la presse*, 執筆 1788 年, 出版 1809 年（リプリント版, 1969 年，ジュネーヴ）p.300。

（3） Robert Darnton, *The Business of Enlightenment: A Publising History of the Encyclopédie*, 1775-1800 (Cambridge, Mass., 1968) 私はこの主題の諸相に関する論文を 2 つの論文集に発表した。その論文集は *The Literary Underground of the Old Regime*〔『革命前夜の地下出版』〕と *Gens de lettres, gens du livre*（Paris, 1992）である。私はまた本書の序論ともなるフラン

ス語版を書いた。*Edition et sédition. L'Univers de la littérature clandestine au XVIIIe siècle*（Paris, 1991）がそれである。しかし *Edition et sédition* は，ある程度同じ資料を扱っているとはいえ書物そのものというより出版者と書籍商に関するものなので，禁書の全資料に関する完全な情報を含むというわけではない。

第1章　マントの下の哲学

(1) 計算をしたのは私自身である。もとづいた資料は Félix Rocquain, *L'Esprit révolutionnaire avant la Révolution, 1715-1789*（Paris, 1878）の付録中にある，年々の書籍に対する断罪である。断罪された作品の大部分は時事的パンフレットにすぎなかった。焚書にされるかわりにほとんどのものは国務会議やパリ高等法院の布告によって単に「発禁」になっただけだった。それが意味するところは，もしその本が警察に押さえれたら没収されるだろうし，それを販売した小売業者は罰金を科されるかまたは投獄されるかもしれない，ということだった。

(2) 書籍取引を管理した役人の編纂した最も完全なリストは，パリの国立図書館 Bibliothèque Nationale, ms.fr.21928-21929 にある。それには 1696 年から 1773 年にかけての，あらゆる種類の作品にわたる 1563 点の書名が含まれる。もっともその多くは一度も印刷されなかった。しかしそれはあまり正確ではないし，革命前の年月に流通していた文学を表わしていない。出版監督官ジョゼフ・デメリーは注意を惹いたすべての本を書き留めた。デメリーの日記はさらにもう 1 つの貴重な情報源ではあるのだが，1750 年から 69 年までしかカバーしていないし，また禁書のコーパスの広大さとそれを管理下に置こうとする警察の無力さの証拠としても読める。パリの国立図書館 ms. fr.22156-22165 と 22038。Nelly Lhotellier, *Livres prohibés, livres saisis. Recherches sur la diffusion du livre interdit à Paris au XVIIIe siècle*（1973 年にパリ第一大学に提出された未刊行の修士論文）と Marlinda Ruth Bruno, *The "Jounal d'Hémery," 1750-1751:An Edition*（1977 年ヴァンダービルト大学に提出された未刊行の博士論文）を参照。

(3) Hans-Christoph Hobohm, "Der Diskurs der Zensur: Über den Wandel der literarischen Zensur zur Zeit der 'proscription des romans'（Paris, 1737），" *Romanistische Zeitschrift für Literaturgeschichte*, vol. X（1986）, p.79.

(4) パリの国立図書館, ms. fr.21933-21934。それより前の項目 mss.21931-21932 は 1703 年から 71 年までの期間をカバーしているが，たいてい押収の理由を

あげていない。その後の項目には理由が多すぎる。そこから混乱が生じる。しかし後に説明するように，いちばん非合法的で危険な書物をあらゆる冗漫さから選び出せるので，この手書き文書は禁じられた文学の正体をつきとめるための貴重な資料なのである。

(5) 1771年11月21日，ポンタルリエのジャン＝フランソワ・ピオンからヌーシャテル印刷協会宛。フランブールの税関事務所の「窓口局員」，プティ氏の覚書のテクストが付されている。ヌーシャテル印刷協会（以後STNと略記）古記録。スイス，ヌーシャテルの公共と大学の図書館。

(6) ポワンソからSTN宛の日付のない手紙で1781年9月22日に受け取られた。それとポワンソからSTN宛，1781年6月1日付。

(7) バリテルの未亡人からSTN宛，1774年9月9日付。STNの「受注帳」(Livre de Commissions)，1774年9月9日のバリテルの注文の記載事項。

(8) 1768年9月24日，パリ高等法院は食糧雑貨品店員のジャン＝バスチスト・ジョスラン，中古品販売業ジャン・レキュイエ，レキュイエの妻マリー・スイスを『ヴェールを剝がれたキリスト教』，『40エキュの男』，『アラスの蝋燭』その他同様の作品を販売した廉で有罪を宣告した。彼らは鎖につながれて3日間，オーギュスタン河岸通，バルナビット広場，グレーヴ広場で晒し者になり，「不信心で不道徳な中傷文の調達人」という看板を架けられていた。男2人はその後右肩にGALという焼印を押され，レキュイエは5年，ジョスランは9年のガレー船送りとなり，国外へ永久追放となった。レキュイエの妻はサルペトリエール刑務所に5年間投獄された。刑罰は恩赦状で軽減されたが，書状が着くのが遅すぎた。パリの国立図書館，ms. fr.22099, folios 213-221.

(9) Charpentier, *La Bastille dévoilée, ou recueil de pièces authentiques pour servir à son histoire* (Paris, 1789), IV, 119.

(10) A.-F. Momoro, *Traité élémentaire de l'imprimerie , ou le manuel de l'imprimeur* (Paris, 1793), pp.234-235. モモロは「このアンシャン・レジーム以来の用語」は「中傷文すなわち国家，道徳，宗教，大臣，王，役人などに反する作品」を示す，と明確に述べた。

(11) STNからロンディ宛，1773年9月9日付。

(12) 引用文は出てきた順に以下のようになる。P.-J.デュプランからSTN宛，1772年10月11日付。マヌリからSTN宛，1775年10月4日付。ル・リエーヴルからSTN宛，1776年12月31日付。ブルエからSTN宛，1772年8月30日付。オデアールからSTN宛，1776年4月14日付。ビローからSTN宛，

1776年9月10日付。

(13) パトラスからSTN宛, 1777年6月6日付。ルイエからSTN宛, 1781年6月9日付。若い方のルニョーからSTN宛, 1774年9月19日付と12月28日付。

(14) ヌーシャテルのSTNのジャン＝エリ・ベルトランからジュネーヴのフレデリック＝サミュエル・オステルヴァルドとアブラム・ボセ・ド・リューズ宛, 1777年4月19日付。

(15) STNからテロン宛, 1774年4月6日付。テロンからSTN宛, 1774年4月14日付。テロンからSTN宛, 1774年4月23日付。テロンからSTN宛, 1777年6月10日付。

(16) ガブリエル・グラセからSTN宛, 1772年6月19日付と1774年4月25日付。

(17) グラセのカタログは1774年4月25日付のSTN宛書簡に入っている。シャピュイとディディエのカタログは1780年11月1日付の書簡のなかに含まれている。

(18) STNの秘密のカタログは標準的かつ合法的カタログ6部とともにSTN古記録中の「ヌーシャテル印刷協会」とラベルのついた書類一式のなかにある。ストックドルフ未亡人の記録とともに押収されたカタログは，パリの国立図書館 ms. fr.22101, folios 242-249 のなかにある。ヴィッテルへの言及は，カンデ・ド・ラシュナルからSTN宛, 1781年5月6日付書簡に現われる。カタログを「黙らして」おくことについての言及と関連した企みの完全な報告は，ノエル・ジルの書類一式のなかにある。パリの国立図書館 ms. fr. 22081, folios 358-366, 引用は folio 364 表ページより。ポワンソは1783年7月31日付のSTNへの書簡で，マルタンとの会見について報告した。マルタンは出版監督局長官, ル・カミュ・ド・ネヴィルの秘書で腹心の部下だった。

(19) STN「手紙の写し」(Copie de lettres)。1776年8月12日から9月19日にかけての記載事項。

(20) レスネーからSTN宛，1777年7月26日付。プレヴォからSTN宛, 1783年5月11日付。マラシからSTN宛, 1775年6月27日付。バル＝ル＝デュックのテンチュリエからSTN宛の1776年9月2日付書簡と，アヴィニョンのギシャールからSTN宛の1773年4月16日付書簡も参照。

(21) STNからベルジュレ宛, 1773年7月6日付。ベルジュレからSTN宛, 1773年8月7日付。STNからベルジュレ宛, 1773年8月17日付。STNとムランのプレヴォとの同様のやりとりも参照。プレヴォからSTN宛の1777年

4月10日付と，STNからプレヴォ宛の1777年4月15日付。

(22) 1775年9月24日付でランスのカザンに哲学書の最新カタログを送る際，STNはそういった作品に安定した価格を設定できないことに遺憾の意を表わした。「このジャンルの書籍の価格はご存知のように一般に非常に不安定で，ありとあらゆるさまざまな周囲の状況に左右されるのです」。

(23) グラセからSTN宛，1774年4月25日付。

(24) カタログが見いだせるのは，デコンバからSTN宛の1776年1月8日付書簡，シャピュイとディディエからSTN宛の1780年11月1日付書簡と，ストラスブールのシュトックドルフの書店で押収された書類である。パリの国立図書館 ms. fr. 22101, folios 242-249。

(25) マレルブからSTN宛，1774年8月13日付。

(26) ファヴァルジェからSTN宛，1776年8月16日付と1776年9月4日付。

(27) たとえばリヨンのバレからSTN宛の1772年4月10日付，マルセイユのモシーからSTN宛の1777年3月12日付，リュネヴィルのゲイからSTN宛の1772年5月19日付，リュネヴィルのオデアールからSTN宛の1775年4月8日，カーンのル・バロンからSTN宛の1776年12月24日付。

(28) マヌーリからSTN宛，1783年6月24日付。デボルドからSTN宛，1773年1月12日付。マラシからSTN宛，1775年8月15日付。バリテルからSTN宛，1774年9月19日付。ビヨーからSTN宛，1776年9月29日付。シャルメからSTN宛，1774年10月1日付。ソンベールからSTN宛，1776年10月25日付。

(29) ベルジュレからSTN宛，1775年2月11日付。シャルメからSTN宛，1775年9月30日付。STN「受注帳」1776年4月24日の記載事項，ルーダンのマレルブからの注文にもとづく。

(30) ルニョーからSTN宛，1774年7月6日付。ファヴァルジェからSTN宛の1778年11月15日付書簡は，ニュブラの与えた指示を報告している。ジャクノからSTN宛，1775年9月（正確な日付は不明）。ボルナンからSTN宛，1785年10月16日付書簡は，バロワが与えた指示を報告している。

(31) ブルエからSTN宛，1773年9月10日付。

(32) ギヨンからSTN宛，1773年4月6日付。STNからギヨン宛，1773年4月19日付。

(33) レ・ヴェリエールのフランソワ・ミショーからSTN宛，1783年10月30日付。

第2章　ベストセラー

(1) もちろんさまざまな機関が1789年以前のフランスでの活動に関する情報を記録したが, そのデータはよく知られているように信頼できるものではない。以下を参照。Emmanuel Le Roy Ladurie, “Les Comptes fantastiques de Gregory King” in Le Roy Ladurie, *Le Territoire de l'historien* (Paris, 1973)〔ル＝ロワ＝ラデュリ『新しい歴史——歴史人類学への道』樺山紘一ほか訳, 藤原書店, 2002年〕, pp.252-270; Jacques Dupâquier, et al., *Histoire de la population française* (Paris,1988) vol. Ⅱ. chap. Ⅰ; Bernard Lepetit, *Les Villes dans la France moderne* (1741-1840), pp.445-449; Christian Labrousse and Jacques Lecaillon, *Statistique descriptive* (Paris, 1970). 国家的規模で集まった組織立ったデータはたいてい1806年の人口調査に, 科学的な統計分析はアルフォンス・ケトゥレの研究に由来する。

(2) STNの積荷で目的地に着かなかったものは比較的少数である。着かなかったときはその不運が書籍商の通信文で言及され, 会計帳簿に記録された。したがってSTNの古記録は, どの本がいちばん需要があったかと同様, どの本が実際読者に到達したかをも示している。残念なことに, 古記録は小売商自身の組織立った販売情報を含んでいない。それで流通過程の最終段階は比較的あいまいなままなのである。

(3) “Liste des imprimeurs de Nancy,” 1967年1月, 警部ジョセフ・デメリーの覚書を付した報告書。パリの国立図書館 mss. fr. 22098, piece 81.

(4) *Ibid.*

(5) ロレーヌの販売業者からSTNへの何百もの書簡中, マチューに関連する最も重要なものはダランクール, ババン, デュヴェズのものである。

(6) 特にマチューからSTN宛, 1779年12月28日付書簡を参照。ロレーヌの書籍取引の背景については *Almanach de la librairie* (Paris 1781)。

(7) マチューからSTN宛, 1772年4月7日付。

(8) マチューからSTN宛, 1774年8月7日付書簡。それはマチューの1772年2月24日付と4月7日付書簡にも見られる同様な要請を繰り返している。

(9) カザンからSTN宛, 1777年3月24日付。カザンはバスチーユで6週間過ごし, この破局によって20000リーヴル失った, と主張した。仕事を続けられるくらい回復したものの, カザンは取引の規模を縮小し危険を冒すことに慎重になった。カザンのSTN宛書簡1780年1月1日付, 1783年11月17日付, 1784年7月27日付を参照。

(10) 引用がもとづいているのは, テクストに現われた順にそれぞれプティの

STN宛書簡1783年6月29日付, 1783年1月20日付, 1783年8月31日付である。

(11) プティからSTN宛, 1782年9月9日付と1782年4月24日付けと1783年10月24日付。プティのランスにおける主な競争相手であったマルタン＝ユベール・カザンは, 生産過剰と安売り競争に関するプティの見解を裏づけている。カザンからSTN宛, 1780年1月1日付書簡にはこうある。「集金がたいへん難しくなり, 書籍取引全体が書籍の過剰のため事実上壊滅させられてしまった, ということにお気づきのことでしょう。数年の間, 40ないし50人の行商人がフランス中で商品を売り飛ばし, 在庫をスイス, アヴィニョン, ルーアンなどの地から得るということを続けています。行商人たちは現金で払うことで供給側の気を惹きます。それから信頼を得て掛売りになると支払いを止めるのです。こういった連中の手にかかって損をせずにすんだと自慢できる卸業者は一人としていません。彼ら［行商人］はみな結局破産し, 半値で本をたたき売ることでその地方を害するのです……。この町の商売はすっかりだめになりました」。

(12) プティからSTN宛, 1780年5月31日付。

(13) ブザンソンの諸機関についての詳細は, *Almanach historique de Besançon et de la Franche-Comté pour l'année 1784* (Besançon, 1784) を参照。フランシュ＝コンテの王国への編入 (1674年) 後の行政の中心地としての発展については, Claude Fohlen, *Histoire de Besançon* (Paris, 1965) を参照。

(14) シャルメからSTN宛, 1777年4月18日付。「百科全書」市場とブザンソンの書籍取引の他の側面については拙著, *Business of Enlightenment*, pp.287-294を参照。

(15) 書籍商の妻はしばしば帳場 (comptoir) で重要な役割を果たし, 顧客の相手をし, 通信文を扱い, 本を売った。その重要だが無視されてきた主題については以下を参照。Geraldine Sheridan, "Women in the Booktrade in Eighteenth-Century France," *British Journal for Eighteenth-Century Studies*, XV (1992), pp.51-69.

(16) レナルの『哲学的歴史』の場合についてさらに考慮すべきは, STNがこの本の自家版を生産した, という事実である。STNは通常一般的な在庫本より自家版をより多く売っていたから, 本の由来が販売記録に影響した。読者にこの要素を注意してもらうため, STNが出版した本の題名には表2-5 (97頁) の「ベストセラーの全注文」のなかで＊が付けてある。

(17) シャルメからSTN宛, 1775年10月18日付。
(18) シャルメからSTN宛, 1775年10月18日付。
(19) シャルメからSTN宛, 1777年3月7日付。
(20) シャルメからSTN宛, 1779年9月4日付。
(21) シャルメからSTN宛, 1780年4月28日付。
(22) シャルメ夫人からSTN宛, 1782年9月6日付。
(23) シャルメ夫人からSTN宛, 1782年11月15日付。
(24) シャルメ夫人からSTN宛, 1783年1月9日付。
(25) シャルメ夫人からSTN宛, 1783年4月13日付。
(26) シャルメ夫人からSTN宛, 1787年4月24日付。
(27) シャルメ夫人からSTN宛, 1784年8月16日付。
(28) シャルメからSTN宛, 1777年6月20日付。
(29) シャルメからSTN宛, 1782年9月6日付。
(30) シャルメからSTN宛, 1778年2月20日付。
(31) ヌフェがほんとうに『ルイ15世の私生活』を交換によってSTNに供給すると約束したのかどうかは, 記録からは断定できない。彼の側からの話はそれぞれSTN宛, 1781年5月10日付, 6月6日付, 7月6日付の書簡を参照。STNとシャルメの見解については, シャルメからSTN宛, 1781年5月18日付, 5月30日付, 7月18日付書簡およびSTNからシャルメ宛, 1781年6月12日付, 7月22日付書簡を参照。
(32) 1781年6月9日付のSTN宛書簡でシャルメはドリール・ド・サールの『自然の哲学』(*Philosophie de la nature*) を増刷しない方がいいと忠告した。「この作品の命脈は尽きた, と思います。哲学書一般についても同じことで, 1年以上のあいだ哲学書が求められることは稀でした」。この場合シャルメは「哲学」という語を普通の意味で, 哲学論文をさすのに使った。
(33) シャルメからSTN宛, 1782年4月17日付。1782年10月2日付の書簡でシャルメはミラボーの専制政府に対する攻撃がブザンソンの高等法院に関係のある弁護士, 司法官に特に訴えることを期待している, と記した。1777年4月18日には, 読者は同様に歯に衣着せない論文『ランゲ氏からヴェルジェンヌ伯爵への手紙』を躍起になって奪い合っている, とシャルメは書いた。「何冊かは4ないし5ルイ［96ないし125リーヴルという天文学的価格］で売れました」。
(34) シャルメからSTN宛, 1774年11月8日付。
(35) シャルメからSTN宛, 1775年9月30日付。『概要』は同じような中傷文

とともに出版されたパンフレットである。その中傷文は *La Gazette de Cythère, ou aventures galantes et récentes arrivées dans les principales villes de l'Europe, traduite de l'anglais, à la fin de laquelle on a joint le Précis historique de la vie de Mad. la comtesse du Barry* (London, 1774).

(36) シャルメからSTN宛, 1781年10月12日付。この場合シャルメは「スパイ」を混同してしまっているようだ。というのは『イギリス人スパイ』は全10巻にもなるが, 全4巻からなる『イギリス人観察者, あるいは全眼卿と全耳卿の秘密の往復書簡』の増補版だったからだ。後者は初めロンドンの奥付で1777年に発行された。

(37) シャルメからSTN宛, 1782年8月28日付。

(38) 南部に対して東北部の高い識字率については以下を参照。Michel Fleury and Pierre Valmary, "Les Progrès de l'instruction élémentaire de Louis XIV à Napoléon III," *Population*, XII (1957), pp.71-92; François Furet and Jacques Ozouf, *Lire et écrire: L'alphabétisation des français de Calvin à Jules Ferry* (Paris, 1977).

(39) *Etat et description de la ville de Montpellier, fait en 1768*. J. Berthélé により *Montpellier en 1768 et en 1836 d'après deux manuscrits inédits* (Montpellier, 1909)として匿名で刊行されたこのパンフレットのpp.52, 57から引用。

(40) *Ibid.*, pp.25, 55から引用。

(41) *Manuel de l'auteur et du libraire* (Paris, 1777), p.67. 地方での書籍取引の背景については以下を参照。Madeleine Ventre, *L'Imprimerie et la librairie en Languedoc au dernier siècle de l'ancien régime* (Paris and The Hague, 1958).

(42) ジャン＝フランソワ・ファヴァルジェからSTN宛, 1778年8月29日付。1764年にはモンペリエには4人の書籍商と2人の印刷業者がいた。Ventre, *L'Imprimerie et la librairie en Languedoc*, pp.227-228参照。フォールは未亡人ゴンチエの共同経営者だった。1777年の『著述家と書籍商の便覧』には別々に記載されていたが, リゴーとポンスの工場は1770年にはイザーク＝ピエール・リゴーの管理下に入っていた。ただし『便覧』は概して信頼できる資料ではない。

(43) 出版監督局長官宛に送られた匿名の申請書requête。日付はないがおそらく1754年。パリの国立図書館Ms. fr.22075, fo.229。ドフィネから来た農民による禁制本の行商については以下を参照。*Ibid.*, fo.234, "Mémoire remis à M.

de Saint Priest" by Eméric David of Aix.

(44) 1754年7月24日付の報告は *ibid.*, fo.355にある。

(45) Ventre, *L'Imprimerie et la librairie en Languedoc*, p.227.

(46) リゴーからSTN宛, 1777年5月23日付。

(47) リゴーからSTN宛, 1771年10月25日付。

(48) リゴーからSTN宛, 1774年6月29日付。関税法の詳細については以下の拙論参照。"Reading, Writing, and Publishing in Eighteenth-Century France: A Case Study in the Sociology of Literature," *Daedalus* (Winter 1971), pp.231-238.

(49) たとえばリゴーは，ジュネーヴのガブリエル・クラメにヴォルテールの『百科全書に関する疑問』の原本版を注文しようとしなかったが, それはSTNの安い偽版を購入することで節約するためだった。しかしリゴーは，STNの紙がひどく商品の引渡しが遅すぎると思った。リゴーからSTN宛, 1770年11月9日付書簡。「これは私たちにとっていっそういらだたしいことです。というのは昨日ジュネーヴのクラメ氏から届いた手紙には, 私たちの同業者の1人に荷を送ったが私たちがなにも注文しなかったのを驚いている, と書いてあるからです。直接あなた方のところへ注文することでより安くとより迅速なサーヴィスを期待していましたが, きわめてまずいことに, 後者の方には失敗してしまいました」。1771年8月28日, 忍耐も尽きたリゴーはSTNに「私たちは5000リーグも6000リーグも離れているようですね」と書き送った。

(50) セザリーからSTN宛, 1781年6月25日付。

(51) セザリーの経済状況は，モンペリエの弁護士シローがSTNのために1779年6月5日付の書簡で分析している。以下の報告がもとづいているのは, やはりSTNの代理人だった当地の商人ヴィアラールの書簡とともにシローの書簡, そしてセザリー自身の書簡である。

(52) セザリーからSTN宛, 1781年6月25日付。

(53) 18世紀の「読書クラブ」(cabinets littéraires) については比較的わずかなことしか知られていない。この主題についての予備的調査としては以下を参照。Jean-Louis Pailhès, "En marge des bibliothèques: l'apparition des cabinets de lecture," in *Histoire des bibliothèques françaises* (Paris, 1988), pp.415-421; Paul Benhamou, "The Reading trade in Pre-revolutionary France," *Documentatieblad Werkgroep Achttiende Eeuw*, vol. 23 (1991), pp.143-150; 私自身は以下において2つのcabinetを素描した。*Edition et sédition*,

pp.80-86 と“First Steps Toward a History of Reading,” *Australian Journal of French Studies*, XXIII（1986）, pp.5-30.

（54）フォンタネルから STN 宛, 1773 年 5 月 11 日付。
（55）フォンタネルから STN 宛, 1775 年 3 月 4 日付。
（56）フォンタネルから STN 宛, 1775 年 1 月 18 日付。
（57）フォンタネルから STN 宛, 1781 年 1 月 24 日付。
（58）フォンタネルから STN 宛, 1782 年 5 月 24 日付。
（59）フォンタネルから STN 宛, 1781 年 5 月 18 日付。
（60）フォンタネルから STN 宛, 1781 年 3 月 6 日付。
（61）ヴィアラールから STN 宛, 1784 年 11 月 3 日付。
（62）ヴィアラールから STN 宛, 1784 年 8 月 30 日付。
（63）リゴーから STN 宛, 1774 年 3 月 23 日付。
（64）リゴーから STN 宛, 1774 年 4 月 15 日付と 1780 年 6 月 2 日付。
（65）リゴーから STN 宛, 1771 年 9 月 23 日付。
（66）リゴーから STN 宛, 1782 年 2 月 8 日付。
（67）リゴーから STN 宛, 1779 年 11 月 22 日付。
（68）リゴーから STN 宛, 1782 年 7 月 12 日付。
（69）リゴーから STN 宛, 1771 年 7 月 27 日付。
（70）リゴーから STN 宛, 1783 年 7 月 30 日付。
（71）リゴーから STN 宛, 1777 年 8 月 15 日付。リゴーが言及していたのは，ランゲの *Lettre de M. Linguet à M. le C. de Vergennes, ministre des affaires étrangères en France*（London, 1777）という，革命前では最も大胆で人気のある論文だった。
（72）リゴーから STN 宛, 1783 年 7 月 30 日付。
（73）扇動的文学に対するキャンペーンで政府が使った伝家の宝刀は，1783 年 6 月 12 日の外務大臣ヴェルジェンヌ伯爵による指示だった。それは目的地にかかわらずあらゆる輸入本がパリの書籍商組合の業界組織の検閲を通るように求めていた。この施策は王令の形式をとらなかったため歴史家に注目されなかったが，非常に有効なものだった。拙論“Reading, Writing, and Publishing in Prerevolutionary France,” pp.226-238 参照。
（74）私は既に事例研究を他に数本出版しているので，ここでは反復しないように選択した―― *Edition et sédition* の 3 章から 6 章参照。以下も参照。“The World of the Underground Booksellers in the Old Regime,” and “Trade in the Taboo: The Life of a Clandestine Book Dealer in Prerevolutionary France,”

in Paul J. Korshin, ed., *The Widening Circle: Essays on the Circulation of Literature in Eighteenth- Century Europe* (Philadelphia, 1976), pp.11-83.

(75) 以上の素描は，非合法本取引の最周辺部にいた人物, 特に行商人に関してはあまり情報を含んでいない。行商人とその商売についての事例研究としては *Edition et sédition* の第 3 章参照。

(76) アンドレから STN 宛, 1784 年 8 月 22 日付。

(77) STN の古記録と出版社そのものの歴史については以下を参照。John Jeanprêtre, "Histoire de la Société typographique de Neuchâtel, 1769-1798," Musée neuchâtelois (1949), pp.70-79, 115-120, 148-153; and Jacques Rychner, "Les Archives de la Société typographique de Neuchâtel," *Musée neuchâtelois* (1969), pp.1-24.

(78) 18 世紀末にフランスに登場した出版者については，まだ十分に研究されていない。もっともいくばくかの情報は Chartier and Martin, eds., *Histoire de l'édition française*, vol.II: *Le livre triomphant 1660-1830* に散見される。この新しい社会類型について最良の報告は，今なおバルザックの『幻滅』に見いだすことができる。英独の学問はより前進している。以下を参照。Philip Gaskell, *A New Introduction to Bibliography* (New York and Oxford, 1972), pp.297-311; Reinhard Wittmann, *Geschichte des deutschen Buchhandels. Ein Überblick* (Munich, 1991), pp.111-142.

(79) こういった, また他の多くの策略についての議論は STN の書類のいたるところに見られる。たとえばマーストリヒトのデュフォール, ルーアンのマシュエル, リヨンのバレについての一件書類を参照。

(80) 交換の慣行についての情報は STN の記録のいたるところに散在している。印刷協会の同盟についての資料のほとんどは ms. 1235 にまとめられている。

(81) この事件の経済的側面については拙著 *Gens de lettres, gens du livre*, pp.219-244 を参照。政治については以下を参照。Charly Guyot, "Imprimeurs et passeurs neuchâtelois: l'affaire du *Système de la nature* (1771)," *Musée neuchâtelois* (1946), pp.74-81, 108-116.

(82) STN からマルセイユのモッシー宛, 1773 年 7 月 10 日付。

(83) STN からルガーノのアストリ宛, 1773 年 4 月 15 日付。

(84) モッシーから STN 宛, 1777 年 8 月 4 日付。

(85) マチューから STN 宛, 1771 年 4 月 23 日付。

(86) 既に説明したように，STN は純然たる禁書をたくさん出版したわけではなかったが, 禁書を在庫として持っていたり禁書専門の業者との交換によっ

て顧客に代わって入手したりした。したがって統計は，出版社としてより卸業者としての活動に由来するものである。STN が「哲学書」（livres philosophiques） の自家版を出版するという稀な機会には，その本は在庫と市場での売買でいつになく重要な位置を占めたし，書籍商はSTNが供給するそのほかの作品よりもその本をより頻繁に発注する傾向があった。それでもSTN は慎重で，市場を調査せずにそういった本を増刷することはなかった（時代錯誤的に聞こえるかもしれないが実際「マーケット・リサーチ」のことが話題になっているのである）。拙論“Sounding the Literary Market in Prerevolutionary France,” *Eighteenth-Century Studies*, XII (1984), pp.477-492 参照。それでドルバックの『自然の体系』やレナルの『哲学的歴史』のようなSTNが出版した作品は，おそらくベストセラー・リストで占めているほどの高い位置には値しないとしても，ベストセラーなのである。

STNは1780年代を通してフランスで禁書を売りつづけたが，1783年6月にフランス政府が輸入本に課した厳しい制限の結果，取引を削減した。拙論“Reading, Writing, and Publishing,” pp.226-238 を参照。したがってミラボーの『封印状と監獄』（1782年）やランゲの『バスチーユ回想』（1783年）のような作品は，おそらくSTNの販売にもとづいた統計に現われる以上によく売れていたことだろう。最後にSTNの販売傾向には地理的偏向の可能性がある。すなわち統計は，低地諸国で生産された本よりスイスで生産された本に有利に働いているのかもしれない。STNはハーグのゴスや，マーストリヒトのデュフールや，リエージュのプロントゥのような店や，ノイヴィート印刷協会と手広く取引をしていたが，最も盛んに本を交換したのは他のスイスの出版社とだった。ヴォルテール作品の大量販売は供給側のスイスの偏向を示しているのかもしれない。しかしドルバックとその一派の作品の販売は同様に多く，それらはたいていオランダで出版されていたが，その主な例外はドルバックの『自然の体系』のSTN版である。私はオランダとスイスの強力な商業上の対抗関係の徴候を見つけたが，彼らが出版したフランス語の禁書は基本的に異なったものだという証拠は見いだせなかった。

(87)『ルイ15世の私生活』を除くこれらの作品もすべて，禁書カタログで高い位置を占めている。

(88) ドルバックおよびその一派の作品の出版に関して，また著者と出版者を彼らだとする問題に関しては，Jeroom Vercruysse, *Bibliographie descriptive des écrits du baron d'Holbach* (Paris, 1971) を参照。

(89) 書籍商は，公衆の目にはどの作家が傑出していたかを示唆するような見

解を述べることがよくあった。たとえばブリュッセルのドラエーはメルシエの『タブロー・ド・パリ』をたくさん売ったが, 1783年3月30日付のSTN宛書簡で，まだ目にしたことがなくても同じ作者の新作を思い切って200部買うつもりだと書いた。「というのも，ほんとうにそれが有名なメルシエ氏のもので，実に面白いとあなた方が請け合って下さるのですから」。書籍商の手紙のなかで最も頻繁に名前が挙がった作家は，ヴォルテール, ルソー, レナル, メルシエ, ランゲだった。リスト上位のその他の著作家はけっして有名になることはなかった。というのは匿名に隠れたままだったからである。

(90)『新エロイーズ』の驚異的な成功はダニエル・モルネの初期の研究で初めて証明された。その研究とは，“Le Texte de *La Nouvelle Héloïse* et les éditions du XVIIIe siècle,” *Annales de la société J.-J. Rousseau*, V (1909), pp.1-117 である。ジョー＝アンヌ・マキーチャーンの監修のもとオックスフォードのヴォルテール財団によって現在刊行中の新しい *Bibliography of the Writings of Jean-Jacques Rousseau to 1800* のおかげで，ルソーの作品のすべての版についてより正確にわかるようになるだろう。マキーチャーン博士は1762年から70年の間に出版された『エミール』の版を19種突きとめた。彼女は1770年から90年の期間には8種類しか発見しなかった。そしてそのうち6種が同じ出版社によって生産されていた。そしておそらく市場が飽和状態になるにつれて，その需要は減退していったのだろう。その仮定はSTNへの発注数が全部でたったの6部というわずかな数だということから裏づけられる。『エミール』は6つの秘密のカタログのうちたった1つと，警察の押収目録10のうち2つに現われる。しかし『エミール』はパリ税関で12回押収され，そのうち7回は1771年のことだった。マキーチャーン博士には，*Bibliography: Emile, ou de l'éducation* (Oxford, 1989) の第2巻として出版になる前に研究の成果を寛大にも見せていただいたことを感謝したいと思う。

(91) バレからSTN宛, 1779年8月13日付。

(92) ピールというパリの書籍商はSTNに海賊版のための情報と本を供給していたが, 1776年3月23日にはこう報告した。「ディドロ氏の個々の作品は送っていません。とても見つけにくいということはおくとしても, 全集よりずっと高くつくことになるのです。全集はリヨンではここよりはるかに安く入手できます」。もちろんのこと『ラモーの甥』のようなディドロの最重要な作品のなかには，18世紀には出版されなかったものもある。STNへの発注を見るとディドロの作品集はかなりよく売れた（9回にわたって33セット

の注文）が, 他の多くの作家ほどではなかった。たとえば今日はるかに知られることの少ないグレクールの作品集（12 回の発注で 56 セット）。

(93) この数字は全 11 巻からなるルソーの『遺作集』の販売を含んでいない。『遺作集』は以前に出た作品集の補遺として売られた。16 の発注に応えて 107 セットが売れた。

(94) こういった問題をこのように問いかけることで，私は文学史家が偉大な書物の研究を放棄すべきだということを示唆するつもりはない。たとえ偉大さそのものは文化に拘束された範疇であるとしても，である。また実証主義復活論を唱えているのでもない。私は実地の調査によって文学需要の傾向を発見するのは重要だと思うが, どのように書物が読まれ, 趣味が形成されたか, 文学は文化と社会の他の要素とどう関連していたか, という問いに向かっていくこともまたきわめて重要だと考えている。

(95) 分類部門のなかの 2 つの下位部門に特に問題がある。最初の下位部門「反宗教的な下品な話, ポルノ」は，主に宗教についての作品の一般部門にも，主に性に関する一般部門にも入れることができるだろう。個々の作品を分類する際に, 私はテクストのポルノ的要素に対する反宗教的要素の相対的重要性を恣意的に決定せざるをえなかった――そういうやり方では，同時に猥褻で反教権主義的であろうとした本をほとんど正当に扱ったことにはならないだろう。その性格を歪める危険を最小にするため，私はそういった本――たとえば『アレティーノ』,『オルレアンの乙女』, そして『B…師の物語』さえも雑種的下位部門「反宗教的な下品な話, ポルノ」に入れ, さらにそれを「宗教」という一般部門に入れた。「性」のもとに入れてもまったく同様にかまわないだろう。読者は下位部門そのものを移動することによってこの偏向を斟酌することができる。そうすると資料全体がいくらか猥褻に見えるようになるだろう。第 2 の問題をはらんだ下位部門「一般的な社会的文化的批判」は，ヴォルテールの『哲学書簡』, レナルの『哲学的歴史』, メルシエの『タブロー・ド・パリ』といった作品を含んでいる。それらはアンシャン・レジームの正統的価値を多くの異なった前線で攻撃したが, 18 世紀に広い意味で理解されたような哲学をも表現していた。したがってそういった作品は一般的下位部門のなかに入れられているが, その下位部門自体は「哲学」のもとに含まれている。姉妹編にはジャンルにしたがって分類されたベストセラー本についての情報が含まれているが, その「需要の統計」を研究し, やはり姉妹編にある「基本的チェックリスト」中のそれぞれの書名にしたがってより細かな情報を再処理することで，恣意的分類が生み出す歪みは正しうる。

(96) カタログはSTNの古記録中出版者の名前のもとに見つかる。それらは挿絵のあるものないもの，さまざまな判型のさまざまな版に言及している。価格のほとんどは卸の「本屋の価格」(prix de libraire) だった。

(97) ランゲの『バスチーユ回想』が出たのは，世論に2つのパンフレットのようなものが訴えかけたすぐ後のことだった。やはりホットケーキのようによく売れたのは *Requête au conseil du roi* と *Lettre de M. Linguet à M. le comte de Vergennes* だった。ミラボーの『封印状と監獄』はおそらくベストセラー・リストでのその位置が示すよりずっとよく売れただろう。というのは，それが出版されたのが1782年後半という，STNがフランスでの取引を削減し始める直前のことだったからである。ミラボーの修辞はランゲ同様破壊的ではあったが，個人的性格はいくらか薄れていた。ミラボーは王権の濫用について客観的な論文を書いているふうを装って，自分の体験についての言及は大半序文と本の後半だけに限っていた。匿名で「遺作として」発行されたとはいえ，ミラボーが作者だということは公然の秘密だった。

(98) 反モープー宣伝はシャンティ・シンガムの近刊で詳細に分析されることだろう。全体としての危機についての近年の研究としては以下を参照。Durand Echeverria, *The Maupeou Revolution, a Study in the History of Libertarianism: France, 1770-1774* (Baton Rouge, 1985).

(99) もちろん本とパンフレットの意味はそれらの読まれ方にかかっている。それは第4章で提起されているが解決されていない問題である。私は将来の著作でより十分な議論を尽くしたいと考えているが，それまでのあいだ革命前の危機についての同時代の理解を探求するための予備的な試みを参照するよう読者に求めることができる。それは私の博士論文 "Trends in Radical Propaganda on the Eve of the French Revolution (1782-1788)" (Oxford, 1964) である。

(100) 18世紀の新聞についての情報の該博な概観としては以下を参照。Jean Sgard, ed., *Dictionnaire des journaux 1600-1789* (Oxford, 1991), 2 vols. Claude Bellanger その他の監修によるより古い総合的調査, H*istoire générale de la presse française* (Paris, 1969), vol. I 。非常に古いが非常に有益な研究, Eugène Hatin, *Histoire politique et littéraire de la presse en France* (Paris, 1859-61), 8vols。モープーの政変についてはなにも発行しなかったが，ダイヤモンド・ネックレス事件については大いに弁じた，『ガゼット・ド・レイド』については，Jeremy D. Popkin, *News and Politics in the Age of Revolution. Jean Luzac's Gazette de Leyde* (Ithaca, 1989) を参照。「情報屋」

については，Frantz Funck-Brentano, *Les Nouvellistes*（Paris, 1905）を参照。

第3章　哲学的ポルノグラフィ

（1）Nicolas-Edmé Restif de la Bretonne, *Le Pornographe ou Idée d'un honnête homme sur un projet de règlement pour les prostituées*（London, 1769; reprinted in L'Enfer de la Bibliothèque Nationale[Paris, 1985], vol. II）.

（2）ポルノという概念に固有の時代錯誤についてのいくらか誇張された議論のためには，Peter Wagner, *Eros Revived: Erotica of the Enlightenment in England and America*（London, 1988）参照。18世紀のフランスにおけるアレティーノの影響を完全に調査したのは以下の研究である。Carolin Fischer, *Die Erotik der Aufklärung. Pietro Aretinos Ragionamenti als Hypotext des Libertinen Romans in Frankreich, a doctoral dissertation at the Freie Universität*, Berlin, 1993. 近代前期の好色文学に関する急成長中の学問研究では特に以下を参照。Jean-Pierre Dubost, *Eros und Vernunft. Literatur und Libertinage*（Frankfurt-am-Main, 1988）; François Moreau and Alain-Marc Rieu, eds., *Eros philosophe. Discours libertins des Lumières*（Geneva and Paris, 1984）; Lynn Hunt, ed., *The Invention of Pornography. Obscenity and the Origins of Modernity*, 1500-1800（New York, 1993）〔リン・ハント編著『ポルノグラフィの発明――猥褻と近代の起源，一五〇〇年から一八〇〇年へ』正岡和恵・吉原ゆかり訳，ありな書房，2002年〕。

（3）以下を参照。Walter Kendrick, *The Secret Museum: Pornography in Modern Culture*（New York, 1987）; Jeanne Veyrin-Forrer, "L'Enfer vu d'ici," *Revue de la Bibliothèque Nationale*, 14（1984）, pp.22-41; Annie Stora-Lamarre, *L'Enfer de la IIIe République. Censeurs et pornographes（1881-1914）*（Paris, 1990）.

（4）こういった用語は，パリ税関で押収された本の記録簿のいたるところに現われる。パリの国立図書館 mss. fr. 21931-21934. しかし galant がときには猥褻を暗示することもあった。

（5）Malesherbes, *Mémoires sur la librairie et sur la liberté de la presse*（Geneva, 1969 reprint）, pp.89-90.

（6）Diderot, "Salon de 1765," 引用は以下より。Jacques Rustin, "Preface" to the reprint of *Vénus dans le cloître* in *Œuvres érotiques du XVIIe siècle. L'Enfer de la Bibliothèque Nationale*（Paris, 1988）, VII, p.307.

（7）*Thérèse philosophe, ou Mémoires pour servir à l'histoire du Père*

Dirrag et de Mademoiselle Eradice, reprinted in *L'Enfer de la Bibliothèque Nationale* (Paris, 1986), V, p.102.

(8) Sade, *Histoire de Juliette* in *Œuvres complètes* (Paris, 1967), VIII, p.443.

(9) 警察のテクストと1749年の状況についての議論は，拙著 *Gens de lettres, gens du livre* 所収の"Les Encyclopédistes et la police"を参照。

(10) J.-F. Barbier, *Journal historique et anecdotique du règne de Louis XV* (Paris, 1851), III, pp.89-90, 1749年7月の記載事項，「彼らは機知にあふれた作家，ディドロ氏も逮捕したが，氏は『哲学者テレーズ』の題名で発行された論文の作者であろうと疑われている……。この本は魅力的でとてもうまく書かれているが，自然宗教についての会話を含んでおり，その会話たるやきわめて力強くかつ危険なものである」。

(11) Jacques Duprilot, "Nachwort," in *Thérèse philosophe. Erotische Küpferstiche aus fünf berühmten Büchern* (Dortmund, 1982) を参照，特に228頁から232頁。この論文は『哲学者テレーズ』の出版をめぐる事情を十分に報告しているが，ディドロが作者だという点については納得のいく議論を尽くしていない。テクストの背景についてさらに知るためには，以下それぞれの版の序文を参照。Pascal Pia (Paris, 1979), Jacques Duprilot (Geneva, 1980), Philippe Roger (Paris, 1986).

(12) *Thérèse philosophe*, p.69.

(13) *Ibid.*, pp.58-59.

(14) *Ibid.*, p.54.

(15) *Ibid.*, p.87.

(16) *Ibid.*, p.86.

(17) *Ibid.*, p.95.

(18) *Ibid.*, p.85.

(19) *Ibid.*, p.101.

(20) *Ibid.*, p.41.

(21) *Ibid.*, pp.170, 175.

(22) *Ibid.*, p.180.

(23) *Ibid.*, p.186.

(24) この大主題に関する最重要な調査は，いまだ Ira O. Wade, *The Clandestine Organization and Diffusion of Philosophical Ideas in France from 1700 to 1800* (New York, 1967) である。より最近の学問研究の例としては，以下を参照。Olivier Bloch, ed., *Le Matérialisme du XVIIIe siècle et la littérature*

clandestine (Paris, 1982).
(25) *Thérèse philosophe*, pp.51, 53.
(26) *Ibid.*, p.59.
(27) *Ibid.*, p.87.
(28) *Ibid.*, p.66.
(29) *Ibid.*, p.54.
(30) 以下を参照。Otto Mayr, *Authority, Liberty, and Automatic Machinery in Early Modern Europe* (Baltimore, 1986)〔オットー・マイヤー『時計じかけのヨーロッパ——近代初期の技術と社会』忠平美幸訳，平凡社，1997年〕。
(31) 以下を参照。Jean Marie Goulemot, *Ces Livres qu'on ne lit que d'une main. Lecture et lecteurs de livres pornographiques au XVIIIe siècle* (Paris, 1991), p.48.
(32) Mirabeau, *Ma conversion ou le libertin de qualité* (London, 1783), reprinted in *L'Enfer de la Bibliothèque Nationale*, III, p.38.
(33) 以下を参照。Simon Henri Tissot, *L'Onanisme, dissertation sur les maladies produites par la masturbation* (Lausanne, 1760), および Goulemot, *Ces Livres qu'on ne lit que d'une main*, pp.43-55.
(34) *Thérèse philosophe*, p.62.
(35) 挿絵の多くは *Thérèse philosophe. Erotische Küpferstiche* に復刻されている。
(36) *Thérèse philosophe*, p.170.
(37) *Ibid.*, pp.186, 189.
(38) *Ibid.*, p. 51.
(39) Herbert Dieckmann, *Le Philosophe. Text and Interpretation* (St. Louis, 1948).
(40) *Thérèse philosophe*, p.115.
(41) *Ibid.*, pp.112-113.
(42) *Examen de la religion dont on cherche l'éclaircissement de bonne foi. Attribué à M. de St. Evremend. Traduit de l'anglais de Gilbert Burnet* (London, 1761), p.24. T*hérèse philosophe*, p.108. 「神はどこにでもいます」と言うとき，『哲学者テレーズ』の作者は神は存在していないということをほんとうは言いたかったのである。というのは他の箇所では，汎神論のように聞こえる議論が骨の随までの物質主義に，変質していたからである（私は

1745 年版が見つからなかったので *Examen* の 1761 年版から引用している)。*Les Supercheries littéraires dévoilées*(Paris, 1847)のなかの *Examen* 論で J. -M. Quérard は，それを La Serre という名の将校の作とし, 1745 年の出版後パリ高等法院が焚書と決めた，と言っている。*The Clandestine Organization and Diffusion of Philosophic Ideas in France from 1700 to 1750*, pp.141-163 で Ira Wade は，*Examen* に関するはるかにいきとどいた議論を行なって，それを César Chesneau du Marsais の作としている。STN は 1770 年代と 1780 年代にはまだそれを売っていた。テクストを比較してみて，私は一貫したパターンを発見した。『哲学者テレーズ』は *Examen* の多くの節から文章を取ってきて，しばしば表現をより簡潔により反宗教的に変えているので, 全体的な効果はまったく違ったものになっている。たとえば *Examen* の 141 頁と『哲学者テレーズ』の 112 頁を参照。さらに *Examen* の 24 頁から 27 頁までの一連の段落と『哲学者テレーズ』の 108 頁から 110 頁を参照。もちろん両方の作品が哲学草稿のあいだで流通していたある第 3 のテクスト, ないしは一連のテクストから借用した, という可能性もある。

(43) *Examen de la religion*, p.141; *Térèse philosophe*, p.112.

(44) *Thérèse philosophe*, pp.112-113, 116.

(45) *Ibid.*, pp.85-86.

(46) *Ibid.*, p.94.

(47) *Ibid.*, p.175. 「この世で幸せに生きるために従うべき第 1 原則は，紳士 [honnête homme] であるということと, 社会の法を守るということです。社会の法とは互いの必要を結び合わせる絆のようなものです」。

(48) *Ibid.*, p.190.

(49) 識字率の問題を再考し, 少なくともフランスの都市部で識字率の古い見積を上方修正する必要については，以下を参照。Daniel Roche, *Le Peuple de Paris. Essai sur la culture populaire au XVIIIe siècle* (Paris, 1981), chap.7, and Roger Chartier, "Du livre au lire," in Chartier, ed., *Pratiques de la lecture* (Paris, 1985)〔ロジェ・シャルチエ編『書物から読書へ』水林章・泉利明・露崎俊和訳，みすず書房、1992 年〕。

(50) 18 世紀フランスの好色文学の読者についてはほとんどわかっていない。STN の通信文は好色文学が駐屯地の将校たちには人気があったということを示しているが, それ以上のことはわからない。図像学的証拠は性的刺激を求める女性にも読まれていた, ということを暗示している。しかし絵は現実の風習に対応していたのか, それともやはりまた男の幻想の産物だったのか。

以下を参照。Erich Schön, *Der Verlust der Sinnlichkeit oder die Verwandlungen des Lesers. Mentalitätswandel um 1800* (Stuttgart, 1987), pp.91-93; Goulemot, *Ces Livres qu'on ne lit que d'une main*, pp.43-47.

(51) たとえば Catharine A. MacKinnon, *Feminism Unmodified. Discourses on Life and Law* (Cambridge, Mass., 1987), part III〔キャサリン・マッキノン『フェミニズムと表現の自由』奥田暁子ほか訳，明石書店，1993 年〕のなかのポルノについての論考を参照。

(52) *Thérèse philosophe*, p.169.「それが心の共感の効果です。相手の器官で考えているような感じです」。

(53) こういった数字は，非常に複雑な人口統計のパターンについておおまかに教えてくれるだけだ。Jacques Dupâquier, et al., *Histoire de la population française* (Paris,1988), II 参照。特に第 8 章から第 10 章。

(54) この論法を目にした人口統計研究家はおそらく一笑に付すだろう。しかし彼らはいまだに，なぜフランス人が早い時期から大規模に産児制限を取り入れて, 人口が「移行期」(低い死亡率と高い出生率) に入り，他のヨーロッパ諸国のように人口爆発することを避けえたのかについて，理由を探求している。この時期の他の好色本にも「中断性交」の描写が含まれているが, ほとんど手引書のように読める場合もあるほどだ。たとえば *Le Triomphe des religieuses ou les nones babillardes* (1748), reprinted in *L'Enfer de la Bibliothèque Nationale*, V, pp.223-226 を参照。『哲学者テレーズ』のようなベストセラーの流布が間接的に, 文盲の人々にまで産児制限の知識を広めることにさえなっていたのかもしれない。

(55) *Thérèse philosophe*, p.58. 対照的にテレーズは強姦しようとした裕福な金融業者を撃退する (125 頁参照)。

(56) *Ibid.*, p.175.

(57) *Ibid.*, p.176.

(58) 以下を参照。Steven Hause and Anne Kenney, *Women's Suffrage and Social Politics in the French Third Republic* (Princeton, 1984).

第 4 章　ユートピア幻想

(1) この解釈がもとづいているのは，1762 年に『新エロイーズ』の出版後ルソーが読者から受け取った前例のないあふれんばかりの手紙である。以下を参照。拙著 *The Great Cat Massacre and Other Episodes in French Cultural History* (New York, 1984), chap.6〔ロバート・ダーントン『猫の大

虐殺』海保眞夫・鷲見洋一訳，岩波書店，1986年〕。それとClaude Labrosse, *Lire au XVIIIe siècle. La Nouvelle Héloïse et ses lecteurs* (Lyon, 1985)。議論はまたルソーの文化論，特に『演劇に関するダランベール氏への手紙』の解釈によっている。そのより充実した解釈としては以下を参照。Ernst Cassirer, Jean Starobinski, and Robert Darnton, *Drei Vorschläge Rousseau zu Lesen* (Frankfurt-am-Main), chap.3; Darnton, "The Literary Revolution of 1789," *Studies in Eighteenth Century Culture*, vol. 21 (1991), pp.3-26.

(2) メルシエの革命前の活動を最も詳細に説いたものは，いまだLéon Béclard, *Mercier, sa vie, son œuvre, son temps d'après des documents inédits. Avant la Révolution* (1740-1789) (Paris, 1903) である。『紀元2440年』の出版史については以下に挙げる優れた研究を参照。Everett C. Wilkie Jr., "Mercier's *L'An 2440*: Its Publishing History During the Author's Lifetime," *Harvard Library Bulletin*, vol. 32 (1984), pp.5-31, 348-400.

(3) Wilkieが"Mercier's *L'An 2440*"で示しているように，メルシエはテクストについては4つの主な版をつくった。1巻本の初版が1771年。わずかに改訂した1774年版。3巻本のかなり増補した1786年版。そして序文を増補した3巻本の増刷が革命暦7年（1799年）だった。私は1771年版，1775年版（1774年版の改訂版の増刷），1786年版，革命暦7年（1799年）版を研究し比較した。便宜上1786年版から引用することとする。その版はRaymond Troussonの有益な序文がついたスラットキンのリプリント版で入手できる。*L'An deux mille quatre cent quarante suivi de L'Homme de fer* (Geneva, 1979). 以後は*L'An 2440*として引用。しかし1771年版から変更なしで引き継がれた部分だけを引用することになる。1771年版がほとんどの読者に達した基本的なテクストを示している。

(4) ユートピア主義に関する莫大な文献中，最も有益な研究のうちで『紀元2440年』を論じているのはせいぜい2つである。Bronislaw Baczko, *Lumières de l'utopie* (Paris, 1978); Frank E. and Fritzie P. Manuel, *Utopian Thought in the Western World* (Cambridge, Mass., 1979)〔ブロニスラフ・バチコ『革命とユートピア――社会的な夢の歴史』森田伸子訳，新曜社，1990年〕。

(5) *L'An 2440*, Ⅰ, p.17.

(6) 引用は出てきた順に*L'An 2440*, Ⅲ, p.97; Ⅰ, p.133; Ⅰ, p.273である。

(7) *Ibid.*, Ⅰ, p.51.

(8) *Ibid.*, Ⅰ, p.190. 重農主義者に対するメルシエの強烈な批判は192頁から194頁にわたる長大な注釈で展開される。
(9) メルシエ, 革命暦7年版（1799年）への序文。*Ibid.*, p.ii.
(10) *Ibid.*, Ⅱ, pp.110-112.
(11) *Ibid.*, Ⅱ, p.115.
(12) *Ibid.*, Ⅰ, p.43.
(13) *Ibid.*, Ⅰ, p.129.
(14) *Ibid.*, Ⅰ, pp.29-30.
(15) メルシエは最初のテクストのあちらこちらにルイ14世批判をまき散らしていたが, 1786年版では「ルイ14世」という新しい章に集約した。特に, *Ibid.*, Ⅰ, pp.254-259参照。
(16) メルシエはしばしばヤングに対する賛嘆の念を表わしているが, 『紀元2440年』の29章と30章の間に「月食」というエッセーを付け加えた。話とはなんの関係もないのに, である。ヤングふうの趣味で哀切な感傷主義を少しばかり提供しただけのことだった（*Ibid.*, I, p.299）。
(17) *Ibid.*, Ⅱ, pp.94-95. この「玉座の間」という章のテクストはどの版でも同じであるが, メルシエは後の版では長い2つの注を付け加えた。その注から, メルシエがモンテスキューから受けた影響が明らかである。私の全般的印象からすると, 1786年版は1771年版とは対照的にモンテスキューに関してより完全な理解を示していて, 新しい素材をあまりにも詰め込みすぎたため初版の急進的な主張をいくらか弱めたようだ。しかしこの本のどの版でもねらいは本質的には同じである。
(18) *Ibid.*, Ⅱ, p.105. この鍵となる章, 「政体」はどの版でも同じだが例外的に1つだけ小さいが決定的な修正がある。1771年版ではメルシエは「君主制はもはや存在していない」と書いている。後の版ではメルシエはこれを「無制限な君主制はもはや存在していない」と修正した。しかし一般意志と王の本質的に象徴的な権力に関するルソー的な主張は, どの版でも同じままだった。後の版には新しい注が含まれているが, それがメルシエの専制政治への攻撃力を強めているわけではない。その攻撃は初版の本文と脚注の双方で目立っている。
(19) *Ibid.*, Ⅱ, pp.193-194. 本文と注はどの版でもみな同じである。
(20) *Ibid.*, Ⅱ, p.107. この注はどの版にもある。
(21) たとえば*Ibid.*, Ⅱ, p.120参照。
(22) 革命暦7年版（1799年）への序文（ *L'An 2440*, p.i）。メルシエのテクス

ト執筆の時期を決定する問題に関しては Wilkie, "Mercier's *L'An 2440*," pp.8-10 参照。

(23) *Ibid.*, I , p.157.

(24) *Ibid.*, I , p.169. ここととこの本の後の段落はどの版でもみな同じである。

(25) *Ibid.*, I , p.113.

(26) *Ibid.*, II , p.105.

(27) *Ibid.*, II , p.118.

(28) *Ibid.*, pp.xxix-xxxi.

(29) このイメージを発展させる際にメルシエは実際にルスヴール警部の名をあげた。その警部は著作家を逮捕してバスチーユ送りにすることで悪名高かったのである。「私は「エルサレムよ, 汝に災いあれ」と街頭で叫ぶエレミアを逮捕するルスヴールを思い描く」(*Ibid.*, p.xl)。

(30) *Ibid.*, p.xxxvii.

(31) *Ibid.*, p.xxxviii.

(32) この点について, メルシエの多くの言明の例として永遠平和についての発言を参照。「人類を啓蒙することによってこの偉大な革命を生んだのは印刷機である」(*Ibid.*, I , 283)。進歩という観念についての数多い研究のなかでは, John B. Bury による研究がいまだに傑出している。*The Idea of Progress: An Inquiry into Its Origin and Growth* (London, 1932)〔J. B. ビュアリー『進歩の観念』高里良恭訳, 創元社, 1953 年〕。

(33) *L'An 2440*, I , p.67. 後の版にはコルネイユとリシュリューへの言及はない。

(34) *Ibid.*, I , p.37.

(35) *Ibid.*, I , p.60.

(36) *Ibid.*, I , p.60.

(37) *Ibid.*, I , p.66.

(38) *Ibid.*, I , p.65.

(39) *Ibid.*, I , p.65.

(40) *Ibid.*, I , p.175.

(41) *Ibid.*, I , p.167.

(42) *Ibid.*, I, pp.157, 164. I, p.147 の同様の見解も参照。

(43) *Ibid.*, I , p.61.

(44) *Ibid.*, I , p.283.

(45) *Ibid.*, I , p.31.

(46) *Ibid.*, Ⅱ, p.192, Ⅰ pp.203-204.

第5章　政治的中傷文

(1) 1771年に亡くなったバショーモンが『フランス文芸共和国の歴史に資する秘録』(ロンドン, 1779―89年) 全36巻のうちどれかを実際に書いたのかどうかははっきりしない。しかしバショーモンとそのグループに関する基本的研究はいまだに以下のものである。Robert S. Tate Jr., "Petit de Bachaumont: His Circle and the *Mémoires secrets*," in *Studies on Voltaire and the Eighteenth Century* (1968), vol 65. また Jean Sgard, ed., *Dictionnaire des journalistes* (1600-1789), pp.250-253 の Tate によるメロベールの項目も参照。ニュースと情報屋という広大な主題については，ベル・エポック以来の学識が今でも最も役に立つ。特に以下を参照。Eugene Hatin, *Histoire politique et littéraire de la presse en France* (Paris, 1859-61), 8 vols; Paul Estrée and Franz Funck-Brentano, *Les Nouvellistes* (Paris, 1906). 最新の総合的研究は以下のものである。Claude Bellanger, et al., *Histoire générale de la presse française* (Paris, 1969), vol Ⅰ.

(2) このリストは1769年から89年までの間, どの中傷文とスキャンダル情報が最も需要があったかを大まかに示しているが, 文字どおりに読まれるべきではない。『ポンパドゥール侯爵夫人の回想録』(1766年) のような作品への需要はおそらくSTNが商売を始める前に頂点に達してしまっていたのだろう。一方『スキャンダル情報』(1783年) や *Vie Privée, ou apologie du très sérénissime prince Mgr. le duc de Chartres* (1784) のような作品の需要は，STNがフランスでの取引を縮小した後もおそらく増大しつづけただろう。

(3) もちろんこの種の著作には以前にも例があった。とりわけ1648年から49年にいたるフロンドの乱の間である。中傷文作品の継続性と変化という問題に関する議論については，次章を参照。

(4) *Anecdotes sur Mme la comtesse du Barry* (London, 1776), p.19.

(5) *Ibid.*, p.24.

(6) この制度についての我らが歴史家の報告には，狩りと食べることの隠喩が目立っている。*Ibid.*, pp.48, 57 を参照。

(7) *Ibid.*, p.57.

(8) *Ibid.*, p.31

(9) この全般的な解釈の例として, 英語では Alfred Cobban, *History of Modern*

France (London, 1961), vol. I を参照。フランス語ではより本質的な微に入り細をうがった研究として Michel Antoine, *Louis XV* (Paris, 1991) がある。

(10) *Anecdotes*, p.34.

(11) *Ibid.*, p.96.

(12) *Ibid.*, p.269.

(13) 以下を参照。J. F. Bosher, *French Finaces, 1770-1795. From Business to Bureaucracy* (Cambridge, Engl., 1970).

(14) 18 世紀には新聞が途方もなく蔓延した。そして国外で発行されたフランス語新聞の多くが，前例のない詳細さでフランスの状勢を扱った。しかしそれらは検閲と王国内の流通網を遮断する処置には弱かった。最良の新聞である，『ガゼット・ド・レイド』でさえ，1771 年から 74 年にわたるモープーと高等法院の闘いについてたいした情報をもたらさない。

(15) たとえば『逸話集』の著者は，ショアズール政権が瓦解する直前にパリで大流行していた歌を大きく扱った。田舎者の目には罪のない月並み調でできていたが，実は語り手の解釈が明らかにするように，それは最近の出来事に関して猛烈な反ショアズール派的解説をしている。「その辛辣さは事情通のみによくわかった」(*Anecdotes*, pp.129-130)。

(16) 18 世紀には「宮廷と町方」は，まるで別個だが互いにつながりのある社会階層の描き方として標準的なものだった。著者は以下のような発言で別々の情報網を考察しているということを明らかにした。「この隠された陰謀［王に新たな愛人を与えようとする 1772 年の企て］で宮廷の人びとの頭のなかがいっぱいになっている間に，町の事件［デュ・バリーの従兄弟が鶏泥棒に関係した］が民衆の間に大いにゴシップと笑いを生み出した」(*Anecdotes*, pp.244-245)。108 頁と 200 頁の同様な発言も参照。

(17) *Ibid.*, p.215. le public という語のさらなる用例としては 72, 152, 331 頁参照。

(18) 私は版の比較はしなかった。私が研究したテクストの扉には“chez John Adamsohn”, 1771 という所在地が載っていたが，198 頁で 2 つの部分に分かれていた。しかし頁数は連続していたし，そこで中断する明白な理由はない。

(19) *Ibid.*, p.147. そのほかの逸話は 215 頁と 223 頁に見つかる。

(20) *Ibid.*, p.284.

(21) *Ibid.*, p.185.

(22) *Ibid.*, p.167.

(23) これと次の引用は *Ibid.*, pp.71-77 より。

(24) *Ibid.*, p.87.
(25) *Ibid.*, p.215.
(26) 引用はそれぞれ *ibid.*, pp.203, 221, 300 より。131 頁と 203 頁の同様な発言も参照。
(27)『逸話集』のなかで「手書き新聞」への最初の 2 つの言及は『秘録』の項目とぴったり一致しているし, その後の言及はわずかに表現が異なるだけである。『逸話集』71, 72, 203 頁,『秘録』1768 年 10 月 15 日, 1768 年 11 月 30 日, 1771 年 12 月 26 日の項目を参照（版によって変動があるので,『秘録』からの文章は頁より日付の方が位置を決めやすい）。しかし他の 7 つの言及は『秘録』に対応する箇所がない。それは『逸話集』の 81, 82, 83, 131, 215, 221, 300 頁である。したがって両方の作品が同じ共通の情報源に頼っているらしく思われる。もっとも地下ジャーナリズムのなかで何が何に由来するか決定するのは不可能であるが。
(28) *Ibid.*, p.82.
(29) *Ibid.*, pp.81-84.
(30) *Ibid.*, pp.75-76.
(31) *Ibid.*, p.160.
(32) *Ibid.*, p.159.
(33) *Ibid.*, p.160.
(34) *Ibid.*, p.76.
(35) *Ibid.*, p.76. 私が質疑応答形式に合わせてテクストを書き換えた。
(36) *Ibid.*, p.76.
(37) *Ibid.*, p.325. あからさまな党派的雄弁の他の例としては, 151 頁と 164 頁を参照。
(38) *Ibid.*, p.76.
(39) *Ibid.*, p.259.
(40) *Ibid.*, p.211.
(41) *Ibid.*, p.153.
(42) *Remarques sur les Anecdotes de Madame la comtesse du Barry. Par Madame Sara G...*(London, 1777), pp.106-107.

第 6 章　伝播 対 ディスクール

(1) Chartier, *Les Origines culturelles de la Révolution française*〔『フランス革命の文化的起源』〕, 特に 25-35 頁を参照。

(2) “Bürgerlich”には翻訳の問題もある。というのは，ドイツ語のBürgerには「ブルジョア」というだけでなく「市民」という意味もあるからだ。しかしハーバーマスが時代遅れのマルクス主義社会史に拠っているということは，その本の全体から明らかだ。社会と国家の一般的区別からハーバーマスの議論は始まるが，実際にそれが関わるのは個人的領域，公的権威の領域，その間にある「ほんとうの「公的領域」」という3つの領域（sphere）である。Jürgen Habermas, *The Structural Transformation of the Public Sphere. An Inquiry into a Category of Bourgeois Society* (Cambridge, Mass., 1989)〔ユルゲン・ハーバーマス『公共性の構造転換――市民社会の一カテゴリーについての探究』細谷貞雄・山田正行訳，未来社，1994年〕, trans. Thomas Burger, p.30; and Habermas, *Strukturwandel der Öffentlichkeit. Untersuchungen zu einer Kategorie der bürgerlichen Gesellschaft* (Darmstadt, 1984; 1st edn. 1962), p.45.

(3) Chartier, *Origines culturelles*, pp.110-111〔同上〕。

(4) この広い文学の例としては以下を参照。James Tully, ed., *Meaning and Context. Quentin Skinner and His Critics* (Princeton, 1988); J. G. A. Pocock, *Politics, Language, and Time. Essays on Political Thought and History* (Chicago, 1960); John Dunn, *The Political Thought of John Locke* (Cambridge, Engl., 1969); Richard Tuck, *Natural Rights Theories: Their Origin and Development* (Cambridge, Engl., 1979).

(5) 特に以下を参照。Michel Foucault, *L'Ordre du discours. Leçon inaugurale au Collège de France prononcée le 2 décembre 1970* (Paris, 1971)〔ミッシェル・フーコー『言語表現の秩序』中村雄二郎訳，河出書房新社，1995年〕。

(6) François Furet and Mona Ozouf, eds., *Dictionnaire critique de la Révolution française* (Paris, 1988), p.8〔フランソワ・フュレ，モナ・オズーフ編著『フランス革命事典』河野健二・阪上孝・富永茂樹，みすず書房，1995年〕。

(7) Keith Baker, *Inventing the French Revolution. Essays on French Political Culture in the Eighteenth Century* (Cambridge, Engl., 1990). 特に301-305頁参照。私がベイカーの主張をより広範に論じたのは，以下のものである。“An Enlightened Revolution?”, *The New York Review of Books*, Oct. 24, 1991, pp.33-36.

(8) Marcel Gauchet, “Droits de l'homme,” in Furet and Ozouf, eds., *Dictionnaire critique*, quotations from pp.685, 689, and 694. 「ルソー主義的

カテゴリー」と「つごうのよいように導入されたルソー主義」(『事典』訳 p.95) について考え発展させる際, ゴシェは『社会契約論』の伝播についての考察をさげすんでやめてしまった (690頁)。その主張のより完全な報告としては Gauchet, *La Révolution des droits de l'homme* (Paris, 1988) 参照。

(9) François Furet, *Penser la Révoluiotn française* (Paris, 1978), pp.41, 72-73, 109〔フランソワ・フュレ『フランス革命を考える』大津真作訳, 岩波書店, 2000年〕。

(10) François Furet and Denis Richet, *La Révolution: des Etats Généraux au 9 thermidor* (Paris, 1965).

(11) Isser Woloch, "On the Latent Illiberalism of the French Revolution," *The American Historical Review*, vol. 95(December 1990), p.1467.

(12) ディスクールや記号論に触れようとしないこの種の心性史の例としては以下を参照。Georges Lefebvre, *La Grande Peur de 1789* (Paris, 1932); Richard Cobb, "The Revolutionary Mentality in France," in Cobb, *A Second Identity. Essays on France and French History* (Oxford, 1969), pp.122-141.

(13) Furet and Ozouf, eds., *Dictionnaire critique*, pp.8-9, 12〔『フランス革命事典』〕。

(14) 以下を参照。Keith Baker, *Inventing the French Revolution. Essays on French Political Culture in the Eighteenth Century* (Cambidge, Engl., 1990), Part II; Baker's summary of his argument on pp.24-27.

(15) Keith Baker, "Public Opinion as Political Invention," in Baker, *Inventing the French Revolution*, pp.167-199; Mona Ozouf, "L'Opinion publique," in Keith Baker ed., *The Political Culture of the Old Regime* (Oxford, 1987), pp.419-434.

第7章　コミュニケーションのネットワーク

(1) これはロジェ・シャルチエの *Les Origines culturelles de la Révolution française,* p.86〔『フランス革命の文化的起源』〕のなかにある問題の定式化である。これを引用することで私は, シャルチエがイデオロギーと革命について単純化しすぎた見解を抱いていると暗に言いたいのではない。逆に私は, イデオロギーを原因とみなす単純な見解を問題にするためこの問いかけを用いるという点で, シャルチエに倣っているのである。

(2) 私はこのモデルを拙著 *The Kiss of Lamourette. Reflections in Cultural History* (New York, 1990) 所収の "What Is the Hisrory of Books?" (pp.107-

135)〔ロバート・ダーントン『歴史の白昼夢——フランス革命の18世紀』海保真夫・坂本武訳，河出書房新社，1994年〕で十二分に論じた。

(3) 私は *Edition et sédition*, chaps. 2-6 と *Gens de lettres, gens du livre*, chaps. 10-11 で，この議論をより詳細に発展させた。

(4) Chartier, *Les Origines culturelles de la Révolution française*, chap. 4〔同上〕; "Intellectual History and the History of *Mentalités*: A Dual Reevaluation," in Chartier, *Cultural History. Between Practices and Representations* (Cambridge, Engl., 1988), pp.40-42; "Du livre au lire," in Chartier, ed., *Pratiques de la lecture*, pp.62-88〔『書物から読書へ』〕。

(5) Chartier, "Intellectual History," p.42; Michel de Certeau, *L'Invention du quotidien* (Paris, 1980), p.286〔ミシェル・ド・セルトー『日常的実践のポイエティーク』山田登世子訳，国文社，1987年〕。

(6) de Certeau, *L'Invention du quotidien*, pp.279-296〔同上〕。

(7) Richard Hoggart, *The Uses of Literacy* (London, 1960; 1st edn. 1957)〔リチャード・ホガート『読み書き能力の効用』香内三郎訳，晶文社，1986年〕の特に2章と4章を参照。ホガートは近代のマスメディアをものともしない古い労働者階級の文化の密度と「全面的に普及している」性格を強調している。一方, セルトーは，マスメディアの生産物から自分の気に入ったものをつくりだす際の「密猟者」としての個人の創造性を強調する (de Certeau, *L'Invention du quotidien*, p.292〔同上〕)。しかしセルトーはまた，消費は自分が吸収する生産物のようになることを意味するのではなくそれを自分のものにするということ, すなわち領有することだと主張してもいる。この「領有」という概念はホガートの主張といくらか似ている。その主張というのは，労働者階級は民衆の歌と文学をみずからの言葉で独自の文化へと統合したのであって, 単にメディアによって操られるがままにはならなかった, というものである。

(8) Carlo Ginzburg, *The Cheese and the Worms. The Cosmos of the Sixteenth-Century Miller* (Baltimore, 1980)〔カルロ・ギンズブルグ『チーズとうじ虫—— 16世紀の一粉挽屋の世界像』杉山光信訳，みすず書房，2003年〕; Robert Darnton, "Readers Respond to Rousseau: the Fabrication of Romantic Sensitivity," in *The Great Cat Massacre*, chap.6〔『猫の大虐殺』〕。また以下のものも参照。Claude Labrosse, *Lire au XVIIIe siècle. La Nouvelle Héloïse et ses lecteurs* (Lyon, 1985); Cathy Davidson, *Revolution and the Word. The Rise of the Novel in America* (New York and Oxford, 1986); Eric Schön, *Der*

Verlust der Sinnlichkeit oder die Verwandlungen des Lesers. Mentalitätswandel um 1800 (Stuttgart, 1987); Brigitte Schlieben-Lange, ed., *Lesen-Historisch* in *Lili: Zeitschrift für Literaturwissenschaft und Linguistik*, vol. 15, no. 57/58 (1985).

(9) こういった議論をより十全に尽くしたものとしては以下を参照。Nelson Goodman, *Ways of Worldmaking* (Indianapolis, 1978)〔ネルソン・グッドマン『世界制作の方法』菅野盾樹・中村雅之，みすず書房，1987 年〕; Erving Goffman, *Frame Analysis. An Essay on the Organization of Experience* (Boston, 1986); D. F. McKenzie, *Bibliography and the Sociology of Texts* (London, 1986).

(10) 権力の実態と王の秘密については Michel Antoine, *Le Conseil du roi sous le règne de Louis XV* (Geneva, 1970), 特に 618-620 頁を参照。ヴェルサイユの外での政治と世論はより古い歴史学派が徹底的に研究した。その研究は今では無視されているように思われるのだが, 特に Jules Flammermont, Marcel Marion, Félix Rocquain, Eugène Hatin, Frantz Funck-Brentano などが挙げられる。より近年の学問研究の最良の例としては以下を参照。Dale Van Kley, *The Damiens Affair and the Unraveling of the Ancien Regime, 1750-1770* (Princeton, 1984); Arlette Farge, *Dire et mal dire. L'opinion publique au XVIIIe siècle* (Paris, 1992).

(11) Daniel Roche, "Les Primitifs du rousseauisme. Une analyse sociologique et quantitative de la correspondance de J.-J. Rousseau," *Annales. Economies, sociétés, civilisations* (1971), pp.151-172; Claude Labrosse, *Lire au XVIIIe siècle*; Darnton, "Readers Respond to Rousseau"; および Agnes Marcetteau-Paul and Dominique Varry, "Les Bibliothèques de quelques acteurs de la Révolution," in Frédéric Barbier, Claude Jolly, and Sabine Juratic, eds., *Mélanges de la Bibliothèque de la Sorbonne*, vol. 9 (1989), pp.187-207. 蔵書目録の研究においては Marcetteau-Paul と Varry は包括的結論を出すのを避けようと注意している。というのは彼らは，ほとんどの蔵書のうちわずかな部分しか本を確定できなかったし, 本を所有することと読書を同一視しているわけではないからだ。そのうえ目録が反革命と関係したたった 5 人の目録を発見しただけだった。その目録と憲法制定議会に出席した穏健派の目録は宗教的作品がかなり高いパーセント――それぞれ 12 パーセント――を示している。一方, 国民公会の議員の目録では 2 パーセントしか宗教関連の本はなかった。詳細に研究すると，蔵書は歴史や文芸といった一般的な項目によ

って比較したときより変化に富んでいるように見えるかもしれない。たとえば予想どおりラファイエットの蔵書にはアメリカに関する多くの作品が含まれているが，宗教作品の比率も—— 17 パーセントと——異常に高かった。

(12) 手書きの"Chansonnier Maurepas"は全44巻にのぼる。パリの国立図書館，Ms. fr. 12616-12659.

(13)「政治階級」という概念については以下を参照。Pierre Goubert, *L'Ancien Régime*, vol. Ⅱ: *Les Pouvoirs* (Paris, 1973), pp.49-55.

(14) Daniel Roche, *Le Siècle des Lumières en province. Académies et académiciens provinciaux, 1680-1789* (Paris and The Hague, 1978), 2 vols., ; Roche, *Les Républicains des lettres. Gens de culture et Lumières au XVIIIe siècle*, especilally chap. 3, "Les Lectures de la noblesse dans la France du XVIIIe siècle"; Guy Chaussinand-Nogaret, *La Noblesse au XVIIIe siècle, de la féodalité aux Lumières* (Paris, 1976); Darnton, *The Business of Enlightenment*, chap.6 ; Darnton, "The Literary Revolution of 1789," *Studies in Eighteenth-Century Culture*, pp.3-26.

(15) Alexis de Tocqueville, *The Old Regime and the French Revolution* (Garden City, N. Y., 1955), pp.80-81〔アレクシス・ド・トクヴィル『アンシャン・レジームと革命』井伊玄太郎訳，講談社学術文庫，1997; 同『旧体制と大革命』小山勉訳，筑摩書房，1998年〕。

(16) 8月5日から11日にかけて法律を起草する際，革命家たちは8月4日の会議で興奮状態のまましてしまった譲歩の多くを撤回したようだ。しかし私は，1789年8月の「封建制の廃止」を実体のないものとする人たちには同意しない。以下に収められた資料を参照。J. M. Roberts, ed., *French Revolution Documents* (Oxford, 1966), pp.135-155.

第8章　政治的中傷文の歴史

(1) 引用は以下より。Claude Bellanger, Jacques Godechot, Pierre Guiral, and Fernand Terrou, eds., *Histoire générale de la presse française* (Paris, 1969), Ⅰ, p.65. libelle の語源に関しては以下を参照。Emile Littré, *Dictionnaire de la langue française* (Paris, 1957); および *Le Grand Robert de la langue française* (Paris, 1986).

(2) *Mémoires-Journaux de Pierre de l'Estoile* (Paris, 1888), Ⅲ, 279. 引用は以下より。 Denis Pallier, *Recherches sur l'imprimerie à Paris pendant la Ligue (1585-1594)* (Geneva, 1975), p.56.

(3) 引用は以下より。Jeffrey K. Sawyer, *Printed Poison. Pamphlet Propaganda, Faction Politics, and the Public Sphere in Early Seventeenth-Century France* (Berkeley, 1990), p.16.

(4) 引用は以下より。Hubert Carrier, *La Presse de la Fronde (1648-1653): Les Mazarinades. La Conquête de l'opinion* (Geneva, 1989), Ⅰ, p.56.

(5) *Ibid.*, pp.456-457.

(6) Marie-Noële Grand-Mesnil, *Mazarin, la Fronde et la presse 1647-1649* (Paris, 1967), pp.239-252.

(7) Henri-Jean Martin, *Livre, pouvoirs et société à Paris au XVIII*e *siècle (1598-1701)* (Geneva, 1969), Ⅱ, pp.678-772, 884-900; Bellanger, et al., *Histoire générale de la presse française*, Ⅰ, pp.118-119.

(8) *Mémoires-Journaux de Pierre de l'Estoile*, Ⅲ, p.279.

(9) Niccolò Machiavelli, *The Prince* (Mentor Classic, New York, 1952), chap.19, p.95. 第15章の評判についての有名な見解も参照。もちろんマキャヴェリは『君主論』を君主, 特にロレンツォ・ディ・メディチとチェザレ・ボルジアに向けて書いた。しかしマキャヴェリは「評判」という概念――「名前と名声」,「世論と名声」,「よい評判」――を共和国の分析にも適用した。以下を参照。Machiavelli, *The Discourses* (Modern Library College Edition, New York, 1950), book Ⅲ, chap.34, pp.509-510.

(10) Richelieu, *Testament politique*. 引用は Sawyer, *Political Poison*, p.16 より。

(11) Machiavelli, *The Prince*, chap.19, pp.96-97. マキャヴェリは「人民」という概念を定義しなかったが, そこには平民的要素が含まれている。しかしマキャヴェリは「庶民 」をさげすんで語った (*ibid.*, p.97)。「世論」への訴えかけには国際的な広がりもあった。以下を参照。J. H. Elliott, *Richelieu and Olivares* (Cambridge, Engl., 1984), pp.128-129〔J. H. エリオット『リシュリューとオリバーレス――一七世紀ヨーロッパの抗争』藤田一成訳, 岩波書店, 1988年〕; Peter Burke, *The Fabrication of Louis XIV* (New Haven, 1992), pp.152-153〔ピーター・バーク『ルイ14世――作られる太陽王』石井三記訳, 名古屋大学出版会, 2004年〕。ルネサンスの政治を演劇的に説明した例としては以下を参照。Steven Mullaney, *The Place of the Stage. License, Play, and Power in Renaissance England* (Chicago, 1988).

(12) こういった主題に関するあまたの本のうちで私が特に信頼を寄せるのは以下の研究である。Jean-Picrre Seguin, *Nouvelles à sensation. Canards du*

XIXe siècle (Paris, 1959); Robert Mandrou, *De la Culture populaire aux 17e et 18e siècles. La Bibliothèque bleue de Troyes* (Paris, 1964)〔ロベール・マンドルー『民衆本の世界—— 17・18世紀フランスの民衆文化』二宮宏之・長谷川輝夫訳，人文書院，1988年〕; Geneviève Bollème, *La Bibliothèque bleue. Littérature populaire en France du XVIIe au XIXe siècle* (Paris,1971); Alain Monestier, *Le Fait divers* (Paris, 1982), a catalogue for an exhibition at the Musée national des arts et traditions populaires; Roger Chartier, *Lectures et lecteurs dans la France d'Ancien Régime*〔『読書と読者』〕。

(13) 以下を参照。Mikhail Bakhtin, *Rabelais and His World* (Cambridge, Mass., 1968)〔ミハイル・バフチン『フランソワ・ラブレーの作品と中世・ルネッサンスの民衆文化』川端香男里訳，せりか書房，1988〕; Marc Soriano, *Les Contes de Perrault: Culture savante et traditions populaires* (Paris, 1968); Peter Burke, *Popular Culture in Early Modern Europe* (London and New York, 1978)〔ピーター・バーク『ヨーロッパの民衆文化』中村賢二郎・谷泰訳，人文書院，1988年〕; Natalie Davis, *Society and Culture in Early Modern France* (Stanford, 1975)〔ナタリー・デーヴィス『愚者の王国異端の都市——近代初期フランスの民衆文化』成瀬駒男ほか訳，平凡社，1987年〕; Roger Chartier, ed., *Les Usages de l'imprimé* (Paris, 1987)

(14) この時期を通じてパンフレット文学がどの程度生まれたか正確に概観することはほとんど不可能である。パンフレットの概念そのものが周知のように曖昧で，一方の極では書籍へ他方の極ではブロードサイドへと溶解してしまうありさまだ。パンフレットの多くが個人への誹謗を含まなかったので，短命な文学全体のなかで中傷文の割合がどれほどなのかは決せられない。そして資料図書館に保管されているパンフレットから統計をまとめることでは，そういった文学のぼんやりした概算しか得られない。その名が示すように，オカジオネル (occasionnels)，フイユ・ヴォラント (feuilles volantes)，偶詠 (pièces fugitives) は何世紀も生き残ろうとする意図はなかったのだし〔occasionnel は形容詞としては「臨時の，偶発的の」という意味。feuille volante は，日常語としては「ルーズリーフの紙」「ちらし」などを指すが，直訳すると「飛んで行く紙」という意味である。pièce fugitive は，文学用語としては「エピグラム，マドリガル，シャンソンなど短詩を含む詩作品」で「偶感」「偶吟」などとも訳すが，直訳すると「はかない作品」となる〕，生き残ったものはまさにそれ故いちばん読まれなかったものかもしれない。した

がって本文中の以下の議論は厳密さを主張するものではなく，個々の時代を研究したモノグラフにもとづいている。特に以下の研究。Denis Pallier, *Recherches sur l'imprimerie à Paris pendant la Ligue*（*1585-1594*）（Paris, 1975）; Jeffrey K. Sawyer, *Printed Poison. Pamphlet Propaganda, Faction Politics, and the Public Sphere in Early Seventeenth-Century France;* Hubert Carrier, *La Presse de la Fronde*（*1648-1653*）*: Les Mazarinades*（Geneva, 1989-91）, 2 vols.; P. J. W. Van Malssen, *Louis XIV d'après les pamphlets répandus en Hollande*（Amsterdam, 1936）; Joseph Klaits, *Printed Propaganda Under Louis XIV. Absolute Monarchy and Public Opinion*（Princeton, 1976）. 17 世紀のパンフレット生産の最も確からしい概算は以下にある。Hélène Duccini, "Regard sur la littérature pamphlétaire en France au XVIIe siècle," *Revue historique*, CCLIX （1978）, pp.313-340.

（15）たとえば Gilbert Robin, *L'Enigme sexuelle d'Henri III*（Paris, 1964）を参照。よりバランスのとれた見解としては Philippe Erlanger, *Henri III*（Paris, 1948）, pp.188-189 を見よ。

（16）Sawyer, *Printed Poison*, p.40.

（17）Paul Scarron, *La Mazarinade,* in Scarron, *Œuvres*（Geneva, 1970, reprint of 1786 edn）, I , p.295.

（18）Hubert Carrier, ed., *La Fronde. Contestation démocratique et misère paysanne: 52 mazarinades*（Paris, 1982）, I , pp.11-12. カリエについては印象的な以下の全般的研究をも参照。そこでマザリナードの過激主義に関してより穏やかな主張をしているが，そのうち 2 つだけが「言葉の厳密な意味でほんとうに革命的だった」としている。*La Presse de la Fronde*, I , p.265. また Marie-Noëele Grand-Mesnil による *Mazarin, la Fronde et la presse 1647-49*, （Paris, 1967）はより古いそれほど徹底的ではないモノグラフであるが，マザリナードを革命宣言というより「お偉方」同士の権力闘争の要素として扱っている。しかし 1652 年のより過激なパンフレットは扱っていない。

（19）*Le Guide au chemin de la liberté*, p.23, reprinted in Carrier, *La Fronde*, I , pamphlet no. 27. クリスチアン・ジュオーの解釈は私には納得のいくもののように思えるのだが，ジュオーの研究としては *Mazarinades: la Fronde des mots*（Paris, 1985）を参照。

（20）後期のマザリナードの過激主義についてジュオーとともにカリエに反論するとき，私はカリエの素晴らしい研究を軽視するつもりはない。その研究

はパンフレット発行の複雑な政治的背景を十分に論じている。マザリナードの政治思想についての近刊でカリエは，最初の2冊で示せた以上により鋭い，より広い支持を受けた君主制への批判が存在することを証明することになるかもしれない。フロンドの乱の歴史記述の方法における最近の傾向の例としては以下を参照。Roger Duchêne and Pierre Ronzeaud, eds., *La Fronde en questions. Actes du dix-huitième colloque du centre méridional de rencontres sur le XVIIe siècle* (Aix-en-Provence, 1989).

(21) ルイ14世の文化政策に関する膨大な資料のすぐれた総合としてはPeter Burke, *The Fabrication of Louis XIV* (New Haven, 1992)〔『ルイ14世』〕を参照。いまだフランスのジャーナリズム史の最良の概観はBellanger, et al., *Histoire générale de la presse française* である。しかしJean Sgard, Pierre Rétat, François Moureau, Jeremy Popkin, Jack Censerなどによる近年の研究は主題を変質させている。特にJean Sgard, ed., *Dictionnaire des journaux 1600-1789* (Paris and Oxford, 1991), 2 volsを参照。周知のようにアンシャン・レジーム期には不確かだった識字率の概算は，現在のところ少なくともフランスの都市部では上方修正されつつある。以下を参照。Furet and Ozouf, *Reading and Writing. Literacy in France from Calvin to Jules Ferry;* 及びRoche, *Le Peuple de Paris,* chap.7.

(22) 先に引用したVan Malssen, Klaits, Ducciniの研究以外では以下を参照。C. Ringhoffer, *La Littérature de libelles au début de la Guerre de succession d'Espagne* (Paris, 1881).

(23) Anne Sauvy, *Livres saisis à Paris entre 1678 et 1701* (The Hague, 1972), pp.11-13.

(24) ビュシー＝ラビュタンの短編とその最もよく知られた続編の手ごろな版としては以下を参照。*Histoire amoureuse des Gaules suivie de La France galante: romans satiriques du XVIIe siècle attribués au comte de Bussy* (Paris, 1930), 2 vols. それにはジョルジュ・モングレディアン（Georges Mongrédien）の序論が付いている。続編のほとんどは1680年代と1690年代にバラバラに現われた。1737年になって初めて *La France galante* ―― 17編からなる短編集で，そのどれもビュシー＝ラビュタンによるものではない――としてまとめて出版された。以下を参照。Léonce Janmart de Brouillant, "Description raisonnée de l'édition originale et des réimpressions de *l'Histoire amoureuse* des Gaules," *Bulletin du bibliophile* (1887), pp.555-571; the catalogue of the Bibliothèque Nationale.

(25) Henri-Jean Martin et al., *Livres et lectures à Grenoble. Les Registres du libraire Nicolas (1645-1668)* (Geneva, 1977), 2 vols. ニコラの帳簿は，マザリナードも含む印刷物の地方での販売に関して稀な情報を提供してくれる。書籍の流布の解明には，たいてい主要な資料図書館に残っていた本の冊数にもとづいた推測とかなりの当て推量が伴う。17 世紀の書籍の流布をいちばんよく研究したのは Henri-Jean Martin, *Livre, pouvoirs et société* である。

(26) 私はこの主張を仮りに提出しておく。というのは，専制政治という概念が知性史家から適切な注意を惹いてこなかったからだ。そして旧来の政治思想史にはかなり用語のずれがある。たとえば George Sabine, *A History of Political Theory* (New York, 1958)〔G. H. セイバイン『西洋政治思想史』丸山眞男訳，岩波書店，1953 年〕。「専制君主」と「専制的な」は 18 世紀以前にはありふれた用語だったが「専制主義」はそうではない，と私は思う。それで最も過激なマザリナードの 1 つ，1652 年の *La Mercuriale* の典型的な一文を示しておこう――「君主が臣民に専制的な統治権を行使するなら，それはもはや王ではなく暴君なのだ」(Hubert Carrier, *La Fronde,* pamphlet 26, Ⅰ, p.8)。この主題を研究する出発点として私が取り上げたのは以下である。Robert Shackleton, *Montesquieu. A Critical Biography* (Oxford, 1961), chap.12; Melvin Richter, "Despotism," in *Dictionary of the History of Ideas* (New York, 1973), Ⅱ, pp.1-18.

(27) Paul Hazard, *La Crise de la conscience européenne* (Paris, 1935), 2 vols.〔ポール・アザール『ヨーロッパ精神の危機―― 1680-1715』野沢協訳，法政大学出版局，1973 年〕，このテーマについてより最近の研究としては以下を参照。Lionel Rothkrug, *Opposition to Louis XIV. The Political Origins of the French Enlightenment* (Princeton, 1965).

第 9 章　読者の反応

(1) 研究の方向性を示した論文の例としては以下を参照。Henri-Jean Martin, "Pour une histoire de la lecture," in Martin, *Le Livre français sous l'Ancien Régime* (Paris, 1987); Roger Chartier, "Du Livre au lire: les pratiques citadines de l'imprimé, 1660-1780," in Chartier, ed., *Lectures et lecteurs dans la France d'Ancien Régime*〔『読書と読者』〕; Robert Darnton, "First Steps Toward a History of Reading," in *The Kiss of Lamourette*〔『歴史の白昼夢』〕。

(2)「読書革命」のための主要な議論は Rolf Engelsing の特に以下の論文によって発展させられた。"Die Perioden der Lesergeschichte in der Neuzeit. Das

statistische Ausmass und die soziokulturelle Bedeutung der Lektüre," *Archiv für Geschichte des Buchwesens,* X (1970), 945-1002, そして *Der Bürger als Leser. Lesergeschichte in Deutschland 1500-1800* (Stuttgart, 1974). 対照的な見解としては以下を参照。Rudolf Schenda, *Volk ohne Buch. Studien zur Sozialgeschichte der populären Lesestoffe 1770-1910* (Frankfurt-am-Main, 1970); Erich Schön, *Der Verlust der Sinnlichkeit oder Die Verwandlung des Lesers. Mentalitätswandel um 1800*, 特に 298-300 頁。ドイツでの書物の歴史についての最新最良の研究は,「読書革命」という概念をかなり懐疑的に扱っている。Reinhard Wittmann, *Geschichte des deutschen Buchhandels. Ein Überblick*, chap.6.「ウェルテル熱」についてのごく最近の評価は Georg Jäger, "Die Wertherwirkung. Ein Rezeptionsästhetischer Modelfall," in Walter Müller-Seidel, ed., *Historizität in Sprach-und Literaturwissenschaft* (Munich, 1974), pp.389-409.

(3) Nicolas-Edmé Restif de la Bretonne, *La vie de mon père* (Ottawa, 1949; 1st edn., 1779), pp.216-217.

(4) François Furet, "La 'librairie' du royaume de France au 18e siècle," in Furet, et al., *Livre et société dans la France du XVIIIe siècle* (Paris, 1965); Michel Marion, *Recherches sur les bibliothèques privées à Paris au milieu du XVIIIe siècle (1750-1759)* (Paris, 1978).

(5) こういった問題の最良の概観は以下のものである。Chartier and Martin eds., *Histoire de l'édition française*, vol. Ⅱ: *Le Livre triomphant 1660-1830.*

(6) Chartier, *Les Origines culturelles de la Révolution française*, pp.103-115〔『フランス革命の文化的起源』〕。

(7) Maurice Tourneux, ed., *Correspondance littéraire, philosophique et critique par Grimm, Diderot, Raynal, Meister, etc.* (Paris, 1877-1882), 16 vols.『文学通信』は『ヴェールを剝がれたキリスト教』には読者を元気づけ, 解放する効果があるといって称賛した。「それは人の心を奪う。……それからはなにも新しいことを学ばないが巻き込まれ, 魅了されたと感じるのだ」(V, p.368)。『哲学者テレーズ』については「趣きのない, 上品さのない, 味わいのない, 論理のない, 気品のないものだ」(Ⅰ, p.256) と非難した。

(8) *Correspondance littéraire*, XII, p.482.

(9) *Ibid.*, XI, p.399.

(10) *Ibid.*, XII, pp.339-340.

(11) バールからSTN宛, 1781年9月15日付。

(12) バールからSTN宛, 1782年8月23日付。

(13) ゴドフロワからSTN宛, 1771年6月10日付, 1772年5月5日付, 1776年2月10日付。

(14) P.- J. デュパンからSTN宛, 1772年10月11日付。

(15) ル・リエーヴルからSTN宛, 1777年1月3日付。

(16) マレルブからSTN宛, 1775年9月13日付。

(17) プティからSTN宛, 1783年8月31日付。ヴァロキエからSTN宛, 1778年1月7日付。カレからSTN宛1783年2月23日付。

(18) 稀な例外を挙げると, マレルブは次のように書いている。客の不満は,『百科全書』の神学に関する項目が「おそらくフランスで流通しやすくするためにあまりにもソルボンヌの趣味で 書かれているのというものですが, 思想の自由に対するそういった障害はすべての読者を喜ばせているわけではないのです」。マレルブからSTN宛, 1778年9月14日付。

(19) 引用は以下より。Jean-Marie Goulemot, *Ces livres qu'on ne lit que d'une main. Lecture et lecteurs de livres pornographiques au XVIII*^{e} *siècle* (Aix-en-Provence, 1991), p.9. このモノグラフは, どのようにして好色なテクストが読者を方向づけるかを鋭く分析している。

(20) "Projet pour la police de la librairie de Normandie donné par M. Rodolphe, subdélégué de M. l'intendant à Caen," パリの国立図書館, ms. fr. 22123, item 33.

(21) Labadie, "Projet d'un mémoire sur la librairie," *ibid.*, item 21.

(22) "Mémoire sur le corps des librairies imprimeurs," 1766, unsigned: *ibid.*, item 19.

(23) "Mémoire sur la librairie de France fait par le sieur Guy pendant qu'il était à la Bastille," Feb. 8, 1767: *ibid.*, item 22.

(24) ルノワールの手書きの回想録の性格に関しては以下を参照。Georges Lefebvre, "Les Papiers de Lenoir," *Annales historiques de la Révolution Française* IV (1927), p.300; Robert Darnton, "The Memoirs of Lenoir, Lieutenant de Police of Paris, 1774-1785," *English Historical Review*, LXXXV (1970), pp.532-559.

(25) Papers of Lenoir, Bibliothèque municipale d'Orléans, ms. 1422, "Titre sixième: De l'administration de l'ancienne police concernant les libelles, les mauvaises satires et chansons, leurs auteurs coupables, délinquants, complices

ou adhérants."
(26) *Ibid.*
(27) Lenoir Papers, ms 1423, "Résidus."
(28) Lenoir Papers, ms 1422, "Sûreté."
(29) Lenoir Papers, ms 1423, untitled note.
(30) ヴェルジェンヌからダデマル伯爵宛, 1783年5月21日付。Ministère des Affaires Etrangères, Correspondance politique, Angleterre, ms 542.
(31) *Bibliothèque de l'Arsenal*, ms 12517, ff. 73-78.
(32) ロジェ・シャルチエは，禁書が読者層に強力な影響を与えたと主張しようとする人びとはこういった見解を抱いていると考えているようだ。Chartier, *Les Origines culturelles de la Révolution française*, pp.104, 109〔『フランス革命の文化的起源』〕。
(33) Mercier, *Tableau de Paris* (Amsterdam, 1783), VII, pp.23, 25〔メルシエ『十八世紀パリ生活誌――タブロー・ド・パリ』原宏編訳，岩波書店，1989年〕。シャルチエは，中傷文が読者にほとんど影響を与えなかったと主張するため，この一節を引用している。*Les Origines culturelles de la Révolution française*, pp.103-104〔同上〕。
(34) Mercier, *Tableau de Paris*, VI, p.79〔『十八世紀パリ生活誌』〕。
(35) *Ibid.*, VI, p.268.
(36) *Ibid.*, VI, p.269.
(37) *Ibid.*, Ⅰ, p.176.
(38) Jean François de La Harpe, *Correspondance littéraire adressée à son Altesse Impériale Mgr. le Grand-Duc, aujourd'hui Empereur de Russie, et à M. le Comte André Schowalow, Chamberlain de l'Impératrice Cathérine* Ⅱ, *depuis 1774 jusqu' à 1789*, 6 vols. (Paris, 1804-1807), Ⅲ, pp.202, 251.
(39) *Mémoires secrets pour servir à l'histoire de la Répubique des lettres en France, depuis 1762 jusqu' à nos jours,* attributed to Louis Petit de Bachaumont and others, 36 vols. (London, 1777-89). 1781年8月1日, 1782年4月20日, 1784年4月23日の項。
(40) Lenoir papers, ms. 1423, "Extraits de divers rapports secrets faits à la police de Paris dans les années 1781 et suivantes, jusques et compris 1785, concernant des personnes de tout état et condition [ayant] donné dans la Révolution."
(41) *Tableau de Paris*, IV, pp.279. 書評からの引用はメルシエ自身の採録より

取った。

(42)『タブロー・ド・パリ』全体と彼の他の作品, 特に『文学と文学者について』(*De la littérature et des littéraires*) と『私のナイトキャップ』でメルシエはほんとうの著者と混じりけなしの文人を, 一方では甘やかされたアカデミー会員から, 他方では売文家から区別しようとした。たとえば以下を参照。*Tableau de Paris*, Ⅱ, pp.103-113; IV, pp.19-26, 245-261; VII, p.230; X, pp.26-29, 154-156; XI, p.181. メルシエはまた, 彼自身の警察の報告書にある言葉から疑われるように, 警察に取り入るため中傷文を酷評したのだろうか。当局のための情報提供者またはプロパガンダ書きとしてメルシエが活動したという証拠は見つけられなかったが, 『タブロー・ド・パリ』には警視総監のごきげんをとる部分が数箇所ある。たとえばⅠ, pp.187-193 と VII, p.36 を参照。

(43) Mercier, *Tableau de Paris*, IV, pp.258-259. この一節はメルシエが既に *De la Littérature et des littéraires* (Yverdon, 1778), pp.8-9 で発表したものの再録である。メルシエは以前に書いた文章の多くを多数の巻からなる作品, 『タブロー・ド・パリ』,『紀元 2440 年』,『私のナイトキャップ』に混ぜ合わせた。

(44) この一般的な主題については以下を参照。Auguste Viatte, *Les Sources occultes du romantisme: illuminisme-théosophie, 1770-1820* (Paris, 1928), 2 vols.

(45) Mercier, *De la Littérature*, pp.19-20; Mercier, *Mon Bonnet de nuit*, 4 vols. (Neuchâtel, 1785), Ⅰ, pp.112-114. 同様な見解を以下に参照。*De la Littérature*, pp.38-41, *Tableau de Paris*, V, pp.168-173; VII, p.180; VIII, p.98.

(46) たとえばメルシエの *Eloges et discours philosophiques* (Amsterdam, 1776) のなかにある"Discours sur la lecture"を参照。メルシエはそれを『私のナイトキャップ』の何カ所かに挿入した。メルシエは過度の読書, 特に感受性を鈍らせかねない短命な文学を読む危険を警告した。"Discours sur la lecture," pp.245-246, 253, 269, 284, 289-292. この点で彼の見解は,「多」読への反動, 以前の「集中的」読書への回帰を要求するものと考えることができる。しかし, 手に負えない本の生産過剰についてと短命文学を読む虚しさについての同様な嘆きが, 16, 17 世紀には見いだされる。

(47) Mercier, *Histoire d'une jeune luthérienne* (Neuchâtel, 1785), pp.142-143 (初版は 1776 年, ヌーシャテルで *Jezennemours, roman dramatique* という題名で出版された)。

(48) この場合メルシエは，ヴォルテールやフォントネルを読んで独善的なカトリックから自由になる若者を描いた。他の作品ではメルシエは，ルソーを読む圧倒的な効果を強調したが，その描写は実際のルソーの読者の様子と一致していた。以下を参照。Darnton, “Readers Respond to Rousseau: The Fabrication of Romantic Sensitivity,” in *The Great Cat Massacre*〔『猫の大虐殺』〕。たとえば *Tableau de Paris*, V, 58〔同上〕でメルシエが描いているところでは，母親に禁じられたにもかかわらず『新エロイーズ』を1部こっそり買った少女がそれを読んでとても感動したので，その小説のヒロインが模範を示しているような家庭生活に人生を捧げる決心をするのである。メルシエは同じような言葉で自分自身の経験を描き出した。「書くこと！　汝の力は十分称賛されてこなかった！　どのような仕組みで紙の上に書かれた言葉は，その影響は最初非常に軽いと思えるのに，かくも深く永続する印象を残すのか？　……簡単な比喩の助けで観念を素早く結びつける力には何か驚嘆すべき超自然的なものがある。……言葉は物そのものより想像力に訴える。……私はルソーの『新エロイーズ』をひもとく。まだそれは白の上の黒だが突然私は注意深くなり，興奮し，目覚める，火がつく。さまざまに感動する」(*Mon Bonnet de nuit*, Ⅰ, 298 and 302)。

第10章　世論

(1) Chartier, *Les Origines culturelles de la Révolution française*, pp.108-110〔『フランス革命の文化的起源』〕。

(2) Arlette Farge and Jacques Revel, *Logiques de la foule. L'affaire des enlèvements d'enfants. Paris 1750* (Paris, 1988)〔A・フェルジュ，J・ルヴェル『パリ 1750 ――子供集団誘拐事件の謎』三好信子訳，新曜社，1996年〕; Arlette Farge, *Dire et mal dire. L'opinion publique au XVIII siècle* (Paris, 1992).

(3) Mercier, *Tableau de Paris*, V, pp.109 and 130〔『十八世紀パリ生活誌』〕; Chartier, *Les Origines culturelles de la Révolution française*, pp.109-110〔同上〕。実際メルシエは，看板についての見解を「お偉方」の栄華のはかなさについて道徳論を披瀝するきっかけとして使っている。そして「王室風」(à la royale) という表現を，王に関わることは何でも高尚で高級にちがいないというパリの住民の考え方の例として論じているのであって，君主制にパリの住民が尊敬を失ってしまった徴候としてではない。どちらの場合でもメルシエの見解は，文学テクストとして理解されるべきであって直接的な街角

の社会学として受け取られるべきではない。

(4) Chartier, *Les Origines culturelles de la Révolution française*, pp.108-109〔同上〕。

(5) Johan Huisinga, *The Waning of the Middle Ages* (1st eds., 1919; New York, n.d.). 人類学者はしばしば聖なるものに精通していることを強調してきた。たとえば以下を参照。E. E. Evans-Pritchard, *Witchcraft, Oracles and Magic Among the Azande* (Oxford, 1937)〔E・E・エヴァンズ＝プリチャード『アザンデ人の世界——妖術・託宣・呪術』向井元子訳，みすず書房，2001年〕。

(6) *Bibliothèque de l'Arsenal*, ms. 10 170. この巻に含まれているのは，主に紙切れに書かれた日付も署名もないメモだけで, 他の時期に比較できるものもなく, この世紀全体に及ぶカフェのゴシップに関する首尾一貫した警察の報告書はない。

(7) *Ibid.*, ms 10 170, fo. 175. 私が引用符を付け加えた。

(8) *Ibid.*, ms 10 170, f. 176.

(9) パリの国立図書館 "Personnes qui ont été détenues à la Bastille depuis l'année 1660 jusques et compris l'année 1754"〔「1660年から1754年までにバスチーユに拘留された人物」〕: nouvelles aquisitions françaises, ms 1891, fo. 419. 残念ながらアルスナル図書館（Bibliothèque de l'Arsenal ）にはこの時期, カフェのスパイからの報告がないので，バスチーユの囚人の一件書類を信頼せねばならない。その性質上そういった書類の報告は普通の会話より扇動的会話を含んでいるので，使った資料の偏りのため比較しにくくなっている。それでも1740年代後半と1750年代のバスチーユの書類中に報告された好ましくない話題は，より以前の時期よりずっと極端で数が多かった。

(10) *Ibid.*, fo. 427.

(11) *Ibid.*, fo. 431. 同様な以下の一件書類も参照。Victor Hespergues, a wood merchant: *Ibid.*, fo. 489.

(12) ルイの私生活についての専門的記事が大量の楽観的民衆史を生みだした。Michel Antoine, *Louis XV*, pp.457-510を参照。

(13) バロックな信仰と教義論争については以下を参照。Michel Vovelle, *Piété baroque et déchristianisation en Provence au XVIIIe siècle* (Paris, 1973); Jean Delumeau, *Le Catholicisme entre Luther et Voltaire* (Paris, 1971). ジャンセニスム——イープル〔ベルギー北部　フランス国境近くの都市〕の司教コルネリウス・ヤンセニウス〔ヤンセン〕と結びつけて考えられたカトリッ

ク教内の厳格なアウグスチヌス的教義――については以下を参照。Edmond Préclin, *Les Jansénistes du XVIIIe siècle et la constitution civile du clergé; le développement du richérisme, sa propagation dans le bas clergé, 1713-91*（Paris, 1929）; René Taveneaux, *Jansénisme et politique*（Paris, 1965）; and Dale Van Kley, *The Damiens Affair and the Unraveling of the Ancien Regime*（Princeton, 1984）.

（14）Farge, *Dire et mal dire*, pp.187-240.

（15）私は世論についての同時代の概念を理解する重要性を軽視するつもりはないし，ジャーナリズムやパンフレット発行についての研究の寄与をそれほど低く評価するつもりもない。こういった主題についての優れた学問研究の例としては，以前に引用した Keith Baker, Mona Ozouf, Jean Sgard, Pierre Rétat, Jack Censer, Jeremy Popkin の研究を参照。私が言いたいのは，さまざまなメディアがどのようにしてアンシャン・レジーム特有のコミュニケーション組織をなんとか通り抜け，実際に世論に影響し，どのように世論が実際に出来事に影響したのか，という問題に学者たちが立ち向かってこなかったことである。

（16）弱められているとはいえ主要な異議は Jean Egret からのものである。その研究はいまだ革命の全体的な歴史にそれ相応に吸収されてはいないのだが。特に Egret, *La Pré-Révolution française*（*1787-1788*）（Paris, 1962）を参照。Egret の見解の最も広範な改訂作業は William Doyle, *Origins of the French Revolution*（Oxford, 1980）である。私の見解を明確にするために「貴族革命」を信じてはいないと言っておいたほうがいいだろう。それは Egret を初めて読み，その洞察を私の博士論文 *Trends in Radical Propaganda on the Eve of the French Revolution*（*1782-1788*）に適用しようとして以来のことである。

（17）Wilma J. Pugh, “Calonne’s New Deal,” *Journal of Modern History* IX（1939）, pp.289-312.

著者紹介

ロバート・ダーントン（Robert Darnton）

1939年,ニューヨーク生まれ。

ハーヴァード大学卒業後, 英国オクスフォード大学でフランス史を専攻し, 学位取得。1968年以来, プリンストン大学で歴史学を担当し, 現在、同大学教授。特にフランス近代史が専門。

邦訳著書に,『猫の大虐殺』『革命前夜の地下出版』(以上, 岩波書店),『パリのメスマー』(平凡社),『歴史の白昼夢』『壁の上の最後のダンス』(以上, 河出書房新社) などがある。

訳者紹介

近藤朱蔵（こんどう しゅぞう）

1956年, 京都生まれ。
東京大学大学院人文科学研究科仏語仏文学専攻修士課程修了。
現在, 大阪府立枚方高校教諭。
専門, フランス近代文学。

新曜社

禁じられたベストセラー
革命前のフランス人は何を読んでいたか

初版第1刷発行　2005年2月25日©

著　者　ロバート・ダーントン
訳　者　近藤朱蔵
発行者　堀江　洪
発行所　株式会社 新曜社
〒101-0051　東京都千代田区神田神保町2-10
電話 03-3264-4973㈹・Fax 03-3239-2958
URL　http://www.shin-yo-sha.co.jp/

印刷　銀　河
製本　イマヰ製本

Printed in Japan

ISBN4-7885-0934-2 C1022